Collection
"LIV'en poche"

Cet ouvrage a été réalisé avec le concours de l'Institut culturel de Bretagne (Skol-Uhel ar Vro) et du Conseil régional de Bretagne.

N° I.S.B.N. : 2-910781-94-1
N° I.S.S.N. : 1281-6175

Thérèse Séné

Les Batteurs de landes

Tome premier

La Fille de l'essarteur

LIV'ÉDITIONS
Carrefour du livre
20, rue de Portz-en-Haie
56320 Le Faouët

Chapitre premier

KERAMBRAZ

Printemps 1794

Ma pauvre vieille, tu as fait ton temps, je crois, et tu n'iras plus bien loin, hélas, songeait Nolwen, mélancolique, en observant le déhanchement de la pie-noir étique qui marchait devant elle au prix de mille peines. Cahin-caha, la bête exténuée avançait pesamment sur le tapis de lande rase où s'écrasaient ses sabots usés. Un pis énorme et moucheté brimbalait entre ses pattes minces, comme un lest encombrant bien trop lourd à porter et, sous sa robe cuirassée de boue sèche, la spirale de ses côtes pointait ses cannelures.

Depuis quelque temps, Nolwen se tourmentait. Sa vache, trop âgée, dépérissait à vue d'œil et la perspective de la perdre un de ces jours prochains lui inspirait les plus vives inquiétudes. Les ressources exsangues de la famille, tirées vaille que vaille d'un méchant lopin de terre, ne parvenaient que de justesse à tenir la misère en respect, et ce que fournissait encore cette bonne carcasse de laitière contribuait malgré tout à relever l'ordinaire. Même si, chez les Kreïs, le lait n'était déjà plus qu'une denrée capricieuse, il semblait difficile de devoir s'en priver sans voir immédiatement surgir le spectre de la faim.

« Tout doux », murmura la jeune fille en voyant l'animal déraper sur le sol rugueux, « prends ton temps. »

Elle lui parlait gentiment comme à une vieille malade dont elle partageait la souffrance et la résignation. Souffrir, se résigner, n'était-ce pas leur lot commun ? Ce qui les unissait le plus étroitement ?

Certains jours pourtant, quand l'ingratitude de sa condition lui paraissait trop révoltante, Nolwen sentait sa raison s'insurger contre la notion arbitraire de malchance et de fatalité qui inculquait si bien la soumission aux pauvres. Plus elle réfléchissait à ses propres misères, moins elle s'accommodait du sort qu'on lui faisait sur terre et l'indignation, parfois, allumait dans ses veines une étrange colère.

Au vrai, il ne se passait pas un mois, pas une semaine sans qu'un nouveau mécompte ne vînt s'ajouter aux malheurs du moment, et cela non seulement pour Nolwen et les siens, mais pour une large partie de la population. Jadis, on accusait le roi ou les seigneurs d'éreinter le petit peuple en l'accablant d'impôts. Aujourd'hui, le mal portait un autre nom. N'importe. Les taxes, les impôts, les corvées pleuvaient pareillement et de façon plus draconienne encore. La République (puisque tel était le nom de ce nouveau régime drapé de tricolore) n'avait qu'un an et demi et pourtant elle régnait déjà sur un pays ruiné, déchiré, soumis à un pillage en règle. Réquisitions, confiscations, contributions, levées, impossible d'échapper au crible. L'État avait besoin d'argent pour ses caisses, pour ses guerres. Était-ce là une nouveauté ? Le grand changement promis ?

Oh ! bien sûr, Nolwen ne comprenait pas grand-chose aux tonitruants chambardements politiques intervenus dernièrement à Paris ou ailleurs, qui prétendaient faire le bonheur des hommes de si curieuse manière, mais ce qu'elle constatait jour après jour ne lui disait rien qui vaille. Le partage de la terre, l'égalité des droits, il y avait eu des candides pour y croire et des malins pour en profiter, seulement, dans les campagnes, c'étaient toujours les mêmes qu'on voyait à la peine, qui avaient faim, froid et peur. L'intolérable imposture ne donnait plus le change.

L'une derrière l'autre, à petits pas, elles abordaient un escarpement aride où la roche affleurait sous une mince pellicule de terre détrempée. Des fossés engorgés cascadaient des ruisselets d'eau trouble dont la pluie incessante des semaines passées avait gonflé le flux. Entre les touffes d'herbes folles jaunies par l'hiver éclatait çà et là l'or des jeunes ajoncs. Bien que le mois de mars fût encore un peu froid, le vent embaumait le printemps et semblait claironner l'arrivée des beaux jours.

Pensive, Nolwen s'arrêta un instant en bordure du chemin et, juchée sur une petite éminence rocheuse, le visage tourné vers l'horizon, s'abandonna aux délices de la contemplation. Il lui venait parfois l'envie de dérober au temps un peu de liberté et de laisser son regard se perdre dans les dimensions infinies d'un paysage dont elle n'était jamais lasse d'admirer la farouche beauté.

Elle avait vu le jour vingt-deux ans plus tôt à l'ombre de cette chaîne de crêtes, de landes et de forêts qu'en haute Cornouaille on appelle la montagne Noire et en concevait l'orgueilleuse certitude d'habiter sur le toit du monde. Quand elle se perchait là, au bord des coteaux pelés qui s'étageaient en pente douce jusqu'à l'écume verte du bocage, le panorama qui s'offrait à ses yeux la plongeait dans l'extase. En bas, des contreforts de la montagne Noire à l'échine sombre des monts d'Arrée, la campagne bocagère déployait à perte de vue sa mosaïque de terres brunes et de grasses prairies, le quadrillage de ses haies, la palette fauve de ses bois. Alternant rondeurs et sinuosités, collines et dépressions, la vallée de l'Aulne dans sa radieuse et souveraine quiétude épousait nonchalamment les courbes de sa rivière pour s'en aller mourir aux portes de la mer. Ses bourgs et ses hameaux, plus répandus qu'ailleurs, reflétaient la clémence et la fertilité d'une contrée où les gens se gardaient mieux de la misère que ceux des *Menezioù*, et cependant, Nolwen qui aimait tant les regarder d'en haut n'était nullement tentée d'envier ses habitants. Son "pays" à elle, c'était ce massif austère de vieux monts érodés, ces rochers bleus, ces tourbes rêches et ces grands vents aigres soufflant en toute saison. Par temps clair, lorsqu'en portant son regard au ponant elle distinguait au loin la croupe chauve du Menez-Hom superbement campé entre mer et rivière et comme rivé au front de la Montagne telle une grandiose figure de proue, rien ne lui inspirait plus de fierté que ce glorieux voisinage. Toute la grâce moelleuse de la vallée de l'Aulne ne valait pas à ses yeux le prestige de vivre sur les hauteurs où rayonnait le Menez-Hom, l'un des sommets les plus fameux de Bretagne.

Moins d'un mille plus bas, le village où elle était née disséminait ses modestes masures au cœur d'un verdoyant plateau cerné de boqueteaux et de taillis. Il ne comptait plus qu'une dizaine de feux vivotant parcimonieusement du produit de minuscules tenures exploitées depuis des lustres. On y cultivait avec plus ou moins de bonheur le seigle, l'orge et le sarrasin, parfois un peu de lin, plus rarement du froment. L'élevage se limitait au cochon pour sa viande, à la vache pour son lait, au mouton pour sa laine, mais la plupart des ventres y faisaient maigre toute l'année. Cet important hameau s'appelait Kerambraz, et l'on trouvait encore quelques vieillards à la mémoire fidèle pour évoquer l'époque ancienne où le tissage compensait avantageusement la pauvreté de ses cultures en lui ménageant une certaine prospérité. Un récent recensement le situait encore sur la paroisse de Saint-Thois, bien qu'il fût très loin du bourg et que le bourg lui-même l'eût oublié. Enfoui dans ses fondrières, ses friches, ses terres à cailloux, réduit à un isolement extrême, il n'était plus que le fantôme du village florissant dont les métiers avaient fait le renom un demi-siècle auparavant.

Il s'annonçait par une grande croix de granit nue, dressée à l'entrée d'un chemin creux que les paysans, malgré tous leurs efforts, ne parvenaient jamais à rendre praticable. De l'automne au printemps, la pluie et le gel foraient de si profondes tranchées dans ce mauvais passage que, même au plus fort des chaleurs de l'été, la boue n'y séchait pas. Or, pour les habitants du village, il n'existait aucun autre moyen d'accès que ce bourbier nauséabond.

La vache venait précisément d'atteindre le cloaque lorsque Nolwen la rejoignit. A cet endroit, juste à la lisière du plateau, s'élevaient autrefois les châtaigniers, les hêtres, les bouleaux, les ormes séculaires de l'ancien bois de Rulan, propriété du baron de Kermoguer à qui appartenaient aussi la plupart des terres alentour. Un formidable travail d'abattage ordonné l'an dernier par le seigneur des lieux avait fait disparaître ce bois en quelques mois pour lui substituer un champ de belles dimensions, déjà mis en culture. On avait alors parlé de revers de fortune pour justifier l'initiative du baron, mais nul ne s'était vraiment satisfait de l'explication.

Rulan faisait depuis toujours partie de Kerambraz, et sa disparition constituait un préjudice de taille pour la communauté. Outre les menus avantages que les villageois tiraient de la proximité du bois (fagotage, braconnage, cueillette), il y avait aussi le vent auquel les grands arbres faisaient barrage et qui maintenant prenait une cruelle revanche sur les toitures de chaume des maisons.

Nolwen, elle, ne pardonnait pas au hobereau ce surcroît de misères dont Kerambraz se serait bien passé. Elle ne lui pardonnait pas son indifférence, son insouciance de nanti, mais surtout, elle ne lui pardonnait pas la mort de Yann Kreïs, son père. C'était Yann en effet qui, dûment requis par le baron, avait mené presque seul le grand chantier des mois durant. Besognant comme un fou de l'aube au crépuscule, il y avait dépensé toutes ses forces jusqu'à l'épuisement. On l'avait retrouvé mort dans le champ de son maître, sa cognée à la main. D'autres que lui à présent labouraient sur les essarts les précieux arpents conquis au profit du baron pendant que sa famille en deuil courait vainement l'embauche pour échapper à la mendicité.

Comment absoudre le baron d'un malheur aussi grand ? Avait-il tant besoin d'une nouvelle pièce de terre, lui qui vivait dans un château et ne manquait jamais ni de pain, ni de viande ? Comment tolérer une telle injustice ? Au demeurant, pas une seule fois il ne s'était inquiété de la veuve et des deux orphelins de son ouvrier trop zélé. C'était en vain qu'ils avaient attendu de lui un mot de compassion, une obole le jour de l'enterrement pratiqué à la sauvette faute de prêtre non assermenté et auquel il n'avait pas daigné paraître. Du haut de son château perdu dans la Montagne, il n'avait su répondre à la douleur des Kreïs que par un inqualifiable silence.

Nolwen, qui ne l'avait jamais vu ni de près, ni de loin, qui ne savait même pas à quoi il ressemblait, lui vouait depuis ce jour une rancune tenace ; une rancune qui n'en finissait pas de recuire chaque fois qu'elle longeait les sillons de Rulan.

Empoignant sa vache par une corne avant que celle-ci n'eût attaqué l'ornière, elle l'entraîna sans le moindre scrupule vers les essarts. D'ordinaire, personne ne pénétrait jamais dans le champ du baron même quand l'état du chemin imposait les pires acrobaties pour accéder au village, mais Nolwen se souciait comme d'une guigne de respecter la règle. A l'inverse des autres villageois, elle revendiquait au contraire la joyeuse liberté d'emprunter le sol ferme de Rulan pour passer à pied sec, ce qui n'était à son sens qu'une fort modeste atteinte aux droits de la propriété. Du reste, elle ne comprenait pas que ses voisins n'en fissent pas autant au lieu de patauger dans la boue et d'y gâter sottement leurs bas et leurs sabots. Était-il écrit quelque part que la servilité craintive des humbles devait éternellement fortifier la puissance des riches ? D'une claque bien appliquée, elle poussa résolument sa vache à l'intérieur du champ et, sans avoir le sentiment de commettre un sacrilège, lui fit prendre à travers les labours.

Au-delà de Rulan, à quelques toises du chemin, les premières maisons de Kerambraz étiraient leurs façades grises dans la lumière sale d'un jour à bout de souffle. Ici comme ailleurs, les habitations paysannes présentaient un aspect curieux de robustesse et de confort précaire. Bien que toutes relativement semblables à première vue, une multitude de singularités s'ingéniaient en fait à les différencier. Certaines d'entre elles s'étaient agglutinées autour d'un espace vierge dénommé prosaïquement « la place » ou « l'aire » qui n'appartenait à personne et laissait donc aux habitants la jouissance d'un libre passage. Un puits couvert y paradait en solitaire, expliquant par sa seule présence la concentration notable des maisons à cet endroit. Plus loin, d'autres masures s'échelonnaient vers le bandeau de lande qui cernait le hameau. Orientées tantôt de face, de biais ou de profil, toutes traduisaient les nécessaires concessions faites à la vie communautaire et à l'indépendance. La plupart n'abritaient en général qu'une pièce unique où s'entassaient pêle-mêle familles nombreuses et animaux domestiques. Parfois, elles se prolongeaient d'un petit appentis en planches servant à remiser l'outillage. Des fenêtres étroites, des barreaux, des portes basses renforçaient l'impression d'exiguïté malsaine qui se dégageait d'elles et, sous la pente imposante du toit, elles semblaient se ratatiner dans la pierraille et la gadoue.

Comme à l'accoutumée, Nolwen était la dernière à rentrer au village. Les autres villageois avaient déjà renfermé leurs bêtes, et le remue-ménage que provoquait habituellement le retour des troupeaux s'était dissous dans le silence. Laissant sa vieille pie-noir contourner à son gré les éternels tas de fumier qui transpiraient devant les fermes, elle la suivit sans se presser afin d'échanger par les portes béantes le traditionnel salut de fin de journée. Très vite, le calme insolite qui régnait dans les ruelles l'intrigua, et il lui parut étrange qu'aucune voix ne fît écho à ses « Bonsoir ! ». Un coup d'œil furtif à l'intérieur d'une des masures la confronta au spectacle d'une pagaille insolite. Le bétail livré a lui-même s'ébattait en toute impunité dans la partie du logement réservée aux maîtres ; la traite n'était pas commencée et les braises du foyer expiraient sous la cendre. Vaguement troublée, elle s'enhardit à poursuivre l'inspection et, de maison en maison, constata qu'un désordre identique affectait chacune d'elle. Partout, les mêmes scènes de négligence et d'abandon semblaient traduire un mouvement de panique, et l'on eût dit que tous les habitants s'étaient enfuis sous la menace d'on ne sait quel danger.

D'un pas soudain plus vif, elle parcourut rapidement la cinquantaine de toises qui la séparait encore du centre du hameau et s'arrêta près du puits couvert d'où elle pouvait apercevoir sa maison.

Elle était reconnaissable entre toutes, cette solide construction de pierres grises couverte d'ardoises épaisses, dont le pignon s'ornait d'une avancée en angle droit dite *apoteiz* fort peu répandue dans la région et qui maintenant servait d'étable. Située à l'autre extrémité du village dont elle était l'ultime habitation, elle s'adossait à un petit bois touffu qui, aux beaux jours, l'encapuchonnait de verdure luxuriante.

La jeune fille ne distingua tout d'abord qu'un attroupement confus de silhouettes familières massées le long de l'*apoteiz* comme un troupeau apeuré. Des attitudes, des gestes, une sorte de frémissement collectif semblaient trahir une intense émotion. L'angoisse mortelle qui lui étreignit le cœur lui fit pressentir un malheur, et elle s'agrippa à la margelle du puits pour ne pas chanceler.

A la seconde même où son regard tombait comme par mégarde sur les deux montures sellées qui stationnaient à l'écart, deux uniformes bleus surgirent sur le seuil, encadrant un garçon aux cheveux couleur de paille. L'air menaçant, ils fendirent l'essaim de badauds qui leur faisait barrage et marchèrent droit vers leurs chevaux en cramponnant leur homme. Malgré la docilité manifeste de ce dernier, ils lui ligotèrent étroitement les poignets au moyen d'une longue corde qui se tendit d'un coup lorsqu'ils montèrent en selle. Emporté par la secousse, le prisonnier trébucha et n'évita la chute que de justesse. Dans l'assistance, la crainte et la curiosité firent place à la consternation.

Derrière le frêle abri où la stupeur l'avait clouée, Nolwen vit le trio se diriger vers elle. Les yeux écarquillés, le souffle suspendu, elle attendit qu'il fût à sa portée pour s'assurer qu'elle ne rêvait pas. Le garçon affichait un calme étonnant et ne cherchait nullement à se débattre. Quand leurs regards se croisèrent, il lui fit comprendre d'un imperceptible froncement de sourcils de ne pas se montrer et de ne rien tenter. Alors elle enfonça ses ongles dans les fentes du granit pour s'empêcher de bondir au-devant des gendarmes. L'odeur de cuir et de sueur animale qui flottait dans le sillage des cavaliers lui fit l'effet d'une gifle lorsque les hommes en bleu la frôlèrent du haut de leurs montures sans même la remarquer. Ils portaient un fusil à l'épaule, et un sabre gainé de noir leur battait la cuisse.

Abasourdie, elle dut se résigner à regarder le captif s'éloigner, traîné au bout d'une corde comme un animal sauvage. Durant un long moment, elle demeura immobile, les yeux rivés sur le petit point sombre que remorquaient deux chevaux bais montés par des soldats. Ses pensées ne lui obéissaient plus, et dans son esprit, déjà, s'entrechoquaient toutes les conjectures, mais la seule certitude qui s'imposait à elle était assurément la plus terrible de toutes : l'adolescent que les soldats emmenaient s'appelait Tugdual Kreïs et c'était son jeune frère !

La peur au ventre, elle s'élança d'une traite

jusque chez elle et tomba comme la foudre au milieu des témoins ébahis. Son apparition impromptue engendra un mouvement de gêne. Les têtes se détournèrent, le groupe se disloqua mollement. Elle écarta avec rudesse ceux qui restaient plantés devant sa porte et se rua à l'intérieur où un faible gémissement la guida immédiatement vers la cheminée. Lorsqu'elle découvrit sa mère, la vieille Ivona, recroquevillée dans l'âtre, la tête enfouie dans les ailes pendantes de sa coiffe, sa raison vacilla :

« Dieu du Ciel ! » s'exclama-t-elle en tombant à genoux.

Elle tendit ses mains tremblantes vers la vieille femme, l'effleura doucement, palpa une à une chaque partie de son corps avant de l'appuyer contre elle :

« Vous a-t-on frappée ? »

Le menton flétri d'Ivona esquissa un mouvement négatif. Dans un soupir de soulagement, Nolwen aida sa mère à se redresser et sans lui concéder le moindre répit la bombarda de questions :

« Pourquoi les soldats ont-ils pris Tugdual ? Qu'a-t-il fait ? Que lui ont-ils dit ? »

Ivona tourna vers sa fille un visage couleur de cendre et chercha un instant ses mots comme si l'émotion l'avait rendue stupide :

« Ils ont dit... ânonna-t-elle d'une toute petite voix, ils ont dit : "Tugdual Kreïs, au nom de la République suis-nous sans discuter..."

— Et puis ? Quoi d'autre encore ?

— Ils lui ont montré un papier couvert de signatures et l'ont empoigné par les bras.

— Et Tugdual s'est laissé faire sans demander ce qu'on lui reprochait ? Il n'a même pas essayé de comprendre ?

— Ils avaient des armes... »

Désemparée, Nolwen se laissa choir auprès

de sa mère sur le rebord de l'âtre et se prit la tête entre les mains :

« Mais enfin ! Qu'est-ce que cela signifie ? On n'arrête pas les gens comme ça sans dire au moins pourquoi ! Tugdual est encore un enfant, que peut-on lui vouloir ? »

Un silence plombé d'appréhension répondit seul à cette question. Dehors, les voisins chuchotaient interminablement sans se résoudre à partir, comme s'ils sentaient la mort rôder, comme si, dans la maison des Kreïs, une agonie venait de commencer. Le murmure incessant de leurs voix étouffées donnait à leurs conciliabules les accents d'une veillée funèbre.

« C'est sûrement une erreur ! » finit par conclure péremptoirement Nolwen que ces bourdonnements exaspéraient. « Les républicains se sont trompés, voilà ! Il suffit d'aller les trouver et de tirer cela au clair. »

Ivona qui, peu à peu, recouvrait sa lucidité lui rétorqua sans la regarder :

« Dieu veuille en effet que ce soit une erreur, mais est-ce que cela fait une grande différence ? »

Nolwen sursauta :

« Que voulez-vous dire ?

— Que les erreurs de ce genre n'empêchent guère les gens d'aller au bagne, de nos jours. »

L'espace d'une seconde, Nolwen sentit le désespoir l'envahir et un frisson glacé lui parcourut le dos. Tugdual, il est vrai, était jeune et sans défense. Il comprenait à peine le français, ne savait ni lire ni écrire et pouvait, par conséquent, avouer n'importe quoi.

« Alors ! Que faire ? » s'insurgea-t-elle brusquement, refusant d'admettre qu'il n'y eût aucune solution. « Doit-on laisser Tugdual partir au bagne sans lever le petit doigt sous prétexte que l'époque le veut ainsi ? Sommes-nous devenus des moutons bêlants ? Je vous dis, moi, que les Bleus vont m'écouter, parce que je vais aller les voir afin de leur démontrer que Tugdual n'est pas leur homme ! »

Un nouveau silence s'établit brièvement entre la mère et la fille jusqu'à ce qu'une voix, dans la pénombre, fit jaillir une réponse :

« Nolwen ! crois-moi, ce serait peine perdue ! »

La jeune fille se releva d'un bond :

« Arzhel ! tu étais là ? »

A Kerambraz, Arzhel Goasguen faisait depuis longtemps figure de chef de village, bien qu'il n'eût en réalité aucune fonction précise sinon celles de médiateur et de conseil que les villageois eux-mêmes lui avaient conférées. Dans les cas difficiles on s'adressait souvent à lui, car il n'avait pas son pareil pour régler au mieux les différends et apaiser les esprits. Calme, réfléchi, d'un naturel enclin à pratiquer l'entraide, il savait en outre lire et écrire couramment le français, ce qui lui donnait aux yeux de la communauté un prestige indiscutable.

« Tu as peut-être une idée ? » hasarda Nolwen que cette présence, soudain, réconfortait.

« Oui et non. Tout ce que je peux dire, c'est que l'arrestation de ton frère résulte d'une affaire qui nous dépasse tous. Nous n'y pouvons pas grand-chose, hélas.

— Pas grand-chose ? Arzhel ! Qu'est-ce que tu nous chantes là ? »

Arzhel haussa les épaules avec un embarras visible. Il prévoyait cette réaction. Nolwen n'était pas d'un tempérament facile à manier et ne brillait pas davantage par l'étendue de sa patience. Avec elle, les feintes diplomatiques avaient peu de chance de réussir. Posément, il se prépara donc à essuyer une nouvelle salve de questions lorsque Ivona, saisie d'inspiration, se mit à évoquer rêveusement :

« Quand les soldats en bleu lui ont ordonné de les suivre, Tugdual n'a pas protesté. Il n'était même pas surpris. A croire qu'il s'y attendait... »

Nolwen, aussitôt, s'empressa de relayer sa mère :

« Il doit bien y avoir une explication à cela, non ? dit-elle en fixant Arzhel droit dans les yeux. Voilà trop de mystères à la fin ! Si tu préfères te taire, je trouverai toute seule ! »

Plutôt que de se perdre en vaines objurgations, Arzhel choisit de s'asseoir calmement sur le banc et entreprit d'allumer la chandelle qui trônait au milieu de la table. Il mit dans cette opération autant de lenteur que d'application afin de se donner le temps de réfléchir :

« Écoute-moi bien, Nolwen », reprit-il au bout d'un instant en soutenant gravement le regard de son interlocutrice, « je ne vois qu'un moyen d'aider ton frère mais je te préviens, ce moyen ne te plaira pas.

— Dis toujours. Peu importe que cela me plaise ou non.

— Il m'en coûte de n'avoir que ce conseil à t'offrir mais, à mon humble avis, c'est le baron de Kermoguer qu'il faut aller trouver. »

Elle considéra Arzhel avec ahurissement :

« Le baron de Kermoguer ? Qu'a-t-il à faire de nous, celui-là ? Il ne sait même pas que nous existons ! Ce que tu dis n'a aucun sens. Ce sont les républicains qui font la loi, maintenant, et je crois notre châtelain plus anxieux de conserver sa tête que de sauver celle de Tugdual.

— Tu oublies que Kerambraz est sur ses terres et que, selon l'ancien droit féodal, il demeure notre protecteur. Son premier devoir est de défendre ses gens.

— Même si cela est vrai, que peut-il faire ?

— Il te l'expliquera lui-même.

— J'en doute fort. il ne m'ouvrira même pas sa porte.

— Je t'en prie, Nolwen, pour une fois oublie le bois de Rulan et la mort de ton pauvre père. Rends-toi à Kermoguer et écoute le baron. »

Ébranlée, Nolwen se rassit auprès de sa mère et resta songeuse. L'idée d'aller implorer le baron lui répugnait. Elle n'avait jamais porté les nobles dans son cœur, et celui-là moins qu'un autre. Pourtant, force lui était de reconnaître que le père de l'actuel seigneur, le vieux baron Brann s'était signalé jadis par sa grande bonté. Il avait consacré une partie de sa vie à adoucir le sort de ses fermiers, si bien qu'à sa mort on le disait à peu près ruiné. Quand il rendit son âme à Dieu, le village tout entier fit dire des messes pour son repos éternel et, cinq années plus tard, on parlait encore de lui avec le même respect. Son fils Kristen, en revanche, ne bénéficiait pas d'une telle popularité. On le décrivait volontiers orgueilleux et distant, bien qu'on le connût fort mal puisqu'il ne se montrait guère. Pour tous, il demeurait surtout un parfait étranger.

« Et comment est-il, ton baron de Kermoguer ? s'informa-t-elle sans enthousiasme, je ne me souviens pas l'avoir vu souvent par ici. »

Arzhel eut un léger sourire :

« Ce n'est point un méchant homme, mais c'est un solitaire. Sa seule passion est le cheval, comme tous les Kermoguer. Il passe le plus clair de son temps en selle et galope parfois jusqu'à la mer où il aime à s'évader. Au fond, je le crois beaucoup plus humain qu'il ne veut le montrer.

— Tu sembles le tenir en grande estime.

— Ma foi, il ne nous a jamais fait de mal.

— C'est vrai, ni de bien non plus d'ailleurs. Nous ne l'intéressons guère à ce qu'il paraît.

— Ne te hâte pas de le juger selon tes propres sentiments. »

Elle soupira :

« Il faut donc que j'aille le voir ?

— Le plus tôt sera le mieux.

— Quand ?

— Pourquoi pas ce soir ? »

Nolwen se tourna vers Ivona et, pour la forme, quêta du regard son approbation. La vieille femme acquiesça avec un empressement qui montrait à l'évidence que tous ses espoirs s'étaient réfugiés dans la proposition d'Arzhel.

« Bon ! capitula Nolwen, je vais me mettre en route dès maintenant. J'espère que ce ne sera pas en vain.

— C'est une bonne décision. Tu verras par toi-même que les hommes comme Kristen de Kermoguer ont encore un rôle à jouer dans ce pays. Ici, les usages ont la peau dure et nous n'avons de leçons à recevoir de personne. Notre société vaut ce qu'elle vaut, mais c'est la nôtre. »

Elle lui jeta un coup d'œil surpris :

« Très franchement, Arzhel, je me soucie peu, en ce moment, des usages de notre société, du baron de Kermoguer et du reste...

— Quand tu seras devant lui, poursuivit le paysan, imperturbable, tâche de faire très attention à tes propos. On ne s'adresse pas à lui comme à n'importe qui. Ne dis rien qui puisse le froisser ou le fâcher. Tu as besoin de lui.

— Devrai-je aussi lui faire la révérence ? Je ne possède ni la grâce ni la souplesse nécessaires.

— Méfie-toi plutôt de ton fichu caractère. Il n'est pas ton meilleur allié. »

Cette fois, Nolwen encaissa la nasarde sans regimber. Sur ce plan-là Arzhel avait raison. La nature ne l'avait pas dotée d'un caractère flexible et, dans ses relations avec les autres, il lui arrivait souvent d'avoir à le déplorer. Impulsive, tenace, le verbe bouillonnant, résolument rebelle aux concessions, elle s'attirait fréquemment de fortes inimitiés que ne méritaient pas ses nombreuses qualités. Au sein de la communauté pourtant, sa volonté et son courage de travailleuse impénitente faisaient l'admiration de tous et nul n'osait lui contester la place qu'elle occupait désormais parmi les paysans, depuis la mort de Yann.

Arzhel sourit encore avec une bienveillance proche de l'affection :

« M'écouteras-tu, pour une fois ?

— Je ferai de mon mieux.

— Et plus encore si tu peux. »

D'un mouvement excédé, Nolwen tira nerveusement sur les ailes de sa coiffe et renoua son mouchoir de cou. Sa mère insista pour qu'elle changeât de tablier et revêtît sa cape de deuil afin de faire bonne impression ; ce qui parut absurde à l'indocile au regard des circonstances. Est-ce qu'une cape et un tablier propre pouvaient vraiment impressionner le baron !

Comme elle se disposait à sortir, Arzhel la saisit par le bras :

« Il y a environ une lieue d'ici à Kermoguer. Sois très prudente et ne te fais pas voir, les talus sont indiscrets ces temps-ci. Prends à travers champs à partir du carrefour. J'ai entendu dire que la colonne mobile de Châteaulin patrouillait dernièrement dans notre secteur. »

Nolwen opina sans un mot. La colonne mobile l'inquiétait moins que son entrevue prochaine avec le baron.

A l'extérieur, les curieux s'étaient égaillés et un silence total régnait autour de la maison des

Kreïs. Ivona marqua sa fille au front du signe de la croix et se mit en prières. Arzhel sortit le premier pour décourager les éventuels guetteurs, puis, assuré d'agir en toute sécurité, fit signe à Nolwen de le rejoindre dans l'angle de l'*apoteiz* :

« Passe par le petit bois, lui recommanda-t-il à voix basse, il vaut mieux qu'on ne te voie pas sortir. Je reste surveiller les lieux. »

Comme elle s'étonnait un peu de tant de précautions, il se hâta d'ajouter :

« Que Dieu te protège, petite », en la poussant dans le noir.

Elle se retrouva bientôt seule, en pleine campagne, dans un crépuscule endeuillé dont la fraîcheur encore hivernale la pénétra jusqu'à la moelle. Il n'existait aucune route menant à Kermoguer sauf un chemin imaginaire fixé par l'usage et qui ne ressemblait en rien à une voie carrossable. De jour, les paysans situaient approximativement l'emplacement du château grâce à un système d'orientation basé sur différents repères. Des garennes, des ravins, des bois de pins signalaient aux initiés le circuit tortueux qui serpentait au flanc de la Montagne jusqu'à l'opulente forêt de Laz où se terrait le fief baronnial. L'expédition n'était jamais facile et comprenait d'innombrables obstacles. La nuit, l'entreprise relevait de l'exploit.

Appliquant à la lettre les conseils d'Arzhel, Nolwen prit à travers champs et fila tout droit vers les crêtes. Aussi longtemps que les bourrelets de terre meuble lui permirent de guider ses pas, elle se dirigea sans trop de mal jusqu'aux escarpements rocheux. Puis elle attaqua de pied ferme les raidillons scabreux qui s'élevaient en crémaillère vers les sommets de la Montagne.

Elle n'était encore jamais montée au château de Kermoguer et ne s'était fiée qu'à son instinct pour définir la direction qui devait la conduire à lui, mais quand elle émergea, hors d'haleine, à l'orée d'un bois de chênes rouvres que nul n'aurait songé à croire habité, elle sut de manière certaine qu'elle était arrivée.

La demeure seigneuriale faisait forte impression en survenant brusquement derrière ce rideau d'arbres épais comme un rempart qui la masquait presque entièrement. C'était un château de modestes dimensions, dressant sur trois étages une façade sévère et rectiligne percée de fenêtres à croisillons. A sa droite, une tour flanquante abritait la chapelle et donnait à l'ensemble le caractère castral qui faisait un peu faute au corps de logis. De style indéfinissable, il avait visiblement grandi avec le temps en adoptant successivement des modes aussi diverses que disparates qui aboutissaient à un curieux compromis entre le châtelet du Moyen Âge et le manoir Renaissance. Les murs massifs de granit gris, marbrés de taches verdâtres au niveau des soubassements revêtaient graduellement une apparence plus raffinée vers les étages supérieurs et s'ourlaient, pour finir, d'une rangée de denticules juste au-dessous du toit. Une couverture d'ardoises moussues, hérissée de cheminées, chapeautait lourdement ce monument d'austérité dont un examen tant soit peu minutieux amenait rapidement à constater le délabrement progressif. Défiguré par les années, attaqué par les intempéries, il se laissait passivement grignoter par les lierres tentaculaires et les lichens parasites. Ici et là, des pierres abîmées balafraient les murs de scarifications lépreuses. Le bois des fenêtres pourrissait. La charpente du toit s'affaissait sur ses poutres qui n'en pouvaient plus, et des ardoises s'étaient envolées. Les abords immédiats eux-mêmes paraissaient livrés à l'abandon et souffraient d'un manque évident de soins. A l'exception d'un sentier informe tracé par le passage des chevaux, on n'y voyait aucune allée qui fût digne de ce nom. Nuls massifs ni plates-bandes n'introduisaient la moindre touche de décoration dans la sauvagerie profuse des broussailles qui dévoraient le parc, et les seuls ornements floraux de Kermoguer à la belle saison devaient se résumer aux gros buissons de millepertuis dispersés dans les ronces.

Légèrement en retrait derrière la masse arrondie de la tour, un bâtiment annexe, construit de plain-pied et garni de hautes portes, servait d'écuries et de remise. Jadis, les barons possédaient l'un des plus beaux haras de la région, mais comme le laissait plus ou moins supposer l'état général du château, bien peu de stalles aujourd'hui devaient encore héberger un occupant à crinière.

Des nappes de brouillard aux odeurs de marais dérivaient mollement alentour, renforçant l'aspect sinistre de l'endroit. Il planait sur ces lieux des parfums de mélancolie, un air de renoncement malheureux, de décadence distinguée qui mettaient mal à l'aise dès qu'on s'en approchait. Bien qu'elle ne fût guère poltronne, Nolwen ne put réprimer un mouvement de recul en découvrant la demeure baronniale sous le poudrin de nuit qui commençait à la noyer. Elle s'apprêtait à rebrousser chemin quand une fenêtre du premier étage s'éclaira tout à coup. A contrecœur, elle dut alors se résigner à pousser l'excursion jusqu'au seuil de la noble bâtisse.

Devant la lourde porte bardée de ferrures qui barricadait l'issue principale du manoir, une nouvelle fois elle hésita. Un énorme heurtoir à tête de faucon surplombait farouchement la clenche comme pour en interdire l'usage. Au-dessus du linteau gravé d'une accolade, un vieux blason usé exhibait des attributs guerriers ornés d'une devise à demi effacée qui devait ressembler à un cri de bataille. Les gros moellons des jambages évoquaient irrésistiblement l'entrée d'une forteresse, et les pierres du seuil, polies par des milliers de pas, ne paraissaient servir qu'au passage de soldats. Rien dans cette façade revêche, ces détails d'un autre âge n'inspirait une confiance absolue dans les mœurs hospitalières du maître des lieux et Nolwen, la main sur le heurtoir, se reprit à douter.

Que pouvait-elle attendre de l'homme qui vivait caché là, derrière ces hauts murs, retranché du monde, si loin de ses semblables ? De quel droit venait-elle le déranger à pareille heure pour lui parler de Tugdual, des soldats bleus, de l'épreuve qui frappait sa famille ? Que comprendrait-il à tout cela ? Que voudrait-il en savoir ? Il ne s'était même pas ému de la disparition de Yann, pourquoi risquerait-il sa liberté pour défendre celle du fils de l'essarteur ? Allons ! l'idée était absurde et lui vaudrait sûrement d'être jetée dehors.

Elle allait tourner casaque lorsqu'une pensée la retint : Arzhel, lui, n'avait pas hésité à citer le baron de Kermoguer comme un recours possible. Or, Arzhel savait juger les hommes et n'imaginait rien qui ne fût vérifiable. Était-il judicieux, si près du but, de remettre sa parole en cause, et le sort de Tugdual ne réclamait-il pas un effort d'audace et de persévérance ?

Prenant son courage à deux mains, elle empoigna alors le heurtoir, elle le souleva de toutes ses forces et ferma les yeux. Le bruit qu'il fit en retombant percuta le silence comme un coup de tonnerre. Terrifiée à l'idée d'avoir ébranlé le château tout entier, elle faillit prendre ses jambes à son cou et déguerpir à toute vitesse afin que nul ne sût jamais qui avait provoqué ce tapage inouï.

Un miaulement bizarre succéda sans tarder à l'assourdissante vibration du lourd vantail de chêne. La porte tourna doucement sur ses gonds. Un vieillard parut dans l'entrebâillement.

« Que voulez-vous ? » demanda-t-il en la dévisageant avec autant d'étonnement qu'elle en éprouvait elle-même en le voyant.

« Je voudrais rencontrer le baron de Kermoguer.

— C'est qu'il se fait tard...

— Je sais et je vous en demande pardon, mais je viens du village de Kerambraz pour lui parler d'une chose grave. Dites que c'est Arzhel qui m'envoie.

— Dans ce cas, fit l'homme sans insister, veuillez me suivre. Je vais prévenir monsieur Kristen de votre visite. »

Il lui ouvrit la porte en grand et s'effaça pour la laisser entrer. Elle s'engagea à sa suite dans une sorte de vestibule sombre et glacé aux dimensions imprécises où un rustique dallage de grès donnait au moindre bruit de pas une sonorité d'église. Dans le fond, une pièce faiblement éclairée d'où filtraient des tintements de vaisselle permettait d'imaginer l'emplacement d'une cuisine. A gauche, face au seuil s'élevait un imposant escalier de pierre qui semblait se perdre dans les ténèbres de l'étage supérieur et que bordait une rampe large comme un trottoir.

« C'est par ici », indiqua le bonhomme en se mettant à gravir les marches.

Elle le suivit, muette et docile, en se demandant si les battements de son cœur ne faisaient pas plus de vacarme que le bronze du heurtoir. Pourquoi avait-elle parlé d'Arzhel, et pourquoi sentait-elle confusément que c'était ce nom qui avait vaincu les réticences du vieux domestique ?

Y avait-il ici des habitudes qu'elle ignorait ?

Son guide n'avait pas jugé utile de se munir d'un bougeoir et, bien qu'il fît très noir dans l'escalier, ouvrait la marche avec assurance. Il portait le costume traditionnel de la région : culottes bouffantes maintenues à la taille par un gros ceinturon, guêtres de toile, gilet de lainage et paletot. De longs cheveux de neige couvraient le haut de ses épaules. A défaut d'éclairage, elle ancra son regard sur la toile claire de ses culottes et ne le quitta plus d'un pouce.

Ils débouchèrent bientôt sur le palier du premier étage. L'homme tourna sur sa gauche, dans un large couloir au milieu duquel une porte mal fermée laissait entrevoir le rougeoiement d'un feu.

« Attendez-moi là », lui dit-il sans se retourner.

Nolwen le vit s'avancer vers la porte, l'écarter devant lui et disparaître dans une tache de lumière. Elle ne l'entendit pas annoncer sa visite mais perçut distinctement le timbre grave d'une voix d'homme ordonner :

« Fais entrer, Meldreg ! »

Aussitôt après, le valet reparut et, d'un signe, l'invita à le rejoindre. Elle obéit, la gorge nouée, les jambes flageolantes. Dès qu'elle eut passé le seuil, la porte se rabattit silencieusement dans son dos.

Il lui fallut plusieurs secondes pour accoutumer ses yeux à l'éblouissante clarté des trois grands chandeliers répartis dans la pièce ainsi qu'aux hautes flammes du feu clair qui illuminait la monumentale cheminée. Elle venait de pénétrer dans la salle du château, celle des banquets et des réceptions qui clôturaient jadis les mémorables parties de chasse auxquelles les barons aimaient à convier toute la noblesse du pays. D'innombrables trophées accrochés aux murs rappelaient les fastes et les triomphes de cette glorieuse époque, mais, en dehors de ces précieux vestiges, le décor surprenait par son extrême dépouillement. Une longue table de chêne ciré, quelques chaises à dossier haut, un buffet à vantaux, et c'était à peu près tout ce qui le garnissait. Des petits bancs de pierre taillés dans l'épaisseur des murs meublaient l'embrasure des fenêtres à la manière des intérieurs campagnards où l'économie d'espace faisait souvent appel à ce genre d'astuce, mais ici l'espace occupait le meilleur, tant la pièce était vaste et le mobilier clairsemé.

Le baron de Kermoguer se tenait debout devant la cheminée, le dos tourné à la porte, et regardait fixement les flammes sans bouger. Manifestement, la personne dont on lui avait annoncé la venue n'éveillait en rien sa curiosité, et le spectacle du feu semblait le fasciner au point d'en oublier la plus élémentaire courtoisie.

Déconcertée, Nolwen dut se contenter de détailler le peu qu'il voulait bien lui présenter de lui et, dès le premier abord, le trouva étonnamment grand. Son imposante carrure dépassait de beaucoup celle d'un homme ordinaire et ses jambes interminables le faisaient paraître élancé comme un if. Même de dos, le personnage inspirait d'emblée un inexprimable sentiment de crainte, et sa façon de recevoir le monde n'inclinait guère à le juger sociable. Il portait ce jour-là une tenue de cheval et des bottes de cuir souple à revers. Son épaisse chevelure noire, maintenue sur la nuque par un mince ruban, pendait au milieu de sa veste comme un écheveau de crin. La légère vapeur que dégageaient ses vêtements indiquait qu'il était rentré depuis peu.

Le silence menaçait de s'éterniser et le gentilhomme ne bougeait toujours pas. A dix coudées de lui, les joues en feu, les mains moites, Nolwen osait à peine respirer. La réception glaciale du baron la privait d'un seul coup de toute son énergie et, comme tout à l'heure en face du heurtoir, l'envie de fuir la gagnait.

Soudain, elle s'entendit bredouiller gauchement : « Votre seigneurie », comme si ces pauvres mots venus d'on ne sait où lui avaient été soufflés par son ange gardien. Le baron tressaillit imperceptiblement et, d'un mouvement nonchalant, pivota sur ses talons. Pour la première fois de sa vie, Nolwen put enfin voir de près le visage du seigneur de Kermoguer.

Il n'avait rien de cette beauté fine et délicate qu'on s'attend à rencontrer chez les gens de sa race. Une peau hâlée, des lignes sculptées au ciseau à bois, une mâchoire puissamment découpée renvoyaient plus communément chez lui aux rudes physionomies des hommes de la Montagne. Au bas de son front en pente, des arcades proéminentes s'ornaient de forts sourcils bruns arqués comme des anses de part et d'autre d'une petite ride médiane perpétuellement froncée. Ses lèvres pleines mais pincées désignaient un tempérament ombrageux, peu porté à l'indulgence, et ses traits, remarquables de régularité, s'accompagnaient d'une rigidité de marbre. Cependant, aucune peinture, si vivante fût-elle, n'aurait su rendre fidèlement l'extraordinaire impression produite par les yeux. Grands, fixes et si profondément noirs qu'ils en paraissaient bleus, ils semblaient faits de pierre de lave et armaient le regard d'une dureté insoutenable. La flamme sombre qu'on voyait luire derrière l'épais buisson de leurs cils drus ne dispensait pas plus de chaleur qu'un reflet de nuit à la surface d'un lac.

Au terme d'un examen rapide mais expert, il eut tôt fait de porter sur les charmes de sa visiteuse une appréciation résolument défavorable.

Sa curiosité instinctive se teinta aussitôt d'une répugnance à peine voilée.

« Est-ce que nous nous connaissons ? » s'enquit-il en soulignant cette question d'une inflexion condescendante indiquant que, si tel était le cas, il n'en avait aucun souvenir.

« Je m'appelle Nolwen Kreïs, déclina précipitamment la jeune fille, je suis de Kerambraz. Mon père, c'était Yann, l'essarteur qui travailla pour vous dans votre bois de Rulan.

— Yann ? J'ignorais qu'il eût une fille.

— Il est mort. Cela vous le savez, peut-être ?

— Certes, certes, et c'est bien regrettable. Il faisait un excellent travail. »

Là s'arrêta l'éloge funèbre du pauvre Yann. Pas une seconde le baron ne parut vouloir pousser la complaisance jusqu'à s'inquiéter des autres membres de la famille.

« Qu'est-ce qui vous amène si tard chez moi ? » reprit-il après avoir dévisagé Nolwen d'un air presque rébarbatif.

— Ce tantôt, des hommes de la République sont venus chercher mon frère Tugdual et l'ont emmené avec eux. Nous ne savons pas pourquoi ils ont fait cela. C'est Arzhel qui...

— Arzhel ! coupa sèchement le baron, je l'aurais cru plus avisé ! Et qu'attendez-vous de moi ?

— Que vous nous aidiez, ma mère et moi.

— Et comment ?

— Je ne sais... »

Kristen de Kermoguer haussa les épaules et se détourna de son interlocutrice pour reprendre sa position devant le feu. Nolwen, de plus en plus décontenancée, tenta de plaider timidement :

« Mon frère est jeune, trop jeune pour mériter d'aller en prison. Les soldats qui l'ont arrêté font erreur, j'en suis sûre.

— A votre place, je serais moins catégorique. »

Sidérée, elle s'interrogea éperdument sur le sens de cet étrange conseil :

« Mon frère n'est pas un malfaiteur ! protesta-t-elle en durcissant le ton, je le connais bien ! »

Il lui semblait invraisemblable qu'on pût seulement envisager de la contredire là-dessus.

« En toute bonne foi vous croyez donc qu'il n'avait aucun secret pour vous, n'est-ce pas ? Il ne vous est jamais venu à l'idée que ce garçon pouvait avoir changé à votre insu ?

— Sûr que non ! Cela ne m'aurait pas échappé puisque nous sommes tout le temps ensemble. Mais qu'essayez-vous de me dire, à la fin ? »

Elle commençait à perdre patience. Les allusions du baron la déroutaient tout en faisant poindre en elle une sourde inquiétude.

« Il m'est difficile d'être plus clair sans vous dévoiler ce que je dois taire absolument. Il ne fallait pas venir ici. Je vous demande de partir immédiatement. »

Il ne s'était pas retourné, et le congédiement était tombé de sa bouche sans qu'il prît la peine de l'amortir d'une vague excuse ; sans qu'il daignât seulement regarder la jeune fille en face.

Elle se sentit blêmir :

« Mon frère est peut-être en grand danger...

— J'en suis tout à fait conscient, mais Tugdual savait ce qu'il risquait. Alors, n'insistez pas, je vous prie. »

D'un geste cavalier il lui signifia la fin de l'entretien et, tout en s'absorbant derechef dans la contemplation du feu, retourna à ses méditations premières.

Ce silence contraint, cette prudence de tous les instants régissaient si étroitement ses comportements ordinaires qu'à la longue le baron de Kermoguer n'évitait pas toujours l'incivilité. Du reste, il n'était par nature ni aimable, ni accommodant et peu lui importait de passer pour un rustre si ses manières abruptes décourageaient les importuns. Or, malgré cette barrière d'épines qu'il dressait farouchement entre le monde et lui, il lui arrivait quand même, de temps à autre, de recevoir son pesant d'avanies. Ainsi, aujourd'hui même, venait-il de vivre l'une de ces journées désastreuses qui vous font parfois douter de la bienveillance de Dieu.

D'abord, il y avait eu, quelques heures plus tôt, cette scène pénible avec sa fiancée Blanche de Kervella, une riche et charmante héritière dont il avait demandé officiellement la main l'an passé et qui, depuis, se consumait dans l'attente des épousailles promises. Elle n'avait pas dix-huit ans mais manifestait une hâte insolite à prendre époux ; sans doute parce qu'elle aimait un peu l'homme qu'on lui destinait ; surtout parce que cet homme, quoique désargenté, était de fort ancienne et authentique noblesse. Curieusement, la Révolution n'avait pas éteint chez ces gens-là l'engouement de la particule et, bien que très fortunée, la famille de Kervella se glorifiait d'une noblesse un tantinet trop neuve pour ne pas ressentir comme un honneur insigne cette union blasonnée.

Pour sa part, Kristen, pragmatique, s'efforçait de n'en voir que le meilleur côté. Campé sur ses quartiers, son chartrier, sa vieille chevalerie (seuls biens qu'il pût mettre en balance et qui, par chance, avaient encore le pouvoir d'éblouir), il s'employait à faire sa cour en parfait gentilhomme, c'est-à-dire en affectant de dédaigner l'argent tout en ne visant que cela. Au vrai, la dot dont le père gratifiait la fille lui permettait d'avoir à cet égard les plus flatteuses espérances, car, pour ne pas être en reste, M. de Kervella avait vu plutôt grand. Blanche étant son unique héritière, il entendait lui assurer le confort et l'aisance à proportion du rang, et ce respectable souci d'équité justifiait à lui seul une honnête mésalliance. Pour sauver son domaine d'une ruine quasi certaine, le jeune baron avait donc sacrifié à la pratique séculaire : troquer son titre héréditaire contre les richesses du négoce et des navires marchands. Au demeurant, le procédé manquait certes de poésie, mais, depuis le règne du Bien-Aimé, on n'avait pas trouvé mieux chez les gentilshommes à lièvre[1] pour redorer un blason menacé d'hypothèque.

Depuis quelque temps, néanmoins, Kristen manifestait une certaine frilosité à convoler en justes noces, et c'était en vain que sa fiancée le pressait de fixer une date pour la publication des bans. Sous différents prétextes qu'il ne prenait jamais la peine, d'ailleurs, d'approfondir, il s'ingéniait à éluder le sujet avec un art consommé de l'esquive qui laissait Blanche à chaque fois un peu plus dépitée. A la longue, l'humeur de la jeune fille commençait à trahir son aigreur, et pour finir, cet après-midi, lors d'une visite de Kristen à Kervella, l'orage entre eux avait éclaté d'un seul coup.

Il avait supporté l'éclat sans broncher, essuyant tour à tour les reproches et les plaintes avec un calme marmoréen, meurtri du rôle ingrat que lui prêtaient les apparences, et néanmoins furieux d'être si mal traité. Mais il était parvenu à se contenir en mesurant subitement l'abîme qui le séparait de celle qu'il allait épouser.

Comment aurait-il pu, en effet, lui révéler crûment qu'il s'était donné ailleurs ; qu'en lui

1. Gentilhomme campagnard et peu riche.

fixant d'autres priorités la Révolution avait aussi accaparé sa vie ? Comment aurait-il pu expliquer à cette enfant gâtée et capricieuse qu'il avait rejoint le camp des partisans du roi et s'adonnait, dans la clandestinité, à des activités qu'il valait mieux garder secrètes ? Le gouvernement de Robespierre ne lui laissant pas d'autre choix que celui de s'enfuir ou celui de se battre, il préférait bien sûr se battre, et le faire aussi bien que possible. Or, aucune femme n'était tout à fait prête à partager cette aventure (même lorsque par tradition familiale, culture, éducation elle se sentait obligée d'affirmer le contraire) et Blanche qui, elle, ignorait jusqu'au sens le plus élémentaire du mot devoir, n'était même pas capable d'entendre cette vérité.

Alors non, il n'avait rien dit, s'abstenant tout au plus d'envenimer les choses par l'explosion intempestive d'un mouvement de colère qu'en d'autres circonstances il n'eût point tant retenu, mais cet épisode l'avait ulcéré, et à présent, il éprouvait plus que jamais le besoin absolu d'évacuer la tension nerveuse qui l'habitait encore.

Hélas, comme s'il avait été écrit quelque part que cette journée ne devait réserver que des désagréments, voici qu'une nouvelle bien plus préoccupante venait d'éclipser ses tracas précédents : l'arrestation de Tugdual Kreïs. La capture de l'adolescent soulevait tant d'inquiétantes questions qu'il ne pouvait s'empêcher d'envisager le pire. Pourquoi diable les gendarmes s'intéressaient-ils à Tugdual ? De quelles informations sérieuses disposaient-ils contre lui ? Comment les avaient-ils obtenues ? D'après Arzhel (dont le jeune coursier avait répété mot pour mot les propos), il n'était pas exclu que la dénonciation fût le fait d'un habitant de Kerambraz, et cette indication l'alarmait plus que tout. Du banal commérage à la délation, l'inextricable nœud de médisances, de mesquineries, d'indiscrétions, de jalousies sordides auquel le voisinage, bien souvent, prêtait sa toile humaine constituait le plus sournois des dangers potentiels, puisque dans le pire ou le meilleur des cas on était toujours mieux trahi par ses proches. Il y avait par conséquent une inconnue de taille dans cette sombre affaire, et ce n'était pas très rassurant pour les jours et les semaines à venir.

Et puis, comme si cela ne suffisait pas, voici à présent la sœur du jeune Kreïs qui débarque chez lui sans tambour ni trompette ! Comment diantre Arzhel, d'ordinaire si sensé, avait-il eu l'idée saugrenue de l'envoyer ici ? N'aurait-il pas dû logiquement prévoir la cascade d'ennuis qui en résulterait ? Il n'était que de la voir pour deviner ses intentions dans l'air résolument buté qu'elle arborait à cet instant. De toute évidence, cette endêvée avait juré de s'incruster ; d'assiéger la place et l'occupant. Se rendre insupportable ne l'effrayait en rien et elle semblait aussi facile à brider qu'un poulain qui renâcle au mors. Que lui dire ? sinon de s'en aller bien vite avant que l'entrevue ne vire à l'affrontement.

Constatant que son invitation à vider les lieux demeurait sans effet, il affûta les termes d'une nouvelle sommation en songeant à part lui qu'elle serait la dernière avant l'expulsion pure et simple de la gêneuse. Mais celle-ci, intuitivement avertie des intentions du baron, revint brutalement à la charge avant même qu'il eût seulement ouvert la bouche :

« Si vous ne voulez pas me dire ce que vous savez, baron de Kermoguer, à vous comme à Arzhel je jure bien que je finirai par découvrir ce que vous me cachez. »

Il se retourna d'un bloc, désagréablement surpris du ton comminatoire dont elle usait tout à coup :

« Restez en dehors de cela ! La moindre maladresse pourrait lui être fatale ! Tugdual sait exactement comment il doit agir. »

Ces assertions hardies, ces relents de mystère mettaient à rude épreuve la constance de Nolwen. Le baron, visiblement, détenait toutes les explications qui lui faisaient à elle si cruellement défaut. Moins il voulait en dire et plus elle avait envie de le provoquer :

« Je n'abandonnerai jamais Tugdual ! prévint-elle aigrement, que cela vous plaise ou non. Mon frère est incapable de se défendre seul, alors je remuerai ciel et terre pour l'aider, avec ou sans votre soutien. Je m'étonne d'ailleurs qu'Arzhel et vous cherchiez pareillement à m'éloigner de lui. Qu'y a-t-il là-dessous ? »

Sous l'effet conjugué de la colère et du dépit, elle oubliait progressivement ses bonnes résolutions et accrochait le baron sans ménagement. Kristen lâcha un soupir excédé et planta son regard noir dans celui de Nolwen :

« Croyez-moi, si vous voulez aider utilement votre frère, tenez-vous tranquille. Tugdual n'est pas seul en cause. Son arrestation compromet d'autres vies que la sienne. »

Et comme elle ouvrait de grands yeux ahuris, il s'entendit ajouter presque involontairement :

« Avez-vous entendu parler des chouans ?

— Très peu, fit-elle en se renfrognant, on raconte que ce sont des brigands et qu'il faut s'en méfier.

— Méfiez-vous plutôt de ce que l'on raconte ! Ces brigands comme vous les appelez, sont en réalité les défenseurs de vos libertés. Ils font la guerre, sachez-le !

— Fort bien, je m'en souviendrai, et après ? Quel rapport avec Tugdual ?

— Précisément, il est l'un des leurs. »

La stupeur foudroya Nolwen. Mécontent d'en avoir trop dit, Kristen enchaîna incontinent :

« Maintenant vous comprenez pourquoi vous ne devez pas mettre le doigt dans cet engrenage-là. Il se peut que Tugdual ait été trahi par l'un de vos voisins. On doit épier votre maison, vos habitudes, vos relations. Votre visite à Kermoguer est une grave imprudence. »

Les paroles du baron percutaient son oreille sans y pénétrer. Elle sentait bien que le gentilhomme disait la vérité et pourtant elle refusait désespérément de l'entendre. Cette histoire ne tenait pas debout. Kristen de Kermoguer l'avait certainement inventée pour lui faire peur :

« Je ne vous crois pas ! repartit-elle tout de go, vous mentez pour vous défaire de moi ! »

Il se raidit :

« Vraiment ? Eh bien dans ce cas, retournez voir Arzhel ! »

Elle pâlit de plus belle. Arzhel ? Voilà un élément qui lui était sorti de l'esprit, et pourtant, c'était bien lui, en effet, qui tout de suite avait suggéré d'en référer au baron de Kermoguer. Pourquoi avait-il eu l'air de comprendre plus vite que les autres ce qui se passait et comment savait-il que le baron en serait informé ? Enfin, pourquoi le vieux domestique de cette maison semblait-il considérer le nom d'Arzhel comme un sauf-conduit ?

« Oh ! Seigneur ! gémit-elle, atterrée, Arzhel est un homme à vous, n'est-ce pas ? Un de ces brigands que vous défendez parce que sans doute ils vous obéissent ! Dites-moi, suis-je dans le vrai ? »

Il ne dit ni oui ni non, mais son silence renvoya comme l'écho d'un aveu.

« Avouez donc, monsieur, que vous êtes le chef des chouans de la Montagne, ceux qui tuent les curés intrus et pillent les contributions. »

Il l'interrompit durement :

« Personne ne vous a donc appris à tenir votre langue ?

— Et Tugdual ? s'exclama-t-elle sur le même ton, que faisiez-vous de lui ?

— Il était notre messager.

— Messager ? Mais il ne sait ni lire ni écrire !

— Justement ! Vous figurez-vous que nous écrivons ? Les messages sont le plus souvent verbaux et Tugdual possède une mémoire infaillible. »

L'indignation la fit se cabrer :

« Mais il n'a que dix-sept ans ! C'est encore un enfant !

— C'est un homme ! ne vous en déplaise. Il est venu à nous de son plein gré. Il a choisi librement son camp.

— Son camp ? Sait-il au moins ce qu'est un camp ? Tugdual est bien trop naïf pour comprendre ces choses-là. Il n'a pas vu le danger.

— Détrompez-vous, il en était au contraire parfaitement conscient. »

Cette dernière réplique acheva de la désarçonner. Était-ce vraiment Tugdual qu'on lui décrivait là ? N'y avait-il pas quelque part une tragique méprise ? Pourquoi ne le reconnaissait-elle pas dans le portrait de ce messager ?

Soudain, une remarque de sa mère lui revint en mémoire : « Quand les hommes en bleu lui ont ordonné de les suivre, Tugdual n'a pas protesté. Il n'était même pas surpris. A croire qu'il s'y attendait. » Son sang se figea. Si Ivona avait noté cette singularité au point de s'en souvenir, c'était assurément parce qu'elle l'avait troublée.

Alors, s'il était vrai que Tugdual s'était rendu sans murmurer, sans esquisser un geste d'étonnement, c'était parce qu'il savait, lui, pourquoi on l'arrêtait !

A peine venait-elle d'aboutir à cette effarante conclusion qu'un cortège de souvenirs infimes, de banales réminiscences, surgissant tout d'un coup de l'oubli, vint terrasser ses ultimes réserves : l'*apoteiz* qu'elle découvrait vide au milieu de la journée ; l'ombre qu'elle voyait glisser dans la maison certaines nuits ; les disparitions inexpliquées ; les retours inopinés et surtout ces mottes de terre noire sous les sabots de Tugdual, qui bien souvent s'éparpillaient entre la porte et le lit. On ne trouvait cette terre noire nulle part ailleurs qu'à Kermoguer. Elle sentait le fumier des chevaux.

Stupéfiant pouvoir des apparences ! Elle n'avait jamais prêté à ces détails toute l'attention qu'ils méritaient pour la bonne et simple raison qu'elle ne soupçonnait rien. Sa vigilance s'était noyée dans le reflet trompeur des habitudes. Tugdual l'avait bernée sans effort comme on endort la méfiance d'un enfant. Elle avait honte de sa crédulité.

Kristen s'était tourné une fois encore vers le feu et tisonnait distraitement les braises à l'aide de longues pincettes.

« Je pense qu'à présent vous êtes convaincue, n'est-ce pas ? observa-t-il après un instant de silence. Il va sans dire que si on vous interroge, il faudra nier avoir eu connaissance des activités de votre frère. Les gendarmes reviendront peut-être vous questionner, fouiller votre maison, enquêter auprès de vos voisins. Vous devrez vous taire coûte que coûte et rester sourde à leurs promesses comme à leurs menaces, car rien de ce que vous pourrez faire ou dire ne sauvera Tugdual. Souvenez-vous de cela. »

Nolwen baissa la tête. Nier, feindre, mentir, ces trois mots la révulsaient. Ils résumaient ce qu'elle avait toujours détesté et ce qui donnait la plus juste définition de cette infernale comédie. En quelques secondes, la duplicité révélée de son frère lui avait tout ravi : certitudes, affection, famille. Il ne lui restait rien de ce qu'elle possédait ce matin encore. L'enfant aux cheveux couleur de paille n'existait plus. Pendant un instant, elle lutta violemment contre l'irrépressible envie de pleurer qui s'élevait en elle comme une tornade. Tugdual un brigand, Tugdual un hors-la-loi ! Tugdual un renégat pour la justice de son pays et un homme perdu pour les siens ! Il lui semblait que la terre s'ouvrait sous ses pieds comme au soir de l'Apocalypse.

Le baron continuait d'attiser son feu sans s'émouvoir outre mesure du désarroi qui frappait la jeune fille. Il lui avait appris ce qu'elle voulait savoir mais n'entendait pas lui procurer en sus le soutien moral dont elle avait besoin. Il n'attendait qu'une chose : qu'elle s'en aille et le laisse seul.

La fille de Yann pourtant ne partait pas, serrait les poings, se recomposait petit à petit pour réprimer la faiblesse qui tentait de l'anéantir. Elle n'était pas de la race des vaincus, des humbles qui s'inclinent et se retirent à reculons. L'injustice la révoltait, lui incendiait le sang. Les yeux plantés comme deux poignards dans le dos de l'aristocrate, elle puisait dans sa colère la force de faire front.

Tugdual avait commis l'imprudence de s'adjoindre aux chouans ? Alors c'était aux chouans de lui porter secours ! Et si d'aventure leur chef ne partageait pas cette idée, elle ne s'en irait pas d'ici avant de la lui avoir enfoncée de gré ou de force dans le crâne !

« Et que comptez-vous faire ? » relança-t-elle avec le sentiment de réclamer un dû.

« Rien pour le moment sinon attendre.

— Attendre ? Mais attendre quoi, grand Dieu ! Chaque heure qui passe est une heure perdue !

— Je dois d'abord m'assurer de l'endroit où il est détenu. D'après ce qu'on m'a rapporté, ce sont les gendarmes de Châteaulin qui l'ont interpellé. Cela étant, il n'est pas dit que je pourrai l'aider.

— Vous le laisseriez mourir sans essayer de le tirer de là ?

— Pas de grands mots ! D'abord qui vous parle de le laisser mourir ? Ensuite, je vous rappelle qu'en venant nous rejoindre Tugdual a fait volontairement don de sa vie et, pour l'heure, il m'importe moins de sauver votre frère que de remédier aux conséquences de son arrestation. »

Il s'exprimait avec une véhémence croissante, les doigts crispés sur les pincettes avec lesquelles il martelait nerveusement le rebord de l'âtre. La tournure de l'entretien commençait à l'indisposer, et il s'étonnait lui-même de ne pas l'avoir encore abrégé.

« Et que dirai-je à ma mère ?

— Ce que vous voudrez !

— Bien ! Alors je vais lui expliquer que la Révolution n'a rien changé ; que les seigneurs restent les seigneurs et que la peur ne leur a pas appris la générosité.

— La peur ? Savez-vous au moins de quoi vous parlez, paysanne ignorante et stupide !

— Tout doux, messire de Kermoguer ! Ignorante, je le suis sûrement ; stupide, cela reste à prouver.

— Fichez le camp ! » rugit-il en lui montrant la porte.

Malgré la crainte qu'il lui inspirait, Nolwen s'obstinait à le défier. Son impertinence lui jouait des tours, elle le savait, mais, comme toujours en pareil cas, elle refusait de lâcher prise :

« Soit ! Je m'en vais, messire, et en vous disant grand merci encore. Je vois combien Arzhel avait raison de vous appeler notre protecteur et combien j'ai eu raison de le croire. Vous êtes assurément conforme à votre renommée. »

Elle feignit de plonger dans une révérence grossière, puis, relevant brusquement la tête, donna libre cours à sa hargne :

« Vous et vos semblables vous êtes pires que les républicains. Vous pensez que les gens sont encore vos esclaves ; qu'ils doivent vous craindre et vous servir sans autre droit que celui de se taire. Et puis, quand ils ne vous servent plus, vous les abandonnez comme des bêtes. Après le père mort à vos bottes pour ce champ que vous vouliez tant, pourquoi faire l'économie du fils ? Il ne vaut pas plus cher à vos yeux que son bûcheron de père ! »

Elle avait débité ces mots d'un seul trait et sa voix s'était fêlée au beau milieu de son discours. Abasourdie par son audace, bouleversée par l'explosion intempestive de sa douleur, elle s'interrompit de manière abrupte. Trop de sentiments pénibles, de poignantes émotions la submergeaient encore dès qu'elle évoquait son père, et la pensée de perdre son frère la frappait littéralement d'effroi. La gorge étreinte de sanglots refoulés, elle se renferma provisoirement dans un mutisme hostile.

En face d'elle, les traits du baron s'étaient empreints d'une roideur de pierre. Il contractait si fortement les articulations de ses mâchoires qu'elles semblaient sur le point de se rompre, et ses lèvres ne formaient plus qu'un pli au-dessus du menton.

Jamais personne ne lui avait encore parlé ainsi, et ces accusations, si grossières fussent-elles, le blessaient plus qu'il ne voulait en convenir, non par leur outrance mais pour les sentiments qu'elles dévoilaient. Que de fois n'avait-il senti percer sous des propos plus anodins que ceux-là la même défiance et les mêmes préjugés envers ce qu'il représentait. Le lourd héritage d'un passé encore trop proche se payait ainsi chaque jour, et il n'y avait rien d'autre à espérer de ces gens dont l'existence depuis toujours était marquée par la misère et l'asservissement. Certes, c'étaient les paysans eux-mêmes qui, de leur propre chef, avaient sollicité le soutien de leur seigneur lorsque les abus du gouvernement les avaient effrayés, mais en acceptant de les recevoir il ne s'était nullement leurré sur le sens de leur démarche. Ce n'était pas un geste d'allégeance et moins encore de sympathie, mais le simple réflexe de gens désemparés. On les privait de culte et on leur promettait la guerre, voilà qui les affolait assez pour les pousser vers Kermoguer. Au fond, ils méprisaient les princes, les émigrés, la noblesse et se moquaient pas mal du roi qui ne leur avait jamais donné de bonnes raisons de l'aimer. Quant à la restauration de la monarchie, les combats menés en son nom ne touchaient que de loin leurs desseins immédiats. Dans cette région reculée de Cornouaille où la coutume avait force de loi, la brutalité des décrets républicains, en semant panique et désarroi, avait seule créé ce ralliement paradoxal du paysan à son seigneur.

La fille Kreïs, en l'occurrence, ne faisait pas exception. Peu lui importait qu'il y eût d'autres enjeux que les siens à sauvegarder. Elle n'écoutait que ce qu'elle voulait entendre, et dès qu'on faisait obstacle à sa volonté, sa haine viscérale reprenait le dessus au détriment du simple bon sens. Il avait cru l'inciter à plus de modération en invoquant les chouans comme on formule une mise en garde, au lieu de quoi, il l'avait rendue folle de rage, et l'arsenal des récriminations classiques, teinté de rancune personnelle lui servait à présent de prétexte pour lui jeter son aversion à la tête.

En d'autres circonstances, il n'eût point dédaigné d'entrer dans le débat afin d'éclairer la lanterne de cette écervelée, mais il avait épuisé ses réserves de patience. Au demeurant, tout lui déplaisait férocement chez elle : son bagou, ses manières, son agressivité, le son même de sa voix. Il la jugeait sans complaisance malgré l'indéniable courage dont elle avait fait preuve en accourant ici. S'il admettait à part lui que, sur ce point-là au moins, elle l'avait plutôt étonné, il n'éprouvait pour elle aucune sorte de bienveillance. En outre, il ne lui pardonnait pas de l'avoir amené à parler plus que de raison, lui, le taciturne, le méfiant dont rien ne filtrait jamais et qui, tant par nature que par obligation, cultivait le secret comme une véritable science. Il n'aurait su dire comment elle y était parvenue ni comment il s'y était laissé prendre, mais, en tout état de cause, elle constituait dorénavant un danger.

Bien décidé à la chasser séance tenante, il fourbissait déjà la formule lapidaire par laquelle il entendait lui faire lever le siège, quand la voix abhorrée de l'exécrable virago rebondit une fois encore sur les pierres froides des murs :

« Il y a quelques années, j'ai entendu les hommes de plusieurs villages se mettre en colère contre les impôts, les taxes, le champart et autres redevances en nature imposées par les seigneurs lors même que nous manquions de pain et que la majeure partie de nos récoltes avait été gâtée par le mauvais temps. Il s'en est fallu de très peu alors que votre château ne fût pris d'assaut et livré au pillage comme jadis ceux de Châteauneuf et de Kergoat. Si ce désastre vous a été épargné, c'est à des hommes comme Arzhel Goasguen et Yann Kreïs que vous le devez. Ce sont eux qui ont défendu votre père dans les assemblées de village parce qu'ils le respectaient et ne voulaient pas qu'on lui fît du tort. Ils ont eu ce courage parce qu'ils croyaient en lui. Mais les temps changent et les hommes changent aussi. Aujourd'hui, moi je ne crois plus en vous, et si autrefois mon père a eu le mérite de détourner de vous la colère de vos fermiers, il se pourrait que je fasse le contraire. Nous verrons bien alors qui de vous ou de moi sera le plus écouté. Voyez-vous, je ne suis peut-être qu'une paysanne ignorante et stupide, mais je sais reconnaître un lâche lorsque j'en rencontre un. »

Quelque chose de lourd vola à travers la pièce et vint s'écraser aux pieds de Nolwen dans un fracas métallique assourdissant.

La jeune fille n'eut que le temps de sauter de côté pour éviter le coup. Les pincettes achevèrent leur course au bout de son sabot.

Elle leva sur le baron un regard médusé. Il n'avait pas bougé, mais ses mains grandes ouvertes gardaient la marque blanche de l'ustensile. Il ne dit pas un mot.

Si Nolwen avait été raisonnable, elle aurait battu en retraite sans demander son reste, mais Nolwen n'était pas raisonnable. Baisser sa garde et rompre le combat, cela ne lui ressemblait guère. Le dernier mot, toujours, lui revenait de droit.

Elle se baissa jusqu'à terre, ramassa les pincettes et, sans quitter son adversaire des yeux, lui tendit ironiquement l'objet :

« Votre arme, monseigneur », dit-elle dans un demi-sourire en lame de couteau.

*
* *

Plus tard, lorsqu'elle eut regagné Kerambraz, elle hésita longuement avant de rentrer chez elle. Elle avait couru si vite dans la nuit qu'elle ne conservait aucun souvenir du chemin parcouru. Sa tête bourdonnait comme un essaim d'abeilles. Elle avait chaud et froid alternativement, mourait d'envie de retrouver son lit et maudissait le jour où elle était née :

« Dieu du ciel ! murmura-t-elle devant sa porte, que vais-je dire ? Que vais-je dire ? »

Une frêle lumière tremblotait sur les petits carreaux de la fenêtre, indiquant qu'Ivona veillait en attendant sa fille. Une appréhension glaciale s'empara de Nolwen à l'idée de devoir avouer son échec. En son for intérieur elle n'était plus si sûre que cet échec ne fût en partie sa faute. Quand elle avait commis l'incroyable sottise de restituer les pincettes au baron, elle avait cru lire son arrêt de mort dans le regard du gentilhomme. A cet instant seulement elle avait eu conscience d'outrepasser les limites, mais le mal, hélas, ne pouvait plus se réparer. Maintenant, il ne lui restait qu'à pousser la porte de sa maison et à braver le verdict d'Ivona.

Pour tuer le temps, la vieille femme s'était réfugiée près du foyer et tournait distraitement sa quenouille. En voyant sa fille entrer, elle ne posa aucune question et se contenta de la dévisager sans lâcher le brin de laine qu'elle roulait entre ses doigts. Dès la première seconde, elle pressentit le drame.

« Il ne nous aidera pas ! » fit succinctement

Nolwen en se laissant tomber lourdement sur le banc.

Ainsi qu'elle le redoutait, sa mère entreprit seule de deviner le reste. Les mots ne signifiaient pas grand-chose pour Ivona qui n'en usait qu'avec parcimonie. Elle n'avait foi qu'en la lecture des traits :

Inutile de me servir un conte à ta façon. Je te connais, ma fille, et je connais cet air-là. Comme d'habitude, tu n'as pas su t'y prendre. Tu as laissé parler ta colère et ta violence. Ta nuque est décidément trop raide pour quelqu'un de ta condition et Dieu n'a pas fini de t'en punir. Quant à moi, je te jure bien que s'il arrive malheur à Tugdual, je t'en ferai porter la faute jusqu'à mon dernier jour.

Ivona n'avait même pas remué les lèvres pour formuler cet anathème, mais pour Nolwen le message était limpide, et elle eût cent fois préféré être rouée de coups plutôt que d'essuyer cette sentence impitoyable et muette.

« Nous tenterons autre chose », proposa-t-elle dans un effort de fermeté.

Résolument murée dans son silence réprobateur, Ivona rangea sa quenouille et son écheveau, quitta son tabouret et se mit au lit sans un mot.

Seule, sur son banc, Nolwen sentit les remords l'envahir. Son tempérament fougueux s'accommodait mal du mutisme de sa mère. Sur le terrain des empoignades, elle ne craignait personne, mais la force tranquille du silence la déconcertait, et les blâmes silencieux d'Ivona étaient ce qu'elle appréhendait le plus au monde.

Constatant que la vieille se pelotonnait sous son édredon de balle dans l'intention manifeste de lui tourner le dos, Nolwen jugea préférable d'attendre qu'elle fût endormie avant de la rejoindre au fond du méchant lit clos qu'elles partageaient toutes deux depuis la mort du père.

*
* *

Du fond de l'*apoteiz* où elle avait trouvé refuge depuis le commencement de l'après-midi, Nolwen vit un homme s'approcher.

Elle ouvrit attentivement les yeux, fronça les sourcils et finit par se convaincre qu'il se dirigeait vers la maison. Il avait surgi du petit bois voisin et n'avançait qu'en s'entourant d'infinies précautions, de sorte que Nolwen seule pouvait l'apercevoir par la lucarne de l'*apoteiz*.

Elle s'était repliée là pour trouver un peu de paix et s'appliquait sans conviction à terminer le panier d'osier délaissé par Tugdual, mais l'activité machinale de ses doigts ne parvenait pas à la distraire des mornes pensées qui lui tournaient dans la tête. Depuis la veille, Ivona ne lui avait pas une seule fois adressé la parole, ce qui était sa façon à elle d'exprimer son ressentiment. Quant à son entrevue orageuse avec le baron de Kermoguer, les souvenirs désagréables qu'elle conservait de cet épisode continuaient de la poursuivre avec un tel acharnement qu'elle croyait voir les terrifiants yeux noirs partout.

Instantanément en alerte, elle rejeta le panier et se mit à suivre du regard la progression de l'inconnu. Il donnait l'impression d'avoir parfaitement étudié la disposition des lieux, et pourtant elle était prête à parier qu'il n'était jamais venu à Kerambraz. Ne sachant si cette visite était bonne ou mauvaise, elle le regarda venir avec méfiance.

L'homme était vêtu d'une veste de velours brun et portait des bottes de cuir souple à revers, comme celles du baron. Il marchait à grands pas en épiant sans cesse les alentours comme s'il se donnait beaucoup de mal pour passer inaperçu. Pendant quelques minutes, Nolwen se surprit à admirer son adresse et la légèreté de ses mouvements. Il était svelte, agile, bien tourné. Son élégance annonçait le gentilhomme. Il ne faisait aucun geste inutile.

Quand il fut devant la maison, il enjamba prestement le seuil et rabattit aussitôt la porte derrière lui. L'obscurité du logis, un moment, le désorienta, puis il repéra rapidement la petite claie en planches de l'appentis, la poussa et dénicha Nolwen tapie dans l'encoignure.

« Veuillez me pardonner de ne pas avoir frappé, s'excusa-t-il avec courtoisie, mais je ne tenais pas à attirer l'attention. Êtes-vous Nolwen Kreïs ? »

Elle fit « oui », de la tête, sans grand empressement.

« Je me présente, mon nom est Maunoir, je suis le garde forestier du baron de Kermoguer. »

Il souligna sa phrase d'une brève inclination et claqua légèrement les talons à la façon d'un militaire. Nolwen se retint de marquer sa surprise :

« C'est lui qui vous envoie ? » s'enquit-elle, déjà sur la défensive.

Bien qu'un peu choqué par ce « lui » irrévérencieux, le garde forestier ébaucha néanmoins un sourire conciliant :

« Je suis chargé de vous faire savoir qu'une réunion se tiendra ce soir à Kermoguer et que monsieur le baron souhaite vous y voir.

— M'y voir ? Moi ? s'esclaffa-t-elle, incrédule, ne m'a-t-il pas déjà assez vue ?

— Il y sera question de votre frère. »

Elle sursauta si vivement que Maunoir étendit la main pour prévenir toute exclamation intempestive :

« Écoutez-moi ! commanda-t-il, j'ai peu de temps à vous consacrer. Viendrez-vous ce soir à Kermoguer ? »

Le ton était bref mais le visage aimable. Dans la semi-pénombre de la pièce, Nolwen put remarquer qu'il avait des cheveux clairs et bouclés, noués sur la nuque par un ruban, de magnifiques yeux verts, de longs cils et une fine estafilade sur la pommette gauche. Sa silhouette témoignait d'une vigoureuse jeunesse tandis que ses traits avouaient sans regrets la trentaine passée. Sa mise autant que ses manières dénotaient un certain usage du monde, mais on ne retrouvait chez lui ni la froideur ni la morgue aristocratique du seigneur de Kermoguer.

« Qu'y a-t-il de nouveau à propos de mon frère ?

— Il ne m'appartient pas de vous le dire. Seul le baron de Kermoguer a le droit de vous informer. Ma mission se borne à vous transmettre son invitation.

— Je lui suis très reconnaissante de... »

Elle ne put achever sa phrase. La vision des pincettes s'abattant à ses pieds lui ôta d'un seul coup le goût des politesses factices.

Comme s'il lisait dans ses pensées, Maunoir sourit encore :

« Ne soyez pas dupe, Nolwen Kreïs, ce n'est pas une grâce qu'il vous fait. Vous l'avez offensé et il vous en tiendra longtemps rigueur, sachez-le, mais vos menaces l'ont fait réfléchir. Le plus sûr moyen d'obtenir votre silence est encore de vous lier au secret. Vous comprendrez plus tard. »

Il marqua une pause avant de poursuivre sur une note plus amicale que sévère :

« Il n'est pas bon de jouer avec le feu quand on est sur une poudrière. Insulter le baron n'était pas une excellente idée. Si vous aviez été un peu plus patiente, un peu moins...

— Il m'a traitée de paysanne ignorante et stupide !

— Diantre ! Et qu'aviez-vous fait pour mériter cela ? »

Elle piqua un fard et baissa le front. Le garde semblait bien renseigné. Le baron lui avait probablement rapporté l'incident en des termes qu'elle n'osait imaginer. Curieusement, elle en éprouvait une sorte de désappointement, car son visiteur lui était sympathique et elle n'aimait pas l'idée qu'il pût la juger mal. Elle aurait voulu se disculper, plaider la compréhension et l'indulgence, mais les mots qui se pressaient en désordre dans son esprit refusaient de jaillir. Depuis quelque temps, elle avait l'impression de tout faire de travers, même ses meilleures actions, et sa hardiesse coutumière l'abandonnait inexplicablement.

« Quoi qu'il en soit, reprit Maunoir après un nouveau silence, voici l'itinéraire que vous devrez emprunter. Je vous recommande à ce sujet la plus grande prudence, car la colonne mobile est en visite à Saint-Thois aujourd'hui. Je ne saurais trop vous mettre en garde contre l'éventualité d'une aussi mauvaise rencontre.

— Je n'ai pas peur de la colonne mobile !

— Je n'en doute pas un instant, mais ce n'est pas de cela qu'il s'agit. Imaginez ce qui pourrait advenir si l'on apprenait que vous vous rendez à Kermoguer alors que votre frère vient d'être arrêté. N'oubliez pas que la dénonciation est peut-être venue d'ici. Méfiez-vous désormais de tous vos voisins.

— Alors c'est donc vrai ? Ce serait un voisin qui nous aurait trahis ?

— Possible. En tout cas, Arzhel s'emploie à le démontrer, et nous comptons sur lui pour démasquer le coupable. Mais, maintenant, parlons un peu de cet itinéraire. »

A l'aide d'une branche d'osier, Maunoir traça sur le sol de terre battue un plan sommaire de la région tout en commentant son dessin de remarques appropriées :

« Évitez les espaces découverts et les lieux de passage, même s'il vous semble improbable d'y croiser âme qui vive ; ne portez aucun vêtement clair qui serait de nature à vous faire repérer et faites attention au bruit de vos sabots. La nuit, le moindre claquement porte à des milles. En arrivant à Kermoguer, ne vous éloignez pas de la chênaie jusqu'à ce que vous soyez à proximité de la tour. A partir de là, vous serez guidée par nos guetteurs. »

Elle opina en silence, soucieuse de retenir chaque détail. Aussi insolites que fussent les recommandations de Maunoir, elle ne songeait même plus à s'en étonner. En moins de deux journées, elle s'était habituée aux faits les plus extraordinaires, à affronter le monde étrange où son frère l'avait entraînée. Les premiers effets de sa stupeur passés, elle était prête à tout.

« Quand devrai-je me mettre en route ?

— Dès qu'il fera nuit noire. »

Elle hocha la tête encore une fois. Sa parfaite connaissance du pays la dispensait de précisions supplémentaires, et l'expédition lui était déjà familière. Cependant, Maunoir l'enveloppait tout entière d'un regard attentif. Il parut hésiter une seconde avant d'ajouter :

« Il est inutile, je pense, de souligner que nous faisons confiance à votre discrétion. Si tout se passe bien, vous ne serez pas inquiétée.

— Je veux retrouver Tugdual. Pour moi, c'est la seule chose qui compte.

— Soit, mais les républicains ne sont pas tendres avec leurs ennemis, et leurs méthodes...

— Moi, je suis de la Montagne et on ne vient

pas facilement à bout des montagnards. Voyez-vous, monsieur, je ne sais pas ce que mon frère est allé faire chez les brigands, mais je connais son honnêteté et sa droiture. Alors, je serai honnête moi aussi, envers vous et surtout envers lui, car je dois d'abord l'aider avant de le juger. »

Maunoir se recueillit un instant, puis, le visage grave, il poursuivit dans un soupir :

« Ah ! Nolwen, je devine que l'existence est devenue subitement très difficile pour vous, et vous m'en voyez navré, mais vous avez raison de ne pas condamner votre frère. La cause qu'il a épousée est juste. Nous sommes nombreux à vouloir la défendre et bientôt nous serons plus nombreux encore. Nous ne faisons pas la guerre pour le plaisir, c'est la République qui nous y pousse.

— L'ordre ancien était-il meilleur ? Je n'en ai pas souvenance.

— Il n'était pas parfait, certes, mais au moins la Bretagne était libre. Aujourd'hui, c'est la terreur qui gouverne et Paris exerce sa dictature sanglante jusque dans nos campagnes. Nos prêtres sont persécutés, nos jeunes doivent se terrer pour échapper à la conscription, nos paysans sont éreintés par les réquisitions et les impôts que le parlement de Rennes ne peut plus interdire. Les tribunaux révolutionnaires expédient chaque jour des centaines de gens à la mort et les comités de surveillance encouragent l'espionnage et la délation. Notre pays court à sa perte. »

Nolwen faisait de son mieux pour comprendre le sens de ce discours inédit truffé de termes inconnus. D'ordinaire, elle ne prêtait qu'une oreille distraite aux critiques proférées contre le gouvernement lors de certains rassemblements houleux où le mécontentement général stigmatisait principalement les restrictions économiques. Les mots « terreur », « dictature », « tribunaux révolutionnaires » ou « comités de surveillance » ne semblaient pas alors tenir une grande place dans l'inventaire des calamités, car, pour sa part, elle les entendait ici pour la première fois. Néanmoins, elle sentait que Maunoir n'en usait pas comme d'artifices oratoires afin de l'impressionner. Il lui parlait au contraire avec franchise et simplicité comme à un interlocuteur de condition égale susceptible de partager les mêmes opinions que lui. Personne, jusqu'à ce jour, n'avait encore accordé un tel crédit à son entendement ni déployé tant de soin à l'instruire. Elle en était secrètement flattée et, pour cette seule raison, ne demandait qu'à croire tout ce qu'il disait.

L'entretien, toutefois, touchait à sa fin, et déjà Maunoir se dirigeait vers la porte. Elle aurait aimé le retenir un peu, l'écouter expliquer encore, mais l'obligation de partir s'imposait. Au moment où il allait actionner le levier de la clenche, elle osa une ultime question :

« Dites-moi, monsieur, est-ce que je reverrai mon frère ? »

Il se retourna, et son beau regard vert tomba sur la jeune fille comme un rai de lumière :

« Vous ne devez jamais cesser de le croire », assura-t-il chaleureusement.

Là-dessus, il entrouvrit prudemment la porte et inséra son visage dans l'entrebâillement :

« Vos voisins ne vont pas tarder à rentrer, l'entendit-elle murmurer, je dois m'en aller. »

Il marqua un autre temps d'arrêt, puis, tournant la tête une dernière fois, il lui fit un clin d'œil et conclut avec un bon sourire :

« Vous verrez, tout finira par s'arranger. Ayez confiance. »

Après quoi, il s'élança au-dehors et gagna

d'une traite le petit bois où il disparut comme par enchantement.

Rassérénée, Nolwen rassembla énergiquement sa brassée d'osier et la rangea dans un coin de l'*apoteiz*. Le panier pouvait attendre, elle n'était plus en mal d'occupation. La visite du garde lui avait mis plus de baume au cœur que dix sermons d'église, et son esprit s'affairait déjà à préparer la sortie de ce soir. A vrai dire, seule la présence de sa mère constituait pour elle un obstacle encombrant, car, sous ses dehors insignifiants de petite ombre noire, Ivona dissimulait une redoutable perspicacité. Tromper sa vigilance n'était pas chose aisée, or il fallait absolument la tenir dans l'ignorance de tout cela. En revanche, l'indiscrétion coutumière de ses voisins n'inspirait pas à la jeune fille de sérieuses inquiétudes. Elle savait par expérience que le meilleur moyen de calmer leur curiosité était encore de la satisfaire. Dans leur ensemble, ce n'étaient pas de mauvaises gens, mais, à Kerambraz comme ailleurs, on aimait à se mêler de tout.

Les parents de Nolwen avaient vu le jour dans ce village ainsi qu'avant eux leurs propres parents, grands-parents et ancêtres lointains dont le temps s'était chargé de disperser les cendres. Depuis toujours, les villageois leur tenaient lieu de famille, car Yann et Ivona n'en possédaient pas d'autre en dehors de cet oncle Nicolas, le frère d'Ivona qui habitait Landeleau et ne venait jamais les voir. Grands travaux collectifs, fêtes religieuses, événements familiaux étaient donc traditionnellement partagés par la communauté entière, et cela finissait par tisser entre les gens des liens qui parfois rejoignaient ceux du sang. La diminution progressive du nombre des foyers au cours de ces dernières années n'avait pas modifié les rapports sur ce plan. Les habitants de Kerambraz continuaient de vivre comme par le passé, dans une sorte d'intimité naturelle et dans le respect du clan.

Le clan ? Quelqu'un pourtant l'avait trahi, brisant par là même le pacte de confiance qui unissait les villageois depuis des générations. Tugdual n'avait pas d'ennemi, mais on l'avait vendu quand même, pour de l'argent peut-être ou pour tout autre chose ; qui le savait sinon Judas lui-même ? « Méfiez-vous désormais de tous vos voisins », avait averti Maunoir avec raison. La forfaiture d'un seul homme éclaboussait tout le village, et si l'innocence n'avait plus de visage, la traîtrise, elle, en avait maintenant cinquante. Comment les regarder en face, à présent, ceux qui déjà se cachaient d'elle, n'osaient même plus la saluer et négligeaient de se demander si elle avait besoin de leur soutien ? Se souvenaient-ils au moins qu'hier encore ils faisaient partie de sa famille ? Ah ! la guerre était décidément une invention du diable si elle changeait le cœur des hommes à ce point !

Soudain, elle tressaillit quand ses pensées butèrent sur le mot « guerre » qu'avaient employé devant elle Maunoir et le baron. Or, elle n'avait qu'une très vague idée de ce que recouvrait concrètement ce mot. Comme tout le monde, elle avait entendu parler de celle qui se menait très loin, là-bas, au-delà des frontières, contre les ennemis de la France et pour laquelle on enrôlait les garçons du pays, mais celle-là, personne ici ne voulait la faire parce que personne ne l'avait réclamée. Selon toute vraisemblance, « l'autre guerre » (celle de Maunoir et du baron) se déroulait certainement en Bretagne, mais où se cachait-elle ? Cela désignait-il les rassemblements d'émeutiers qui, de temps en temps, autour de certaines villes, dégénéraient en affrontements avec les troupes républicaines ? Les hommes surtout semblaient se passionner pour ces événements et les commentaient avec animation sans se risquer toutefois à en parler trop haut, mais, dans la Montagne, il ne se passait rien de semblable, ou, du moins, rien qui, à sa connaissance, eût un tel retentissement.

Certes, quelques mois plus tôt, Kerambraz lui aussi avait frôlé l'émeute à cause de trois jeunes conscrits qu'un injuste tirage au sort prétendait incorporer dans un régiment. Cela se pratiquait alors un peu partout, assurait-on, dans les villes comme dans les campagnes où l'armée républicaine levait à tour de bras de pleines fournées de « volontaires ». Ceux qui refusaient d'endosser l'uniforme étaient décrétés déserteurs et poursuivis avec sévérité. Les trois gars en question avaient néanmoins refusé d'obéir, et aussitôt les hommes s'étaient dressés pour les soutenir, criant à qui voulait l'entendre qu'aucun gouvernement n'avait le droit d'exiger qu'un Breton se fît soldat contre son gré hors la province et qu'en outre les travaux de printemps appelaient impérativement les jeunes gens aux champs. Là-dessus, des femmes, des mères avaient hurlé plus fort encore, et le recteur avait improvisé un prêche pour inciter le peuple à résister au « tirement » et aux « jureurs ». Pour finir, les trois conscrits avaient disparu et on ne les avait plus jamais revus ni à Kerambraz ni ailleurs. Depuis, très peu de gens en reparlaient encore.

Cet épisode isolé, si tapageur qu'il ait pu être, n'avait pourtant pas produit le moindre coup de feu, et on imaginait mal qu'une guerre pût ressembler à cela. Pour sa part, Nolwen s'était seulement réjouie de ce que Tugdual fût encore trop jeune à l'époque pour tomber sous le coup de la loi des conscrits.

Alors, pour qui ou contre quoi les chouans

se battaient-ils ? Était-ce pour échapper à la conscription (en somme, faire la guerre pour ne pas y aller) ? Était-ce pour défendre les recteurs non jureurs traqués par les républicains ? Soit, à l'instar de tous les paroissiens de Saint-Thois, elle avait vivement déploré la fuite du recteur Kermarec, contraint de se sauver en pleine nuit comme un voleur pour éviter la prison ou l'indigne prestation de serment, mais dépendait-il réellement de Tugdual et des autres que *aotrou parson*[1] revînt à la cure sans être inquiété ? Et fallait-il nécessairement déclencher une guerre pour obtenir ce résultat ?

Elle avait beau passer en revue ces maigres faits divers, tenter de leur trouver une cohérence quelconque, elle ne parvenait pas à les relier à son jeune frère et moins encore à se représenter la « cause » qu'il avait « épousée » en devenant brigand. En vérité, Maunoir lui avait fait un grand honneur en la croyant capable de comprendre ce qui semblait si peu à sa portée. Grâce à ses explications, elle y voyait encore moins clair qu'à son retour de Kermoguer.

Plus tard, dans la soirée, la mère et la fille dînèrent sobrement d'une soupe de lait trempée de pain rassis, ensuite de quoi Nolwen attendit patiemment l'heure du départ tandis que la vieille tournait sa quenouille au coin du feu. Pour se donner bonne contenance, la jeune fille feignit de s'absorber dans le tressage du panier d'osier qu'elle était allée extraire de l'appentis. En silence, sans même échanger un regard, elles s'occupèrent ainsi les doigts sous l'apparence d'une certaine sérénité qu'un geste un peu brutal venait de temps à autre désavouer. Ce simulacre de veillée dura environ une heure avant qu'Ivona manifestât enfin l'envie de se

1. *Aotrou parson* : monsieur le recteur.

coucher en remisant ostensiblement sa quenouille. Sans se douter du supplice qu'elle infligeait aux nerfs de sa fille, elle déploya ensuite une lenteur exaspérante à défaire sa coiffe, dénouer ses cheveux, ôter un à un ses vêtements de dessus, passer sa chemise, réciter des prières sans fin et tapoter sa paillasse de balle d'avoine avant de s'y étendre en soupirant. Quand elle fut enfin prête, elle fit coulisser la portière de son lit et se tint tranquille.

Nolwen, pendant ce temps, s'était approchée de la petite fenêtre qui, durant le jour, projetait une clarté avare au milieu de la table. La nuit était là, épaisse et sombre comme un morceau de schiste plaqué sur les carreaux. Pas un mouvement dehors, pas un bruit, excepté le bruissement des arbres chahutés par un petit vent frais qui s'était levé au crépuscule. Dans le ciel, les nuages s'attroupaient autour de l'astre rond dont on distinguait à peine la brillance laiteuse.

Elle se recueillit un court instant, puis, après un bref coup d'œil au lit clos, délaça prestement les rubans de sa coiffe. « Pas de vêtement de couleur claire », avait recommandé Maunoir.

Ivona avait tout de suite sombré dans le sommeil, ce dont sa fille la remercia secrètement. Après avoir soufflé la chandelle, Nolwen se dirigea vers la porte à pas de loup et se prépara à opérer une sortie prudente à la manière d'Arzhel. Soudain, la voix chevrotante de sa vieille mère, fusant du fond de son armoire à dormir, cloua la main de la jeune fille sur le loquet de fer :

« Nolwen ! Attends un peu ! »

L'interpellée s'immobilisa, le souffle coupé, les nerfs tendus à se rompre. La porte du lit grinça de nouveau :

« Viens là, ma fille ! » ordonna doucement Ivona en s'asseyant sur sa paillasse chuintante.

Il n'y avait qu'un pas pour atteindre ce lit, mais pour Nolwen ce pas était un précipice ! Elle obéit néanmoins, submergée de dépit, raide comme un piquet et, parvenue au chevet de sa mère, se prépara à une nouvelle algarade.

Contre toute attente, Ivona leva le bras, et dans un élan de tendresse inhabituel, traça sur le front de sa fille la signe de la croix :

« Que Dieu te bénisse et veille sur toi, mon enfant. »

Sidérée, Nolwen intercepta ce bras trop maigre et le garda prisonnier de ses doigts :

« Mais que faites-vous ? protesta-t-elle avec rudesse, pourquoi cette bénédiction ?

— Tu en auras besoin si j'ai deviné juste.

— Et qu'avez-vous deviné ?

— Que ce soir tu vas rencontrer les chouans. »

Nolwen sursauta vivement. Les chouans ? Mais qui avait parlé de chouans devant Ivona ?

« Vous paraissez bien informée...

— Dans un coin de la forêt de Laz, il y a un endroit où des hommes se cachent pour faire la guerre. On appelle cet endroit La Vraie-Croix. Ton frère s'y rendait souvent.

— Vous saviez cela et vous ne m'en avez rien dit !

— Chut ! Ne te fâche pas. Le secret, Nolwen, est un dépôt sacré. Ce n'était pas à moi de te le révéler.

— Et à qui donc, alors ? Voyez où nous en sommes !

— La patience n'est pas ton fort, ma fille. Si je t'avais avoué ce que je soupçonnais déjà quand les gendarmes ont emmené ton frère, Dieu sait comment tu aurais réagi !

— Ainsi Tugdual vous faisait ses confidences en se cachant de moi.

— Ne crois pas cela. Tugdual ne m'a jamais rien confié.

— Vraiment ! Et les chouans, La Vraie-Croix, vous ne les avez pas inventés, tout de même !

— Bah ! personne ne se méfie assez de moi. Je ne suis qu'une vieille femme qu'on ne remarque pas... »

Nolwen laissa tomber un lourd soupir :

« Toutes ces années passées auprès de vous n'auront pas suffi à percer le mystère que vous représentez pour moi. En tout cas, je constate que vous n'avez pas une grande confiance en votre fille.

— Pas plus que tu n'en as en moi. »

Elles s'observèrent un instant, étonnées du ton de ce dialogue qui pour une fois leur permettait de se parler franchement. Il y avait bien longtemps, en effet, qu'elles vivaient côte à côte sans vraiment se rencontrer. Au demeurant, les relations entre la mère et la fille n'avaient jamais été faciles, surtout depuis la naissance de Tugdual qui était incontestablement le préféré d'Ivona. Quand il était venu au monde cinq années après sa sœur, sa mère lui avait aussitôt réservé le meilleur de son amour. Fragile dans les premiers temps de sa vie, il avait grandi entouré de prévenances et de soins tandis que la fillette poussait comme de la folle avoine. Peu encline à séjourner longtemps dans les jupes de sa mère où, d'ailleurs, on ne la retenait pas, Nolwen s'était alors tournée vers son père et appliquée à l'imiter en tout au point de passer bientôt pour un garçon manqué. Plus tard, Ivona fit des « mauvaises manières » de sa fille un sujet constant de reproches. Trop hardie, trop délurée au goût de la brave femme, Nolwen était devenue pour celle-ci une source permanente de contrariétés et de désillusions, et le contraste qui opposait leurs natures respectives ne cessait d'alimenter leurs multiples différends. Si la mort brutale du père, l'an dernier, les avait provisoirement rapprochées, elle n'avait pas pour autant aboli les années de mésentente et d'incompréhension mutuelle qui constituaient le fond de leurs relations, si bien que, depuis l'arrestation de Tugdual, Nolwen n'avait espéré aucun encouragement de sa mère.

« Bon ! fit la jeune fille, conciliante, en essayant de surmonter son trouble, l'heure n'est pas aux *mea culpa*. Le temps presse. Je dois partir.

— Une seconde encore ! Passe par là ! (Ivona désignait à Nolwen la porte de l'*apoteiz*). Tout à l'heure, après la traite, j'ai décloué les planches de la fenêtre pour que tu puisses t'y glisser. Tu gagneras plus facilement le bois en passant par-derrière. Ainsi, personne ne te verra sortir.

— Vous avez décidément pensé à tout.

— C'est que je veux t'aider. »

Pragmatique, Nolwen comprit que cet effort de bonne volonté la condamnait à réussir et qu'Ivona ne lui accordait plus aucun droit à l'erreur. Sans plus attendre, elle poussa la porte du réduit et s'engouffra à l'intérieur où sévissait un vent coulis d'une fraîcheur saisissante. Débarrassée des planches qui l'aveuglaient depuis la chute de son dernier fragment de vitre, la fenêtre béait sur un carré de nuit. Nolwen s'y faufila, les jambes en avant, puis sauta lestement dans l'herbe avant de s'envoler vers le bois.

Par précaution, elle tenait ses sabots à la main, et la terre gorgée d'eau amortissait le son mat de ses pas tandis qu'elle dévalait en courant le chemin emprunté par Maunoir quelques heures plus tôt. « La nuit, le moindre bruit porte à des milles », avait aussi souligné le garde. Seule, elle n'aurait même pas imaginé qu'un claquement de sabots pût être dangereux, mais, petit à petit, elle apprenait à se garder de tout, y compris de l'innocence trompeuse des talus et des arbres.

Elle dépassa au pas de course les essarts de Rulan et la grande croix de granit puis dégringola à vive allure le versant du plateau afin de rejoindre rapidement le minuscule cours d'eau qui serpentait en contrebas. Les indications de Maunoir lui prescrivaient de longer ce ruisseau en amont sur près d'une demi-lieue avant d'atteindre les premières crêtes bornant le domaine de Kermoguer. Au moment où elle sautait le ru à pieds joints, une averse soudaine se mit à cravacher la campagne. Pour seul vêtement chaud, elle ne disposait que de sa méchante cape dont le lainage usé absorbait l'eau comme un buvard.

Très vite, elle fut trempée jusqu'aux os.

Comme pour accroître la difficulté, le circuit préconisé par le garde après l'étape du ruisseau s'avéra infiniment plus complexe et périlleux que celui qu'elle s'était tracé l'autre soir. Il lui fallut franchir des passages impossibles, frôler à tout instant le piège des marécages, escalader des agrégats de roche aux arêtes glissantes, le tout sous une pluie battante et un ciel vide d'étoiles où l'œil rond de la lune sombrait dans les nuages. Quand elle émergea enfin au beau milieu de la chênaie, exténuée et transie, elle se crut incapable de faire un pas de plus. Sous le couvert des grands arbres, l'obscurité avait l'opacité de l'encre. Un vent sournois et rêche y menait de vigoureux assauts, coupants comme le tranchant d'un sabre. La jeune fille sentit ses habits mouillés se plaquer contre son corps et l'envelopper de leur étreinte glacée. Elle tendit un bras à l'aveuglette, rencontra l'écorce rugueuse d'un tronc et s'y adossa, les doigts recroquevillés sur les bords de sa cape.

Au même instant, le hululement d'une chouette retentit tout près d'elle, suivi d'un autre puis d'un troisième régulièrement espacés. Elle se raidit, l'œil aux aguets. Les sourds halètements du vent troublaient les mouvements du sous-bois, soulevant çà et là des poignées de feuilles mortes qui s'envolaient dans un bruit de froissement. La pluie flagellait nerveusement les épaisses ramures.

Soudain, un homme surgit devant elle : silhouette informe et silencieuse, à demi engloutie sous un chapeau immense où rebondissaient des gouttes d'eau. Il tenait négligemment son fusil dans ses bras et ne semblait aucunement en alerte.

« Suivez-moi », fit-il laconiquement.

Sans autre formalité, il entraîna la jeune paysanne à travers un dédale d'arbres centenaires dont les énormes troncs ressemblaient, dans le noir, aux colonnes d'une cathédrale. Quand ils furent en vue du château, l'homme, par trois fois, imita le cri de la chouette en s'aidant de ses mains. Des fourrés alentour fusèrent plusieurs cris identiques.

Nolwen vit le mystérieux inconnu se diriger sans hésiter vers la tour et s'arrêter devant une porte basse munie d'un judas à treillis. De son poing fermé il lui assena trois coups. La porte pivota presque instantanément. L'homme s'inclina pour passer sous le linteau.

Collée aux talons de son guide, Nolwen s'engagea à sa suite dans l'étroite ouverture et déboucha dans une salle froide où flânaient encore des fragrances d'encens. Dans un renfoncement, elle distingua nettement la forme blanche d'un autel devant lequel s'ordonnaient en éventail plusieurs rangées de prie-Dieu et en déduisit qu'ils venaient de pénétrer dans la chapelle domestique de Kermoguer. Cependant, elle ne put apercevoir celui qui leur avait ouvert la porte, l'endroit lui parut lugubrement désert.

L'homme au grand chapeau longea le bas-côté du sanctuaire, traversa le chœur en se signant, puis s'immobilisa à l'angle d'une boiserie située à quelques pouces du retable. Pour la seconde fois il toqua, et la boiserie s'effaça pour donner accès à un mince passage conduisant à une sorte de cave éclairée où se trémoussait un ballet d'ombres mouvantes.

« Nous voici ! » claironna gaiement le compagnon de Nolwen en entrant.

Aveuglée par la lumière des torches, Nolwen avança en titubant vers le centre de la cave et regarda autour d'elle avec effarement.

La salle où l'avait introduite l'homme sans visage ne ressemblait en rien à ce qu'elle avait vu jusqu'ici. Des murs monstrueux et ruisselants d'humidité lui donnaient la forme approximative d'un rectangle biscornu au-dessus duquel s'écartelaient des voûtes primitives construites en gros moellons. Le sol de terre battue, truffé de galets et d'éclats de silex, conservait les vestiges d'un ancien empierrement, et des torchères de fer forgé fichées dans les murs soutenaient des flambeaux de résine qui empestaient.

Le faisceau de regards qui s'abattit sur elle lui fit l'effet d'une pluie de javelots. Des hommes à larges chapeaux de feutre la cernaient de toutes parts, goguenards et curieux. Ils étaient vêtus de vieux paletots, de vareuses fripées, de culottes bouffantes ou de pantalons longs et rapiécés. Certains portaient des armes à leur ceinture. D'autres s'appuyaient sur des bâtons noueux. Leurs cheveux emmêlés pendaient sur leurs épaules. Ils étaient barbus et sales à faire peur.

Convaincue d'être tombée dans un repaire de coupe-jarrets, Nolwen osait à peine lever les yeux sur ces trognes inquiétantes qui la dévisageaient de façon indécente en grognant stupidement. Elle finit néanmoins par repérer Maunoir, nonchalamment adossé à un mur, les bras croisés sur la poitrine et le sourire aux lèvres :

« Bonjour, Nolwen ! dit-il, sans bouger de sa place, bienvenue parmi nous. »

Nolwen était trop tendue pour apprécier les civilités :

« Juste Ciel ! s'écria-t-elle d'une voix aiguë, où donc m'avez-vous attirée ? »

Maunoir éclata de rire :

« Dans l'endroit le plus sûr que je connaisse, soyez tranquille. J'admets que nos amis n'ont pas des mines d'enfants de chœur, mais vous n'avez rien à craindre d'eux. »

Au regard amusé qu'il promenait sur elle, elle comprit qu'elle n'offrait pas non plus un aspect très reluisant. Sa randonnée nocturne l'avait mise en un triste état. Sa cape maculée de boue traînait piteusement par terre sous le poids de l'eau. Ses cheveux mouillés lui dégoulinaient dans les yeux, traçant sur son visage de longues coulées noires. Elle avait froid. D'un geste brutal elle repoussa ses mèches et s'essuya les joues d'un revers de main.

« Nolwen a été très courageuse », crut bon d'exposer l'homme qui lui avait servi de guide. « Je peux en témoigner. »

Se tournant vers elle, il ôta son chapeau et lui fit un clin d'œil malicieux :

« Hé ! Nolwen ! Tu te souviens de moi ? »

Avec stupeur, elle reconnut alors l'un des

trois conscrits de Kerambraz qui avaient révolutionné le village lors du tirage au sort.

« Ludovic ! C'est donc là que tu étais !

— Comme tu vois. Je n'ai pas quitté le pays. S'il faut se battre, autant le faire chez soi, pas vrai ? Tiens ! Guillaume et Pierre-Yves sont là aussi. Nous sommes restés ensemble. »

A ces mots, deux jeunes gens se détachèrent du groupe et vinrent se planter devant leur ancienne voisine :

« Salut Nolwen ! Le monde est petit, n'est-ce pas ? »

Ils avaient l'air tellement réjouis de son ahurissement qu'ils jubilaient comme des garnements qui viennent de jouer quelque bon tour.

Elle ne sut quoi leur dire.

« Je t'ai rejointe à mi-parcours, enchaîna Ludovic toujours souriant, et je t'ai suivie jusqu'à Kermoguer. Tu ne t'es rendu compte de rien, hein ? »

Nolwen haussa les épaules :

« Tu aurais pu te montrer. Nous aurions fait route ensemble.

— Ce n'étaient pas les ordres. »

Elle n'insista pas.

Depuis l'arrivée de Nolwen, Kristen de Kermoguer se tenait volontairement en retrait dans un coin d'ombre. Les bottes vissées au sol, les mains nouées dans le dos, il observait sans broncher la scène des retrouvailles entre l'intrépide paysanne et ses trois compères.

Quand cela lui parut suffisant, il sortit de sa réserve pour annoncer d'un ton bref :

« Puisque nous sommes au complet, nous pouvons commencer. »

Ce timbre de voix, reconnaissable entre tous, suscita aussitôt chez Nolwen un malaise indescriptible. Jusqu'à cet instant, elle n'avait pas cherché à s'assurer de la présence du baron. C'était au garde forestier qu'elle avait obéi en venant à cette réunion et, naïvement, elle comptait n'y rencontrer que lui. Elle redressa vivement la tête, consciente de son allure pitoyable, de sa méprisable infériorité au regard de cet homme qui la faisait trembler. Un goût de fiel lui envahit la bouche.

Il lui parut plus grand et plus impressionnant encore que l'autre soir. Sa peau tannée par le vent prenait un éclat de cuivre sous la lumière changeante des flambeaux. Il avait dénoué sa chevelure de jais qu'il laissait s'étaler en longues mèches égales le long de ses joues creuses. Une veste de drap gris à parements noirs lui moulait avantageusement le torse et sur ses poignets brunis émergeaient discrètement les manches d'une chemise fine. Il portait une culotte de peau très ajustée et des bottes souples à revers qui mettaient en valeur la puissante musculature de ses longues jambes de cavalier.

S'il lui avait seulement témoigné un peu plus de considération et un peu moins de dédain ; s'il avait fait un peu attention à elle, ne fût-ce que par politesse ou simple compassion, elle eût pour sa part oublié tout le reste ; gommé de sa mémoire certains mots, certains gestes ; ravalé sa rancœur. Elle eût, sans hésiter, fait amende honorable et se serait glissée dans son ombre en attendant un geste de lui. Mais l'orgueilleuse froideur de Kristen de Kermoguer n'était pas de nature à produire ce miracle. Il ne voyait que ce qui se trouvait à la hauteur de ses yeux ; ne savait pas abaisser son regard. Souverainement indifférent à la nouvelle venue, il traversa la salle en passant devant elle et marcha vers ses hommes sans détourner la tête.

« J'ai demandé la réunion de ce conseil, leur

dit-il, parce que certaines circonstances commandaient qu'il eût lieu sans tarder. Avant d'y venir, je tiens tout d'abord à vous mettre en garde contre les nombreuses patrouilles de la colonne mobile dans notre secteur ces jours-ci. Aujourd'hui, elle était à Saint-Thois ; demain, elle sera à Lennon et Pont-Coblant. Je suis informé qu'elle remontera sous trois jours à Gouézec et qu'elle finira son inspection par une visite au château de Trévarez. Vous voilà tous prévenus, agissez comme à l'accoutumée. »

Les chapeaux de feutre dodelinèrent en signe de compréhension.

Pas besoin d'en dire davantage pour que tout le monde comprît ce que signifiait cette consigne ; tout le monde sauf Nolwen évidemment.

« A présent, poursuivit le baron, je laisse au Major le soin de vous exposer les raisons de votre présence ici ce soir. »

Sur l'invitation de Kristen, Maunoir quitta le mur où il était appuyé et vint rejoindre le baron. En passant devant Nolwen, il la gratifia d'un sourire entendu. Elle en éprouva sur-le-champ un profond réconfort.

Le garde entra sans attendre dans le vif du sujet et, à l'évidence, l'arrestation de Tugdual était déjà connue de tous, car il n'y eut aucun mouvement de surprise lorsqu'elle fut évoquée. Maunoir se contenta de préciser qu'aux dernières nouvelles le messager était détenu dans la maison d'arrêt de Châteaulin et qu'on allait étudier les moyens de l'en faire sortir. Curieusement, il parut peu tenté de développer ce chapitre, comme s'il n'était pas encore à l'ordre du jour, mais presque aussitôt, sans transition, il se lança dans une longue et déroutante digression relative à un mystérieux « réseau de correspondances », à certaines

« dépêches » et « opérations » menées de concert avec les « amis du Morbihan » et à d'étranges faits divers dont Nolwen n'avait jamais eu vent. Il lui fallut un bon moment pour comprendre que son frère tenait un rôle important dans ces obscures dispositions.

Autour d'elle, les hommes écoutaient avec la plus grande attention et aucun d'eux ne semblait vouloir ouvrir la bouche, tandis qu'elle bouillait intérieurement de ne pouvoir poser les questions qui, à elle, lui brûlaient les lèvres. A quoi bon pérorer au lieu d'en venir au fait ? Quand allait-on courir à la prison délivrer Tugdual ? N'était-ce pas pour cela qu'ils s'étaient réunis ? Elle avait beau les dévisager un à un avec insistance, personne ne la remarquait et pourtant, à mesure que son regard voltigeait d'un visage à l'autre, elle découvrait, non sans stupeur, qu'ils lui étaient tous plus ou moins familiers. Par quel extraordinaire concours de circonstances ces pacifiques laboureurs, ces bons pères de famille se trouvaient-ils associés aux entreprises belliqueuses du baron ? Qu'étaient-ils venus chercher dans cette « guerre » sans armée, sans généraux et sans batailles ? Et pourquoi s'étaient-ils affublés de ces armes grotesques qui leur donnaient des airs de bandits de grands chemins ? Elle était sur le point de croire que le monde était devenu subitement fou lorsque Maunoir, achevant son discours, céda la parole à « monsieur Kristen ».

Elle tendit l'oreille, instinctivement, animée du vague espoir d'entendre enfin parler de Tugdual. Elle vit alors le baron s'avancer au-devant de son auditoire, mains jointes dans le dos, jambes écartées, épaules droites, et put mesurer le puissant ascendant qu'il exerçait sur ses hommes. L'espace d'un instant, elle eut encore envie de s'en remettre à lui.

De fait, il revint brièvement sur la situation du messager :

« Il va sans dire que la capture de Tugdual Kreïs nous prive d'un agent de liaison efficace, mais ce n'est peut-être pas le plus grave. Si par malheur les Bleus le faisaient parler, je vous laisse imaginer ce qui en résulterait. Au surplus, et cela aussi est fort préoccupant, Tugdual a été dénoncé par un habitant de Kerambraz. »

Un silence consterné accueillit l'assertion de Kristen. Les hommes s'entreregardèrent sans piper. Certains baissèrent le nez en direction de leurs souliers. L'annonce de cette trahison faisait planer sur eux l'ombre du doute.

« Le Major et moi-même, reprit le baron, avons chargé Arzhel de démasquer le traître. Quand ce sera chose faite, il sera châtié selon les règles. »

Il laissa filer un second silence lourd de signification, avant de poursuivre :

« En attendant qu'Arzhel nous éclaire, nous avons encore à travailler. Vous savez que nos amis morbihannais comptent sur nous et ne manquent pas une occasion de nous prouver leur confiance. Or, voici qu'ils nous annoncent l'arrivée prochaine d'un détachement de soldats en provenance d'Alençon et à destination de Châteaulin. Nous ne savons pas encore si ces mouvements de troupes visent le Finistère ou le Morbihan, mais, quoi qu'il en soit, les soldats escorteront deux chariots d'armes et de munitions. Pour des motifs qu'il ne m'appartient pas de vous dévoiler, les chefs morbihannais ainsi que ceux des Côtes-du-Nord et d'Ille-et-Vilaine ont décidé, d'un commun accord, de ne pas intercepter ce convoi. En revanche, ils nous suggèrent de le faire pour notre propre compte, sachant combien ces fusils républicains seraient les bienvenus chez nous. La proposition me semble séduisante et, personnellement, j'aimerais y donner suite, mais, avant de vous embarquer dans cette histoire, je ne serais pas honnête si je ne vous demandais pas d'y réfléchir à deux fois. Attaquer un convoi militaire est un acte de guerre nous rendant tous passibles de l'échafaud ou du peloton. En outre, nous sommes seuls, ou peu s'en faut, car aux yeux de la Chouannerie nous ne sommes encore que des francs-tireurs, mi-brigands, mi-soldats. Si d'aucuns d'entre vous sont recherchés comme déserteurs, séditieux ou contre-révolutionnaires notoires, les autres sont encore inconnus des services de police ou de gendarmerie. Ceux-là ont donc beaucoup plus à perdre que les premiers en se mettant ouvertement hors la loi. Enfin, si nous échouons, nous ne bénéficierons d'aucune mesure de clémence, et si nous réussissons, nous serons traqués impitoyablement par des forces supérieures en nombre. Par conséquent, c'est à vous, en dernier ressort, qu'appartient la décision. Le Major et moi-même, nous nous rangerons à votre avis. Néanmoins, comme nous n'avons pas l'éternité devant nous puisque le convoi quittera Alençon dans cinq jours, je vous réclame une réponse immédiate. »

Cette conclusion abrupte prit tout le monde de court, si bien que le silence, une fois encore, musela l'assistance.

Le baron et Maunoir échangèrent un regard perplexe. Avaient-ils eu raison de divulguer cette information ? Tous les hommes présents à ce conseil étaient-ils capables d'en évaluer la portée exceptionnelle ? Jusqu'à quel point pouvaient-ils établir une nette distinction entre la vraie guerre et l'espèce de fronde qu'ils menaient depuis un an contre la République ? Ils aimaient la bagarre, certes, mais confondaient trop souvent intrépidité et bravoure. Au demeurant, l'idée même de se soumettre aux ordres d'une autorité quelconque faisait naître instinctivement chez eux des désirs d'insubordination. Sauraient-ils, cette fois, observer l'indispensable discipline que requiert une opération de type militaire ? Et cela au détriment du plaisir frénétique qu'ils prenaient d'ordinaire à distribuer volées de bâtons et jets de pierres ?

Gênée par la présence intimidante du baron, la concertation tardait à s'engager. Pour masquer son impatience, celui-ci se mit à arpenter la cave d'un pas vif et heurté qui, au bout de quelques minutes, eut pour effet d'amplifier le malaise général. Il parut rapidement improbable que la question fût tranchée sur l'heure.

Seule, à l'écart du groupe, dans sa cape ruisselante qui commençait à raidir, Nolwen suivait d'un œil machinal les va-et-vient du baron. Il passait et repassait devant elle sans lui accorder plus d'attention qu'à une souche dans un terrain vague. Manifestement, il avait pris le parti de l'oublier comme il semblait également oublier que c'était sur son invitation qu'elle se trouvait là. On ne pouvait plus clairement en déduire qu'il s'était moqué d'elle. D'ailleurs, en quoi cette affaire de convoi militaire concernait-elle Tugdual et pourquoi personne, ici, ne pensait plus au malheureux messager ? Elle faisait de son mieux pour s'exhorter au calme et éviter un nouvel esclandre, mais déjà l'idée de la riposte traçait son chemin. Ah ! si c'était cela le secret avec lequel Maunoir et le baron espéraient lui coudre la bouche, ils se trompaient bougrement ! Elle n'en avait que faire, elle, des chariots d'Alençon, de cette guerre imbécile et de toutes ces grimaces. En revanche, elle savait désormais comment négocier la libération de son frère si, d'aventure, les Bleus lui mettaient le marché en main. Ils ne perdaient rien pour attendre, ces Arzhel, Téo, Yoakim et consorts qui tous avaient exploité la naïveté de leur jeune compagnon !

Elle se récitait leurs noms pour mieux s'en souvenir ; faisait l'appel de ceux qu'elle connaissait et scrutait ceux qu'elle ne connaissait pas mais dont elle saurait brosser un portrait fidèle. Insensiblement, presque sans y penser, elle s'apprêtait elle aussi à trahir, par dépit, par dégoût. Soudain, elle frémit, comme si quelqu'un, à l'instant, venait de lui adresser un signal. Maunoir, posté à moins de dix pas d'elle, la transperçait de son regard aigu. Il devait l'observer depuis plusieurs minutes, car ses sourcils froncés et sa mine assombrie dénotaient une certaine inquiétude.

« Avez-vous quelque chose à dire, Nolwen ? s'enquit-il d'une voix sourde mais assez forte pour que tout le monde l'entendît.

— Oui, répondit-elle en s'armant d'une grosse bouffée de courage, je voudrais savoir ce que c'est que cette guerre qui remue tant de monde et dont personne ne veut. Je voudrais savoir pour qui, pour quoi mon frère doit aller mourir au bagne. »

Un frisson de gêne fit onduler les chapeaux de feutre, puis la voix de Ludovic déchira le silence des consciences bâillonnées :

« C'est vrai, ça ! Et Tugdual alors, personne n'en parle plus ? Attaquer un convoi, se procurer des armes, d'accord ! Mais le premier de tous nos devoirs n'est-il pas de secourir les nôtres ? »

Un concert de grognements ponctua la harangue du garçon. Fort de son effet, celui-ci reprit de plus belle :

« Tant que nous ne montrerons pas à ces

diables de Bleus de quoi nous sommes capables, ils seront bientôt les maîtres chez nous. Pourquoi nous battons-nous, sinon pour la liberté ? »

Se tournant alors vers Nolwen, l'air désolé :

« Oh ! Nolwen ! Comme je regrette ! Tout cela est un peu ma faute. Quand Tugdual a découvert le camp de La Vraie-Croix, j'aurais dû lui conseiller de ne pas y revenir, au lieu de quoi je l'ai laissé se mélanger à nous. Et puis, quand il fut témoin, par hasard, de l'arrestation brutale d'un jeune curé réfractaire qui vivait de cache en cache pour échapper aux républicains, sa colère fut telle qu'il résolut aussitôt de nous rejoindre pour de bon. Là encore, au lieu de le renvoyer chez lui, je lui ai dit d'aller voir le baron de Kermoguer. C'est ainsi qu'il est devenu notre messager. Je t'assure que si j'avais pu prévoir... Mais ne t'inquiète pas, nous le sortirons de son trou même si nous devons démolir la prison pierre par pierre. »

Là-dessus, s'adressant de nouveau à ses compagnons :

« N'est-ce pas, vous autres, qu'on va le tirer de là, notre messager ? Nous ne sommes pas que des vers de terre, morbleu ! Nous savons aussi nous battre ! »

Les chouans s'ébrouèrent en grommelant, l'œil allumé par l'exhortation de Ludovic. Le ton monta progressivement, remplissant l'espace d'un sourd tohu-bohu, et des exclamations commencèrent à fuser : « A Châteaulin ! A Châteaulin ! » Enchanté de son succès, le garçon trépignait sur place et giflait l'air de ses poings fermés. Un sourire étincelant fendait son visage de fouine. Il jubilait.

« Nous n'en ferons qu'une bouchée, de ces chiens de républicains ! » lança à son tour le jeune Guillaume, visiblement content de placer son couplet.

Une tempête d'acclamations et de gros rires explosa sous les voûtes séculaires de la cave. Pris d'un véritable accès de fièvre, les chouans s'échauffaient, vociféraient, brandissaient leur chapeau, leur chapelet, leur bâton en jurant la main sur le cœur de délivrer Tugdual. Seuls, Maunoir, Nolwen et le baron demeuraient impassibles. En retrait du noyau immobile qu'ils formaient à eux trois, la paysanne éberluée ne songeait même pas à se réjouir d'un tel revirement. Ces serments tapageurs, ces protestations criardes intervenaient bien tard pour faire autant de bruit. Elle sentait intuitivement qu'elle n'avait pas affaire à de vrais « soldats » mais à de grands garnements excités et braillards dont la capacité de raisonnement ne dépassait pas celle des pilleurs de nids. Ils pouvaient bien proclamer haut et fort leur volonté de sauver Tugdual, cela sonnait aussi creux qu'une futaille vide. *Tugdual, Tugdual,* pensait-elle avec tristesse, *où es-tu, mon petit frère ? A qui as-tu fait don de ta jeunesse et de ta confiance ? Ta liberté doit-elle dépendre de ces discours idiots ?*

Brusquement, presque sans transition, le vacarme s'interrompit aussi vite qu'il avait enflé. Toutes les têtes se braquèrent dans la même direction. Maunoir, la main levée, venait de réclamer le silence :

« Fort bien ! dit-il en haussant la voix, vous voulez sortir Tugdual de sa prison ? Vous avez raison ! Mais dites-moi seulement comment vous allez vous y prendre avec l'armement redoutable dont vous disposez ! »

L'embarras unanime démontra sans conteste que l'armement redoutable en question laissait beaucoup à désirer. Les chouans, pour la plupart, ne possédaient que de vieux fusils de chasse, quelques pistolets, des bâtons à profusion et des outils agraires plus ou moins modifiés. La question de Maunoir leur cloua le bec.

« A moins... suggéra alors habilement le baron, à moins que d'ici là nous puissions nous procurer quelques bons fusils. Par exemple, le convoi d'Alençon... »

Nolwen se retint de bondir. Ainsi, c'était à cela qu'ils voulaient en venir depuis tout à l'heure ! Le convoi ! Toujours et encore le convoi ! En vérité, ils se moquaient pas mal du sort de Tugdual. Ce n'était qu'un prétexte pour convaincre ces hommes d'attaquer les chariots. Et s'il n'avait jamais été question du détachement d'Alençon, que serait-il advenu du pauvre Tugdual ? Rien, probablement, puisque lui ne comptait pas. Oh ! Comme elle avait été naïve de se fier à Maunoir qui pour elle représentait le Sauveur en personne ! Il ne valait pas plus cher que le baron de Kermoguer.

« Avec les armes saisies aux républicains, continuait d'expliquer posément le garde forestier, nous serions équipés comme de vrais soldats pour défendre nos paroisses et les Bleus ne s'y frotteraient plus. Nous serions maîtres de notre territoire. Les conscrits, les prêtres, les fidèles de notre église et tous les réfractaires aux lois républicaines pourraient bénéficier de notre protection...

— Mais, objecta timidement Ludovic, un peu déconcerté, si nous parvenons à détrousser ce fameux convoi, nous serons poursuivis par des forces supérieures en nombre, c'est monsieur Kristen qui vient de le dire. Les soldats de l'escorte et ceux de Châteaulin nous traqueront sans trêve ni répit. Alors, pour Tugdual ?...

— A ton avis, combien de soldats faudrait-il pour battre la Montagne en grand ? Des milliers au moins. L'armée républicaine ne peut s'offrir ce luxe, crois-moi. En outre, nous savons à quoi ressemble un soldat républicain, tandis qu'eux ne savent pas à quoi nous ressemblons puisque nous ne portons pas d'uniforme. Et puis, cette région est la nôtre. Chez nous, celui qui ne veut pas se faire prendre ne sera jamais pris. Donc, pendant qu'ils s'échineront à ratisser le pays, nous aurons tout le loisir de nous occuper de la prison. Nul ne s'attend à ce qu'elle soit attaquée, par conséquent la garde n'en sera pas renforcée. »

Vers la fin de l'exposé, le regard de Maunoir s'était porté à la rencontre de celui de Nolwen dont il semblait déjà percevoir les émotions et les humeurs. Il vit s'illuminer le petit visage mobile où depuis un moment s'entrechoquaient les sentiments les plus contradictoires, il vit battre plus vite les longs cils bruns et s'arrondir la bouche sur une exclamation retenue. Elle était si merveilleusement expressive qu'elle ne pouvait dissimuler les efforts qu'elle s'imposait pour garder le silence.

Cependant, les arguments du garde, peu à peu, gagnaient du terrain. Des consultations muettes s'instauraient çà et là, hésitantes, dubitatives. Il fallait réfléchir vite mais sans précipitation ; bien peser le pour et le contre...

Arzhel qui, depuis le début du conseil, ne s'était pas manifesté, vint calmement se planter devant le baron :

« Je présume, dit-il, que vous avez prévu d'agir en plein jour, quand les soldats seront sortis pour nous donner la chasse et qu'il y aura peu de monde dans la place.

— Exact.

— Et la population ?

— Elle ne nous gênera pas et nous ne la mettrons pas en danger.

— Et pour les soldats, comment saurez-vous ?

— En surveillant leurs mouvements. Après l'attaque des chariots, m'est avis qu'ils passeront plus de temps dehors que dedans, et il nous sera facile de le vérifier. »

Arzhel hocha la tête d'un air pénétré :

« Combien de soldats composeront le détachement ?

— Cent. »

Le paysan sursauta légèrement :

« Cent ? Un chiffre un peu trop rond pour nous. Mais vous me paraissez bien au fait de ce qui se passe en face, alors je pense que vous avez une idée derrière la tête. »

Kristen de Kermoguer ébaucha un sourire satisfait :

« Je ne suis pas un pourfendeur de mirages, Arzhel. J'aime les choses concrètes, c'est pourquoi je n'hésite pas à vérifier plutôt deux fois qu'une les informations qui me parviennent. Le conducteur du convoi n'est pas encore désigné que nous savons déjà ce qu'il aura à faire. »

Arzhel se gratta le menton un court instant comme pour mûrir une réflexion qui, déjà, ne relevait que du détail :

« Mettrons-nous cela aux voix ?

— Il va de soi. »

Le baron fit un pas en arrière pour laisser Arzhel monter seul aux créneaux. Le paysan allait parler pour lui, il le savait à présent et s'effaçait d'autant plus volontiers.

« Vous avez bien compris, vous autres ? » tonna le chef de Kerambraz en balayant d'un regard sévère la trentaine de faciès agglutinés autour de lui. « Pour faire évader Tugdual, il nous faut les armes d'Alençon. On ne peut pas dire les choses plus simplement. Les deux affaires étant liées, vous êtes tenus de les accepter toutes les deux ou de n'en réaliser aucune. Si vous avez des questions à poser, c'est maintenant ou jamais. Après, il sera trop tard. »

Il s'exprimait sur un ton autoritaire et cassant qui, venant de tout autre que lui, eût certainement hérissé, mais Arzhel pouvait à peu près tout se permettre vis-à-vis des hommes comme vis-à-vis de Kristen qu'il était bien le seul à aborder aussi franchement. Homme libre par excellence, homme juste et respecté, cet honnête laboureur ne redoutait sur terre que la colère de Dieu. Il n'avait pas attendu la Déclaration des droits de l'homme pour placer tous les hommes sur un pied d'égalité et, s'il avait en outre l'art de se faire écouter, c'était parce qu'il ne parlait jamais à tort et à travers. Entre le fils du baron Brann et l'honorable manant, des rapports de confiance et d'estime s'étaient tissés avec le temps dans la plus grande discrétion mais aussi la plus rude franchise.

Les questions, toutefois, ne venaient pas plus vite que les réponses réclamées tout à l'heure. Peu habitués à se prononcer sur des enjeux d'une telle importance, les intéressés balançaient encore, sollicitaient tacitement un nouveau délai de réflexion. Les plans de monsieur Kristen leur donnaient le vertige, et cet « acte de guerre » les effrayait un peu. Diable ! Ils n'étaient tout de même pas des trompe-la-mort. Le plupart d'entre eux, du reste, n'avaient jamais essuyé le moindre coup de feu.

De son côté, sans savoir si les paroles d'Arzhel s'adressaient à elle autant qu'aux autres, Nolwen se hâtait de rassembler ses idées. Lui avait-on demandé à elle aussi d'approuver les « deux affaires » ? Elle n'en avait cure, car déjà son esprit travaillait à retenir le principal : prendre les armes d'abord et la prison ensuite. Qu'à cela ne tienne ! Elle serait de la partie, coûte que coûte, et personne ne pourrait l'en empêcher. Un détail, néanmoins, persistait à l'agacer. Elle leva nerveusement le bras, dédaignant de se demander si elle avait voix au chapitre :

« Moi ! J'ai une question à poser ! »

Le baron l'embrocha du regard. Maunoir dressa l'oreille avec curiosité.

« Vous disiez à l'instant, dit-elle en prenant le garde à témoin, que pour forcer la prison il vous fallait des armes. Mais pour attaquer le convoi ne vous en faut-il point ? Avec quoi vous battrez-vous, sinon avec celles que vous avez ? »

Maunoir la récompensa d'un large et chaleureux sourire. Cette remarque à elle seule justifiait l'opinion favorable qu'il avait déjà d'elle.

« Excellent ! s'extasia-t-il, je constate que vous réfléchissez bien, et cela ne me surprend pas. »

Tandis que le garde forestier préparait sa réponse, Kristen de Kermoguer, négligeant de relever la pertinence de la question, devança rapidement les précisions de ce dernier en dévoilant la seconde partie de son plan :

« Pour affronter les soldats de l'escorte, nous réunirons tous les hommes que nous pourrons trouver dans les paroisses voisines et dans la vallée afin d'avoir au moins l'égalité du nombre. Et puis nous surprendrons le convoi à la sortie du bourg de Pont-Coblant, juste à la hauteur du vieux moulin. C'est l'endroit idéal pour tendre une embuscade. Quant au butin, c'est par la rivière que nous l'évacuerons. Le moment venu, chacun recevra ses instructions et devra s'y conformer absolument. »

Il ne crut pas nécessaire de développer plus longuement sa stratégie d'attaque ni même d'évoquer la probable résistance des soldats tombés en embuscade. Il n'expliqua pas davantage comment il comptait s'emparer des chariots et transporter leur chargement jusqu'à l'Aulne sous le feu nourri des hommes de l'escorte. Il ne dit rien non plus des pertes inévitables. Pour Kristen de Kermoguer, il importait moins d'informer que de convaincre.

Une sorte d'excitation fébrile s'était progressivement emparée de l'assistance à l'énoncé de ce programme qui recelait tant d'ambitieuses nouveautés et nul ne parlait plus de vote. L'assentiment général se lisait dans tous les regards. De nouveau, des cris de guerre claquèrent comme des coups de fusils :

« Pour Dieu et notre pays ! A mort la République ! »

Le tumulte grossit encore, étourdissant, effrayant, tandis que Kermoguer, imperturbable, faisait mentalement le bilan de son succès. Il ne voulait laisser aucune place au doute bien que ce parti fût impuissant à lui dissimuler la réalité des écueils qui l'attendaient. Jamais il n'avait encore donné la pleine mesure de ses talents de chef de guerre ni engagé aucune de ses bandes dans une épreuve aussi téméraire. Or, parmi tous ces rebelles que le goût de l'échauffourée mettait en appétit, seul Maunoir possédait véritablement l'expérience des combats, ce qui était bien peu pour surprendre efficacement une compagnie de soldats entraînés. Faute de répétition générale, il faudrait donc beaucoup improviser pour remporter, en dernier lieu, une victoire à la Pyrrhus. Mais les Morbihannais jugeraient...

« Très bien ! Très bien ! » s'écria-t-il, tant pour faire cesser le vacarme que pour dissiper ses propres appréhensions, « j'ai entendu votre réponse et reconnu votre vaillance. Préparez-vous dès maintenant à rassembler toutes les armes disponibles et à guetter le signal que nous vous enverrons. Pour l'heure, que les gars de La Vraie-Croix regagnent leurs caches et que les autres retournent à leur charrue. Nos préparatifs ne doivent pas éveiller l'attention. Gare aux paroles imprudentes, aux réunions suspectes. Quand le passage du convoi sera annoncé, nous vous le ferons savoir par les moyens habituels. Le major et moi-même nous nous chargerons d'aviser les autres. »

On acquiesça avec empressement : oui, oui, tout le monde avait bien compris, se tenir prêts, faire semblant, guetter le signal... la routine en somme, sauf que, cette fois, l'affaire risquait de faire grand bruit. On entendrait enfin parler des chouans de la Montagne !

C'est alors qu'une ultime question, jaillissant comme un trait des lèvres de Nolwen, vint refroidir l'exubérance des frétillants « chasseurs du roi » :

« Et qui vous servira de messager pendant ce temps ? »

L'enthousiasme décrut sensiblement. Chacun savait que Tugdual utilisait une multitude d'astuces pour circuler d'une paroisse à l'autre en s'appuyant sur des complicités que lui seul connaissait. Il avait mis au point des signes de reconnaissance, s'était déniché des lieux de rendez-vous et ne désignait ses correspondants que par des pseudonymes qu'il avait lui-même inventés. Pour autant, personne n'avait approfondi sa façon de procéder et, du coup, son absence mettait en évidence l'imprévoyance et la fragilité de l'organisation.

« Confiez-moi vos messages et je les délivrerai à qui vous m'indiquerez », proposa alors Nolwen comme si cette solution découlait du bon sens ordinaire.

On la considéra avec ahurissement. Quant au baron qui jusque-là s'était désintéressé d'elle, il consentit à lui jeter un regard étonné sans lui faire toutefois l'aumône d'une réponse.

« Avez-vous la moindre idée, Nolwen, lui remontra Maunoir en se rapprochant d'elle, de ce que cela représente ? Vous vous lancez là dans une aventure très dangereuse, et je ne crois pas que ce soit la place d'une jeune personne comme vous.

— Alors trouvez quelqu'un d'autre, mais je ne vois guère les volontaires se bousculer autour de vous et, si j'ai bien écouté ce qui s'est dit ici, le temps vous est compté. Croyez-vous pouvoir tout faire à vous deux en si peu de jours, y compris courir les routes à la place d'un messager ? »

Maunoir soupira :

« Pas sûr, en effet, Tugdual va nous manquer et, comme nous n'avions pas prévu de nous passer de lui, le voilà proprement irremplaçable.

— Je le sais mieux que quiconque. Moi non plus, je n'avais pas prévu de me passer de lui. Donc, il faut que je vous aide.

— Nolwen, ce n'est pas si simple. Tugdual s'était tracé des itinéraires particuliers, il avait ses chemins, ses lieux de passage. Vous ne sauriez imaginer...

— Écoutez-moi bien, Maunoir. Tout ce que Tugdual sait de cette contrée, c'est moi qui le lui ai appris. Lorsqu'il était enfant, je l'emmenais partout avec moi, à travers champs, landes et bois. Je lui ai montré tous les raccourcis qu'empruntent les braconniers, les brigands, les contrebandiers ; l'art de s'orienter, de sonder un gué, de se rendre invisible. Je l'ai endurci à la marche parce qu'il était fragile et qu'un homme faible ne peut pas survivre, chez nous. Sans le savoir, je l'ai préparé à devenir votre messager, c'est pourquoi je ne crains pas d'avoir à le remplacer. »

Visiblement ébranlé, Maunoir s'efforçait de

la jauger. Elle s'était si bien tirée d'embarras jusqu'ici qu'il était tenté de lui faire confiance sans pour autant adhérer de tout cœur à l'idée de l'impliquer dans le réseau de correspondances.

« Qu'en pensez-vous ? demanda-t-il à Kristen.

— Je ne sais, fit celui-ci de mauvaise grâce. Comment se fera-t-elle reconnaître des nôtres si elle ignore les codes et les signalements ?

— Je me passerai de codes et de signalements ! coupa hardiment Nolwen.

— Et si vous vous faites prendre ?

— Cela n'arrivera pas ! »

Kristen prit une expression maussade. Ces arrangements hâtifs lui semblaient bien aléatoires, et, pour tout dire, il eût préféré que Nolwen ne se mêlât de rien.

« Je crois, pour ma part, trancha Arzhel après un temps de réflexion, que Nolwen peut effectivement nous rendre ce service. Ce qu'elle vous dit est vrai. Elle connaît la région mieux qu'aucun d'entre nous et elle n'a peur de rien. Elle nous sera utile. »

Nolwen se redressa, livide mais triomphante :

« Je ne pense pas, monsieur, que vous ayez le choix, dit-elle au baron entre ses dents. Il vous faut un messager ; ce sera moi ou personne.

— Mettons cela aux voix ! concéda-t-il avec humeur.

— Qui vote pour Nolwen ? » clama aussitôt le garde, impatient d'en finir.

Presque toutes les mains se levèrent à l'exception d'une seule : celle d'un gars de Saint-Thois qu'on appelait Téo.

« Pourquoi n'es-tu pas d'accord, toi ? » gronda Maunoir qui s'était prématurément réjoui de cette belle unanimité.

« Cette idée ne me plaît pas, protesta l'autre

d'un air bougon, les femmes sont une source d'ennuis et celle-ci est la pire de toutes. Son caquet fatiguerait le diable lui-même. Tout lui est bon pour quereller, et si quelqu'un a foi en sa discrétion, c'est qu'il ne l'a jamais entendue hurler. »

Nolwen identifia sans peine son détracteur : un fermier un peu rustre avec lequel, naguère, elle s'était prise de bec et qui lui en gardait rancune.

« Toi ! Téo ! répliqua-t-elle vertement, l'index pointé vers lui, il me souvient que tes dents faisaient plus de bruit que tes sabots lorsque, à la dernière battue aux loups, tu détalais comme une comète en direction de ta maison. Si ce jour-là ton chapeau est resté sur ta tête, c'est parce que tes cheveux le retenaient ! »

Un énorme fou rire roula dans l'assistance. Téo se renfrogna mais n'osa pas se rebiffer. Plus de la moitié des témoins auraient pu certifier que Nolwen n'avait pas inventé cette histoire et qu'elle n'avait, par conséquent, aucune leçon à recevoir de Téo.

« La cause est entendue ! » proclama Maunoir en faisant un effort pour recouvrer son sérieux, « Nolwen remplacera son frère jusqu'au retour de ce dernier. »

Il jeta malgré tout un coup d'œil au baron qui s'abstint de cautionner le résultat du vote.

Là-dessus, l'heure tardive imposa la clôture de la réunion. Les hommes commencèrent à s'acheminer lentement vers la sortie. Au fond de l'obscur passage, le pan de boiserie avait déjà coulissé. Dehors, les sentinelles à l'affût surveillaient l'écoulement tranquille des paysans-soldats. En défilant en bon ordre devant Maunoir et le baron, ils les saluaient l'un et l'autre, respectueusement mais sans cérémonie. Quand ce fut le tour de Ludovic, il s'arrêta d'abord devant Nolwen pour lui déclarer avec un bon sourire :

« Je suis content de te compter parmi nous. Tiens, voici pour toi. Il soutiendra ton courage et te protégera du danger. »

Il lui tendit un carré d'étoffe blanche sur lequel était brodé un sacré-cœur rouge :

« Le rouge, c'est le sang de Jésus-Christ et celui de nos frères. Le blanc, c'est la couleur de notre drapeau. Ce sacré-cœur sera ton talisman. Et puis, n'oublie pas : trois fois le cri de la chouette, c'est notre signe de ralliement. »

Joignant le geste à la parole, il se fit un plaisir de reproduire le hululement modulé que Nolwen avait entendu dans la chênaie de Kermoguer. Après quoi, il disparut à la suite des autres dans le passage secret.

Interloquée, Nolwen examina le présent de Ludovic sans savoir ce qu'elle devait en faire. Elle n'avait pas l'habitude de recevoir des cadeaux, et celui-ci lui paraissait chargé de symboles obscurs.

Néanmoins, ce geste d'amitié lui était allé droit au cœur.

« Vous faites des conquêtes, ma chère, ou je ne m'y connais pas, ironisa Maunoir en la voyant triturer le morceau de tissu. Ce garçon, me semble-t-il, vous a offert son cœur. »

La confusion lui fit monter le rose aux joues :

« Dans l'état où je suis, il a bien du mérite à me trouver à son goût.

— Certains hommes savent voir au-delà des apparences, et peut-être que celui-ci a su vous juger. Cela étant, vous devez être gelée dans vos vêtements mouillés. Venez donc vous réchauffer un instant chez moi avant de repartir. Vous allez attraper la mort. »

Elle esquissa un geste de refus craintif. Pour rien au monde elle ne souhaitait retourner au château ; et pour moins encore y rencontrer le baron. Ce faisant, elle glissa un regard oblique en direction de ce dernier et s'ébaubit de constater qu'il s'était volatilisé. Maunoir éclata de rire :

« Le dragon a regagné son antre !

— Mais comment fait-il cela ?

— Soyez rassurée, ce n'est pas de la magie. Cette salle a deux issues : l'une par la chapelle, l'autre par un escalier dérobé que dissimule le mur du fond. On y accède grâce à un mécanisme situé dans la torchère et qui fait pivoter un pan de maçonnerie. Le passage aboutit à la chambre de Kristen.

— Il avait donc prévu l'usage qu'il ferait de cette salle ?

— Pas du tout. Ces aménagements remontent à la construction du château. La cave où nous sommes servait à entreposer des armes, des vivres, de l'argent, des objets précieux. Les Kermoguer sont gens d'épée, de fort ancienne noblesse, et autrefois, ils devaient le service d'ost à leur suzerain, le duc de Bretagne, ce qui les obligeait à disposer en permanence de moyens de défense. C'était, à ce qu'on dit, de rudes guerriers qui, entre deux campagnes, s'en revenaient chez eux vivre sur leurs terres, faire les moissons, soigner leur bétail. Le père de Kristen, le feu baron Brann, choisit quant à lui de servir son pays par le biais de la politique et fut membre du parlement de Bretagne où, durant des années, il défendit ardemment les intérêts de la province. En 1789, lors des états généraux, quand il apprit que la Bretagne, par la bêtise de ses représentants, avait perdu en une nuit les libertés fondamentales dont elle jouissait depuis le traité d'Union de 1532, il en fut si profondément affecté qu'il mourut quelques semaines plus tard. A cette époque, Kristen séjournait à Versailles où, après une période de formation militaire au sein d'un régiment d'élite, il attendait d'acquérir un brevet de colonel. Son père ayant vendu quelques terres pour lui procurer l'argent nécessaire, il était sur le point d'obtenir satisfaction lorsqu'un courrier le rappela d'urgence à Kermoguer. Il revint juste à temps pour voir le baron Brann mourir. »

Nolwen leva sur le garde un regard interrogateur :

« Pourquoi me racontez-vous cela ?

— Franchement, je n'en sais rien. Peut-être est-ce pour dissiper un malentendu ; aider à la compréhension des circonstances qui forgent les gens tels qu'ils sont. Mais je suis là à vous retenir alors que vous tremblez comme une feuille. Suivez-moi, Meldreg a dû veiller au feu.

— A vrai dire, je n'ai aucune envie de m'attarder dans ce château.

— Je ne loge pas au château, Nolwen, mais dans les dépendances. Je ne suis que le garde forestier du baron de Kermoguer ; autant dire son domestique.

— Les domestiques n'appellent pas leur maître par leur prénom, que je sache. »

Maunoir sourit encore, comme il savait si bien le faire : mélange indéfinissable d'indulgence, d'humour et de finesse. Il poussa doucement Nolwen dans l'étroit couloir et, après avoir éteint la demi-douzaine de torches qui grésillaient encore sur leurs supports, actionna le mécanisme qui commandait le mouvement de la boiserie.

Une fois dans la chapelle, il saisit le bras de la jeune fille pour la conduire d'un pas sûr à travers les rangées de prie-Dieu qui sommeillaient dans le noir comme des sentinelles oubliées. Dehors, le vent avait chassé la pluie et régnait en maître dans la chênaie. Il faisait encore plus froid, et l'on eût dit que l'hiver s'opiniâtrait dans la Montagne comme s'il avait peur de ne pas y revenir. Les dents serrées, Nolwen suivit docilement Maunoir jusqu'au petit bâtiment faisant corps avec les écuries. Au fond, elle n'était pas mécontente d'accepter l'hospitalité charitable du garde, car elle commençait à souffrir cruellement de la froideur humide de ses vêtements, du poids de sa fatigue, de l'âpreté des bourrasques qui lui pliaient le corps en deux. Emmitouflée dans sa cape, les membres gourds, elle se traîna en titubant dans l'ombre de Maunoir jusqu'au logis de celui-ci.

Sitôt qu'elle en eut franchi le seuil, une chaleur bienfaisante lui sauta au visage.

« Je vous avais bien dit que Meldreg veillerait au feu ! s'exclama joyeusement Maunoir, entrez vite et installez-vous devant la cheminée. »

Nolwen s'empressa d'obéir pendant que son hôte allumait un chandelier.

La petite maison du garde était simple et accueillante. Elle se composait d'une pièce unique, méticuleusement propre et ordonnée, dénotant un goût certain pour le confort et l'intimité. Une ravissante cheminée habillée de briques rouges et d'un bandeau de chêne occupait à elle seule le centre d'un beau mur de pierre. En face, un lit d'angle coiffé d'un édredon blanc paradait sur un châssis de noyer poli aux reflets dorés. Une table ronde, deux chaises paillées, une armoire et un banc-coffre constituaient le surplus de l'ameublement élégant et sobre au milieu duquel vivait Maunoir. L'excellente exposition à la lumière du jour se devinait aux dimensions généreuses des deux fenêtres donnant sur la façade. Le sol, d'un doux coloris de sable, déroulait sous les pieds un assemblage savant de petits carreaux hexagonaux, et les trois autres murs étaient peints d'un badigeon de chaux. Ici et là des râteliers vides servaient à entreposer des livres.

Nolwen s'étira avec délice devant les bûches incandescentes qui pétillaient sur les landiers. Une merveilleuse sensation de bien-être l'alanguissait au point de lui donner envie de se coucher par terre et de ne plus bouger jusqu'au petit matin.

« Étendez votre cape à la flamme, lui conseilla Maunoir, je fais chauffer de l'eau. »

Il déversa le contenu d'un seau dans une marmite qu'il suspendit à la crémaillère tandis que Nolwen obtempérait comme dans un rêve. Qui était donc cet inconnu qui se souciait de sa santé, qui l'entourait de prévenances et lui parlait si gentiment ? Que sa voix était agréable ! Que ses manières étaient douces !

Sa cape glissa de ses épaules et macula le carrelage trop net de larges traînées de boue. En découvrant les dégâts, la jeune fille pâlit, puis rougit avant d'émettre une sorte de balbutiement s'apparentant à une excuse. Mais deux mains invisibles s'emparèrent prestement du manteau, l'étalèrent sur le bandeau, puis poussèrent une chaise près des jambes de Nolwen :

« Prenez place, mettez-vous à l'aise. Je vais vous préparer un breuvage dont vous me direz des nouvelles. Pauvre petite, vous voilà tristement arrangée ! »

Tout en lui parlant, il disposait devant elle une cuvette de faïence et des linges propres. Dès que l'eau se mit à chanter, il en préleva plusieurs louchées dont il emplit soigneusement la cuvette :

« Lavez-vous. Il faut nettoyer ces plaies sans perdre un instant. Où vous êtes-vous fait cela ? »

Il venait en effet d'apercevoir les multiples égratignures qui striaient les jambes de Nolwen de brillants lacets rouges.

« Un peu partout, je crois, répondit-elle évasivement. Je n'ai pas fait très attention. »

Pour complaire au garde, elle entreprit de décrasser énergiquement ses blessures, mais sous l'action virulente des linges ébouillantés, le sang se remit à couler et l'eau de la cuvette prit bientôt une coloration rouge-brun.

« Je n'en finirai pas, bougonna-t-elle en s'appliquant de son mieux, et votre belle cuvette !... »

Sans mot dire, Maunoir jeta l'eau sale dehors et emplit de nouveau le récipient :

« Continuez ! Nous avons bien un peu de temps. »

Elle obéit sans discuter bien qu'endurcie de longue date aux maux les plus divers qu'elle ne soignait jamais. Sous l'influence de son hôte, elle se découvrait étonnamment docile.

« Vous habitez seul ici ? » s'enhardit-elle au bout d'un instant, tandis qu'il l'observait d'un air songeur.

— Oui. C'est plus convenable et surtout plus commode, mais je prends très souvent mes repas au château en compagnie du baron.

— Donc, vous n'êtes pas qu'un simple domestique.

— Je suis un peu plus qu'un domestique pour monsieur Kristen, c'est vrai, mais je ne suis pas gentilhomme si c'est ce qui vous préoccupe.

— Y a-t-il d'autres domestiques que le vieux Meldreg ?

— Une femme qui s'appelle Clervie et qui cumule les fonctions de cuisinière, chambrière, lingère. Elle fut jadis la nourrice des enfants de messire Brann. Et puis, nous avons aussi un garçon d'écurie prénommé Gildas dont le père a servi la famille de Kermoguer durant toute sa vie.

— Messire Brann a donc plusieurs enfants ? Je croyais que « monsieur Kristen » était fils unique.

— Il a une sœur, Héloïse, beaucoup plus jeune que lui et qui a épousé, voici quatre ou cinq ans, un gentilhomme de Pont-Croix : François Émery de Saint-Elme. Malheureusement, l'année dernière, ils ont choisi l'exil en Angleterre et leurs biens ont été confisqués. Depuis, nous sommes sans nouvelles d'eux.

— Aussi, pourquoi sont-ils partis ?

— Parce qu'ils étaient menacés par les patriotes qui haïssent les aristocrates.

— Je ne comprends pas. Certains se battent pour leur seigneur et d'autres contre. Mais qui a raison, alors ?

— La question ne se pose pas exactement en ces termes. Les seigneurs, comme vous les appelez, n'ont qu'un rôle de chefs militaires dû en grande partie au fait qu'ils possèdent l'instruction nécessaire. Mais les chouans ne se battent pas pour eux ; ils se battent avec eux, ce qui fait une grande différence.

— Ah oui ? Eh bien ! voilà une différence qui ne m'éclaire qu'à moitié. Les patriotes et les chouans ne sont-ils pas issus du peuple pareillement ? Alors, pourquoi ne sont-ils pas d'accord entre eux ?

— Disons qu'au tout début la Révolution fut plutôt bien accueillie chez nous et beaucoup de gens ont cru en ses promesses. En proclamant que « tous les hommes naissent et demeurent libres et égaux en droits », elle a insufflé un formidable espoir à tous ceux qui rêvaient d'une société nouvelle plus juste et plus humaine. Mais la Révolution a renié ses promesses et substitué au régime monarchique une véritable dictature que nous devons absolument abattre. Notre pays aujourd'hui est gouverné par une bande d'assassins qui ne jure que par le meurtre, le pillage et la répression. Seul le rétablissement de la monarchie peut mettre un terme à tout cela ; ce qui ne signifie pas forcément un retour à l'Ancien Régime. Notre futur souverain ne pourra plus jamais prétendre tenir sa légitimité de la volonté de Dieu ni régner en monarque absolu. Il devra, au contraire, partager son pouvoir avec les représentants du peuple démocratiquement élus comme cela se pratique déjà en Angleterre.

— Ma foi, je ne saurais vous dire ce que je pense de cela, car c'est trop compliqué pour moi. Ce que je sais, en revanche, c'est que la vie que nous menons, nous autres, dans la Montagne, n'a jamais laissé entrevoir la moindre chance de changement. Dans ces conditions, que peuvent craindre ou espérer ceux qui ne possèdent rien ? Aussi, vous ne m'enlèverez pas de l'idée que tous les régimes se valent dès lors qu'ils sont incapables de faire disparaître la misère.

— En quoi vous avez tout à fait raison. Il n'empêche qu'avant nous étions plus libres chez nous. La preuve, ce sont les républicains qui ont emprisonné votre frère.

— Pas mon frère, Maunoir, votre messager. »

Le garde se raidit légèrement. Cette précision renvoyait sans ambages aux responsabilités de fond, si bien qu'il se sentit personnellement visé :

« Justement, crut-il utile de répliquer, Tugdual n'est pas devenu notre messager par hasard. Il était plus clairvoyant que vous ne le supposez.

— C'est aussi ce que le baron a voulu me démontrer, mais moi je n'ai retenu que l'histoire du jeune curé. C'était par cela qu'il fallait commencer pour que je comprenne enfin ce qui l'avait poussé vers vous, en dehors de quoi vous ne parviendrez jamais à me faire avaler que paysans et seigneurs ont un intérêt commun au rétablissement du roi. »

Maunoir prit le parti de sourire avec une indulgence amusée. Cette confrontation d'idées lui plaisait et, contrairement au baron, il ne détestait pas être contredit. Au surplus, la personnalité originale de Nolwen, sa vivacité d'esprit, son impertinence agrémentaient leur entretien d'une saveur inattendue.

« Le rétablissement du roi, releva-t-il d'un ton enjoué, n'est pas un but mais un remède au mal dont nous souffrons à des degrés divers. Chacun y voit ce qui l'arrange. Indépendamment des enjeux politiques, c'est l'individu, d'abord, qui, en conscience, décide d'agir ou de subir.

— Et ceux qui soutiennent la République pensent probablement de même, non ? Ils ne veulent plus subir, et vous, vous voulez rétablir le maître qu'ils ont renversé. A mon avis, vous n'êtes pas près de vous entendre ! »

Maunoir laissa fuser un bref éclat de rire :

« Nolwen ! Vous feriez merveille chez les philosophes à qui nous devons un peu cette remarquable confusion. Parler avec vous est un véritable plaisir ! »

Une étincelle de joie au fond des yeux, elle le fixa un court instant avant d'oser lui grimacer un sourire. Voilà qui corrigeait agréablement l'appréciation vexante du baron. Maunoir espérait-il ainsi racheter la méchanceté de son « employeur » ? Conquise par sa belle humeur, elle se piqua au jeu :

« Le baron de Kermoguer fait-il partie de ceux qui souffrent, lui aussi ? Pourtant, il n'a pas été persécuté, que je sache. Les gens d'ici l'ont laissé tranquille, ainsi d'ailleurs que les républicains. Il est libre d'aller et venir à sa guise, de surveiller ses champs, d'empocher ses fermages, de faire couper ses bois et de galoper toute la journée. Alors, puisqu'il n'a pas l'air de subir, qu'est-il venu chercher dans cette Chouannerie ?

— Ah ! Je m'attendais à ce que vous abordiez ce sujet, car je vous sens à la fois rétive et intriguée. Effectivement, Kristen de Kermoguer n'a rien à gagner dans cette guerre, sinon quelques soucis supplémentaires et probablement bien des désillusions. Mais c'est un homme qui hait les compromis et qui a hérité de ses aïeux un sens intransigeant du devoir. En réalité, il méprise la noblesse vaniteuse qu'il a côtoyée à Versailles. Pour lui, l'émigration est une désertion ; la passivité une faute impardonnable. Alors, il se bat pour la Bretagne et contre le régime qui l'a dépossédée. Si la Révolution n'avait pas aboli les privilèges de la province, il ne se serait pas engagé dans la contre-révolution. Son père, à cet égard, demeure un exemple pour lui. »

Nolwen émit un petit sifflement sceptique :

« Il y a loin de la coupe aux lèvres, si vous voulez mon avis, car le fils n'est pas près d'égaler le père.

— Ne vous hâtez pas de le juger, Nolwen, vous ne sauriez le faire avec l'objectivité voulue. Un différend vous a opposés, il est vrai, que je persiste à appeler un malentendu, mais vous avez tort de penser que le monde devrait tourner selon votre humeur, de ne blâmer l'imperfection que chez les autres. La tâche de Kristen est écrasante, et l'on comprendrait à moins qu'il ne se comporte pas toujours comme on le voudrait. Il est seul, vous savez, très seul, et il le restera après, quand tout sera fini.

— Seul, dites-vous ? Mais les autres, et vous-même, Maunoir, vous ne comptez donc pas pour lui ?

— Si fait ! Mais c'est la guerre qui nous lie.

— Pourtant, lorsque vous prenez sa défense, il me semble que vous le faites avec les mots de l'amitié.

— Peut-être.

— Eh bien ? »

Pour toute réponse, Maunoir lui tendit un gobelet fumant :

« Buvez cela. C'est de l'eau chaude et du rhum. En général, ça donne un coup de fouet.

— Je n'y ai jamais goûté, mais je recevrai ce fouet avec plaisir. »

Elle lui prit le gobelet des mains mais, avant d'y porter ses lèvres, s'attarda à fouiller le regard de Maunoir :

« Est-ce parce que vous n'êtes qu'un domestique que vous ne pouvez pas être son ami ? »

Il se retrancha derrière une expression volontairement impénétrable qui la dissuada d'approfondir la question. Elle avala une gorgée du breuvage brûlant, s'étrangla à demi, reprit difficilement son souffle, puis reporta sur Maunoir ses grands yeux embués :

« Qui êtes-vous en vérité ? » demanda-t-elle tout à trac, le gobelet sous le nez, « d'où venez-vous ? Je devine à votre accent que vous n'êtes pas de la Montagne. Vous vous dites garde forestier, mais on ne vous rencontre jamais dans les bois du domaine. Mon père qui déboisa Rulan l'an dernier ne m'a pas parlé de vous. »

Il ne parut pas choqué par la raideur de cet interrogatoire mais laissa planer un silence méditatif avant d'égrener soigneusement ses réponses :

« Je suis natif de Fouesnant, et si l'on ne me voit guère dans les bois du baron, c'est qu'il y a peu à faire. »

Peu convaincue, elle poursuivit du même ton :

« Pourquoi vous appelle-t-on le « major » ?

— C'est un surnom qui m'est resté depuis la guerre d'Indépendance d'Amérique où j'ai combattu comme volontaire sous les ordres de M. de Rochambeau. Mais ceci est une longue histoire. Je vous la conterai peut-être un jour, si vous êtes sage, mais ce soir, je ne m'en sens pas le courage. »

Il s'installa par terre, près de la chaise qu'elle occupait, et se mit à boire lentement en regardant le feu d'un air rêveur. Elle eut la sagesse de comprendre qu'elle ne devait plus l'importuner. De longues minutes s'écoulèrent alors dans un calme total et pacifiant que seuls les joyeux sifflements du feu troublaient de leur douce mélodie. Immobiles l'un près de l'autre, ils savourèrent cet instant de rare tranquillité comme un entracte heureux consacré au repos. La guerre avec ses tumultes et ses chuchotements, ses ombres et ses dangers, perdait provisoirement toute forme de réalité. Le temps tournait au ralenti.

Soudain, la porte s'ouvrit avec fracas et le silence explosa dans l'irruption retentissante d'une grande forme grise s'encadrant dans le chambranle.

« Du diable si je pouvais me douter !... » éructa Kristen en avisant Maunoir et sa singulière invitée.

Sans un mot de plus, il tourna les talons et plongea dans la nuit. Maunoir se releva d'un bond :

« Kristen ! s'écria-t-il en s'élançant aux trousses du visiteur nocturne, attendez une seconde ! Qu'aviez-vous à me dire ? »

Les deux hommes se rejoignirent à quelques pas de la maison du garde. Nolwen perçut distinctement leurs conciliabules assourdis et prit peur. Quel drame avait-elle encore déclenché en venant se réchauffer ici ! Affolée, elle arracha sa cape du bandeau, sauta dans ses sabots et n'eut plus qu'une idée en tête : disparaître au plus vite. Mais déjà Maunoir ramenait le baron sur le sentier des écuries en devisant aimablement avec lui.

Cette réconciliation rapide renforça chez Nolwen l'urgent désir de fuir. Emportant sous son bras sa cape à moitié sèche, elle prit son élan et fonça vers la sortie. Tout à coup, une large main s'abattit devant elle au moment où elle passait le seuil.

« Ne vous sauvez pas si vite, vous ! lui intima durement le baron en l'empoignant par l'épaule, nous avons à travailler, je crois. »

Pétrifiée, elle se laissa refouler à l'intérieur.

« Maunoir, lui as-tu indiqué ce qu'elle doit faire ?

— Pas encore, j'allais y venir.

— Alors, voyons cela tout de suite. Vous ! ouvrez grand vos oreilles. Ici, on n'écrit rien, on ne note rien. La mémoire est le seul outil de travail.

— De toute façon, je ne sais ni lire ni écrire...

— A la bonne heure ! Vous avez décidément réplique à tout ! Maunoir, nous t'écoutons. »

Maunoir déplia sur la table une carte couverte de menus dessins où figuraient les localités principales ainsi que les hameaux, les ponts, les chapelles et toutes sortes de repères géographiques nécessaires à l'orientation. Bien qu'incapable de déchiffrer les caractères inscrits sous chacun d'eux, Nolwen les situa immédiatement :

« On dirait que celui qui a fait cette carte a survolé le pays comme un oiseau, fit-elle remarquer naïvement.

— C'est votre frère qui en est l'auteur. Il fut les yeux et moi seulement la main. »

Par pudeur, elle se retint de montrer son émotion et s'absorba attentivement dans l'étude du document. D'un doigt, Maunoir entreprit de lui nommer différents points sur la carte tout en énumérant au fur et à mesure consignes et recommandations. Ici, il fallait entrer dans telle ferme et réclamer « maître Guillerm » ; là, s'arrêter dans une auberge et laisser filer telle phrase. Ailleurs, c'était une pierre de lavoir qu'elle devait renverser, et plus loin, quatre cailloux à aligner sur le rebord d'une fenêtre. Cela ressemblait à un jeu, mais à un jeu pervers où le danger aussi portait des noms divers : gendarmes, gardes nationaux, sentinelles, patrouilles, colonne mobile, police militaire, patriotes, espions... Et la mémoire de Nolwen devait s'en imprégner méthodiquement, laborieusement, avec le secours, parfois, de l'imagination quand l'expérience visuelle manquait de références.

« Êtes-vous tout à fait certaine de vous souvenir de tout ? fit Maunoir à l'issue de sa démonstration. N'hésitez pas surtout à réclamer d'autres éclaircissements.

— J'ai retenu tout ce qu'il faut.

— Attention ! la moindre erreur, le moindre manquement... »

Elle l'interrompit d'un geste sec, adouci aussitôt par un triste sourire :

« Je sais... Je sais... »

A cet instant, le baron laissa percer un mouvement de nervosité :

« Je n'aime pas cela, gronda-t-il entre ses dents, et je commence à regretter mon approbation. Si cette affaire échoue... »

Maunoir fronça les sourcils sans chercher à dissimuler ses propres inquiétudes. Il ne mettait pas en doute la bonne volonté de Nolwen, mais il y avait tant à redouter d'une simple étourderie, du moindre écart de langage de cette jeune personne si prompte à s'emporter ! Saurait-elle conserver son sang-froid en cas de difficulté ; déjouer la surveillance serrée des républicains ; résister à la brutalité de leurs méthodes ?

« Si cette affaire échoue, ce ne sera pas mon fait ! affirma-t-elle avec véhémence, car c'est pour mon frère que je fais cela. Votre guerre, vous la menez comme vous l'entendez, elle ne me concerne pas. Mais Tugdual, c'est mon sang, et je ne peux pas vivre avec une partie de moi-même enfermée dans un cachot. Alors, si vous avez besoin d'armes, je vous aiderai à les voler aux Bleus. Si vous avez besoin de renforts, j'irai vous les chercher jusqu'au fond du pays. Tout cela pour que Tugdual vive et qu'il retrouve sa liberté. Voilà pourquoi je réussirai ! »

Kristen et Maunoir, cette fois, rengainèrent leurs objections. Il y avait trop de gravité dans cette déclaration pour lui prêter la moindre forfanterie. En hommes d'action, ils savaient différencier la fermeté du verbiage et juger la trempe d'un individu. Or, le cas qui s'offrait à eux en la personne de Nolwen les déroutait. Elle échappait à toutes les définitions classiques du genre humain.

« Une dernière précision, ajouta encore Maunoir d'un ton neutre, lorsque vous serez à Lothey pour joindre le Sacristain, souvenez-vous qu'un comité révolutionnaire contrôle étroitement les activités de la commune. Ce comité est divisé en trois sections : Trev ar Ster, Trev Kerhoas et Trev ar Park. Les agents de la Révolution y sont particulièrement actifs. Évitez ces quartiers et soyez sur vos gardes. »

Nolwen opina sans mot dire. Tous ces avertissements ne l'effrayaient pas beaucoup. Elle ne suivait jamais les chemins ordinaires, évitait soigneusement les bourgs et les villages, se déplaçait dans la vallée comme un poisson glisse dans l'eau trouble d'un ruisseau. Cette mission, c'était son affaire. Elle savait mieux que quiconque comment s'en acquitter. A présent, il lui tardait de s'en aller.

« En avez-vous fini avec moi ? s'informa-t-elle comme s'il s'agissait d'une simple formalité.

— Rendez-vous vendredi soir, même endroit, même heure », laissa tomber froidement le baron.

Là-dessus, Maunoir lui ouvrit la porte. Elle eut une brève hésitation en passant devant lui :

« Merci pour tout », l'entendit-il murmurer.

Il la suivit un moment des yeux tandis qu'elle s'éloignait d'un pas rapide et que la nuit, peu à peu, se refermait sur elle. En dépit de ses incertitudes, voire de ses réticences, il ne pouvait se défendre d'éprouver pour cette drôle de fille un intérêt curieux teinté de sympathie. Ce soir, elle l'avait tour à tour ému, déconcerté, amusé, mais surtout subjugué par l'exceptionnelle énergie qui semblait l'habiter, et la perspective de la revoir bientôt le ravissait inexplicablement.

Lentement, il referma la porte et, la main sur la clenche, attendit le commentaire inévitable du baron. Il connaissait assez Kristen pour savoir que ce commentaire ne manquerait pas de jaillir d'une minute à l'autre. D'ordinaire, il jouissait à Kermoguer d'une totale liberté qui le dispensait de rendre des comptes. En d'autres circonstances, le fait d'introduire une jeune fille dans son logis de célibataire ne l'aurait pas condamné à fournir la moindre explication. Mais s'agissant, cette fois, de la sœur du messager, la bienveillance de son hôte marquait le pas. Son caractère ombrageux gardait durablement la mémoire des offenses et du reste, la participation de Nolwen au conseil de ce soir résultait d'une suggestion de Maunoir, suggestion imposée à force d'arguments habiles, mais dont les conséquences, maintenant, indisposaient profondément Kristen.

« Eh bien ! Maunoir, quel jeu me joues-tu là ? attaqua celui-ci sur un ton peu amène. Ne trouves-tu pas cette péronnelle assez envahissante ? Voulais-tu aussi lui ouvrir ton lit ? Entre nous, je te croyais plus raffiné !

— Kristen, vous n'y êtes pas du tout, et vous le savez fort bien.

— Qu'espères-tu d'elle, franchement ? La voilà maintenant au courant de nos affaires et se mêlant de tout avec la discrétion d'un cor de chasse. Elle ne fera pas trois pas dans la vallée sans causer une émeute. Maunoir ! Où nous mènes-tu avec cette espèce de sauvage ?

— Ne soyez pas injuste. Je ne suis pas plus à même que vous de prédire ce dont elle est capable, mais j'incline à lui faire confiance. Elle n'est pas sotte et je la crois assez sûre.

— Sûre ? Tu plaisantes ?

— Non pas. Elle tient plus que tout à sauver son frère, et nous sommes son seul recours. Vous l'avez entendue.

— Charmante recrue qui nous laissera choir si elle peut faire autrement. Et qui te dit qu'elle n'utilisera pas ses informations pour négocier la liberté de son frère ? Nous constituons, toi et moi, une fameuse monnaie d'échange, mon vieux Maunoir. Ce sera facile pour elle de guider les Bleus jusqu'à Kermoguer.

— Au risque de vous paraître crédule, Kristen, je ne le crois pas. Nous trahir, ce serait trahir aussi son frère, et la trahison lui ressemble si peu. Je la pense au contraire tout à fait apte à respecter un idéal, même quand elle ne le partage pas. Par ailleurs, vous admettrez qu'elle ne manque pas de courage.

— Selon toi, est-ce du courage ou de l'inconscience ?

— Du courage, Kristen, à n'en pas douter, du courage authentique. Dieu sait pourtant combien j'ai l'expérience des hommes. J'en ai vu défiler de toutes sortes dans ma vie de soldat : des braves, des moins braves, des téméraires sans cervelle et des couards qui se posaient en héros. J'en ai vu se faire tuer stupidement, d'autres détaler au premier coup de feu. J'en ai entendu appeler leur mère, implorer Dieu en patois ou réclamer une belle amputation pour en finir honorablement avec la guerre. Bref, je croyais avoir perdu à tout jamais la faculté de m'étonner et, cependant, Nolwen Kreïs m'étonne. Je vous l'avoue tout net, elle m'étonne. »

Les sourcils du baron se plissèrent. Il posa sur Maunoir son regard noir chargé de suspicion :

« Par ma foi, si elle n'était pas si vilaine, je jurerais bien... »

Maunoir éclata de rire :

« Décidément, Kristen, vous tenez à votre idée ! mais vous faites fausse route. D'abord, comment pouvez-vous dire qu'elle est vilaine alors que vous ne l'avez même pas regardée ? J'attribue ce mauvais jugement au parti pris que vous avez contre elle. Quant à vos insinuations, mon cher, elles ne sont pas mieux fondées que le reste. Non ! la représentante du beau sexe n'a pas réveillé la bête qui sommeille en moi. En revanche, j'accueille volontiers ce nouveau petit soldat... si telle est du moins sa destinée. »

Chapitre II

AURÉLIEN MÉTRIER

Les étonnements d'un soldat de l'an II

Pour la dixième fois depuis son lever matinal, Aurélien Métrier jeta un coup d'œil à la glace et jugea satisfaisante l'irréprochable élégance de sa tenue. Dans le châssis d'acajou de la précieuse psyché s'encadrait un jeune et fringant officier sanglé dans un uniforme bleu et or où scintillaient depuis peu les épaulettes de capitaine.

« Capitaine Aurélien Métrier... » déclinait-il à l'infini sans se lasser de la douce musique que ces mots faisaient à son oreille, « capitaine Aurélien Métrier... »

Et de se féliciter derechef du choix de cette petite chambre qui, nonobstant la modestie de son décor, lui réservait le luxe inestimable d'un grand miroir sur pied dans lequel il pouvait se contempler à loisir.

En sa qualité d'officier, Métrier bénéficiait d'un traitement de faveur qui le dispensait de partager les chambrées de fortune mises à la disposition des soldats en campagne. A Alençon où il cantonnait depuis trois mois, il logeait en ville, chez l'habitant, en l'occurrence une vieille veuve sur qui la production du billet de logement avait fait bonne impression. Elle lui avait montré la seule chambre qu'elle eût de disponible, mais Aurélien n'avait remarqué que le miroir mobile et s'était pris instantanément d'affection pour la pièce.

Il avait d'ailleurs toujours eu beaucoup de chance, Aurélien Métrier. Brillant soldat sorti du rang, fils de paysans normands ni très riches ni trop pauvres, il s'était enrôlé très tôt sous les couleurs de la nation et il y avait fait merveille. Sa carrière semblait d'ores et déjà placée sous les meilleurs auspices, et sa toute récente promotion au grade de capitaine venait d'en confirmer l'excellente tournure.

Tout allait décidément très vite dans cette période éprise de changement, car, voici quatre jours à peine, il n'était encore qu'un simple lieutenant absorbé par le train-train d'une ville de province. Après l'enfer de la mitraille prussienne et les bivouacs improvisés dans les plaines pétrifiées de Flandre, Alençon lui faisait l'effet d'un havre de paix et de quiétude bourgeoise. Ici, il se sentait un peu chez lui. Les maisons ressemblaient à celles de Pont-Audemer où il était né, avec leurs toits de tuiles rouges et leurs façades à colombages. Les habitants, chaleureux et amicaux, étaient un peu ses pays, et leur cidre pétillant lui rappelait celui des bords de la Risle. Dans cette charmante cité de l'Orne, enfin, il pouvait savourer à son gré les douceurs d'une trêve inespérée.

Depuis trois mois, peu à peu, il en venait ainsi à oublier la guerre : celle de l'extérieur qu'il avait vue de près et dont il conservait un souvenir plus tourmenté qu'ébloui ; et celle de l'intérieur qu'il ne connaissait pas encore. Cette dernière en particulier ne laissait pas de l'intriguer. Il éprouvait le plus grand mal à s'en faire une idée précise à travers les différents récits qui circulaient à son sujet. La guerre, selon lui, ne pouvait revêtir qu'une seule forme : celle de régiments ennemis s'affrontant sur un champ de bataille. Or, rien ne correspondait moins à cette définition que ce qu'il entendait décrire ici ou là. Et c'était pourtant à cause de cet étrange conflit que le temps de la trêve, pour lui, tournait court.

Lorsque le colonel Varlin l'avait convoqué quatre jours plus tôt, le jeune lieutenant Métrier n'avait rien deviné de ce qui l'attendait, et quand le colonel lui avait signifié son avancement avec les félicitations d'usage, il avait tout bonnement failli s'étrangler de joie. Les épaulettes à vingt-quatre ans ! Pouvait-on rêver mieux ?

Mais la suite de l'entrevue devait lui réserver une autre surprise. La notification portant mention du grade s'accompagnait d'un ordre de marche pour le moins imprévisible : on lui enjoignait de faire route sans délai sur Ville-sur-Aulne, ci-devant Châteaulin, à la tête d'un détachement d'une centaine d'hommes afin de relever là-bas un certain capitaine Lamarche.

Devant son air dubitatif, le colonel Varlin s'était senti tenu de préciser :

« Rassure-toi, le Finistère est incontestablement le plus paisible des départements de l'Ouest. On n'y signale aucun trouble notoire. Brest renferme d'importantes garnisons, et dans les villes moyennes, la sécurité est assurée par la gendarmerie, la garde nationale, et, le cas échéant, par la troupe. Plus de quatre mille hommes composent actuellement la force départementale. »

Métrier n'avait nul besoin d'être rassuré, mais simplement éclairé, et la question qui lui vint aussitôt à l'esprit découlait du bon sens :

« Si le Finistère est si paisible, pourquoi nous y envoyer ? »

Tandis qu'il procédait aux ultimes ajustements de sa toilette devant son grand miroir, Aurélien vit son sourire se figer dans la glace à mesure que sa mémoire reconstituait l'entrevue. Varlin s'était bien gardé de noircir le tableau, mais en dépit de son extrême prudence il n'avait pu éviter d'évoquer la guerre intestine. Pour rejoindre Ville-sur-Aulne, en effet, le détachement devait traverser la Mayenne, l'Ille-et-Vilaine, le Morbihan et les Côtes-du-Nord, régions où sévissait une Chouannerie tenace. Aucun discours, si lénifiant fût-il, n'aurait su atténuer la sécheresse de cette analyse. Il fallait s'enfoncer en territoire insurgé !

Et Varlin d'ajouter sans la moindre émotion que les ordres prévoyaient en sus d'incorporer au détachement deux chariots d'armes et de munitions destinés au Finistère.

Relève ? Renforts ? Escorte de convoi ? Quelle mission était-ce là ? Comment fallait-il la comprendre ? Aurélien avait eu beau scruter son papier à en-tête, il n'y avait trouvé aucune autre précision. L'ordre était sec comme un coup de trique. Quant à Varlin, il s'était borné à délivrer le document sans l'assortir du moindre commentaire ; sans même paraître en remarquer la troublante ambiguïté. La mode n'était-elle pas aux directives brouillonnes, aux circulaires contradictoires, aux consignes nébuleuses ? Du haut de son flegme de vieux soldat, il ne s'étonnait plus de rien. Tout au plus avait-il estimé judicieux de souligner :

« Quoi qu'il en soit, n'oublie jamais que nous n'avons pas affaire à une armée mais à des hordes de paysans à moitié sauvages. Ce sont des fanatiques menés par des prêcheurs.

Le pays les cache et les protège. Les curés leur promettent la gloire des martyrs. Nous, nous devons les combattre. »

Ce qui n'avait fait qu'accroître le malaise d'Aurélien.

En vérité, les paroles de Varlin l'inquiétaient moins que ses silences. Jusqu'à quel point le vieil officier pouvait-il se prévaloir d'une quelconque expérience en la matière ? En savait-il plus qu'il ne voulait en dire, ou bien n'était-il pas contraint, lui aussi, d'exécuter aveuglément les instructions lapidaires du Grand État-Major ?

L'œil rivé à la glace, Métrier réfléchissait. Pendant longtemps, la « guerre de l'intérieur » n'avait été pour lui qu'une lointaine péripétie. Depuis qu'il séjournait à Alençon, il n'avait jamais eu à traquer les rebelles. Mais en ce début d'année 1794 (selon l'ancien calendrier), le bocage semblait pris d'une fièvre soudaine. Par sa proximité avec la Mayenne et la Sarthe, berceau d'une Chouannerie toujours active, l'Orne se gardait avec peine de la contagion royaliste. Si les villes demeuraient acquises aux patriotes, la campagne s'agitait. Dans le même temps, l'armée pâtissait des conséquences de la crise : difficultés d'approvisionnement, carences, désorganisation, retards de solde. Les troupes démoralisées enregistraient chaque jour de nouvelles désertions, et les efforts du Grand État-Major pour redresser la situation tardaient à porter leurs fruits. A tout instant, donc, la rébellion risquait de s'étendre à la basse Normandie sans que l'armée fût véritablement en mesure de s'y opposer efficacement.

A cet égard, l'histoire offrait déjà un précédent de taille dans la retentissante épopée royaliste de novembre 1793.

Quand la grande armée catholique et royale, née du soulèvement vendéen du printemps

1793, avait déferlé en Normandie pour rallier les plages de Granville en vue du débarquement, il s'était trouvé peu d'obstacles pour lui barrer la route. En traversant la province du sud au nord, cette armée ahurissante, mal équipée, mal vêtue, mal nourrie, traînant dans son sillage une suite insolite de femmes et d'enfants, avait semé sur son passage autant de stupeur que d'effroi. Mais malgré la litanie de ses victoires : Thouars, Saumur, Cholet, Machecoul, Angers, Nantes..., elle n'avait pu venir à bout de la légendaire méfiance des Normands, et déjà son histoire s'écrivait en lettres de sang. Pour chaque ville conquise, les Vendéens avaient chèrement payé leur hardiesse insensée. Ils rêvaient d'une jonction décisive avec la Normandie et se heurtaient à l'hostilité implacable des citadins. Ils imaginaient un débarquement grandiose et salvateur mais découvraient une mer désespérément nue et des plages désertes. L'Angleterre n'était pas au rendez-vous du courage et de l'espoir. Alors, sous les coups de boutoir des légions bourgeoises de Le Carpentier, ils avaient dû rebrousser chemin et rentrer en Vendée pour se faire éventrer par l'armée de Kléber. La Virée de Galerne s'était achevée dans un bain de sang.

Mais que se serait-il passé si l'entreprise avait réussi ?

Cinq mois plus tôt, l'amour de l'ordre et de la paix avait provisoirement empêché les Normands d'y prendre part, mais le malaise aujourd'hui subsistait. Les incohérences du gouvernement, ses décrets impopulaires, son radicalisme, en froissant maladroitement les esprits libéraux, contribuaient à dégrader le climat social et politique. La province était riche et tenait à ses biens au moins autant qu'à ses libertés. Si le nouveau régime ne lui avait pas apporté un surcroît d'opulence, il n'avait pas constitué non plus, du moins jusqu'à présent, une sérieuse menace. Mais peu à peu la menace se précisait et, en Normandie comme ailleurs, les réquisitions, les impôts, les persécutions religieuses, les tracasseries administratives finissaient par indisposer tout le monde.

Non, le jeune capitaine Métrier n'avait pas encore eu l'occasion de rencontrer les royaux, et les rares sorties opérées en dehors de la ville ne lui avaient pas permis d'observer le moindre incident suspect. Sans doute y en avait-il peu dans les parages immédiats d'Alençon, mais il n'était pas difficile d'imaginer le rôle redoutable du bocage dans une guerre d'embuscades. Qu'adviendrait-il si le pays tout entier se levait d'un seul coup ?

Aurélien, néanmoins, refusait de céder au pessimisme. Pour le moment, rien ne laissait entrevoir l'imminence d'un événement de cette nature. Quant à ce qui se passait dans les départements bretons, mieux valait ne point y songer avant d'en avoir eu soi-même un premier aperçu. Après tout ces « hordes de paysans à moitié sauvages » n'étaient pas les divisions de Brunswick !

Sitôt sorti de chez Varlin, il s'était lancé à la recherche de ses camarades officiers et sous-officiers, compagnons traditionnels de ses soirées de détente. Avec eux, il avait longuement baguenaudé le soir dans les rues d'Alençon, poussant maintes portes de cabaret, vidant force pichets de cidre pour arroser ses épaulettes et son premier commandement. A l'auberge de *L'Écu d'Or* où il avait ses habitudes, il avait dû consoler la petite Jeannette dont le cœur s'était fendu à l'annonce du dénouement brutal de leur amourette. Tandis que la tendre servante sanglotait au creux de son épaule, Aurélien, lui, n'avait songé qu'à ses galons tout neufs et à son prochain départ.

Puis, de retour chez lui, il s'était mis sérieusement au travail. Attablé durant de longues heures devant une carte déployée, il s'était plongé dans l'étude minutieuse de l'itinéraire choisi pour le convoi et dans la liste des villes-étapes traversées. Ses nouvelles attributions de capitaine, outre les charges classiques du commandement, englobaient également celles de l'administration et de la gestion. La préparation du plan de marche devait donc concilier les deux impératifs du temps et de l'argent. En clair, plus la durée du déplacement serait courte et réduit le nombre des étapes, mieux l'on se conformerait au mot d'ordre du moment : économies. Or, pour l'État, il n'y avait pas de petites économies.

Saignée à blanc par la Révolution et par la guerre, la France s'enlisait dans le marasme. L'industrie au point mort, la fuite massive des capitaux vers l'étranger et la mauvaise rentrée des finances imposaient le recours à des expédients de tout genre. Il fallait improviser à défaut de reconstruire ; faire flèche de tout bois à défaut de produire. Dans le flot des circulaires admonitives dont ils submergeaient les autorités militaires, les ministères rappelaient sans cesse aux bonnes règles du système autarcique instauré par l'état de guerre : vivre autant que possible sur le pays par le biais des levées et des réquisitions affectées à l'approvisionnement des armées ; et, naturellement, tenir la main à la comptabilité stricte des dépenses, à la réduction des frais, à la tenue des rapports hebdomadaires et décadaires.

C'était à se demander si, sous la République, on pouvait encore perdre un bouton de culotte sans provoquer un grave déficit budgétaire. Et jamais Aurélien ne s'était senti à ce point responsable des deniers de la nation.

Son programme arrêté, au terme de vertigineux calculs, il l'avait aussitôt soumis à Varlin. Ensuite de quoi, une estafette avait sauté en selle et filé ventre à terre jusqu'à Mayenne pour annoncer le prochain passage des soldats d'Alençon.

Enfin, le jour tant attendu était arrivé. Levé dès l'aube, Aurélien avait consacré une bonne heure aux soins de sa toilette. Campé devant la psyché, il n'en finissait pas de vérifier la perfection de son uniforme, la netteté de sa coiffure et la précision de ses coups de rasoir sur une barbe presque invisible tant elle était blonde. A le voir ainsi moulé dans sa veste impeccable, son pantalon de panne bien ajusté au-dessus de ses bottes à manchettes, on aurait pu le croire prêt pour la parade. Il avait toujours eu horreur du négligé et, par ce trait de caractère, s'était attiré le sobriquet de « lieutenant propret ». A partir de maintenant, il faudrait l'appeler « capitaine propret ». Cette réflexion le fit sourire. Il ne détestait pas se moquer un peu de lui-même.

Un dernier regard au miroir acheva de le rassurer sur sa mise ; un autre sur sa montre lui conseilla de se presser. Il était déjà un peu en retard.

D'un pas léger, Aurélien dégringola l'escalier étroit qui menait au rez-de-chaussée et se mit en quête de sa logeuse. Celle-ci lui avait promis d'être levée à l'heure pour lui faire ses adieux. Une odeur de café le guida jusqu'à la cuisine. La brave femme l'y attendait, emmitouflée dans un châle de tricot et un mouchoir sous le nez. Elle n'avait pas eu le temps de se coiffer. Ses cheveux gris tressés ressemblaient à une queue de rat. En le voyant paraître sur le seuil, elle poussa vers lui un bol fumant et étouffa un reniflement. Dame ! c'est qu'elle s'était bien habituée à la présence de ce charmant jeune homme sous son toit ! Elle s'amusait à guetter chaque jour ses allées et venues en devinant sans peine la part du service et celle du plaisir dans cet aimable affairement. Il ne manquait jamais de la saluer et poussait même la courtoisie jusqu'à lui faire un brin de conversation. Elle aimait leurs échanges de propos anodins qui créaient une plaisante diversion dans sa vieillesse solitaire. Elle aimait aussi faire le ménage dans sa chambre, avec le dévouement d'une bonne mère et une grande indulgence à l'égard de ce qu'elle y trouvait parfois. Comme ces trois mois lui avaient paru courts !

Il la consola avec plus de tendresse qu'il n'avait été capable d'en montrer à la petite Jeannette et partit sur la promesse formelle de revenir la voir quand il repasserait par Alençon.

Le café, douceur inconnue des soldats en campagne, lui avait réchauffé le cœur. Il s'élança comme une flèche en direction du lieu de rassemblement en faisant tournoyer au bout de son bras le petit sac de toile qui renfermait son nécessaire de toilette.

Lorsqu'il déboucha sur la place, les soldats se rangeaient en formation. Le jour n'était pas encore levé. Factionnaires et palefreniers brandissaient des flambeaux tandis qu'on amenait les chariots attelés au milieu de l'escorte. Les sergents débordés couraient dans tous les sens en jetant des coups de gueule. La piétaille obtempérait mollement. Les chevaux sabotaient avec nervosité.

L'irruption du capitaine ramena provisoirement le calme. En fait, on n'attendait que lui pour accomplir presque en silence ce qu'on faisait précédemment dans un vacarme assourdissant.

Conscient de son autorité, Aurélien dénombra rapidement la composition du détachement et réprima une grimace. Les fantassins étaient plus nombreux que les cavaliers. Il avait pourtant sollicité le contraire. On mettrait donc plus longtemps à rallier Ville-sur-Aulne.

Il entreprit de passer la troupe en revue et fit une autre grimace. Il n'y avait guère de poil autour de ces mentons-là !

De nouvelles recrues sans doute...

Contrarié, Aurélien s'en fut inspecter le contenu des deux chariots. Il souleva les bâches, contrôla les chargements, compta les caisses, les boîtes et les divers fourniments alloués aux soldats. Chaque voiture était tirée par deux chevaux de trait attelés en flèche et menés par un conducteur.

Après avoir inventorié le tout avec méticulosité, Métrier parapha la liasse que lui tendait le maréchal des logis fourrier et se dirigea vers le colonel Varlin qui venait d'apparaître à son tour sur la place.

« Tout est en ordre, citoyen capitaine ? s'informa l'officier en lui rendant son salut.

— Un peu trop de marcheurs à mon goût, répliqua franchement Aurélien, mais nous nous en accommoderons. »

Varlin opina sans un mot, et, pour la forme, examina les rangs. Puis il jugea opportun de se fendre d'un bref discours :

« Soldats ! s'écria-t-il d'une voix de bronze, la République a les yeux posés sur vous. Elle attend de ses soldats une conduite exemplaire où qu'ils soient. Vous le savez, nous sommes en guerre et l'ennemi n'est pas seulement derrière nos frontières mais aussi à l'intérieur même de notre pays. Nous devons terrasser le germe odieux de la contre-révolution. Nous devons en débarrasser à jamais notre beau sol de France.

La nation a besoin de vous. Elle attend tout de vous parce que vous lui devez tout. Soldats, faites votre devoir ! Au nom de la nation, salut et fraternité ! »

De cent mâles poitrines jaillit le même cri :

« Salut et fraternité ! »

Sans perdre un instant, Métrier se mit en selle et vint se placer à la tête du détachement. A son commandement, le convoi s'ébranla lourdement dans un concert de piétinements, grincements et grondements de ferraille.

La colonne s'écoula à travers la ville endormie. Il faisait encore nuit noire lorsqu'elle franchit les portes d'Alençon pour s'engager sur la route de Mayenne.

A l'extérieur, la campagne offrait au regard un paysage flou noyé de brume. Le disque blanc de la lune dispensait une clarté incertaine sous le dais sombre du ciel qu'une multitude de petits nuages parsemaient d'écailles bleues. Le sol était dur. A la surface des champs avoisinants, les gelées printanières s'étalaient en croûtes nacrées. Des odeurs de fumier et de chaux flottaient dans l'air, et, le long des clôtures, des pommiers décharnés tordaient leurs branches nues.

Dans les fermes isolées, disséminées au gré du vent, d'imperceptibles lueurs jaunes, telles des poignées de lucioles, clignotaient aux carreaux des fenêtres tandis que de pâles serpents de fumée âcre s'élevaient au-dessus des toits. Pour les paysans, la journée commençait bien avant le lever du soleil.

L'air était vif et piquant. Des naseaux des chevaux sortaient des jets de vapeur blanche. Dans les rangs, des hommes toussaient en faisant cliqueter leur barda.

Métrier ouvrait la marche crânement. Pour le moment, on se passait des services d'une avant-garde. Le voyage promettait d'être long et harassant, aussi le capitaine se réservait-il le droit de désigner un groupe d'éclaireurs en temps utile, c'est-à-dire quand on pénétrerait en territoire chouan. Avant cela, ce n'était pas indispensable, d'autant que sa pratique des marches nocturnes à travers des contrées ennemies lui conférait, à ce sujet, une expérience incontestable. Il savait ouvrir l'œil mieux que personne.

Au surplus, on ne lui avait adjoint que des jeunes hommes – certains même beaucoup trop jeunes selon lui – sur lesquels il n'avait pas encore eu le temps de se faire une opinion. Une bonne moitié d'entre eux, heureusement, possédaient déjà l'expérience des combats. C'était des volontaires de 92. Quant aux autres, amalgamés de force aux troupes régulières, ils provenaient des réquisitions massives ordonnées par la Convention en vertu de la loi du 23 août 1793 instituant l'état de réquisition permanente pour tous les Français de sexe mâle âgés de 18 à 25 ans. Autant des premiers, dont la formation militaire avait été assurée par des soldats de métier, il attendait sang-froid et compétence, autant il redoutait le manque de conviction et l'absence de maîtrise des jeunes provinciaux récemment recrutés. Par chance, tous les officiers et sous-officiers affectés au détachement faisaient déjà partie des « anciens » en dépit de leur jeune âge. Issus de la garde nationale ou des bataillons de ligne, ils avaient fait chanter la poudre en Belgique et culbuté l'assaillant sur les lignes de Wissembourg. A l'instar de Métrier, ils étaient passés sans transition de la défense à la conquête en apprenant leur métier dans l'acharnement des combats. Le capitaine les connaissait bien pour avoir partagé avec eux les mêmes peurs, les mêmes exaltations et surtout les mêmes souffrances, au temps où lui aussi « marchait » au feu. Mais c'était dans la cavalerie qu'il comptait aujourd'hui ses plus chers amis.

Hormis le souci que lui causaient les trop jeunes recrues, Métrier nourrissait d'autres préoccupations. Le laconisme des autorités militaires concernant sa mission ne laissait pas de susciter chez lui d'interminables interrogations. Ces renforts de troupe, ces chariots dégageaient des fumées de guerre, mais pourquoi les dirigeait-on sur le Finistère ? Certes, en menaçant à tout moment d'étendre la sédition au-delà de ses limites départementales, le Morbihan jouait les trouble-fête, à fortiori s'il faisait alliance avec les Côtes-du-Nord comme cela se murmurait. Mais n'avait-on pas déployé assez d'efforts pour protéger le Finistère de ses voisins trop remuants ? L'armée des Côtes de Brest n'était-elle pas pourvue en suffisance de régiments, de batteries, navires de guerre, pour juguler immédiatement toute tentative de soulèvement ? Que pouvaient faire de plus ce petit détachement de cent hommes et ces deux ridicules chariots de munitions ?

Au demeurant, les troubles qui, l'an dernier, avaient secoué une grande partie du Léonais et quelques paroisses de Cornouaille cessaient depuis longtemps d'inquiéter en haut lieu. D'ailleurs, on s'accordait généralement à leur attribuer une origine accidentelle née d'un mouvement d'émotion populaire plutôt que d'une hostilité réelle à la République. Depuis, le Finistère ne faisait plus parler de lui, et si d'aventure il subsistait un projet de débarquement anglo-royaliste, ce n'était pas son littoral qui s'y prêtait désormais le mieux.

D'un lieutenant du 9e hussards en garnison à Brest et de retour provisoirement dans ses foyers, Métrier avait obtenu le rapport suivant, quelques heures avant le grand départ :

« La presqu'île de Crozon n'est plus abordable. De Lanvéoc à Quélern ; de la pointe des Espagnols aux grèves de Camaret ; du Grand Gouin au Tas de Pois et du cap de la Chèvre à la pointe de Morgat, nos batteries maritimes se composent de canons de douze, vingt-deux, vingt-quatre, de mortiers, d'obusiers, bref, de tout ce qu'il faut pour arroser copieusement les candidats à une descente... »

Cela ne l'avait pas beaucoup édifié sur la position géographique des lignes de défense côtières, car il entendait la plupart de ces noms pour la première fois, mais il en avait retenu une impression de sécurité. En somme, on ne risquait pas de voir s'ouvrir un front sur la façade atlantique ; c'était déjà ça. Les confidences du lieutenant lui en avaient appris infiniment plus à ce sujet que les indications fragmentaires de Varlin. Toutefois, le permissionnaire n'avait pu, hélas, proposer d'explication concernant les renforts destinés à Ville-sur-Aulne. Il ignorait tout de la situation dans les terres. Pour lui, seule la place de Brest nécessitait constamment d'importantes concentrations de troupes :

« A moins, avait-il avancé après réflexion, qu'on ne t'envoie illico à Vannes. J'ai entendu dire qu'on s'y bagarre pas mal et je me demande où ça va nous mener. »

Plus il remuait d'hypothèses et de suppositions et plus Métrier inclinait à penser que Varlin ne lui avait pas dit toute la vérité. Si le vieil officier avait été instruit des dessous de la manœuvre, il s'était montré singulièrement avare de précisions. Pourquoi Ville-sur-Aulne ? Quelle était l'importance stratégique de ce petit point sur la carte ? Que s'y passait-il qui justifiât une telle expédition ? De l'aveu même de Varlin, le fanatisme des Bretons les poussait à des comportements imprévisibles. Dans ce cas, avait-on trop présumé du dévouement patriotique et de l'efficience des corps municipaux chargés de faire respecter la loi ? Y avait-il eu des incidents et fallait-il en déduire que Lamarche s'y était cassé les dents malgré tout ce que les représentants en mission entendaient faire accroire de la situation dans le Finistère ?

Par ailleurs, comment ne pas admettre que, si la péninsule intensifiait la réaction, le Comité de salut public n'y était pas pour rien ? En ouvrant le cycle infernal de la haine et des persécutions, la Terreur fatiguait les meilleures volontés. Le sang de la Vendée réclamait vengeance. Il déteignait sur la Bretagne. Était-ce par la violence qu'on séduisait les peuples, et un gouvernement libéral pouvait-il décemment encourager la guerre civile ?

D'ordinaire, Métrier n'était pas enclin à contester les initiatives politiques et militaires du Comité de salut public. Quatre années dans l'armée, dont deux passées au front, lui avaient inculqué obéissance et discipline. Mais c'était cette curieuse mission qui l'obligeait à se poser toutes sortes de questions.

On l'expédiait au fin fond de la Bretagne pour se battre, soit, mais pour se battre contre qui ? Force lui était de reconnaître qu'il n'éprouvait pas un grand enthousiasme à l'idée de participer à la guerre civile. Sa droiture native lui faisait abhorrer l'équivoque, et, dans cet imbroglio idéologique, l'équivoque était de taille.

Lors de la campagne de Belgique, il avait eu l'occasion de côtoyer les hommes du 1er bataillon du Finistère incorporé à l'armée du Nord. Il les avait entendus s'exprimer entre eux dans un idiome étrange que personne ne comprenait. Bien que témoignant quotidiennement d'un courage indiscutable, ces hommes ne craignaient pas de montrer leur nostalgie dès lors qu'ils évoquaient le « pays », c'est-à-dire leur petite paroisse et son clocher ; leur ferme et les deux acres de terre dont ils étaient si fiers ; la famille, les voisins, les amis... Ils choisissaient alors soigneusement leurs mots dans un français parcimonieux certainement impropre à traduire la profondeur de leurs sentiments. Et d'aucuns allaient même jusqu'à braver les interdits républicains en conservant pieusement sous leur chemise la croix, la médaille ou le chapelet échappés aux fouilles des sergents. C'était pour la plupart de jeunes réquisitionnaires issus des premières levées, et il était manifeste que la propagande révolutionnaire dont on s'obstinait à farcir le crâne de ces garçons n'entamait pas le moins du monde leur attachement indéfectible à la Bretagne et à ses traditions. Bretons ils étaient, bretons ils demeuraient avant tout.

Au fond, songeait Aurélien, dubitatif, *suffit-il qu'on nous envoie en Bretagne armés jusqu'aux dents pour obtenir qu'une province tout entière renonce à défendre ses coutumes et ses droits ? La belle farce ! Je crois que j'y passerai ma vie entière et d'autres après moi que la tâche ne sera jamais achevée !*

Il exhala un soupir et tourna machinalement la tête en direction de la colonne. L'escorte montée serrait les chariots de près et la piétaille allait bon train sans se soucier apparemment des dangers du bocage. Un jeune garçon avait sorti un fifre dont il tirait une musique aigrelette qui aidait à marquer la cadence.

Après tout, pourquoi l'en empêcherais-je ? se dit Métrier que cette musique tout d'abord avait agacé, *ce fifre ne nous signalera pas davantage que ces deux chariots poussifs et leurs vingt cavaliers.*

Il y avait maintenant plus d'une heure que la troupe avait quitté Alençon, et elle se rapprochait peu à peu du village de Villaines-la-Juhel. A l'est, la nuit relevait lentement son voile et l'horizon s'embrasait de traînées roses et pourpres. En voyant poindre le petit jour, Aurélien sentit ses angoisses refluer. Il s'accorda le droit de respirer à fond et raffermit l'étreinte de sa main gauche sur la bride de son cheval. Le contact familier de ses fontes rigides lui rendit sa sérénité.

De part et d'autre de la route, la campagne émergeait doucement des ténèbres humides pour s'offrir à la caresse de l'aube. Germinal répandait son souffle printanier sur les champs veloutés de jeunes pousses. A mesure que la nuit s'effaçait, les arbres apparaissaient moins nus sous leur duvet de verdure englué de sève.

Désireux d'oublier ses soucis de la première heure, Métrier se mit à inspecter les terres cultivées avec un intérêt de connaisseur. Ses instincts de paysan interpellaient naturellement son attention sur la qualité des labours et les promesses de récoltes. Chez lui, à Pont-Audemer, dans la petite ferme aux murs de torchis, son père, à cette heure, devait fourbir la herse et les outils de sarclage. Combien de froment et de seigle avait-il emblavé sur la pièce du Mesnil ? Avait-il eu le temps d'achever les labours avant les gelées ? Lui avait-on accordé, cette fois encore, le droit d'amender à la chaux cet arpent de glèbe ingrate que M. de Haucourt lui laissait travailler en échange d'une partie de la récolte ? Qui lui prêtait la main désormais aux champs, à l'étable, au pressoir ? Était-ce déjà petit Pierre, ce jeune frère intrépide qu'on repêchait toujours dans la mare où il piquait régulièrement une tête ?

Aurélien tressaillit lorsqu'un rapide calcul

mental lui révéla que son frère devait avoir quinze ans aujourd'hui. Il y avait plus de trois ans qu'il ne l'avait pas revu ! Ému à l'idée que Pierre eût presque atteint l'âge d'homme (et à trois années près celui de la conscription), il ne vit pas le lieutenant Aubry pousser son cheval près du sien.

« Qu'y a-t-il ? fit-il distraitement après qu'Aubry se fut par deux fois raclé la gorge pour manifester sa présence.

— Je voulais juste te demander s'il fallait envisager une halte avant Mayenne.

— Aucune ! absolument aucune ! Ce n'est pas le moment de tenter le diable. Nous irons d'une seule traite.

— Belle promenade en perspective ! Seize lieues d'un coup !

— Y verrais-tu un inconvénient ?

— En ce qui me concerne, pas le moindre, mais les marcheurs n'en diront peut-être pas autant.

— Nous n'avons guère le temps de flâner en route. Les ordres sont de rallier Ville-sur-Aulne le plus tôt possible. Lamarche est impatient de nous voir, à ce qu'il paraît. Disons plutôt qu'il y a urgence à le relever.

— J'entends bien, mais nous comptons dans nos rangs des jeunots dont les jambes sont tendres.

— N'est-ce pas là le meilleur moyen de les endurcir ? La marche est la discipline habituelle du soldat. Rappelle-toi donc, mon cher Bertrand, à quelles marches d'enfer nous avons nous-mêmes été soumis dans les plaines de Flandre quand nous montions assiéger Bruxelles. Il n'y a rien de comparable avec ce petit déplacement. Paris nous enjoint de faire vite et nous nous y efforcerons.

— Et je suppose que plus nous ferons vite et

plus la comptabilité du citoyen Carnot sera florissante.

— C'est vrai. Mais rassure-toi, à Rennes nous ferons une bonne étape et les hommes pourront se reposer dans l'enceinte d'une ville de garnison où tout est prévu pour le passage des troupes. Quant à moi, j'espère bien en apprendre un peu plus long là-bas.

— Ah ! citoyen capitaine ! après tant d'explications je vois bien que tu tiens la main à ce qui regarde notre bien-être. Je m'en remets à toi en toute tranquillité. »

Aurélien dirigea vers le lieutenant un regard en coin. Puis il éclata franchement de rire.

« Où veux-tu en venir avec tes salamalecs de courtisan ? Tu mériterais que je te frotte les oreilles. Qu'est-ce qui te prend de me servir du "citoyen capitaine" à présent ?

— C'est que tu es capitaine, Aurélien. Que tu le veuilles ou non, tu es mon supérieur hiérarchique.

— Tais-toi donc, pour moi rien n'a changé. Cette promotion m'a rendu fou de joie, je ne le nie pas, mais ne m'a pas gonflé la tête au point d'oublier d'où je viens ni ce que j'ai appris. Certaines valeurs ont à mes yeux plus d'importance que les honneurs.

— Et peut-on savoir lesquelles ?

— L'amitié, la loyauté, la fraternité, la solidarité, le courage, que sais-je encore ?

— Un catéchisme républicain hautement édifiant !...

— Tu te moques de moi ?

— Non pas. Cela te ressemble assez. Mais l'amour, Aurélien ? Que fais-tu de l'amour ? Tu as pourtant sur ce chapitre une expérience que beaucoup t'envieraient.

— L'amour ? Mais où est-il ? Pas là où tu sembles le situer, ou bien nous ne parlons pas de la même chose. D'ailleurs, je suis fermement convaincu qu'il existe une grande incompatibilité entre le métier de soldat et les sentiments de ce genre.

— Tu es un veinard, Aurélien. Les femmes t'adorent, et toi tu t'en fiches. Comment fais-tu pour n'avoir jamais d'histoires de cœur ?

— Je m'interdis d'en avoir, voilà tout. Les rencontres passagères me suffisent pour l'instant. Vois-tu, l'excessif relâchement des mœurs de notre époque présente, entre autres inconvénients, celui de nous sevrer du plaisir de la chasse. Quelles joies peut-on éprouver à forcer un gibier qui ne demande qu'à s'offrir ? As-tu souvent approché quelques-unes de ces sœurs promeneuses qui hantent les jardins du Palais-Royal, du Luxembourg ou des Tuileries ; regardé de près ces charmantes pensionnaires de la rue Saint-Honoré et des établissements de bains ? Qu'est-ce qui les rend attirantes, selon toi ? Leur beauté ? Leur élégance ? Non, leur impudeur ! On leur achète ce qu'elles vendent et puis on n'y pense plus. A ce compte, peut-on se prévaloir d'une quelconque expérience en amour ?

— Tu exagères. En choisissant un exemple extrême, tu noircis tout le reste. Il n'y a pas que les prostituées, que je sache, et ce que tu as pu connaître de nos brefs séjours parisiens ne te permet pas d'en faire une généralité. Que fais-tu des autres femmes ? De la petite Jeannette ?...

— Oh ! laissons cela ! Imagines-tu qu'elles m'aient comblé ?

— Je me demande quelquefois ce que tu attends de la vie, Aurélien. Si tu ne sais pas tirer profit des circonstances ; saisir le bonheur au vol, comme il se présente, qu'es-tu en droit d'espérer ? Tu seras éternellement en quête de ce qui te manque et jamais satisfait de ce que tu obtiendras.

— Le sujet ne mérite pas d'être inscrit à l'ordre du jour. Pour l'heure, j'ai d'autres idées en tête et le moment n'est pas aux états d'âme. Nous avons du pain sur la planche, mon cher Bertrand.

— Ah ? Quelque chose t'inquiète ?

— Un peu.

— Est-ce en rapport avec l'armée des Côtes qu'on nous envoie rejoindre ?

— En partie.

— Les royalistes ? Crois-tu que les Anglais vont attaquer Brest avec l'aide des insurgés ?

— Je n'ai aucune certitude, rien de concret, juste un pressentiment. Mais la contre-révolution n'est pas morte, tu sais. Il suffit de voir ce qui se passe dans le Morbihan.

— Varlin t'en a-t-il parlé ?

— Si peu. C'est bien ce qui m'intrigue.

— Peut-être qu'il y a peu de chose à dire d'un cantonnement de l'arrière où il ne se passe rien.

— A ta place, je me garderais d'affirmer qu'il ne se passe rien à Ville-sur-Aulne. On ne nous y envoie pas pour faire joli dans le décor, et ces deux chariots ont bien une utilité quelconque. »

Aubry renonça à questionner plus avant son ami. Les conditions ne s'y prêtaient guère et, quoiqu'il y eût matière à méditer, ils se devaient de le faire l'un et l'autre avec circonspection. Leurs regards se croisèrent d'un air entendu, remettant de concert ce dialogue à plus tard. Ils n'avaient pas besoin d'énoncer cette résolution pour se comprendre. L'amitié qui les liait depuis bientôt cinq ans les rendait aussi étroitement complices que deux frères.

Ils s'étaient rencontrés pour la première fois à Paris, en octobre 1789, lorsque, jeunes gardes nationaux nouvellement « montés », ils avaient assisté au retour de la famille royale aux

Tuileries. Incorporés au service d'ordre hâtivement mis en place par La Fayette pour assurer la protection du roi et de ses proches, ils s'étaient retrouvés au coude à coude dans les rangs de la garde nationale parisienne dont la popularité grandissante avait alors permis d'éviter le pire.

Ensuite de quoi ils ne s'étaient plus quittés ; la pondération du Normand et le bon sens du Dyonisien (Bertrand Aubry était originaire de Saint-Denis) devant les faire se réunir sur le terrain de l'amitié. Issus du peuple l'un et l'autre, ils avaient traversé les grands bouleversements de l'été dans l'ivresse d'un formidable espoir et se préparaient avec enthousiasme à servir la nation. La Déclaration des droits de l'homme, l'abolition des privilèges et tout ce qui annonçait un changement radical leur fournissaient l'occasion de croire en un avenir meilleur.

Quand les rumeurs de guerre avaient commencé à obscurcir le ciel parisien, Bertrand et Aurélien s'étaient résolus à accomplir leur devoir, sachant qu'en de telles circonstances les bataillons de la garde nationale pouvaient être affectés à la défense du territoire. Déjà, une partie de leurs camarades avaient pris le chemin du front, équipés comme des va-nu-pieds, mais tellement impatients d'en découdre qu'ils en faisaient envie.

Le 20 septembre 1792, la victoire de Valmy marquait de façon décisive l'entrée en guerre de la France et, au lendemain de ce retentissant succès, Dumouriez se lançait à l'assaut de la Belgique en emmenant cette fois le bataillon de garde mobile dans lequel servaient les deux amis.

Jemmapes, Bruxelles, Malines, Louvain, Liège, Gand, Namur, Anvers, ils avaient pris part de bout en bout au déroulement de la conquête belge dans l'ombre prestigieuse de Dumouriez. De victoire en victoire, de succès en succès, ils avaient enfin connu tout ce dont ils rêvaient depuis le commencement. Faits l'un et l'autre lieutenants sur le champ de bataille en raison de leur comportement au feu, ils s'étaient enivrés de gloire.

Et puis de conquérants, ils étaient devenus occupants, et cela leur avait beaucoup moins plu. Faute de ravitaillement et d'argent, les régiments se débandaient. Les soldats se transformaient en mercenaires. Les scènes de pillage devenaient quotidiennes. Les deux jeunes gens en avaient eu vite assez.

A la faveur des nombreux mouvements de troupes qui s'opérèrent alors entre le Nord et l'Est en vue de reconstituer les effectifs des régiments engagés dans l'offensive finale sur le Rhin et la Moselle, ils obtinrent la faveur de rejoindre l'armée de Hoche. Le 26 décembre, ils enlevaient les lignes de Wissembourg, marchaient sur Landau et assuraient le triomphe de la Révolution sur ses ennemis de l'extérieur.

Dans le même temps, grâce à l'auguste entremise de Lazare Hoche qui avait remarqué leur ardeur belliqueuse, ils avaient été versés, pour les besoins de la cause, dans la cavalerie où les escadrons réclamaient de sérieux renforts. Ils savaient se tenir à cheval et le démontrèrent brillamment. Aussi, durant l'hiver, quand les opérations militaires s'interrompirent et que les régiments chômèrent, furent-ils les premiers à bénéficier d'une longue permission qu'on leur proposa de passer à Alençon.

Alençon, si loin du front... Comment auraient-ils pu alors imaginer qu'ils ne reverraient pas l'armée du Rhin et de Moselle, pas plus que leur bien-aimé général Hoche dont la jeunesse et le talent les avaient subjugués ?

Pour avoir servi sous un tel homme, sauraient-ils désormais se contenter d'un chef moins glorieux ?

Mais que diable les envoyait-on faire à Ville-sur-Aulne ?

Ils venaient de pénétrer dans le bourg de Villaines-la-Juhel où leur apparition provoquait une certaine animation. Sur le seuil des maisons basses, les habitants se pressaient en grappes pour les regarder passer. D'autres se détournaient ostensiblement en feignant de s'affairer à quelque tâche imaginaire. Des enfants s'esclaffaient à la vue des chevaux. Le fifre débitait imperturbablement ses notes argentines. Sur la place de la maison commune, un arbre de la liberté achevait de se dessécher.

Le sentiment général semblait impénétrable, mais la température de l'accueil était plutôt fraîche. Entre les mines inexpressives et les dos tournés, il n'y avait guère de place pour les ovations. Le défilé des soldats de l'an II ne faisait pas recette au pays des frères Cottereau, précurseurs de la Chouannerie. Ici, manifestement, on n'aimait pas beaucoup les républicains.

En voyant Bertrand se renfrogner, Aurélien lui fit un signe désinvolte. Bah ! S'ils avaient pris goût aux acclamations, ils devaient se faire une raison. On ne pouvait pas être aimé partout.

Et le convoi poursuivit sa route.

Ils arrivèrent à Mayenne en fin d'après-midi, au terme d'un parcours accompli sans surprise ni défaillance. A peine s'étaient-ils accordé le temps de grignoter quelques rations en marchant, mais ils ne s'en plaignaient pas. Métrier reprenait confiance.

A l'étape, il eut hélas le triste privilège de vérifier l'incroyable complexité d'un service d'intendance. Contrairement à ce que laissait espérer la délégation préalable de l'estafette, rien n'avait été préparé pour recevoir le détachement : rations d'avoine restreintes pour les chevaux, portions congrues pour les soldats, de l'eau claire comme seul remontant et, pour tout hébergement, des granges et des écuries malpropres. Seuls les officiers étaient admis à se restaurer dans une auberge assez minable qui leur tenait lieu de cantine.

D'emblée on leur fit savoir qu'en raison du nombre réduit de palefreniers les cavaliers devraient soigner leurs chevaux eux-mêmes. Les intéressés protestèrent vigoureusement. N'avaient-ils pas droit au repos comme les autres ? Leur fallait-il encore se mettre au travail sitôt arrivés, sans prendre le temps de souffler un brin ?

Pris à témoin, Métrier dut faire preuve d'autorité pour calmer les esprits. Il demanda sur-le-champ une entrevue avec l'officier supérieur responsable du cantonnement de Mayenne afin d'obtenir un meilleur traitement. Peine perdue. Il se cogna aux raisons d'un homme accablé de tâches et scrupuleusement attentif aux consignes ministérielles : tenir la main aux rations de bouche et de fourrage, limiter les dépenses superflues, approvisionner les réserves au moyen des réquisitions et des confiscations. En d'autres termes : épargner les finances de l'État au détriment des municipalités. A l'en croire, les paysans se faisaient tirer l'oreille pour céder leurs récoltes à bas prix et passer des marchés au rabais. L'orge, l'avoine et le seigle étaient devenus rares. Quant aux biens des émigrés, les terres délaissées, ni vendues ni travaillées, n'aidaient guère à renflouer les caisses. Tout cela était la faute, bien entendu, des administrateurs de district et des officiers municipaux qui négligeaient leur besogne.

C'était à eux qu'il revenait de faire appliquer les arrêtés du Comité de salut public relatifs aux biens nationaux et aux biens saisis ainsi qu'aux réquisitions....

Écœuré, le capitaine renonça à faire valoir ses revendications et rejoignit ses hommes après avoir poliment mais fermement décliné l'invitation à l'auberge. Il partagea avec eux le frugal repas composé d'une tranche de pain noir et d'un morceau de fromage rance qu'on leur distribua sans façon sur la paille des écuries. Après quoi, il supervisa le pansage des chevaux en s'occupant du sien, veilla à ce qu'ils aient à boire en suffisance et assez à manger du maigre picotin qu'on déversa pour eux dans des auges puantes réservées aux cochons. Enfin, il fit tout son possible pour prendre les choses avec philosophie et invita ses hommes à en faire autant.

Il faillit néanmoins céder à la colère lorsque l'étapier vint lui réclamer le paiement de ces frugales agapes. Les hommes n'avaient encore rien touché et il paraissait inconcevable qu'on les mît à contribution pour une si mauvaise collation. S'engagèrent alors d'interminables palabres qui frôlèrent plusieurs fois l'incident. Puis on se mit d'accord sur la somme de deux sous par tête, et Métrier consentit à signer l'état de revue.

Quelques heures plus tard, le détachement quittait rapidement la ville sans l'ombre d'un regret.

De Mayenne à Fougères, l'étape fut morose. Les ventres insuffisamment lestés manifestèrent leur mécontentement dès la mi-parcours. On dut ralentir l'allure pour ménager les organismes fatigués. Dans les rangs, les anciens bougonnaient et les recrues tiraient la patte. Quant au fifre, il s'était tu depuis longtemps.

En tête, Métrier ressentait nettement la lassitude de ses hommes. A Mayenne, ils avaient peu dormi, peu mangé et s'étaient beaucoup énervés, de sorte que la halte ne leur avait été d'aucun profit. Il s'en voulait un peu d'avoir trop misé sur la prévoyance de l'étapier et trop serré le plan de marche. Bertrand avait raison. Les plus jeunes faiblissaient vite. Pourtant, il n'était pas question un seul instant de s'arrêter ailleurs qu'à Fougères où le détachement était attendu pour midi au plus tard.

Il fallait donc tenir coûte que coûte.

La traversée d'Ernée aggrava encore le tourment des soldats. A l'heure où leur triste cortège se répandit dans la rue principale du bourg, les habitants étaient à table et les auberges commençaient à faire le plein. De nombreuses voitures stationnaient déjà sur le bas-côté de la route, dénotant une fréquentation abondante et variée. Des voyageurs, des marchands, des gens de passage s'arrêtaient volontiers à l'une de ces tables d'hôte où l'on servait de succulents repas à toute heure de la journée.

La mine des marcheurs s'allongea, leurs joues se creusèrent et leur démarche perdit de sa fermeté. Par les fenêtres entrebâillées s'échappaient des fumets délicieux qui mettaient au supplice leurs estomacs vides, et le joyeux brouhaha des salles enfumées laissait deviner des tablées entières de commensaux heureux.

Soudain, un jeune réquisitionnaire fut pris de vertige, se mit à tituber, et pour finir s'étala de tout son long dans la poussière. Ceux qui le suivaient de près butèrent contre lui et à leur tour s'effondrèrent les uns sur les autres comme des dominos. Une salve de jurons fusa de la mêlée. Métrier sauta à terre et se précipita vers le nœud grouillant de bras, de jambes et de postérieurs qui s'était formé au centre de la chaussée. Les hommes sacraient comme des charretiers en se livrant à d'étranges contorsions pour s'extraire du tas. Certains, abasourdis, demeuraient couchés au sol. On extirpa tant bien que mal la malheureuse victime de l'enchevêtrement. C'était un garçon de dix-huit ans, bâti comme un craquelin, que cette longue marche avait épuisé. Il semblait sur le point de succomber.

Cependant, le tintamarre et les cris avaient attiré les gens dehors, et, le premier instant de stupeur passé, on commençait à savourer la cocasserie du spectacle. De chaque côté de la route, des badauds ricanants le contemplaient de loin, la serviette autour du cou, les mains dans les poches.

« Ben ! ironisa un témoin ventripotent, pas besoin des royaux pour leur faire mordre la poussière à ceux-là, ils s'en chargent eux-mêmes ! »

Ses voisins s'esclaffèrent en se poussant du coude. Un fou rire insolent parcourut l'assistance.

Rouge de colère et d'humiliation, Aurélien bondit vers la foule, la main instinctivement crispée sur la poignée de son sabre :

« Si vous aimez les plaisanteries douteuses, je peux vous en servir une à ma façon ! rugit-il.

Les rires s'éteignirent instantanément et les visages se figèrent.

« Vous ! intima-t-il sur le même ton à un groupe de commères choisi au hasard, allez chercher de l'eau, de quoi manger et tout ce qu'il faut pour me ragaillardir ce garçon. Faites vite ! Ce n'est pas un ordre mais c'est un conseil ! »

Elles prirent d'assaut l'auberge la plus proche et en ressortirent bientôt avec un empressement qui devait plus à la peur qu'à la sollicitude.

On releva le jeune homme, on lui bassina le visage, et quand il revint un peu à lui, on fit glisser entre ses lèvres quelques gouttes d'eau-de-vie. Son extrême jeunesse, sa maigreur, son air de moribond eurent tôt fait d'apitoyer les femmes. Elles se mirent alors à le câliner, à le plaindre, à le bercer comme un enfant, tout en dénonçant avec vigueur les cruautés de l'enrôlement. Avait-on juré, tout à coup, de décimer toute la jeunesse de France ? Était-ce avec des enfants de troupe, maintenant, que l'on faisait la guerre ? Et sa pauvre maman, y avait-on pensé ?

Et entre deux chapelets de protestations, elles gavaient le pauvre bougre de pâté de tête et de monstrueuses bouchées de pain.

Il y eut bien quelques questions malicieusement jetées dans le feu de l'action :

« D'où venez-vous donc ainsi ? Marcherez-vous encore longtemps ? Combien de jours durera votre voyage ? On a besoin de vous à Saint-Brieuc, peut-être ? »

Mais à ce jeu subtil des fausses confidences, Métrier opposa celui du « ni oui ni non ». Quant à ses hommes, trop affairés à réunir les éléments de leur barda, ils n'eurent même pas la tentation de répondre, ce qui le tranquillisa.

Dès que le jeunot fut remis sur pied, le capitaine ordonna de reformer les rangs, et les soldats obtempérèrent sans broncher. Pour satisfaire aux suppliques des bonnes femmes, il consentit à laisser la recrue s'installer sur le siège d'un chariot, ensuite de quoi il se mit en selle le plus dignement possible, meurtri du ridicule que cet incident avait engendré.

Au même instant, un aubergiste s'avisa de mettre à profit cet arrêt inopiné de la troupe pour arrondir sa recette du jour. Ces patauds avaient l'air si affamés, si fatigués qu'ils ne feraient sûrement pas la fine bouche devant un reste de bouilli ou de soupe réchauffée.

« Oh là ! s'écria-t-il, s'adressant à Métrier, vous prendrez bien un morceau avant de repartir. Mes amis et moi nous pouvons vous arranger ça ! »

Aurélien qui, par principe, venait de remettre à l'une des femmes un assignat de dix sols en paiement des soins dispensés au réquisitionnaire, releva fièrement la tête :

« Mes soldats et moi n'avons besoin de rien, répliqua-t-il avec hauteur, la République a pourvu à notre nécessaire. Merci quand même de votre hospitalité. A vous revoir, citoyens ! »

Il ponctua sa dernière phrase d'un sourire mi-figue mi-raisin, puis il tira sur la bride de son cheval et le convoi se remit en marche. Quelques minutes plus tard, ils étaient de nouveau en pleine campagne.

C'est avec un soulagement indescriptible que, dans l'après-midi, ils virent se dresser dans le lointain les tours majestueuses du château de Fougères. Entre-temps, une pluie verticale et glacée s'était mise à les doucher copieusement et une espèce de jour sale s'était refermé sur eux.

Ivres de fatigue et grelottants de froid, ils se traînèrent avec peine jusqu'aux portes de la ville.

Au « Qui vive ? » des factionnaires, Métrier répondit d'une voix claire : « Détachement du Perche » en dénommant pour la première fois la formation qu'il conduisait.

On leur fit signe d'entrer et un factionnaire les guida à travers les ruelles pavées jusqu'à l'enceinte du château.

« Passez par-là, citoyen capitaine, dit-il en montrant un pont de maçonnerie qui enjambait les douves, je préviens tout de suite le commandant Bourday. »

Il s'éclipsa rapidement tandis que les cavaliers mettaient pied à terre dans la cour du château et que, déjà, des palefreniers s'emparaient des chevaux. On détela les chariots à l'abri du chemin de ronde puis on conduisit les chevaux aux anciennes écuries. Le tout fut exécuté en un clin d'œil, ce qui permit à Métrier de constater avec bonheur que la qualité de l'accueil et de l'organisation supplantait largement les piètres prévenances de l'étapier de Mayenne.

Du haut d'un escalier attenant à une tour, un officier apparut, tout sourire dehors :

« Ah ! vous voilà enfin ! s'exclama-t-il en dévalant les marches d'un pas souple, je suis bien aise de vous voir ! »

Il vint directement à Métrier et lui empoigna vigoureusement la main :

« As-tu fait bonne route au moins ? J'ai donné des ordres pour qu'on s'occupe de tes hommes. Un repas les attend dans la grande salle des gardes et j'ai fait préparer des lits de camp. Par Belzébuth, vous avez l'air vannés ! Viens avec moi, capitaine, tu partageras mon logement ce soir. Il n'est pas bien grand, mais c'est tout ce que j'ai à t'offrir. »

L'adjudant-général Bourday était âgé de trente-huit ans mais en paraissait à peine trente avec son visage frais et sa silhouette svelte. De taille moyenne mais bien proportionné, il arborait avec beaucoup d'allure l'uniforme vert des chasseurs et portait les cheveux tressés en cadenettes. Sa poignée de main était franche et cordiale. Aurélien fut immédiatement conquis.

« Pour ne rien te cacher, je ne suis pas fâché d'être arrivé à bon port, admit-il en suivant le fringant officier jusqu'en haut de l'escalier.

— Je n'ai été averti de ton passage qu'hier matin, ce qui était un peu court pour réunir tout le fourniment et préparer les provisions. Ici, tu sais, nous ne sommes pas mieux lotis qu'ailleurs. Enfin, j'espère que ça ira. Dis donc, que vas-tu faire à Ville-sur-Aulne ?

— Remplacer Lamarche d'après ce qu'on m'a dit.

— Tiens ! Lamarche est donc remplacé !

— Tu le connais ?

— Fort peu. C'est un homme taciturne, bourré de principes. Un officier d'Ancien Régime, quoi. On dit qu'il n'est pas du tout conciliant, et, de ce fait, qu'il a encouragé la réaction en se mettant à dos les corps municipaux. »

Bourday venait de précéder Aurélien dans une pièce circulaire aménagée à l'intérieur de la tour. Un mobilier sommaire lui servait de décor. A première vue, cette pièce tenait lieu à la fois de chambre à coucher et de bureau. Sur une petite table ronde trônant au beau milieu, un couvert était dressé à côté d'un chandelier d'argent.

« Voici mon palais, annonça l'officier en s'effaçant devant son hôte. Baisse la tête et fais attention à la marche. Je me demande souvent comment des hommes en armure pouvaient passer par là. Nos ancêtres n'étaient pourtant pas des nains ! »

Métrier émit un petit rire poli. Pour l'heure, seule la table garnie mobilisait son attention. Dans l'âtre noirci d'une cheminée archaïque crépitait un feu de fagots secs.

« Mets-toi à ton aise, dit Bourday en lui désignant une chaise, je vais demander qu'on t'apporte à manger. Tu m'excuseras de ne pas t'accompagner, mais je déjeûne habituellement fort tôt. »

Aurélien n'était pas d'humeur formaliste. Il tira une chaise devant le feu et présenta ses bottes à la flamme.

Après lui avoir servi un verre de malaga, l'officier entrouvrit une porte basse qui jouxtait la cheminée et cria :

« Martin ! le repas du capitaine ! »

Au Normand qui levait un sourcil étonné, il expliqua avec un petit sourire :

« Martin est mon homme à tout faire. Il loge à côté et ne me quitte jamais. Dans un endroit comme celui-ci, l'intendance est une véritable entreprise. Il vaut mieux avoir quelqu'un à son service.

— Combien d'hommes y a-t-il à Fougères ?

— Un bataillon de chasseurs, soit quatre cent trente-cinq hommes. Une bonne moitié occupe le château. Le reste est réparti en ville.

— Pourquoi ces dispositions ? Le château est assez grand pour les contenir tous.

— Simple mesure de prudence. Il ne faut pas mettre tous ses œufs dans le même panier. En cas d'attaque, je disposerai d'un double système de défense : le château et la cité.

— Pour autant que j'aie pu en juger, cette forteresse me semble imprenable. Qui serait assez fou pour s'y frotter ?

— J'ai pour principe de ne jamais sous-estimer l'adversaire. L'une des tours sert de prison. On y enferme les suspects en attente de jugement, les prêtres réfractaires, les brigands convaincus d'appartenir à la Chouannerie. C'est assez dire combien cette lie est précieuse pour la réaction. Je m'attends toujours à quelque mauvais coup, car je connais ces renégats. Ils ne reculent devant rien. Nous avons déjà eu d'ailleurs l'occasion de les repousser au retour de Granville, lorsque l'armée catholique et royale est passée par Fougères. Il y eut d'âpres combats sur les remparts du château et je ne saurais te dire combien de cadavres gisent encore présentement dans les fossés. La ville est patriote, mais la campagne est massivement fidèle aux royalistes. Si ces gredins de hors-la-loi finissaient par s'unir, nous aurions des jours bien difficiles. »

A cet instant, Martin, de retour des cuisines, fit son apparition, les bras encombrés d'un plateau surchargé. Il s'appliqua à disposer sur la table un bol de soupe, une terrine, des quartiers de poularde, une miche de pain bis et quelques fruits frais. Métrier en eut l'eau à la bouche mais se retint de montrer trop de précipitation. Il attendit patiemment que Martin se fût retiré pour s'attabler devant les plats fumants.

Bourday qui l'observait du coin de l'œil se mit à rire :

« Un tel respect des convenances n'est pas sans rappeler les manières désuètes de l'Ancien Régime, capitaine. N'aie pas honte de montrer que tu as faim. Nous avons tous connu cela, pas vrai ? La République est une mère sèche qui a pour ses enfants d'autres ambitions que les prosaïques commodités de la table. Mais le dénuement dans lequel elle nous tient contribue à notre gloire. Nous ne sommes pas des nantis, et c'est souvent le ventre creux que nous défendons la liberté. L'humanité reconnaissante devra s'en souvenir. »

Le nez dans son bol de soupe, Métrier acquiesça en silence.

Plus tard, ils parlèrent encore de la contre-révolution, des royalistes, de la Chouannerie. Bourday qui menait campagne depuis le début, d'abord en Vendée avec Westermann et Turreau, puis en Bretagne, se révéla intarissable sur le sujet. Il nourrissait à l'égard des insurgés royalistes une haine implacable et ne voyait que par leur extermination totale :

« Il faudrait les détruire jusqu'au dernier. Ces gens-là ne méritent pas de vivre. Ils ne sont que la fiente d'une civilisation dégénérée ; le chancre qui pourrit notre beau sol de France. »

A cette occasion, Métrier apprit ce qui s'était passé en Vendée à l'époque où il servait dans l'armée du Nord. Il s'étonna d'entendre ce bel officier d'apparence si affable, s'enorgueillir d'avoir ravagé des villages entiers, incendié des églises, massacré des centaines de pauvres gens, sans distinction d'âge ni de sexe. Ses yeux s'embrasaient encore du spectacle dont ils avaient joui. Ses mains reconstituaient les scènes de bataille et de dévastation. Il se délectait de son propre récit jusqu'à l'exaltation.

En le voyant ainsi s'échauffer, Aurélien, atterré, songeait à part lui qu'il n'y avait décidément aucune commune mesure entre l'héroïsme admirable des vainqueurs de Valmy et l'effroyable profession de foi de cet histrion républicain. Il le trouva alors nettement moins sympathique.

Condamné à l'écouter jusqu'au bout sans piper, lui qui n'avait rien à dire, Métrier passa l'après-midi entier en compagnie de Bourday et de ses sanglantes narrations. Puis ses paupières ressentirent quelques picotements, sa tête dodelina et la fatigue lui tomba d'un coup sur les épaules. Il s'étira, réprima un bâillement et se mit à inspecter la pièce à la recherche d'un lit. Comme il n'y en avait qu'un et que Bourday s'y était étalé, il se demanda où il allait bien pouvoir dormir.

« Il se fait tard, coupa-t-il cette fois sans aucune gêne, voudrais-tu me montrer les arrangements que tu as prévus pour nous ?

— Pour tes gars, j'ai demandé qu'on transforme la salle des gardes en dortoir. Pour toi, Martin dressera un lit ici, près du mien.

— Je ne verrais aucun inconvénient à partager le dortoir avec mes soldats. Je ne revendique aucun régime de faveur.

— J'entends bien, et c'est tout à ton honneur, capitaine, mais crois-moi, tu seras mieux ici. Martin veillera à ton confort.

— Puis-je au moins les visiter ? Je dois me rendre compte de leur état. Cette marche les a épuisés. La première partie du voyage était sans doute trop longue.

— Tut... tut... nous devons en faire des Spartiates. La République a besoin d'hommes forts et endurcis ; des hommes que rien ne peut faire chanceler. Allons les voir si tu y tiens. Je t'y conduis. »

En un tournemain, il jeta sur ses épaules sa large cape d'officier et ouvrit la porte devant Métrier.

L'un derrière l'autre, ils suivirent le chemin de ronde au mur percé d'archères et denté de créneaux, contournèrent une poivrière qui abritait un factionnaire et rejoignirent le donjon dans les soubassements duquel se trouvait ce que l'on appelait la salle des gardes. Les remparts étaient gardés jour et nuit par des sentinelles.

Le donjon, monumental ouvrage de forme cylindrique balafré de meurtrières, dominait de ses quinze toises de haut l'abîme noir du fossé. Construit à flanc de rocher sur la partie la plus élevée de l'éperon de granit où s'épanouissait la radieuse cité de Fougères, il écrasait de sa silhouette grise l'essaim de maisonnettes agglutinées le long des fortifications. Pièce maîtresse du château qu'il signalait de loin, il datait du XIIe siècle et constituait l'un des fleurons de l'art architectural du Moyen Âge.

A l'extérieur des remparts s'étendaient de ravissants jardins en terrasse dessinés tant par la main de l'homme que par le capricieux génie de la nature. L'ajonc et la bruyère y croissaient à profusion et l'on pouvait imaginer la gracieuse tapisserie jaune et mauve que l'été, chaque année, composait pour pavoiser la ville.

Ils passèrent sous une voûte tavelée de lichen et s'engagèrent prudemment dans un escalier étroit en spirale dont les marches irrégulières permettaient à peine de poser un pied.

« Rassure-toi, crut nécessaire de préciser Bourday comme s'il devinait les objections du capitaine, il y a une autre issue par la cour. Tes hommes n'ont pas été contraints de passer par cet escalier. »

Métrier ne répondit rien mais apprécia ces judicieux aménagements.

Ils s'étaient profondément enfoncés dans les soubassements du donjon et bientôt ils distinguèrent des lueurs sautillantes sur les parois de pierre. Un bourdonnement indistinct montait des entrailles de la terre.

« Nous y sommes ! » annonça Bourday en sautant la dernière marche.

Métrier écarquilla les yeux et découvrit devant lui une vaste salle faiblement éclairée par quelques torches qui empestaient la résine. Dans une gigantesque cheminée, d'énormes landiers soutenaient un demi-tronc d'arbre que les braises dévoraient à petit feu. Une puissante odeur de sueur humaine et de moisi rendait l'air difficilement respirable.

Le décor tenait à la fois de la chambrée et du bivouac. Des vêtements séchaient devant les flammes en dégageant des nuages de vapeur. Des souliers et des guêtres maculés de boue gisaient pêle-mêle sur le sol. Des bissacs éventrés, des gibernes abandonnées traînaient dans tous les coins, et des rangées de lits de camp dressés à la diable s'ordonnaient tant bien que mal le long des murs.

« Ne bougez pas ! » dit Métrier alors que les soldats sautaient vivement de leur couche en le voyant entrer.

Ils se rassirent mais n'osèrent pas se recoucher.

« Je suis venu m'assurer que tout allait bien. Demain nous décamperons à cinq heures précises. N'oubliez pas de vous réveiller. »

Avisant un sergent, il lui demanda où était le lieutenant Aubry.

« Je suis là, Aurélien ! répondit Bertrand qui finissait d'empiler soigneusement les fusils dans un endroit sec.

— Rien à signaler ?

— Non, tout est en ordre.

— Êtes-vous bien installés ?

— Le rêve, après ce que nous avons connu. Nous sommes rassasiés et, comme tu vois, nous nous disposons à passer une bonne nuit. Tu sais, jadis les gardes ne devaient pas être malheureux. Cette pièce conserve admirablement la chaleur et, l'été, elle reste fraîche. Les bâtisseurs étaient astucieux au Moyen Âge. »

Aurélien sourit avec amusement et Bertrand partit d'un joyeux éclat de rire en découvrant une rangée de dents parfaites dont les deux premières étaient légèrement espacées.

Ce n'était pas à proprement parler un très joli garçon, mais il attirait la sympathie par sa désinvolture naturelle, son sens de l'humour et ses manières franches. Son visage aux traits irréguliers s'éclairait de deux grands yeux noisette pétillants de malice et toujours en mouvement. Dans le creux de ses joues osseuses subsistaient des cicatrices de petite vérole contractée pendant l'enfance.

« Tiens ! dit-il en tendant à Aurélien un document de papier rigide plié en deux, j'ai complété l'état récapitulatif destiné à l'étapier : date de passage, état de composition du corps, lieu de destination, nombre de rations fournies, etc. Mais j'ai laissé en blanc la rubrique intitulée "désignation nominative". Au fait, comment nous appelons-nous ?

— Laisse, je mettrai "détachement du Perche", tout le monde comprendra, n'est-ce pas, citoyen Bourday ? »

L'autre s'empressa d'approuver sans s'offusquer du démocratique « citoyen » dont Métrier estampillait sa question sans se soucier du protocole militaire.

Là-dessus, les deux amis se saluèrent d'une solide bourrade et les officiers se retirèrent.

Tandis que Métrier et Bourday rebroussaient chemin dans le ténébreux conduit de l'escalier qui les ramenait au chemin de ronde, l'adjudant-général ne put s'empêcher d'émettre un commentaire sur cette débonnaire revue :

« Tu es très proche de tes soldats, dit-il à Aurélien, c'est bien, c'est même très bien. L'autorité abusive n'est plus de saison. Nous sommes tous frères et la distinction du grade ne trouve sa raison d'être que dans la responsabilité d'un commandement et l'exemple du courage. »

Métrier s'abstint de répondre, relevant à part lui que les belles théories libérales du citoyen Bourday n'excluaient pas la survie de certains privilèges dont Martin faisait « fraternellement » partie.

Le lendemain, toute la troupe s'éveilla fraîche et dispose. Une nuit calme et reposante, des gamelles de soupe chaude et des tranches de pain beurré distribuées avant le départ remirent la bonne humeur au goût du jour. Après avoir rangé la salle, replié les lits et empilé proprement les couvertures, les hommes réunirent leur barda et sortirent dans la cour pour préparer les attelages. Pendant ce temps, le capitaine achevait de prendre un copieux petit déjeuner en compagnie de Bourday.

Ils étaient assis face à face et, tout en se restaurant en silence, se regardaient de temps à autre par-dessus leur bol. Martin allait et venait autour d'eux avec des prévenances dignes d'un maître d'hôtel, remplissant les bols, garnissant la corbeille à pain, proposant tour à tour du miel, de la crème ou de la marmelade. Son manège finissait par étourdir Aurélien qui n'avait guère l'habitude d'être choyé de la sorte.

« Martin ! laisse-nous ! » ordonna soudain Bourday alors que son « homme à tout faire » venait de poser sur la table une seconde cafetière pleine.

Martin s'esquiva sans dire un mot.

Bourday quitta alors sa chaise et s'en alla extraire d'une pile de papiers une carte d'état-major qu'il déplia en grand sur son lit :

« Avant que tu ne quittes Fougères, dit-il à Métrier, j'estime indispensable de parfaire ton information. D'après notre conversation d'hier soir, il m'apparaît évident que tu entres en Bretagne sans être entièrement au fait de la situation.

— Je pensais qu'à Rennes...

— Rennes, évidemment, ne dirait-on pas que la Bretagne ne commence qu'à Rennes ? Pourtant la Chouannerie ne connaît pas ces limites. Elle s'étend partout. Regarde plutôt. Voici Fougères. Ainsi que je te l'ai déjà dit, ici, seule la ville est patriote, mais le bocage tient pour le roi et pactise avec les Manceaux.

— C'est ce qu'il m'avait semblé comprendre. Jusqu'à présent j'ai eu de la chance de passer sans accroc.

— Ne te fais aucune illusion. La chance n'a rien à voir là-dedans. Ton tour viendra, inévitablement, mais s'il ne vient pas, c'est que les rebelles ont d'autres projets.

— Qu'est-ce à dire ? Que dois-je faire dans

ces conditions ?

— Ton devoir, naturellement. Tu as reçu des ordres et tu dois t'y conformer. Pour autant, laisse-moi t'expliquer certaines choses, car il n'est pas dit qu'à Rennes tu trouveras quelqu'un pour le faire. J'ai tout lieu de croire, en effet, qu'on te taira le principal pour ne pas t'alarmer.

— M'alarmer, dis-tu ? Ai-je l'air de quelqu'un qu'on alarme facilement ?

— Ne nous voilons pas la face, Métrier, l'armée s'affaiblit. Le nombre des désertions s'amplifie chaque jour. Cette guerre de l'intérieur qui dure depuis plus d'un an est usante pour tout le monde. On ne la voit pas finir. Ici, les brigands sont chez eux. Ils ne manquent ni de nourriture, ni de ressources, ni d'amis et reçoivent régulièrement de l'argent et des armes par les passeurs. Nos gars à nous crèvent de faim, de peur et ne sont pas payés. On comprendrait à moins qu'ils cherchent avant tout à sauver leur peau. Alors méfie-toi de ce qui pourrait donner envie à tes jeunes réquisitionnaires de te fausser compagnie en cours de route.

— Bien ! Venons-en au fait. Qu'as-tu à me montrer sur cette carte ?

— Je viens de te parler de l'Ille-et-Vilaine. Examinons maintenant la suite du programme. Après Rennes, tu piqueras sur Montauban, Saint-Méen-le-Grand, Merdrignac, Plémet et Loudéac, autrement dit en plein nid de guêpes. Toutes ces localités sont contrôlées par les chouans qui ont leurs camps retranchés dans la forêt de La Hardouinais et celle de Loudéac. Ils obéissent à un loustic du nom de Boishardy dont l'entregent empoisonne sérieusement les autorités. Cet homme est très populaire. A l'intérieur de son territoire, il fait tout ce qu'il veut et ne rate pas une occasion de nous ridiculiser.

L'année dernière, il a été condamné à mort par contumace avec neuf de ses complices, mais personne n'a pu mettre la main dessus, et depuis il n'a jamais cessé de recruter de nouveaux partisans, même parmi les nôtres. On lui prête une armée grosse de quatre mille hommes capable de se mobiliser sur un seul mot de lui. Son quartier général est situé dans les environs de Moncontour, mais il dispose d'un terrain de manœuvre dans le bois de Caurel, à une demi-lieue de Mûr-de-Bretagne.

— Mon convoi doit passer par Mûr...

— Exact. Et ils seront peut-être plusieurs centaines à t'y attendre.

— Alors ? Quel conseil me donnes-tu ? Dois-je modifier ma route ?

— Ce serait peine perdue. Que tu dévies vers le nord ou vers le sud, tu ne leur échapperas pas. Loudéac n'est qu'à cinq lieues et demie de Pontivy et à six de Moncontour. D'un côté, ce sont les Morbihannais ; de l'autre, les partisans de Boishardy.

— Voilà qui est fort réjouissant. Il ne nous reste plus, si je te comprends bien, qu'à marcher au danger en chantant le *Ça ira*.

— Tout à l'heure tu parlais de chance et je te répliquais : tactique de l'ennemi. Depuis que tu as quitté Alençon tu as été signalé plus d'une vingtaine de fois au moins. A l'heure qu'il est, les espions royalistes sont à l'affût, guettant ton départ et s'apprêtant à en avertir les autres. Durant tout ton voyage, des centaines d'yeux seront braqués sur vous, épiant le moindre de vos mouvements.

— Je m'en doute, mais où veux-tu en venir ?

— A ceci : il y a une chance sur deux pour qu'ils t'attaquent bien avant que tu n'atteignes le Finistère, mais s'ils ne le font pas, c'est qu'ils ont une bonne raison.

— Sur le plan de la logique pure, c'est incontestable.

— Si tu franchis les Côtes-du-Nord et le Morbihan sans dommage, alors méfie-toi du Finistère.

— Là-bas, il n'y a pas de rebelles.

— Je demande à vérifier. Les limites départementales sont des frontières imaginaires nullement inviolables, et le Finistère est un gros morceau. Depuis plusieurs jours, on signale des mouvements de troupes assez inhabituels.

— Par exemple ?

— Voici copie d'une lettre datée du 28 frimaire an II qui m'a été transmise pour information. Laisse-moi t'en donner lecture : "Le District de Brest ne pourra pas fournir de grands secours, la ville est entièrement démunie d'hommes et elle renferme des dépôts précieux. Assurez-vous de votre côté que les forts et batteries seront suffisamment pourvus et faites promptement filer sur Vannes tout ce dont vous pourrez disposer sans trop dégarnir le Finistère. Je dépêche un courrier à Meunier, ses troupes y sont et doivent veiller à la sûreté du département d'Ille-et-Vilaine, mais cependant, s'il demeure constant que les brigands s'enfoncent dans le Morbihan, une partie de ces troupes pourra alors sans inconvénient s'y porter." Signé Bréard-Aurar – Secrétaire de la Commission. Cette lettre émane de Rennes et s'adresse au directoire administratif de Ville-sur-Aulne. Est-ce que cela répond assez clairement à tes questions ? J'ajouterai qu'il n'est pas exclu que Brest soit décrété en état de siège, et qu'en outre Châteauneuf-du-Faou connaît de graves difficultés. »

Aurélien fit un effort héroïque sur lui-même pour masquer son désarroi :

« Bien entendu, on ne m'avait rien dit de

tout ceci. Varlin ne devait pas l'ignorer, pourtant.

— En tout cas te voilà prévenu. Jusqu'ici, tu n'as encore rien vu. C'est là-bas que tu verras, et c'est pourquoi je me dis que les chouans n'ont peut-être pas intérêt à attaquer ton convoi ailleurs que dans le Finistère.

— Qu'est-ce qui te fait penser cela ?

— C'est dans le Finistère que tes armes seront les plus utiles. »

Métrier redressa la tête et dévisagea Bourday :

« Je ne sais si je dois te remercier ou te maudire, dit-il, les lèvres pincées, ce voyage va être un enfer maintenant. »

Il lui tendit la main néanmoins, puis sortit rejoindre ses hommes.

Sous le commandement de Bertrand, assisté des deux sous-lieutenants Yvert et Pelletier, les préparatifs de départ s'étaient effectués dans l'ordre et dans la discipline. Les hommes avaient promptement attelé les chariots, sellé les chevaux et pris position devant la sortie. A cinq heures trente précises, le détachement du Perche était prêt à partir et n'attendait plus que le bon vouloir du capitaine qui tardait un peu à se montrer.

Lorsqu'il parut en haut de l'escalier de la tour, les soldats rectifièrent d'eux-mêmes leur alignement et le silence s'établit instantanément dans les rangs. Pendant un court moment, Aurélien les observa comme s'il les voyait pour la première fois. Leur bonne volonté manifeste, leur docilité témoignaient éloquemment de la confiance qu'ils lui portaient et il en eut un pincement au cœur. Depuis quelques minutes, la notion d'obéissance aveugle aux ordres supérieurs altérait tristement sa conception du devoir. Il n'avait pas voulu cela. Au front, il avait appris qu'une retraite judicieuse opérée à bon escient donnait parfois de meilleurs résultats qu'un acharnement stérile dans un combat perdu d'avance. Hélas, son expérience passée ne lui serait d'aucun secours dans l'épreuve qui l'attendait.

Il prit une profonde inspiration, descendit calmement les marches et se dirigea vers son cheval qu'un palefrenier tenait par la bride. Quand il fut en selle, il vérifia précautionneusement les deux pistolets logés dans ses fontes et constata avec satisfaction qu'ils étaient correctement chargés. Bertrand s'en était sans doute occupé personnellement en voyant son camarade retenu par Bourday. Providentiel Bertrand !

Sur un geste de lui, la colonne s'anima, les chariots s'ébranlèrent et les portes s'ouvrirent en grand. En passant devant Bourday qui était resté perché sur le chemin de ronde, Aurélien porta la main à sa tempe et lui décerna un salut nonchalant auquel l'officier répondit par un signe amical.

Ils franchirent allégrement le pont de maçonnerie, puis la barrière des fortifications où les sentinelles leur présentèrent les armes, après quoi l'escorte s'égrena dans les ruelles sonores de la ville endormie et gagna rapidement la porte Saint-Sulpice.

A l'heure où les soldats du Perche sortaient de Fougères, le soleil n'était pas encore levé. Au-dessus des blocs de schiste érigés en enfilade le long des faubourgs de la pittoresque cité, la nuit semblait se liquéfier très lentement et le ciel se teintait d'un badigeon bleuâtre sur lequel les nuages dessinaient des archipels. L'air humide et frais charriait des effluves de douves, de caniveaux sales et des parfums sucrés d'efflorescences sauvages.

Au-delà des limites de la ville, la gracieuse

vallée du Nançon, tapie dans un océan de brume, dérivait mollement jusqu'aux confins d'un horizon invisible. Trompeusement sereine sous le pâle faisceau de la lune, elle donnait l'impression de flotter entre les bouquets d'arbres plantés en elle comme des pilotis. Du dédale tortueux de ses vallons étroits, entrecoupés de prairies en pente et de ravins, du réseau serré de ses nombreux cours d'eau et de ses chemins multiples on ne distinguait rien. Sans l'aide d'un petit pont de pierre dont Bourday avait précisément indiqué l'emplacement, Métrier aurait eu toutes les peines du monde à repérer la bonne direction. Il s'enfonça résolument dans la masse cotonneuse et conseilla à ses soldats de le suivre pas à pas sans s'écarter les uns des autres.

Ils se pressèrent à la file indienne sur le tablier du pont tout en poussant sur les chariots dont les essieux grippés protestaient aigrement. A l'autre bout, une route sinueuse tournait brusquement à main gauche en direction du couchant. Métrier s'y engagea sans hésitation. On lui avait bien recommandé de ne pas la manquer, c'était par cette route que l'on rejoignait Rennes.

Laissant sur leur droite la somnolente vallée du Nançon, ils mirent le cap sur le village de Sainte-Anne, première étape d'une longue traversée qui devait les conduire aux frontières d'une autre vallée : celle du Couesnon.

D'emblée, les soldats adoptèrent une allure assez vive malgré les inconvénients du chemin et les nappes de brouillard qui encombraient le sol de leurs lents tourbillons. Le capitaine leur avait promis une marche réduite et un temps de repos double à Rennes. Aussi grillaient-ils de toucher au but et de voir enfin cette grande ville de garnison dont ils avaient tant entendu parler et où ils se juraient bien de goûter à tout ce qui était permis.

Seul en tête, Métrier persistait à faire grise mine. Il avait volontairement augmenté la distance qui le séparait du peloton de ses subalternes et demeurait inaccessible à l'onde de gaieté qui se propageait dans le groupe. Son besoin évident d'isolement, la rectitude inhabituelle de sa tenue en selle ne manquèrent pas d'attirer l'attention de Bertrand. Dès qu'ils furent assez éloignés des dernières habitations du bourg, celui-ci poussa son cheval près de celui du jeune capitaine :

« Oh là ! Aurélien, taquina-t-il, qu'est-ce donc qu'on t'a servi au petit déjeuner, de la hure ?

— Un ton plus bas, s'il te plaît ! gronda Aurélien en fronçant les sourcils, le menu de mon petit déjeuner ne regarde que moi !

— Quoi donc ? s'obstina Aubry en retenant sa voix qu'il avait naturellement haut perchée, est-ce Bourday qui... ?

— Bourday m'a en effet fort bien reçu et fort bien éclairé.

— Éclairé ? A quel propos ?

— A propos de ce qui me tracasse depuis notre départ.

— Que crains-tu ? Tout se déroule parfaitement.

— Si j'en crois la théorie de Bourday, le pire reste à venir.

— Et quelle est cette théorie dont Bourday t'a si obligeamment embrouillé l'esprit ?

— Je sais à présent que le Finistère n'est pas aussi tranquille qu'on le dit. Le gros des troupes stationnées à Brest est insuffisant et le port lui-même est menacé. Nous aurons à nous battre, Bertrand.

— Soit ! Nous nous battrons ! C'est notre

métier après tout.

— Rien que pour les Côtes-du-Nord, les chouans atteignent aujourd'hui le chiffre de quatre mille, peut-être plus, et dans le Morbihan, c'est à peu près la même chose. Imagine un seul instant que le Finistère s'entende avec ses voisins pour se soulever contre nous. Nous ne serions pas de taille, mon vieux.

— Nous avons connu des situations plus désespérées.

— Mais nous avions affaire à des armées régulières que nous affrontions sur des champs de bataille, pas à des bandes de sauvages hors la loi qui ne connaissent que chausse-trapes et embuscades. S'ils n'ont pas la supériorité du nombre, ils ont celle du terrain. Je t'assure que si la Convention n'a pas le bon sens de rétablir la liberté du culte, c'en est fait de la République.

— Allons ! Ce ne sont pas les goupillons qui la jetteront à terre ! La République a été fondée par le peuple et pour le peuple. Il y aura toujours du monde pour la défendre.

— Le peuple ? Est-il vraiment consulté toutes les fois qu'on légifère en son nom ? Est-il parfaitement représenté par ceux qui le gouvernent ?

— Hum... surveille tes paroles, citoyen capitaine. Tu n'as pas le droit de juger nos dirigeants. Ils savent mieux que toi ce qui est bon pour la nation.

— J'aimerais en être persuadé, mais le bien de la nation ce n'est pas d'envoyer des soldats au-devant d'un sacrifice inutile, ni même de persécuter de pauvres gens pour qui la religion est un refuge contre le désespoir. Le spirituel, Bertrand, est aussi nécessaire au genre humain que la certitude de manger chaque jour à sa faim. On ne pourra jamais bâtir une société juste et charitable si l'on bannit l'idée de Dieu avec tout ce qu'elle comporte de perfection et d'amour.

— Tu es un provincial, Aurélien, et tu raisonnes en provincial. De tout temps, les paysans plus que les autres ont été dévorés de superstition. Je ne vois pas, moi, ce qu'il y a à regretter dans l'abolition du culte. Si Dieu avait mieux soigné son ouvrage sur la terre et justifié par là même son existence, on n'aurait pas eu besoin de faire une révolution. Dieu est une invention des riches pour écraser les pauvres, et ce n'est pas par hasard que le clergé est cousu d'or et qu'il s'entend si bien avec les aristos.

— C'est un point de vue sur lequel nous ne serons jamais entièrement d'accord.

— Quand on épouse une cause, on le fait pour de bon ou pas du tout. On l'accepte dans son entier ou on la laisse.

— Oui, il paraît que c'est la mode, mais le propre d'une mode c'est de se démoder. Alors tant pis pour ceux qui n'auront pas su préserver leur identité. Je crois, moi, qu'en toute circonstance il faut garder les yeux ouverts et demeurer à l'écoute de sa conscience. Là, c'est encore le paysan qui raisonne. »

Négligeant d'attendre la riposte de Bertrand dont il pressentait la virulence, Métrier talonna son cheval et lui fit prendre le large. Son humeur du moment le disposait mal aux joutes oratoires qu'en de meilleures circonstances il n'aurait pourtant pas éludées. D'ordinaire, ses querelles avec Aubry faisaient partie de ses distractions favorites. Le goût des empoignades intempestives leur était venu à Paris où il se répandait alors comme une épidémie dans les faubourgs, les cafés, les jardins publics. Tout ce qui filtrait des séances de l'Assemblée devenait prétexte à des rassemblements que les harangueurs transformaient en tribunes populaires, et dans le foisonnement d'idées qui jaillissait des rues, les Parisiens, éblouis, se découvraient une vocation de réformateurs.

La solide amitié qui soudait les deux jeunes hommes depuis cette époque n'évitait pas toujours les affrontements orageux ni les divergences profondes. Entre le paysan prospère débarqué de Normandie et le fils d'un ouvrier pauvre de Saint-Denis, les avis ne pouvaient que différer. Compte tenu de l'éducation dont le premier avait bénéficié et le second pâti, ils ne partageaient pas la même vision des choses. Si Aurélien voyait dans la Révolution le commencement d'une ère nouvelle basée sur une meilleure justice sociale, Bertrand lui donnait au contraire le sens d'un règlement de comptes personnel avec la société ; d'où une conception nettement plus radicale des moyens à employer. Mais de leurs âpres confrontations d'idées, l'amitié sortait toujours triomphante, et l'explosion vivifiante d'un grand éclat de rire finissait par tout balayer.

Ce matin, pourtant, Aurélien n'avait pas le cœur de donner la réplique à Bertrand. Les paroles de Bourday l'obsédaient comme une mauvaise prophétie.

Le jeune joueur de fifre s'était remis au travail avec ardeur et semait des chapelets de notes guillerettes sur les ailes du vent. Loin, derrière les collines, quelques touches de rose glissant sur l'horizon annonçaient timidement l'apparition prochaine du soleil. Peu à peu, la nuit s'estompait et redonnait au paysage ses formes ordinaires.

Romagné, La Chaîne, Saint-Marc-sur-Couesnon, des petits villages tout engourdis de brume émergeaient çà et là au détour de la route, à l'ombre d'un clocher. Parfois, ils surgissaient à flanc de coteau, en bordure d'un chemin gris tapissé de pierraille qui s'élevait tout droit à l'assaut des nuages.

A mesure que le temps passait, la campagne s'animait peu à peu. Des silhouettes sombres, coiffées de grands chapeaux, s'égaillaient dans les champs et dans les chemins creux. Dans les bourgades encore drapées de nuit, des portes s'entrouvraient au passage de la troupe, libérant des kyrielles de marmots ébahis. Des femmes en coiffes blanches esquissaient subrepticement, de leurs mains maculées de farine, un vague signe de croix. Des troupeaux nonchalants s'écoulaient hors des crèches, des coqs s'égosillaient sans relâche, des chiens se ruaient en jappant sur les jambes des chevaux.

Entre deux traversées de bourg, il arrivait que la route, défoncée par les nombreux charrois, n'offrît plus qu'un aspect de bourbier dans lequel les chevaux s'enfonçaient jusqu'aux genoux. Les soldats maugréaient contre « ce maudit pays où même les routes leur faisaient la guerre » et poussaient à contrecœur sur les chariots tout en gémissant sur l'état de leurs guêtres. Peu avant d'arriver à Saint-Aubin-du-Cormier, l'une des voitures s'échoua dans une ornière profonde et resta sur place. Les cavaliers descendirent de cheval et tous les hommes firent cercle autour de l'infortunée carriole que la boue engloutissait jusqu'aux moyeux. Un concert d'imprécations monta de l'attroupement.

Attirés par les cris, des paysans qui travaillaient dans le champ voisin accoururent en toute hâte. Métrier les vit s'approcher prudemment à la lisière du talus, puis se concerter avec de lents hochements de tête avant de tourner casaque aussi vite qu'ils étaient venus. Dépité, il les insulta en brandissant le poing. Le sous-lieutenant Pelletier s'offrit à les ramener *manu militari* au bout de son fusil. La réponse du capitaine claqua comme un coup de feu :

« Je te l'interdis formellement ! »

Blanc de colère, il écarta rudement son subalterne et fit plusieurs fois le tour du cloaque afin d'étudier la situation. L'eau maintenant remontait en surface sous le poids du chariot et menaçait de s'infiltrer sous la bâche. Les chevaux renâclaient nerveusement, mettant à rude épreuve les bras du conducteur.

« Allez me chercher des pierres, des branches fortes et des brassées de fougère ! ordonna Métrier. Trouvez-moi également des cordes pour confectionner des harnais. »

Les hommes obtempérèrent aussitôt pendant que le conducteur de l'autre chariot commençait à dételer ses bêtes afin de les adjoindre à l'équipage embourbé.

Sur les consignes du capitaine, on entassa les pierres sous les roues, puis on les couvrit d'un coussin de fougère sèche. Enfin, à l'aide des cordes, on relia les deux attelages par un solide arrimage.

« Tu crois que ça suffira ? fit Aubry en observant d'un air perplexe les dispositifs de sauvetage.

— Laisse faire le paysan que je suis. En Normandie, la boue ça nous connaît. »

Une dizaine d'hommes armés de longs morceaux de bois prirent position à l'arrière du chariot. D'autres se rangèrent de chaque côté et les cavaliers entourèrent les chevaux de tête.

— A mon commandement ! cria Métrier en grimpant sur le talus le plus proche, tous ensemble, tirez ! »

Les leviers entrèrent en action et, dressés d'un même élan, poussèrent sur les jantes ferrées tandis que les cavaliers cramponnaient les harnais et que les soldats halaient la carriole à grand renfort de « han ! ».

Au premier essai, les roues bougèrent un peu mais pas assez pour entraîner la voiture :

« Encore ! »

La manœuvre recommença :

« Encore ! encore ! » hurlait Aurélien qui la dirigeait avec des gestes de faucheur.

Au bout de la troisième tentative, les roues se soulevèrent, mordirent les pierres, hachèrent la fougère.

« Tenez ! tenez ! »

Les chevaux arquèrent leur arrière-train, l'encolure raidie. On bloqua rapidement les roues à l'aide des morceaux de bois et les mains agrippèrent les élingues de la bâche.

« Encore une fois : un ! deux ! trois ! poussez ! »

La boue libéra les essieux avec un bruit de succion. Les rayons inférieurs émergèrent à la surface de l'eau et résistèrent à la pression des leviers. Bientôt, les quatre roues furent dégagées.

On ajouta encore quelques pierres et de la fougère de manière à consolider le pavement sommaire qui avait déjà en partie sombré dans la fondrière. Les soldats ahanaient comme des galériens, les jambes empêtrées, les bras sciés par la violence de leurs efforts.

Du haut de son talus, Aurélien surveillait attentivement la progression du travail :

« Nous leur montrerons que nous pouvons fort bien nous passer de leur aide, fulminait-il, furieux de sentir dans son dos le regard moqueur de ces paltoquets de paysans.

Pour la cinquième fois, il commanda la manœuvre. Le chariot émit plusieurs craquements, piqua de l'avant, puis trouva un équilibre précaire sur les butées de pierres qu'on avait empilées sous ses roues.

Le capitaine réclama d'autres moellons et des branchages qu'on disposa transversalement sous les timons. Ensuite de quoi, il demanda qu'on attelât deux chevaux supplémentaires aux quatre qui tiraient. Les cavaliers s'empressèrent d'assujettir cordes et courroies destinées à faire office d'avaloires, de traits, de sous-ventrières. Quand tout fut à peu près au point, on effectua un nouvel essai.

Sous l'action conjuguée des cris et des verges, les chevaux parvinrent à hisser le chariot sur la jonchée de branchages.

Dans une ultime poussée, les soldats l'enlevèrent.

On le traîna le plus loin possible comme un pachyderme blessé. Ses roues gainées de glaise faisaient un bruit étrange.

A première vue, un des essieux avait souffert.

Aurélien dégringola de son promontoire et vint examiner de près la pièce suspecte dont le grincement inhabituel l'avait tout de suite alerté.

« C'est une fusée qui a été forcée, énonça-t-il en guise de diagnostic, nous n'avons pas d'autre solution que de la faire réparer à Rennes. Malheureusement, je crains fort qu'elle ne ralentisse notre marche. Il faudra rouler lentement si nous ne voulons pas casser le moyeu. C'est bien notre veine. »

Il se redressa et jeta un coup d'œil circulaire sur ses hommes. On n'avait jamais vu plus sale ni plus désemparé que ce lambeau de troupe bêtement piégé par la boue. Du « gros bleu » de leurs uniformes, il ne restait à peine qu'une parcelle sur les épaules, en dehors de quoi, tout le reste disparaissait sous une infâme peinture ocre. Aurélien en frémit. Le drap imbibé de purin et d'eau fangeuse dégageait des odeurs écœurantes. Quelle entrée remarquée ne feraient-ils pas dans quelques heures à Rennes !

C'était à mourir de honte.

Lui-même n'avait pas été épargné par la flétrissure qui défigurait son uniforme d'un mouchetis jaunâtre. Il se détailla de pied en cap et se jugea grotesque. Capitaine propret !...

Quelque peu déconfit, il reporta son attention sur l'avant du convoi où une équipe avait entrepris de débarrasser les chevaux de leurs cordages. Il allait ordonner de presser le mouvement lorsque, tout à coup, un cri de douleur fit sursauter tout le monde. Au milieu des soldats adossés au talus, un homme se tenait la tête en grimaçant :

« Nom d'une pipe ! qui a fait ça ? Quel est le fils de chienne qui m'a jeté cette pierre ? »

Les autres s'entreregardèrent, interloqués,

« Voyons ! qui a fait ça ? hurla un sergent rouge d'indignation, que le coupable se dénonce sur-le-champ ou alors... »

Il n'acheva pas sa phrase, car un projectile identique l'atteignit en pleine figure. Il poussa un rugissement et s'en alla bouler contre le talus.

Instinctivement, Métrier leva les yeux vers la lisière du champ où tout à l'heure des paysans avaient montré le bout de leur nez. Ils étaient là, de retour en plus grand nombre et animés d'intentions qui ne laissaient planer aucun doute.

« C'est le bouquet ! les voilà qui nous lapident à présent. Abritez-vous bon sang ! »

A peine avait-il lancé ce judicieux conseil qu'une pluie de cailloux s'abattit sur la troupe, suivie immédiatement d'une énorme clameur. De tous les côtés, des soldats roulèrent par terre, blessés, assommés, tandis que leurs camarades arrondissaient le dos, la tête dans les épaules et les bras par-dessus. Bon nombre d'entre eux basculèrent dans le bourbier d'où ils venaient de sortir. D'autres s'aplatirent dans l'herbe du fossé ou se tapirent derrière les arbres. Pendant quelques secondes, la panique et le désordre furent indescriptibles.

C'est donc ici finalement que je les rencontrerai, songea Métrier en courant à toute allure vers son cheval afin de récupérer ses armes.

Autour de lui, déjà, des cavaliers avaient couché leur monture et épaulaient leur fusil en prenant appui sur la selle.

S'il en est ainsi, alors vendons chèrement notre peau ! se jura le jeune capitaine en sautant sur ses pistolets.

« Aux armes, soldats ! aux armes ! »

Son exhortation agit comme par miracle. Les hommes se mirent à couvert, les fusils cliquetèrent, les baguettes s'agitèrent vivement dans les canons, on improvisa des chicanes avec les branchages, le rebord du talus et les roues des chariots.

Prompt en décision, Aubry allait d'un groupe à un autre, un pistolet dans chaque main, l'œil attentif aux moindres détails, distribuant ses consignes d'une voix brève et préparant la riposte avec sang-froid.

Des fragments de silex, de schiste, de grès, des mottes de terre dures, des éclisses de bois effilées comme des poignards continuaient d'arroser copieusement les soldats républicains sans les atteindre toutefois avec la même précision. Les efforts d'organisation de Bertrand commençaient à porter leurs fruits. Sûr de lui, le lieutenant se disposait à engager la bataille avec la même détermination qu'il avait montrée sous Hoche ou Dumouriez. Pour Bertrand, il n'y avait pas de petits combats.

Quand il passa à sa portée, Aurélien l'interpella :

« Que personne ne tire avant que j'en aie donné l'ordre. Fais-le savoir, Bertrand ! »

Stoppé dans son élan, Bertrand se cabra :

« Pourquoi ces précautions ? Ils nous attaquent, non ? Nous sommes en droit de nous défendre !

— Tu vois bien que ces gens ne sont pas armés. Quel mérite y aurait-il à les tirer comme des lapins ?

— Ils s'en prennent aux soldats de la République et il faudrait les laisser faire ?

— Ne leur donnons pas les martyrs qu'ils réclament. Ce serait une erreur et une faute. Attendons que le premier coup de feu vienne de chez eux. Ensuite seulement nous répondrons.

— Et celui d'entre nous qui recevra la balle t'en tiendra une reconnaissance éternelle.

— Personne ne recevra cette balle. Si telles étaient leurs intentions, ils ne nous auraient pas laissé le temps de nous mettre à l'abri.

— Puisque nous en sommes réduits à nous défendre comme des taupes... »

Agacé, Bertrand haussa les épaules et tourna les talons. Aurélien le regarda s'éloigner à grands pas en direction des chariots et s'adosser contre l'un d'eux d'un air indifférent tandis que les projectiles s'écrasaient à ses pieds.

Le bombardement s'intensifiait. Des débris d'outils, des manches de pioche et même des sabots tenant lieu maintenant de munitions s'amoncelaient en vrac autour des soldats qui les esquivaient du mieux qu'ils pouvaient. Stimulés par l'inertie de leurs adversaires, les assaillants s'enhardissaient. Une poignée d'énergumènes plus excités que les autres s'étaient même aventurés à flanc de talus et multipliaient les provocations tout en ajustant leurs tirs. Les officiers avaient de plus en plus de mal à contenir l'énervement des hommes que ce harcèlement mettait au supplice. D'une seconde à l'autre l'échauffourée risquait de dégénérer en bataille sanglante si les paysans ne désarmaient pas.

Métrier allait se résoudre à accorder à ses soldats le droit de tirer une fois en l'air afin d'intimider les brigands quand, soudain, le crépitement d'une galopade retentit sur la route. Telle une nichée de gros oiseaux, les paysans prirent leur envol sans demander leur reste et disparurent en un clin d'œil dans le fond du vallon. Il n'y en eut bientôt plus un seul, ni sur le coteau d'en face ni même dans les champs alentour. On aurait pu jurer qu'ils s'étaient dissous dans l'air.

Sidéré, Métrier abandonna le tronc d'arbre derrière lequel il s'était replié et s'avança au milieu de la route. Une dizaine de cavaliers venaient d'y surgir.

« Des ennuis, citoyen capitaine ? » demanda l'officier qui les commandait, à l'adresse d'Aurélien.

« Une belle série en vérité, reconnut celui-ci avec un soupir de soulagement, on peut dire que toi et tes hommes vous tombez à pic. »

L'homme mit pied à terre et s'approcha du Normand :

« Salut et fraternité. Je me nomme Antoine et je suis de la garde nationale de Saint-Aubin. Je patrouillais dans le secteur quand j'ai entendu votre bagarre. J'ai fait aussi vite que j'ai pu pour vous rejoindre. Y a-t-il des blessés ?

— Quelques-uns, sans gravité je pense. Il n'y a pas eu d'échange de coups de feu.

— Je sais. Que s'est-il passé ?

— Un de nos chariots s'est embourbé. Pendant que nous le sortions de l'ornière, les brigands nous sont tombés dessus et nous ont bombardés de pierres.

— Ce n'étaient pas des brigands.

— Comment le sais-tu ?

— Ce sont les gars de Saint-Jean. Ils sont un peu échauffés en ce moment parce que nous avons arrêté leur prêtre et jeté en prison ceux qui l'ont caché, parmi lesquels un sien neveu âgé de quinze ans, paraît-il. Depuis ce jour, tout ce qui est bleu les fait voir rouge. Cela dit, vous avez eu raison de ne pas faire usage de vos armes. La situation est assez tendue sans qu'il soit nécessaire de l'aggraver.

— Quoi qu'il en soit, je te remercie de ton intervention.

— Je n'ai fait que mon devoir, capitaine.

— Tant que nous y sommes, puisque tu connais bien la région, quels sont les endroits où nous pourrions faire d'autres mauvaises rencontres avant Rennes ?

— Ça, capitaine, il m'est très difficile de te le dire. Les brigands ne préviennent pas. Ils frappent où ça leur chante. Nous ne sommes pas assez nombreux pour quadriller le pays, et ils aiment jouer sur l'effet de surprise. Quelquefois nous sommes informés, mais c'est très rare, car ils font peur à ceux qui voudraient nous aider.

— Je vois. Nous aviserons donc le moment venu.

— D'où venez-vous ?

— D'Alençon et nous nous rendons dans le Finistère.

— La route est encore longue. Je te souhaite bonne chance, capitaine.

— Merci Antoine. Salut et fraternité. »

Le chef de la patrouille se remit en selle et après avoir promené un regard compatissant sur les soldats du Perche :

« A une centaine de toises d'ici, en contrebas d'une prairie, ajouta-t-il en tendant le bras, vous trouverez une rivière où vous pourrez faire un brin de toilette. Ce ne serait pas inutile, je crois. »

Là-dessus, il talonna son cheval et la petite formation s'éloigna au trot.

C'est avec deux bonnes heures de retard que le détachement d'Alençon parvint au quartier général de Rennes où il fit sensation en défilant sur les berges de la Vilaine. Dans les rues, les badauds stupéfaits lui firent escorte jusqu'à l'hôtel de ville, curieux d'assister à la réception qui l'attendait. Le spectacle de ces hommes couverts de boue jusqu'aux cheveux, traînant la patte l'air accablé provoqua une telle émotion que les nouvelles les plus alarmantes se propagèrent à travers la ville. Bientôt, l'état-major fut averti que le convoi était tombé en embuscade et qu'on dénombrait de nombreux blessés. Pour faire bonne mesure, on prétendit même qu'un des chariots avait été dévalisé par les brigands. Aussitôt, une délégation d'officiels empanachés accourut au-devant des rescapés, réclamant force détails sur l'incident, exigeant qu'on leur fît un rapport complet afin d'informer de toute urgence le ministère de la Guerre.

Malgré la fatigue et les contrariétés, Métrier dut se plier au feu roulant des questions qu'il ressentit très vite comme un interrogatoire policier. Bien qu'il se fût empressé de rassurer ses interlocuteurs sur l'état du convoi et celui de ses hommes, il lui fallut longuement s'expliquer, justifier chacune de ses décisions, décrire ses assaillants, énumérer les dégâts, en dépit de quoi on lui représenta qu'il s'était rendu coupable de négligence en faisant marcher ses soldats sans avant-garde.

Piqué au vif, il voulut se rebiffer mais comprit que c'était peine perdue. Ses raisons n'intéressaient personne. On cherchait moins à le disculper qu'à faire retomber sur lui les responsabilités de l'incident afin de ne pas embarrasser les généraux dont il tenait ses ordres. Ce n'était pas le moment d'indisposer les ténors du ministère.

Désabusé, Aurélien accepta la mercuriale, promit de rédiger son rapport dans les plus brefs délais et se fit indiquer le lieu de son hébergement.

En sortant du bureau de l'état-major, il se heurta à Bertrand qui faisait les cent pas dans l'antichambre.

« Que fais-tu ici ? grommela Aurélien, l'humeur maussade.

— Je t'attendais pour le cas où tu aurais eu besoin d'un avocat.

— Un avocat ? Mais je ne suis pas en état d'arrestation.

— Encore heureux, pourtant, on ne te fera grâce de rien. Figure-toi que je suis appelé à témoigner, de préférence contre toi d'après ce que j'ai cru comprendre.

— Est-ce une plaisanterie ?

— Je crains que non. On m'attend ici après-demain à la première heure.

— Mais nous devons quitter Rennes à six heures !

— Je le sais bien, mais il m'étonnerait fort que nous le puissions. Ces messieurs veulent m'entendre avant. Ensuite de quoi, ils décideront, en leur âme et conscience, de te laisser ou non le commandement du détachement.

— Quoi ? Quelle foutaise ! J'aurais voulu les y voir, moi, dans cette ornière de cauchemar, avec ces idiots qui nous lapidaient à qui mieux-mieux.

— Aurélien, je te rappelle que j'y étais.

— Justement, tu voulais, toi, qu'on les fusille. Tu n'étais pas d'accord pour attendre. Quel sera ton témoignage dans ce cas ?

— Enfin ! M'as-tu bien regardé ? D'accord

ou pas, mon devoir était de t'obéir et c'est ce que j'ai fait. Par conséquent, il est hors de question que je dépose contre toi. Et puis, nous sommes amis, non ? Qu'ils ne comptent pas sur moi pour te faire porter le chapeau !

— Je te remercie. Cela me réconforte un peu. J'en ai bien besoin.

— Allons, viens rejoindre les gars. Ils ont besoin eux aussi de réconfort. Et puis, il faut que nous nous occupions de cette satanée carriole. J'ai trouvé un charron pour nous la réparer, mais je ne sais pas combien de temps cela prendra. Ah ! j'allais oublier le principal : nous partagerons la même chambre cette nuit. Que dis-tu de ça ? »

Aurélien sourit. Il n'y avait que Bertrand pour donner à cette banale information les couleurs d'une fête ; pour éclairer d'un trait d'esprit la morosité des choses et pour remettre le cœur à sa vraie place.

Ensemble, ils allèrent inspecter les soldats qui, dans le moment, s'échinaient à nettoyer leurs uniformes comme des lavandières d'occasion. Dans la cour de la caserne où on les avait regroupés, ils composaient un singulier tableau avec leurs baquets d'eau et leurs planches à laver, les reliques de leurs chemises et leurs tristes caleçons, pendant que les troupiers de la garnison les abreuvaient de quolibets.

L'irruption des deux officiers fit taire les plaisantins, mais des ricanements furtifs persistèrent malgré la présence du capitaine. Celui-ci fit un effort considérable pour rester maître de lui-même tant l'envie le démangeait de donner une bonne leçon à ces blancs-becs de pousse-cailloux dont les uniformes trop nets dénonçaient les habitudes de caserne. Sans laisser paraître son ressentiment, il se limita à une simple revue tout en prêtant une oreille attentive aux doléances de ses hommes. Des guêtres étaient perdues, des vestes déchirées, des pièces de fusil irrémédiablement gâtées par la boue, des cartouches mouillées, des gibernes éventrées. Métrier prit note de tout ce qu'on lui signalait et s'engagea à faire tout son possible pour obtenir des fourriers et des armuriers le remplacement des équipements défectueux. Le sérieux qu'il apporta à ce pitoyable inventaire ne put cependant l'empêcher de remarquer l'expression moqueuse qu'arborait un capitaine des hussards en assistant de loin aux délibérations.

Le sang du Normand ne fit qu'un tour.

« Ce spectacle est-il à ton goût, citoyen ? lui décocha-t-il sans aménité. A te voir si faraud, on dirait bien que tu manques singulièrement d'occupations. Si tu mettais plus souvent le nez dehors, tu trouverais de quoi employer les deux mains que tu gardes au fond de tes poches. A moins que la guerre ne soit plus plaisante à regarder depuis cette cour où tu sembles à ton aise. Quand on porte tant de jolies dorures à son bel uniforme, on ne doit pas aimer se salir, n'est-ce pas ? »

L'apostrophe fit mouche. L'autre, aussitôt monta sur ses ergots :

« Les hussards n'ont aucune leçon à recevoir de la piétaille. Nous, nous n'allons pas nous terrer pour éviter les coups. C'est nous qui les donnons.

— Quand en trouves-tu le temps, mon ami ? Entre deux séances chez le tailleur ?

— Ne m'oblige pas à te montrer ce que je sais faire. Tu pourrais le regretter.

— Pourquoi ne pas utiliser ton esprit combatif en dehors de la ville ? Est-ce que la campagne te répugne ou bien est-ce que tu as peur ? »

Cinglé dans son amour-propre, le hussard porta la main à son sabre :

« Je me suis déjà battu au moins autant que toi. Mesurons-nous, si tu y tiens, mais cette fois, ce ne sera pas avec des pierres ! »

Aurélien ne se le fit pas dire deux fois. En quelques enjambées, il fut en face de son adversaire :

« Où étais-tu, pantin de garnison, lorsque je combattais en Flandre ou sur le Rhin ? Serais-tu pressé de mourir ? »

Joignant le geste à la parole, il sortit son sabre.

A ce moment, Bertrand se jeta entre les deux :

« Cessez ces enfantillages ! La République ne vous paie pas pour vous entrelarder. Rengainez vos sabres immédiatement ! »

Mais ses appels à la raison demeurèrent sans effet. Les deux officiers étaient trop montés l'un contre l'autre pour l'entendre.

« Aurélien ! supplia-t-il, tu vas te perdre ! Réfléchis, tu vas tout gâcher ! Je t'en prie, arrête ! »

Aurélien n'écoutait plus. Le hussard allait payer pour tout le monde : pour les troupiers qui rigolaient, pour l'ornière et pour les gars de Saint-Jean, pour le sectarisme imbécile des généraux, l'hypocrisie des membres de l'état-major, les décrets assassins de la Convention, et même pour Bourday, l'oiseau de mauvais augure. Bref, il allait payer pour tout ce que le Normand ne digérait pas depuis le début de ce voyage !

Le sous-lieutenant Yvert, les avant-bras couverts de mousse et la chemise retroussée, s'interposa à son tour :

« Capitaine Métrier ! Capitaine Métrier ! c'est de la folie ! »

Et, incontinent, il saisit Métrier par les deux bras. Le jeune officier se débattit violemment, ivre de fureur :

« Lâche-moi ! Je t'ordonne de me lâcher ! »

Bertrand profita de cette opportunité pour réclamer de l'aide auprès de ceux qui assistaient, bouche bée, aux éclats de cette querelle. Pelletier vint prêter main-forte à son camarade et ensemble ils tentèrent de maîtriser Aurélien. Deux autres sous-lieutenants des hussards en firent de même avec leur capitaine qui écumait. A eux tous, ils parvinrent tant bien que mal à séparer les deux antagonistes, mais le vacarme de leur dispute avait attiré dans la cour une foule de témoins, parmi lesquels, hélas, le général Meunier.

La mine rubiconde, les sourcils en accents circonflexes, le général se porta au cœur de la mêlée :

« Que se passe-t-il ici ? tonna-t-il en balayant les officiers d'un regard courroucé, vous croyez-vous dans une pétaudière ? J'attends vos explications. »

Personne ne pipa. D'un même geste, Aurélien et son adversaire avaient précipitamment rengainé leur sabre et rajusté leur tenue. Dégrisés, ils s'efforçaient de faire bonne figure au milieu du désordre qu'ils avaient provoqué.

« C'est toi le capitaine du convoi ? fit Meunier en toisant Aurélien.

— Oui, citoyen général.

— Qu'as-tu à me dire sur ce que je viens de voir ? »

Mis en demeure de répondre le premier, Aurélien jeta un coup d'œil embarrassé à son rival :

« Pas grand-chose, général, je me suis un peu emporté...

— Un peu, dis-tu ? Qu'est-ce donc quand tu t'emportes beaucoup ? Et quelles sont tes raisons ?

— Simple divergence de vues. J'en revendique la responsabilité.

— J'en prends acte. Et toi Leviel ? Quels sont tes motifs ?

— Les mêmes, général Meunier, et j'en revendique aussi la responsabilité.

— Fort bien. Me voici donc avec deux coupables à châtier. Ai-je besoin de vous rappeler que nous sommes en guerre, et que c'est contre les royalistes que nous devons nous battre ? Êtes-vous inconscients ou réellement stupides ? Ne croyez pas que vos aveux vous permettront de vous en tirer à bon compte. Je me demande même ce qui me retient de vous faire prendre sur-le-champ les arrêts de rigueur. Vous êtes indignes de votre grade et indignes de porter l'uniforme que d'autres ont su couvrir de gloire par le sacrifice de leur vie. Quel est ton nom, toi, le chef de convoi ?

— Aurélien Métrier de l'armée du Rhin et de la Moselle, en marche pour le Finistère. »

Meunier eut un petit sursaut :

« L'armée du Rhin ? Tu as servi sous Hoche ?

— Oui, général, sur les lignes de Wissembourg, et auparavant sous Dumouriez et Jourdan à l'armée du Nord.

— Tu as fait la campagne de Belgique ?

— Toute la campagne, citoyen général.

— Et comment t'es-tu retrouvé à l'armée du Rhin, quand tu servais dans celle du Nord depuis le début ?

— J'étais volontaire pour participer à la contre-offensive lancée par le général Hoche sur le Rhin.

— Je vois, je vois. Tu es un homme d'action. Il te faut du mouvement. Tête chaude, hein ? Bon ! je n'ai rien contre, à condition que cela soit utile à la nation. Mais en l'espèce, je te le demande, est-ce qu'un duel est la meilleure façon de servir la République ?

— Je reconnais que non, général, mais il est des circonstances...

— Justement, parlons-en un peu de ces circonstances. Qu'est-il arrivé à tes soldats ? »

Métrier fit brièvement le récit de ses mésaventures de la journée et parla aussi de son entrevue à l'état-major. La seconde partie de son exposé indisposa visiblement le général Meunier qui n'avait pas été convié à l'entretien :

« Je représente ici la force départementale du Finistère, souligna-t-il avec acrimonie, et je suis donc intéressé au premier chef. Pourquoi ne m'a-t-on rien dit ? Tout ce qui regarde les troupes en marche pour ce département doit m'être signalé. Quand repars-tu ?

— Notre départ était fixé à six heures, après-demain matin, mais je crois que nous aurons du retard. Le lieutenant Aubry ici présent m'a appris, en effet, qu'il serait entendu après-demain au sujet de l'incident, et j'en déduis que l'affaire ne sera pas classée de sitôt. Cela est d'autant plus gênant que je comptais rallier Ville-sur-Aulne dans un délai très court.

— Le témoignage du lieutenant, dis-tu ? Mais ne pouvait-on pas l'entendre en même temps que le tien ? Qu'est-ce que c'est que ces manigances ? Je ne tolérerai aucun retard dans votre plan de marche. Vous devez rejoindre le Finistère au plus tôt. Vous partirez demain matin. Ce sont là des instructions qui passent avant toutes les autres.

— C'est bien ce que j'avais cru comprendre, général. On murmure que Brest va être décrété en état de siège.

— Rien d'officiel pour l'instant, mais cela se murmure en effet. La contre-révolution s'organise, avec le soutien des Anglais. Un débarquement est toujours envisageable. C'est une des raisons de ma présence ici. Je dois ensuite me rendre dans le Morbihan. Il n'est d'ailleurs pas exclu que tes hommes et toi vous soyez rapidement dirigés sur Vannes. C'est pourquoi il n'y a pas de temps à perdre. Je vais de ce pas trouver Magallon pour ton affaire. C'est le chef de l'état-major général de Rennes. Pendant que j'y suis, tu n'as rien d'autre à me demander ?

— Pour le coup, si, général. J'ai là une liste dressée par mes soldats et qui concerne les armes et les effets que nous avons perdus. Et puis, j'ai aussi une roue de chariot à remettre en état.

— Adresse-toi de ma part à Oblet, l'inspecteur général fourrier. Dis-lui que l'urgence est de rigueur. Quant à toi, ne t'éloigne pas du quartier général. Il y aura du nouveau d'ici ce soir. »

Sur ces mots, le général Meunier pivota sur ses talons et sortit de la cour au pas de charge en oubliant ses promesses de sanction. Des témoins l'entendirent marmotter :

« F... politicards ! Ah ! pourquoi ne laisse-t-on pas la guerre se régler entre militaires ? »

Abasourdi par ce coup de théâtre, Aurélien mit plusieurs secondes à se persuader qu'il n'avait pas rêvé. Puis, voyant tous les regards braqués sur lui, il conclut hâtivement :

« Tâchez d'expédier votre besogne et ne vous attardez pas dans cette cour. Je m'occupe du reste. Vous avez quartier libre. Moi je file chez Oblet. »

A Bertrand qui était resté auprès de lui, il prescrivit sur le même ton :

« Soucie-toi dès à présent du chariot. Prends les hommes qu'il te faut pour le vider et pour mettre son chargement en lieu sûr, et fais-le réparer au plus vite. Quelque chose me dit que nous ne ferons pas de vieux os dans ces murs. Jusqu'à nouvel ordre, notre départ est maintenu à six heures demain matin. »

Bertrand acquiesça d'un signe de tête. Pendant un instant, Aurélien l'avait vraiment inquiété. Mais les choses maintenant reprenaient leur cours normal et le Dyonisien sentait son énergie renaître.

Il rassembla promptement une poignée de soldats parmi les plus présentables, réquisitionna les quatre sergents de l'escorte et attela tout son monde à des tâches précises. Puis, après s'être assuré de n'avoir rien oublié, il se disposa à son tour à quitter la cour pour se rendre chez le charron.

C'est alors que le capitaine des hussards, le vindicatif Leviel dont personne ne remarquait plus la présence, l'interpella au passage :

« Tu diras, fit-il en baissant les yeux, tu diras à ton capitaine, enfin, je veux dire, au capitaine Métrier, que... que je lui fais mes excuses. »

Le reste de la journée se déroula pour Métrier en démarches de toutes sortes. Il dut tout d'abord mettre le siège devant les locaux de service du citoyen Oblet, lequel n'y résidait que fort occasionnellement en raison de ses multiples activités. Quand il parvint enfin à le coincer entre deux portes, il perdit encore un temps précieux à relater pour la troisième fois l'épisode de l'ornière et de l'escarmouche avec les « gars de Saint-Jean » avant que le responsable des équipements de l'armée ne condescende à jeter un coup d'œil maussade sur la liste que Métrier lui mettait sous le nez. Le contenu lui fit pousser les hauts cris : des guêtres, des cartouchières, des vestes, des fusils ! Avait-on la moindre idée de ce que tout cela coûtait ? La République n'avait pas les moyens de permettre un tel gaspillage. D'autres régiments attendaient après leur fourniment, et les demandes de cette nature pleuvaient de partout. Il n'était pas question de privilégier les uns plutôt que les autres.

Le nom du général Meunier le ramena à plus de modération. Il réexamina la liste, la tritura un bon moment entre ses doigts tachés d'encre et finit par donner son accord pour la moitié environ de ce qui y était inscrit. Métrier dut encore le suivre jusqu'à son bureau afin d'obtenir un ordre de délivrance qu'Oblet mit un temps infini à rédiger en changeant plusieurs fois de plume, car toutes présentaient un état d'usure avancé.

Muni de son papier, le capitaine courut ensuite aux différents magasins de la garnison d'où il ressortit avec un bric-à-brac qu'il se dépêcha de distribuer le plus équitablement possible entre ceux qui en avaient besoin. Ces maigres fournitures suscitèrent plus de mécontentement que de satisfaction, et nul n'y trouva son compte.

Sur ces entrefaites, Aurélien fut de nouveau convoqué au quartier général où, en présence de l'état-major au grand complet, du directoire exécutif du département d'Ille-et-Vilaine, du procureur général syndic, de deux commissaires aux armées et de deux représentants du peuple, il dut servir une quatrième édition de son histoire. Meunier, qui lui aussi était là, l'encouragea à s'expliquer et il comprit que le général de brigade avait choisi de l'appuyer. Patiemment, Aurélien s'appliqua à clarifier les faits qui lui étaient reprochés. Pour chacune des justifications qu'il croyait bon de mentionner au fil de son rapport, le bouillant officier ne lui ménageait pas son soutien : « fort bien », « naturellement », « il va de soi », « c'est la logique même »... Et ces vigoureuses approbations s'accompagnaient d'un ensemble de gestes tout aussi éloquents. Meunier n'était pas un fin diplomate et n'entendait rien aux finasseries politiques. Les questions oiseuses dont les autorités civiles, présentes à ce conseil, tourmentaient Aurélien lui arrachaient des gémissements indignés. Il n'y avait aucune faute manifeste dans l'attitude du capitaine de convoi, et rien ne méritait qu'on différât l'exécution des ordres du ministère de la Guerre.

Sous ses coups de boutoir, le cénacle perdait pied, doutait de ses griefs, tergiversait. Pour finir, il libéra Aurélien après une heure de vaines délibérations et abandonna le projet d'entendre le lieutenant Aubry le surlendemain. Le dossier était clos, chacun ayant conscience d'avoir rondement mené les débats comme il se devait.

Dès qu'il fut dehors, Métrier se précipita chez le charron où il retrouva Aubry agenouillé devant la roue. Là encore, une mauvaise surprise l'attendait concernant l'ampleur des dommages. Il n'y avait pas seulement une fusée de tordue mais aussi deux rais fêlés qu'il fallait remplacer. La réparation serait par conséquent plus longue puisqu'elle imposait qu'on déjante, qu'on forge, qu'on replace le bandage à chaud. Bref, un surcroît de travail qui tombait on ne peut plus mal parce que le charron était débordé.

Métrier trépignait. Le mauvais sort s'acharnait inexplicablement sur cette expédition. Quelqu'un, quelque part, conspirait à la faire échouer. Mais qui pouvait bien être ce « quelqu'un », puisque la République qui prétendait tout expliquer avait définitivement vidé le ciel de ces absurdes divinités ? Le hasard alors ?

Mais cela ne signifiait rien de plus. Dans ces conditions, un homme de l'an II était condamné à ne compter que sur lui-même.

A cet instant précis, ses yeux tombèrent fort opportunément sur un autre chariot qu'on avait relégué dans un coin de la forge et qui ne reposait plus que sur deux cales.

« Et celui-là ? demanda Aurélien, qu'a-t-il exactement ?

— Le plancher est défoncé. Il faut le refaire entièrement.

— Pour quand ?

— Je ne sais pas, on ne m'a rien dit.

— Où sont ses roues ?

— Là, à côté, pourquoi ?

— Ne pourrait-on faire un échange ? Une de ses roues contre la nôtre ? Au point, où il en est, une réparation de plus ou de moins...

— Faut voir. Toutes les roues ne se ressemblent pas. J'dois mesurer avant.

— Eh bien ! fais-le ! »

L'ouvrier sortit de sa poche une cordelette qu'il tendit alternativement sur l'un des rais de chaque roue :

« On dirait que c'est pareil. Attendez, je vérifie encore, j'voudrais pas m'tromper. Ouais, c'est pareil. Mais attention, j'veux pas d'ennuis.

— Tu n'en auras pas, c'est pour l'armée.

— Ben, çui-ci aussi est à l'armée. Même qu'il m'a été amené par un caporal du 48e Artois.

— Le 48e Artois reste à Rennes. Nous, nous repartons demain matin. Je te ferai un papier, si tu crains d'être inquiété. »

Rassuré par la promesse du capitaine, le charron se mit à l'ouvrage avec ardeur. Puisqu'on lui faisait un papier...

Laissant l'homme à son labeur, Bertrand et Aurélien revinrent en flânant vers leur cantonnement tout en s'accordant le loisir d'admirer au passage les façades majestueuses des quartiers neufs du centre de la ville. Plus de soixante-dix ans après le terrible incendie qui avait réduit en cendres le cœur de la cité, une ville nouvelle avait surgi de terre avec ses maisons élevées, ses rues rectilignes, ses bâtiments administratifs, ses commerces et ses manufactures. De ravissantes boutiques fleurissaient un peu partout, au rez-de-chaussée des immeubles chics ornés de mascarons. Des auberges et des cafés affichaient une prospérité de bon aloi derrière leurs vitrines étincelantes de propreté. Promenades et jardins publics alternaient avec les îlots d'habitations bourgeoises aménagés de fraîche date, et plus loin, au centre d'une esplanade aux vastes proportions, le palais de justice, siège historique du parlement breton, trônait dans toute la grâce de son architecture élégante et sobre.

La ville respirait un air de quiète animation, d'existences feutrées et laborieuses qui tranchait singulièrement avec l'effervescence fébrile et désordonnée qui régnait à l'intérieur de l'hôtel de ville et des bâtiments occupés par l'armée. La population civile vaquait paisiblement à ses affaires. Les petits métiers des rues créaient d'aimables diversions en lançant à la cantonade des cris et des sentences empreints d'ingénuité et de fraîcheur populaire :

« Marchand d'guerchots ! Avez-vous des guerchots à vend' par là mesdames ? » clamait le chiffonnier d'une voix traînarde.

« V'là l'fondeur, le rétameur, le raccommodeur, refondeur, rétameur, raccommodeur ! » scandait le rétameur sur un ton parfaitement rythmé.

« Faïence et porcelaine, terre ou grès. V'là l'raccommodeur d'antiquités brisées, cassées. V'là l'racommodeur ! » répliquait la mélodie allègre du raccommodeur de vaisselle.

Et tout cela faisait un étrange chahut qui redonnait de la saveur à la grisaille ordinaire de la vie. A Rennes, fort heureusement, la fureur révolutionnaire avait su épargner la poésie du pavé. Les chansonnettes et les maximes, improvisées ou traditionnellement fidèles aux florilèges corporatifs, n'étaient pas adultérées par la haine et les serments barbares. Elles proclamaient à leur insu la pérennité des choses les plus simples que les vastes tourbillons politiques, nés de la folie des hommes, laissaient imperturbables. L'esprit du peuple, son amour de la vie et son extraordinaire capacité d'adaptation trouvaient dans ces refrains insolites leur expression à la fois naïve et profonde. Seul, le ballet incessant des uniformes bleus, verts, blancs ou rouges, des bicornes à plumet ou des bonnets à poils persistait à rappeler l'état de guerre.

« Bon ! déclara subitement Bertrand en s'arrêtant devant une auberge que l'enseigne désignait sous le nom des Armes de Clisson, c'est pas tout ça, mais j'ai faim. Je ne sais pas si ma solde me permet de pousser cette porte, mais je la laisserais volontiers dans la main de l'aubergiste en échange d'un bon repas.

— Que fais-tu de l'abolition des privilèges ? Tu mangerais du chapon quand nos hommes sont au ragoût ? Ce n'est guère faire preuve de solidarité !

— Bah ! personne n'en saura rien. Et puis, nos gars sont peut-être en ville eux aussi.

— J'en doute fort. Ils n'ont encore rien perçu. Je dois d'ailleurs régler cette question avant ce soir si je veux qu'ils soient payés. Ici, les verrous sont plus faciles à pousser qu'à tirer. Le citoyen Carnot peut dormir sur ses deux oreilles.

— En somme, tu me laisses choir. Tu n'as donc pas envie de passer une heure agréable dans cette auberge ? Regarde comme elle est accueillante. Je suis sûr qu'on y mange très bien.

— Sans aucun doute, mais qu'y puis-je ?

S'il était dit que cette étape serait la plus longue, personne n'avait prévu qu'elle serait aussi la plus empoisonnante. Je vais de ce pas chez le trésorier-payeur. Ensuite, je rendrai visite au directeur des étapes pour remplir l'état réglementaire et pour lui soutirer quelques rations de route. A cinq heures, j'effectuerai une revue de détail, et à six, j'ai rendez-vous avec Meunier qui veut que nous dînions ensemble. Juge par toi-même. Je serai bien heureux de pouvoir souffler un moment du côté des écuries, si mon emploi du temps me le permet, avant de filer tout droit au lit.

— Ça va, j'ai compris ! Je vais essayer d'avaler une bouchée de ce ragoût de malheur et puis je prendrai mes dispositions pour la revue. Je passerai aussi aux écuries, histoire de jeter un coup d'œil. On m'a signalé la rupture d'une martingale tout à l'heure. Je verrai ce que je peux faire. Tu sais, Aurélien, comme conducteur de convoi tu n'es pas reposant.

— Est-ce que tu te figures que, moi, je me repose ? »

Du bureau du trésorier-payeur à celui de l'intendant, en passant par le cabinet du citoyen Guy, directeur des étapes, Métrier dépensa une bonne partie de son après-midi à ce fatigant porte-à-porte. Dans ce labyrinthe administratif où même une boussole aurait hésité à indiquer le nord, il se plia complaisamment au rituel bureaucratique en masquant avec soin ses étonnements.

La mainmise des autorités civiles sur la gestion des affaires militaires ne cessait en effet de le surprendre. Le centralisme parisien instauré par le redoutable Comité de salut public suscitait une étrange pusillanimité dans le milieu des gratte-papiers, tout en favorisant l'essor d'une catégorie pour le moins curieuse de ténors de la fonction publique. Imbus de leurs pouvoirs, sourcilleux à l'extrême, ils régentaient leurs subordonnés comme un bataillon de valets. Rapports, correspondances, états récapitulatifs ou descriptifs, blâmes et semonces, attribution ou dévaluation des tâches, telles étaient aujourd'hui les nouvelles armes de leur puissance. Aucun papier, si inconséquent fût-il, ne pouvait sortir de leurs services sans qu'ils l'eussent préalablement visé. Ils avaient l'œil à tout, ou, du moins, se donnaient beaucoup de mal pour en convaincre leurs subalternes qu'ils noyaient sous la paperasse et bombardaient de consignes. A l'ombre de Robespierre, une civilisation de plumitifs prenait progressivement le pas sur les forces créatives, les ambitions libérales et l'intégrité des géniteurs de la nation.

Mal initié aux contorsions de ce milieu, Métrier dut une fois de plus à sa chance indéfectible de ne pas commettre d'impairs irréparables. Il se tira sans trop de mal de cette invraisemblable série de formalités et régla ainsi la plupart des question qui le tenaient encore sur la brèche.

A cinq heures, comme prévu, il pratiqua une revue minutieuse des équipements de ses soldats, procéda au règlement des soldes, trouva le temps ensuite de faire un saut aux écuries, puis de troquer ses vêtements sales contre une tenue complète extorquée à l'intendant, avant de rejoindre le général Meunier.

Ensemble, ils se rendirent en ville, dans une auberge discrète de la rue Du Guesclin. Le général s'était pris d'une affection spontanée pour le jeune capitaine dont il avait aimé la vivacité et la droiture. Le fait que celui-ci fût affecté à l'armée des Côtes le rendait encore plus digne d'intérêt aux yeux du représentant de ladite armée.

Confortablement installés à une table qu'ils avaient choisie volontairement espacée des autres, ils commencèrent leur repas par un bon verre de vin des coteaux nantais. Il n'y avait pas trop de monde dans l'auberge, ce qui renforçait l'intimité de ce dîner en tête à tête. On leur servit un bouillon de bœuf, plusieurs variétés de charcuterie et un pigeon aux pois, le tout arrosé d'une honorable piquette baptisée « vin de l'Aude » qu'ils consommèrent assez fraîche. Enfin, quand ils en furent au milieu de leur festin, Meunier se décida à aborder les choses sérieuses :

« Je repars pour Vannes sous quatre jours. D'après ce que j'ai cru comprendre, il y aurait du remaniement dans l'air. La situation dans le Morbihan devient explosive. Je ne te cache pas que je suis très anxieux d'y retourner, car je sais d'ores et déjà que nos moyens ne nous permettent pas de juguler la sédition. L'armée est très en dessous de ce qu'il faudrait.

— Et le Finistère ? Que se passe-t-il dans le Finistère ?

— Ah ! je comprends que tu sois impatient de l'apprendre, mais c'est un sujet sur lequel il m'est très difficile d'être catégorique. Officiellement, il ne s'y passe rien : pas la plus petite armée royaliste, pas de chefs connus, pas d'intelligence avec l'étranger et probablement pas d'argent non plus. Pourtant, je reste sur mes gardes. Les habitants y sont encore plus mystérieux qu'ailleurs. On ne sait jamais de quoi ils sont capables. Le pays s'est maintes fois signalé par ses révoltes paysannes et son insoumission au pouvoir royal, c'est pourquoi j'ai du mal à croire qu'il se tiendra longtemps tranquille. Au printemps dernier, il ne s'est pas privé d'entrer dans la danse. Il peut le faire encore. D'ailleurs, il n'est pas question de le dégarnir de ses troupes.

— Je suis curieux de savoir pourquoi on nous envoie à Ville-sur-Aulne. A priori le district est calme. Sais-tu ce qui a motivé cette décision ?

— C'est bien simple. On rassemble actuellement à Ville-sur-Aulne un bataillon de deux cents hommes pour marcher sur Vannes, mais comme le département est insuffisamment pourvu et qu'il ne faut, comme je te le disais à l'instant, le dégarnir sous aucun prétexte, on est obligé d'en faire venir d'ailleurs.

— Mais pourquoi Ville-sur-Aulne ?

— En raison de sa position centrale qui commande l'accès à la presqu'île de Crozon.

— Soit. Mais je suis également chargé de remplacer le capitaine Lamarche. Est-il bien indiqué de muter les officiers quand le pays est en alerte et que l'on manque d'effectifs ?

— Le remaniement, mon cher... le remaniement. Lamarche n'a pas su anticiper les événements. Il se laissait bercer par la routine, assuré de tenir la main à tout ce qui regardait son territoire.

— Et alors ? Que lui est-il arrivé de fâcheux ?

— Une série d'incidents qu'on n'a pas voulu lui pardonner. Les rapports à son sujet étaient mauvais et, en outre, il ne s'entendait pas avec les autorités civiles. »

A mesure qu'il percevait la bienveillance des sentiments du général à son égard, Aurélien prenait de la hardiesse. L'ambiance était cordiale et détendue. Meunier ne semblait pas souffrir de susceptibilité, et la question que lui réservait le Normand réclamait un climat de confiance réciproque. Plongeant son regard dans celui de l'officier, il lui demanda franchement :

« A ton avis, la région est-elle gangrenée de chouannerie ? Y a-t-il des signes tangibles, des manifestations ? »

Meunier s'adossa lourdement au dossier de sa chaise, bomba le torse et réfléchit quelques secondes avant de répondre :

« Je ne pourrai pas t'éclairer précisément là-dessus. Il y a plusieurs mois que j'ai quitté Brest pour Vannes et l'Ille-et-Vilaine, mais d'après ce qu'on m'a rapporté, il semblerait que les factieux se manifestent de plus en plus souvent dans la vallée de l'Aulne, et surtout dans ce qu'on appelle là-bas les montagnes Noires. A en juger par l'aspect concerté de leurs actions, leur cohésion, leur nombre croissant, on dirait qu'ils se sont donné une direction ; peut-être un chef. Il n'y a pas si longtemps, on avait affaire à des coups de main isolés, relevant davantage du brigandage que de la subversion. Maintenant, ils s'organisent, se regroupent, choisissent minutieusement leurs coups. Leurs cibles favorites restent les prêtres assermentés, mais ils ne s'en tiendront probablement pas là.

— La noblesse a-t-elle quelque influence sur ces agitateurs ?

— Dans son ensemble, la population n'est guère favorable aux nobles, mais elle leur obéit tout de même car ils incarnent l'autorité et la puissance. En outre, la noblesse locale a émigré en masse, ce qui permet de supposer l'existence probable de correspondances secrètes entre l'Angleterre et le continent. De là à en déduire que les partisans royalistes du Finistère tiennent eux aussi leurs ordres du comte d'Artois, il n'y a qu'un pas facile à franchir.

— Si ce chef dont tu parles avait une quelconque réalité, selon toi, où se cacherait-il ?

— Le seul endroit auquel je songerais en premier est précisément le pire de tous les endroits possibles. Si je croyais encore au diable et si je ne craignais pas de passer pour un égaré, je dirais que c'est le diable qui l'a créé.

— Mais encore ?

— Ces fameuses et terribles montagnes Noires. Imagine une longue barrière rocheuse crêtée de pics arides, tapissée de bois sombres et de champs clos qu'on aperçoit à peine. Les chemins y sont impraticables et ne mènent nulle part. L'habitat dispersé s'enfonce dans la tourbe et les fondrières. Les gens y vivent comme des sauvages en compagnie des bêtes féroces qui infestent le pays. Rares sont les patrouilles qui osent s'y aventurer sans le secours des guides. On sait que la Montagne protège ses seigneurs ; une race un peu particulière de farouches hobereaux qui n'a pas voulu abandonner ses terres et ses manoirs et qui est à peu près aussi mal dégrossie que les paysans qu'elle exploite. Mais cette engeance-là est très écoutée, parce qu'elle règne sur ces terres depuis le commencement des temps.

— Quel conte me fais-tu ? Nous ne sommes plus au Moyen Âge tout de même !

— Détrompe-toi, là-bas rien n'est comme ailleurs. C'est un autre monde, tu le verras toi-même, si on t'en laisse le temps... »

Aurélien se rembrunit. Depuis un moment, sa carcasse de pigeon refroidissait dans son assiette sans qu'il eût le cœur de la terminer.

Le Normand ressentait comme un lourd handicap son incapacité à masquer ses sentiments. Son visage lisse, sa carnation de blond que la moindre émotion fardait de rose, ses yeux d'un bleu trop pur pour garder un secret, tout cela le rendait vulnérable en face d'un observateur avisé. Souvent, il s'était surpris à envier le teint mat des Méridionaux tellement moins sujet aux rougeurs humiliantes.

Là encore, devant Meunier, il faisait de son mieux pour sauver les apparences, mais le fard détestable lui confirmait son retour par une inconfortable sensation de chaleur. Le pire pour lui était d'imaginer que le général pût s'en apercevoir.

Mais Meunier semblait ailleurs. La dégustation de son cinquième verre de vin lui donnait un air vaguement rêveur. Il caressait distraitement l'anse du pichet sans parvenir à fixer son regard. Son assiette croulait sous un tas de petits os et un reste de pois figés.

« Il serait préférable que nous partions », décréta Aurélien tandis que son compagnon s'apprêtait à commander un petit « pousse au crime ».

« Déjà ? protesta l'officier en levant ses sourcils en accents circonflexes.

— Je suis mort de fatigue. Cette journée m'a tué.

— Je comprends. Partons donc, si c'est ce que tu veux. »

Dehors, ils marchèrent un bon moment l'un près de l'autre sans se parler. Une obscurité ouatée s'était répandue dans les rues dépeuplées. Derrière les volets clos, des filets de lumière laissaient filtrer les dernières palpitations d'une fin de journée. Les gamins avaient disparu de même que les artisans ambulants qui, tout à l'heure, animaient si bruyamment le cœur de la cité.

Disparus aussi les encombrants paniers des femmes, les tombereaux et les voitures bourgeoises, les files de chalands stationnant devant les échoppes et les étalages des camelots éparpillés sur les trottoirs. La ville s'assoupissait doucement et confiait son sommeil à la milice urbaine dont les rondes inlassables constituaient désormais la seule animation des rues.

Parvenus aux abords du quartier général, lui-même baigné de silence, ils s'arrêtèrent à une dizaine de pas des guérites des sentinelles :

« J'ai eu grand plaisir à te connaître, déclara Meunier en touchant le bras d'Aurélien. Nous nous reverrons peut-être bientôt, selon la tournure que prendront les événements, mais d'ici là je te souhaite de mener à bien ta mission. En cas de difficulté majeure, n'hésite pas à te recommander de moi.

— C'est très aimable à toi et je ne l'oublierai pas. Je te remercie aussi de l'aide efficace que tu m'as apportée. Grâce à toi, je n'ai pas eu à surseoir au départ. Il me tarde, tu t'en doutes, de rejoindre mon cantonnement. Plus vite j'en aurai fini et mieux je me porterai.

— Oui, oui... » approuva laconiquement Meunier sur le ton de quelqu'un qui hésite à dévoiler le fond de ses pensées.

Il y eut un petit silence gêné durant lequel Métrier scruta attentivement les traits du général qui s'étaient un peu crispés.

« Y aurait-il autre chose que tu veuilles me dire ?

— Non, non, rien qui tire à conséquence ; un conseil tout au plus : ne te laisse pas faire par ceux que le gouvernement a nantis des pleins pouvoirs. Nous traversons une époque critique, bourrée d'incohérences et de contradictions. Pour ma part, je ne crois guère aux vertus du "couteau national", ni aux méthodes expéditives des tribunaux révolutionnaires. Tant de puissance dilapidée en de si piètres entreprises ne peut aboutir qu'à l'exaspération du peuple. Je suis un soldat et j'essaie de le rester, mais j'avoue qu'il m'est de plus en plus difficile de fixer les lignes de mon devoir tout en préservant ma qualité d'homme. Vois-tu, les tyrans passent, les actes, eux, restent gravés dans l'histoire et dans les mémoires, si bien qu'il n'est pas toujours bon d'appartenir au parti des vainqueurs.

— Ce qui revient à dire, général ?

— Que la bravoure ne répond pas forcément à la définition qu'on en donne. La vraie bravoure doit savoir écouter la voix de la raison avant d'opter sagement pour telle ou telle décision. L'entraînement des passions n'est jamais de bon conseil et le salut de la République ne peut sortir du chaos.

— Dans quel sens devons-nous œuvrer si nous voulons sauver la République du chaos ?

— Dans celui de la paix.

— Quoi ? un armistice ?

— Pourquoi pas ? »

Métrier considéra Meunier avec un mélange de stupeur et de scepticisme. Un armistice reviendrait à parer les forces rebelles royalistes du titre de belligérant et à reconnaître par là même un état de guerre dont jusqu'à présent on s'employait à minimiser l'importance. Autrement dit, il fallait élever la guerre civile au rang de conflit et traiter avec ses auteurs, ce qui paraissait inconcevable en regard des circonstances présentes. Si la grande armée catholique et royale avait pu concrétiser son dessein en constituant à l'Ouest un front unifié, une démarche de cette nature eût trouvé là sa justification. Mais l'armée de La Rochejacquelein était défaite et les défenseurs de la monarchie n'avaient plus la moindre légitimité. En conséquence, parlementer avec ces gens, ces aristocrates méprisants et revanchards, ces officiers félons, ces curés défroqués, ces prélats avides de reconquérir leurs biens, c'était leur faire beaucoup trop d'honneur !

Comme s'il devinait les réticences de Métrier, Meunier se borna à conclure d'une voix lasse :

« Ce que je vois, moi, c'est que cette guerre civile nous conduit tout droit à des ennuis sans fin si nous n'y mettons bon ordre par le biais de la négociation. Travailler à la paix implique des concessions qui, même lorsqu'elles nous semblent inacceptables, sont cent fois préférables à une intervention ennemie. Or l'Angleterre, que nos convulsions réjouissent fort, ne serait pas mécontente d'y prêter la main aussi longtemps que nécessaire. Elle en a les moyens, quand ceux de notre pays s'épuisent à vue d'œil. Il faut lui couper l'herbe sous le pied avant qu'il ne soit trop tard. »

Frappé par la logique de ce raisonnement, Métrier admit que ses connaissances en la matière ne lui permettaient pas de juger sereinement. Il se promit d'y réfléchir quand il serait à pied-d'œuvre, là-bas, dans les montagnes Noires. Avant cela, il lui restait encore à traverser les Côtes-du-Nord et le Morbihan, ce qui mettait naturellement une limite à ses projets et à ses ambitions.

Ils se saluèrent courtoisement, en oubliant que la politesse faisait partie des usages bannis depuis que la République avait mis les grimaces, les hurlements et les verdeurs de langage au goût du jour...

Le lendemain matin, à six heures précises, le détachement du Perche prenait la direction de Montfort. A Bertrand qui, l'instant d'avant, l'avait un peu taquiné sur sa sortie en ville avec Meunier, Aurélien lança par-dessus son épaule :

« C'est encore en selle que je me sens le mieux. Les villes ne me valent rien. »

Devant eux, la route s'étirait à perte de vue, à travers un dallage de champs clos. Le paysage était encore celui du bocage, à la fois touffu et ordonné avec de douces collines pour en briser la monotonie et de petits cours d'eau gargouillant sous les herbes. Dans la pâle clarté de l'aube, sa pacifique indolence rendait presque insensée l'idée du moindre piège.

Les chariots brimbalaient nonchalamment au rythme des cahots, serrés de près par l'escorte de cavalerie. Les fantassins marchaient bon train, apparemment remis de leurs émotions et bien que décorés pour certains de bandages et de pansements rappelant l'accrochage de la veille. Les uniformes avaient un air un peu fripé. Le fifre, enfin, s'en donnait à cœur joie, tout heureux d'exercer ses talents en plein air.

Ils venaient de couvrir une demi-douzaine de lieues sans rencontrer âme qui vive lorsqu'ils furent dépassés sur la route par une turgotine qui transportait le courrier de Rennes. Au mépris de toute prudence, elle voyageait sans escorte malgré les consignes. Les chariots se rangèrent sur le bas-côté pour la laisser passer. Quand elle frôla son cheval, Métrier se pencha, par curiosité, et constata qu'elle était presque vide. Elle roulait d'ailleurs bien vite pour une voiture de messageries. A peine eut-il le temps de s'en faire la remarque qu'elle disparut dans un creux de la route pour ressurgir à toute allure un quart de lieue plus loin. Perplexe, il la suivit des yeux pendant plusieurs minutes puis finit par se désintéresser d'elle.

La colonne poursuivit son chemin d'un pas cadencé et, après Montfort et Boisgervilly, mit le cap sur Saint-Méen-le-Grand où il était prévu de faire une halte pour se reposer et manger un peu.

Elle ne vit sur son passage que des villages déserts et, dans les champs, les laboureurs interrompirent leur travail en entendant le fifre. Immobiles, la mine sombre, ils se contentèrent de lorgner à distance le défilé des uniformes bleus, ce qui suggéra à Bertrand ce commentaire aigre-doux :

« Qu'il est bon de se sentir aimé quand on est un soldat français. »

En arrivant à Saint-Méen-le-Grand, le spectacle changea brutalement. Sur la place de l'église, un attroupement s'était formé et commentait avec effervescence un incident qui venait de se produire. Les gens semblaient électrisés par la nature de la nouvelle et, parmi eux, gendarmes et gardes nationaux multipliaient les appels au calme. A la vue des soldats, le groupe se disloqua, sans s'éloigner pour autant. Bon nombre de manifestants demeurèrent à proximité, en proie à une vive excitation.

Après avoir ordonné à ses soldats de s'arrêter sans rompre les rangs, Métrier se dirigea seul vers le rassemblement :

« Eh bien ! que se passe-t-il ici ? » s'enquit-il en haussant la voix tandis qu'on se pressait autour de son cheval.

Un brigadier de gendarmerie émergea de la cohue :

« La malle-poste de Rennes vient d'être attaquée, fit-il, en levant le nez vers Aurélien, les chouans ont fait le coup. »

Aurélien ne put réprimer un mouvement de stupéfaction :

« Attaquée ? la malle-poste de Rennes ? Mais où cela ?

— Entre Vezin et L'Hermitage. Ils étaient une vingtaine à ce qu'on m'a dit. »

Métrier reçut cette information comme un coup de poing dans l'estomac. Ainsi, les chouans avaient détroussé la turgotine dans le dos du détachement ! Ils avaient même poussé l'audace jusqu'à relâcher le voiturier en sachant la troupe encore toute proche et donc parfaitement à même de les prendre en chasse ! Une telle témérité dépassait l'entendement et montrait à l'évidence que les rebelles se moquaient éperdument de la menace républicaine.

Outré de tant d'impudence, le capitaine

résolut de tirer l'affaire au clair en interrogeant le conducteur de la malle-poste dont le rôle lui semblait un peu louche. Héros malheureux du coup de main tapageur, ce dernier demeurait stupidement planté au milieu de la place, l'air hébété.

« Tout à l'heure, quand tu nous as dépassés sur la route, lui lança Aurélien, pourquoi ne t'es-tu pas arrêté ? Nous avions encore le temps d'envoyer les cavaliers après eux !

— C'est que, bredouilla l'homme en triturant le bas de sa veste, ils me l'avaient bien interdit. Les brigands savent où me retrouver et ils m'ont promis de me punir si je leur portais tort. Ces gens-là tiennent toujours leurs promesses, citoyen, et moi j'ai femme et enfants, sans compter ma pauvre vieille mère qui habite chez moi. Ils m'ont recommandé de ne pas m'arrêter avant Saint-Méen et surtout de ne pas vous parler. J'ai donc obéi. C'était le mieux que j'avais à faire.

— Et de la sorte tu leur as laissé une confortable avance. Bravo ! Belle preuve de civisme ! Et que contenait cette malle ? »

Le mot de « civisme » déclencha chez le bonhomme une sorte de convulsion :

« Du...du courrier hoqueta-t-il péniblement, des lettres, des paquets et... et un peu d'argent, je crois.

— L'argent du gouvernement, naturellement ?

— Oui

— Et l'escorte ? Tu n'avais pas d'escorte ?

— Si fait, mais elle n'était pas assez grosse... les brigands l'ont mise en déroute. »

Aurélien se retint de saisir l'homme par le col et de le secouer comme un prunier. Quelque chose dans sa feinte contrition, dans son regard fuyant sentait la fourberie. Il se posait trop en victime pour l'être tout à fait.

« Bon ! Nous verrons bien si tes raisons sauront convaincre les gendarmes. Mais gare à toi si tu as menti ! »

Rassuré de s'en tirer à si bon compte, le voiturier haussa les épaules :

« D'une manière ou d'une autre, soupira-t-il avec fatalisme, il devient très difficile pour les honnêtes gens de mettre leurs os à l'abri. »

Deux gendarmes l'emmenèrent jusqu'au poste de brigade installé dans une maison particulière.

« Cela en fait une de plus ! déplora le brigadier sur un ton désabusé, et va-t-en mettre la main sur les coupables maintenant ! A cette heure ils ont regagné leurs caches ou sont tout bonnement à travailler leur champ.

— Que comptes-tu faire ?

— Bah ! comme d'habitude : patrouiller, ratisser, fouiller, interroger, sans grand espoir de résultat. Ensuite de quoi on nous reprochera le coût de nos déplacements. En tout état de cause, le champ de mes investigations est circonscrit aux limites territoriales du canton. Au-delà, ce n'est plus de ma compétence.

— Dans ces conditions, je crains fort en effet que cela ne serve à rien, puisque c'est entre Vezin et L'Hermitage que les brigands ont opéré.

— Ah ! mais rien ne prouve qu'ils ont caché l'argent volé dans ce secteur. Tu ne connais pas les méthodes de ces lascars. Ils s'y entendent pour brouiller les pistes. On les croit là et ils sont ailleurs. Il faudrait que nous soyons légions pour les traquer.

— Puis-je t'aider en quoi que ce soit ? hors pour ce qui est de te prêter des hommes, car cela ne m'est pas possible. Veux-tu que je fasse un rapport pour appuyer le tien ?

— Pas la peine. Nous n'aurions rien à

gagner à nous montrer trop explicites et la présence de la troupe sur les lieux pourrait bien nous attirer des questions embarrassantes. Ne te risque surtout pas à écrire que tu as vu la turgotine voyager sans escorte et que tu ne l'as pas interceptée pour t'assurer qu'elle circulait en règle.

— Tu as sans doute raison. J'ai déjà pris sur les doigts pour moins que ça. Nous nous en tiendrons donc, en ce qui nous concerne, à la stricte observation de notre feuille de route. »

Laissant le brigadier à ses obligations, Métrier se rendit à la maison commune pour faire enregistrer le passage du convoi et réclamer les bons de subsistances nécessaires à la délivrance des rations. De l'attaque de la malle-poste il ne souffla pas un mot et on ne lui fit aucune allusion à ce sujet, ce qui le tranquillisa.

Après une heure de pause et une consistante collation, les soldats se préparèrent à reprendre la route avec un certain entrain. Les petits incidents qui, depuis leur départ d'Alençon, transformaient leur voyage en équipée ne les dérangeaient plus. A la longue, ils finissaient par se faire une raison et envisageaient la fin de leur périple avec une philosophie confiante. Plus tard, ils en auraient des choses à raconter à leurs camarades de Ville-sur-Aulne !

« Prochaine étape Loudéac ! claironna Métrier presque gaiement en sautant en selle. Après-demain soir, nous coucherons à Ville-sur-Aulne. »

Puis, remarquant l'œillade moqueuse que lui décochait Bertrand :

« Enfin, si tout va bien... » crut-il plus prudent d'ajouter.

A défaut de logements, l'étapier de Loudéac leur proposa une vaste grange et quelques remises abandonnées en guise de chambrées.

Compte tenu de l'heure tardive, ils acceptèrent sans rechigner ce rustique hébergement et expédièrent assez vite un frugal repas froid avant d'aller s'étendre dans la paille.

A l'occasion de cette nouvelle étape, seul le commandant de la garde nationale locale était venu les accueillir, sans concession superflue au protocole. Il s'informa brièvement auprès de Métrier du bon déroulement de leur voyage mais se montra en revanche très circonspect au sujet de l'insécurité dans le département. Tout au plus confessa-t-il du bout des lèvres que les royalistes fomentaient quelques troubles, notamment dans les localités circonvoisines, et qu'on avait dû faire venir des canonniers de Guingamp pour leur en imposer. Puis, il s'empressa de mentionner, comme si cela le rassurait, que l'accusateur Besné, de Saint-Brieuc, mettait tout en œuvre pour traquer Boishardy, le chef des rebelles, et qu'il le prendrait assurément tôt ou tard car le brigand n'était pas invincible, contrairement à ce que prétendaient faire accroire ceux qui le surnommaient « le Sorcier ».

Métrier l'écouta avec un intérêt poli mais peu convaincu. Il savait à quoi s'en tenir à propos de Boishardy, et l'aveu d'impuissance déguisé du commandant de la garde confirmait en tout point le rapport de Bourday.

Dès lors, il estima plus sage d'examiner la situation avec réalisme. Si le choc n'avait pas encore eu lieu, il se préparait certainement. Demain, après-demain peut-être, en rase campagne ou au cœur d'une forêt, le détachement du Perche verrait fondre sur lui les troupes de Boishardy et ce serait la fin de son odyssée. La loi du nombre l'emporterait à coup sûr. Les espions du chef rebelle avaient probablement eu tout le temps d'inventorier la composition de l'escorte et de mettre au point un plan d'attaque à la pointure de l'adversaire. Piètre adversaire en vérité que cette colonne de soldats fatigués, incapables de réagir, incapables de se défendre...

Désabusé mais résolu, Métrier se jura d'en finir avec panache, même si l'échéance lui semblait prématurée. Sa chance l'avait longtemps servi, elle ne pouvait le faire éternellement. Et la notion de destin s'imposa une fois encore à son esprit.

Au petit matin, courageusement, ils se remirent en marche.

Pour ne rien arranger, le temps devint subitement exécrable et le ciel déversa des hallebardes. En l'espace de quelques instants, le printemps battit en retraite pour laisser l'hiver reprendre ses quartiers. Le paysage disparut derrière l'écran opaque d'une pluie diluvienne et cinglante. Bientôt, la route ne fut plus qu'un torrent de boue charriant pierres et branches mortes entre les sabots des chevaux.

Au sein du détachement, les hommes s'étaient emmitouflés dans des couvrantes pour se protéger vaille que vaille. Ils marchaient d'un pas titubant, les yeux fixés au sol, le corps plié en deux dans la clarté crasseuse du jour naufragé. Pour certains, les souffrances avaient atteint les limites du supportable.

« Quelle calamité ! grogna Bertrand entre deux bourrasques, faut-il que nous soyons maudits, même le temps nous est hostile ! »

Aurélien dont les yeux s'usaient à scruter les bosquets environnants fit un geste fataliste de la main :

« Estimons-nous heureux de n'avoir pour l'heure qu'à subir l'hostilité du temps. De tous les maux possibles, c'est encore là le moindre.

— Bah ! peut-être que les brigands préféreront rester à l'abri...

Pourtant, il y avait des yeux derrière ces buissons. Aurélien en était sûr. Il le sentait. Jamais l'impression d'être épié ne l'avait à ce point étreint. Il percevait si intensément l'empreinte d'une présence que chaque taillis devenait silhouette, et chaque halètement du vent respiration humaine.

D'où vint cependant que le hors-la-loi à la carmagnole bleue, le hobereau aux cent visages, le batteur de landes insaisissable se fît aussi discret qu'une créature imaginaire ? En plein cœur de son territoire, au plus fort de ses concentrations de troupes, il ne tenta pas la moindre intervention à l'encontre du détachement du Perche. Tout au plus dut-il donner pour consigne de surveiller étroitement le convoi jusqu'à ce que celui-ci eût quitté les limites départementales des Côtes-du-Nord. Mais à aucun moment Boishardy ne signala sa présence, et les coteaux alentour restèrent obstinément vides derrière l'épais rideau de pluie.

Quand il comprit que, contre toute attente, on laissait passer sans encombre ses chariots et ses hommes, Métrier se garda bien de chanter victoire. Il n'était pas assez naïf pour imputer au mauvais temps la clémence inespérée des partisans du contumace. Entre Mûr-de-Bretagne et le bois de Caurel, selon les estimations de Bourday, ils devaient être environ quatre mille massés sur un terrain de manœuvre. Quatre mille ! Ce chiffre extraordinaire rendait d'autant plus singulière leur absence d'initiative. Allaient-ils se borner à regarder défiler les renforts du Finistère sans lever le petit doigt pour les intercepter ? Quels mystérieux et inquiétants desseins masquait en réalité ce semblant de mansuétude ?

Pendant que dans les rangs les soldats

accomplissaient un effort héroïque, Métrier se débattait seul contre ses appréhensions. Pour eux, visiblement, le plus dur était derrière et, malgré le temps de chien qui ne désarmait pas, ils s'efforçaient de maintenir le train. Crottés mais soulagés, ils firent une courte étape à Rostrenen, où après quelques heures de mauvais sommeil, ils se remirent en route comme des automates. Dès qu'ils eurent dépassé Carhaix, ils respirèrent plus librement. De toute évidence, le Finistère ne leur inspirait aucune crainte particulière.

Trempés, frigorifiés, éreintés, ils acceptaient d'un cœur vaillant ce surcroît d'épreuves. D'aucuns allaient pieds nus, leurs mauvais godillots ayant rendu l'âme en cours de route. D'autres s'étaient délestés de leurs affaires personnelles pour ne garder qu'un équipement restreint dans un sac presque vide. La plupart des bicornes avaient trouvé refuge sur les vestiges des paquetages qu'ils coiffaient tristement.

Il n'avait pas échappé à l'attention du capitaine que l'état d'esprit de ses hommes s'était sensiblement modifié et qu'un regain de courage leur mettait des ailes aux talons. Une furtive sensation de sécurité les encourageait même à se distraire en se moquant les uns des autres. Leurs ricanements, leurs plaisanteries puériles agaçaient quelque peu Aurélien, mais il n'avait pas le cœur de les rappeler à l'ordre. Pourtant, le laisser-aller qui régnait au sein du convoi ne laissait pas de l'alarmer. Ce n'était pas le moment de relâcher la vigilance. Comment pouvait-il encore le leur faire comprendre sous ce déluge incessant ?

Indécis, Aurélien choisit d'ordonner une halte sous le couvert d'un bois situé à une demi-lieue en deçà de Landeleau.

Là, sous la ramure encore nue des grands

arbres, il permit à ses hommes de reprendre haleine en se débarrassant momentanément de leur barda. Bien qu'il ne fût guère plus présentable qu'eux, il avait sincèrement pitié de leur état.

« Reposez-vous un instant, leur dit-il, et tout à l'heure nous reformerons convenablement les rangs. N'oublions pas que nous sommes des soldats et que, quelles que soient les circonstances, nous représentons la République. Alors, soldats, avant de repartir, nous rectifierons notre maintien et c'est la tête haute et l'allure martiale que nous ferons notre entrée à Ville-sur-Aulne. »

Bertrand lui décerna un coup d'œil critique :

« Tu ne crois pas que ton sermon est inadéquat ? Regarde-les, ils n'en peuvent plus. La tête haute et l'allure martiale, ce sont des termes de caserne qui ne s'appliquent guère à nos pauvres gars.

— Tu penses peut-être que je ne le vois pas ? Est-ce une raison pour tolérer la pagaille ? Souviens-toi de notre arrivée à Rennes et des quolibets dont on nous a accablés. Tous ces braves garçons ne méritent pas qu'on se moque d'eux. »

Aubry hocha la tête et se mit en devoir de circuler entre les groupes afin de dispenser ses encouragements et ses exhortations. Parmi les troupiers, quelques-uns avaient conservé un quignon de pain ou un biscuit qu'ils grignotaient en silence, le regard vide de toute expression. D'autres buvaient à petits traits l'eau tiède de leur gourde. Ils s'étaient laissés tomber par terre sur le sol mouillé, le dos calé contre leur sac, la tête abandonnée, trop las pour apprécier ce bref répit. Indifférents aux intempéries, les chevaux broutaient placidement les jeunes pousses des arbres.

Au bout d'un quart d'heure, Métrier commanda le rassemblement. Un à un les hommes se remirent debout péniblement et formèrent les rangs. Avant de remonter en selle, le capitaine chercha une fois encore à ranimer leur zèle :

« Cette étape est la dernière, leur annonça-t-il, alors je vous demande de l'accomplir aussi bien que la première qui fut si dure. Vérifiez vos armes, ajustez-les bien, ouvrez l'œil à tout, et surtout, soyez fiers de ce que vous êtes. »

Sans grande conviction, les soldats opérèrent quelques vagues vérifications, rendossèrent leur sac et s'appliquèrent à assujettir la courroie de leur fusil. Quand tout fut à peu près en ordre, le convoi s'ébranla et rejoignit la route où retentissait le crépitement interminable de la pluie.

De Landeleau à Pleyben, le trajet fut morne. La route, ravinée et défoncée en maints endroits, donna du fil à retordre aux conducteurs des chariots. Quant aux fantassins, depuis longtemps rompus aux vicissitudes de la marche, ils se résignèrent stoïquement à patauger dans la boue en faisant le sacrifice des derniers lambeaux de leurs guêtres.

Ils parvinrent ainsi, clopin-clopant, à Pleyben, dernier bourg important avant Ville-sur-Aulne. Le soleil qui ne s'était pas levé de toute la journée leur fit découvrir cette bourgade sous un aspect triste et peu hospitalier. Ils n'eurent pas le cœur de s'attarder à admirer l'imposant ensemble architectural des XVIe et XVIIe siècles composé d'un calvaire et d'un clocher-tour qui donnait à la ville une réelle originalité. L'ombre gigantesque de ce joyau de pierre paraissait écraser le bourg tout entier. Seuls, quelques chiens errant aux abords du placître mettaient un peu de vie dans ce décor austère. Ici comme ailleurs, les habitants semblaient avoir fui.

La colonne s'écoula dans la rue principale bordée de façades grises frileusement serrées les unes contre les autres.

Sur les toits d'ardoise, la pluie rebondissait en petites cascades blanches. De temps en temps, des rideaux s'écartèrent furtivement mais pas un seul visage n'apparut aux fenêtres. Si la région, selon certains témoignages, regorgeait de patriotes, ces derniers brillaient principalement par leur étonnante discrétion.

Il ne leur restait plus que deux lieues et demie à couvrir ; les plus mortelles peut-être pour les jambes des marcheurs, mais Métrier n'était pas fâché des résultats qu'il observait. L'endurance de ses hommes le confondait. Il les avait menés rudement, mais l'épreuve se révélait formatrice. Les volontaires issus des précédentes campagnes s'étaient montrés à la hauteur, quant aux jeunes recrues, leur courage dépassait toutes ses espérances. Certes, le fifre avait ravalé ses trilles depuis longtemps et l'on se traînait pesamment dans les rangs, mais à l'heure où la grogne et les mutineries favorisaient la désagrégation des régiments, le détachement du Perche, lui, gardait une cohésion digne d'une formation d'élite.

Ils suivirent pendant quelque temps le cours sinueux de l'Aulne dont les eaux, à certains endroits, atteignaient le niveau des berges. La rivière semblait sur le point de sortir de son lit.

Elle avait pris une teinte jaunâtre et filait à toute allure vers quelque lointaine écluse. Bientôt, un gros hameau apparut dans une boucle du chemin, aux environs d'un pont qui reliait les deux rives. A première vue, ce n'était qu'un simple agrégat de maisons basses et sans charme transpirant la misère. Mais un peu plus loin, d'autres habitations, plus récentes et plus belles, corrigeaient rapidement l'image miteuse de ce hameau. La petite localité s'appelait Pont-Coblant. Elle tirait ses principales ressources de l'exploitation de l'ardoise, de la culture du lin et du tissage. En dépit des calamités de l'époque, elle poursuivait sereinement son laborieux essor grâce au rôle fécond de la rivière, à ses bateaux, à ses moulins, à ses alluvions.

Bien que la journée fût déjà sur le déclin, une poignée d'hommes s'affairaient encore sur les quais, tandis qu'une longue barque à fond plat manœuvrait au milieu de l'Aulne. A son bord, des mariniers munis de grandes perches la menaient habilement au plus fort du courant. Trop absorbés par leurs opérations, ils négligèrent de relever la tête, ce qui ne surprit personne. Depuis longtemps, nul ne faisait plus attention aux mouvements de troupes.

Au-delà des dernières maisons du hameau de Pont-Coblant, la route épousait les multiples variations du paysage en décrivant d'innombrables lacets. La campagne ondulait mollement entre une palette de petits champs, de garennes, de dépressions, jusqu'au pied de la montagne Noire qu'on apercevait au loin, nimbée de brume. Une pluie fine et pénétrante s'était progressivement substituée aux violentes averses des heures précédentes et le vent ne soufflait plus que par intermittence. La nuit commençait à draper les collines d'un voile gris-bleu.

Tout à coup, un obstacle imprévu força la colonne à stopper brutalement. Métrier qui chevauchait en tête poussa un cri et faillit vider les étriers. Son cheval se cabra dans un hennissement, déclenchant un mouvement de panique qui désarticula le convoi. Une bousculade incontrôlable projeta les soldats les uns contre les autres. Les conducteurs, pétrifiés, tentèrent d'immobiliser les chariots, mais les attelages regimbèrent nerveusement. Avant de comprendre ce qui se passait, les fantassins se trouvèrent entraînés dans un tourbillon inextricable au milieu du peloton de cavaliers complètement affolés. Une même clameur de désarroi jaillit de la mêlée. Des ordres claquèrent dans l'obscurité :

« Pied à terre ! Aux armes ! »

Au même instant, un craquement lugubre déchira l'air, suivi d'un long gémissement. Un arbre s'abattit au travers de la route, interdisant toute retraite. Très vite Métrier prit conscience du piège. Ils étaient bloqués entre deux arbres. Le premier, scié probablement peu de temps avant, leur barrait le chemin. L'autre venait de se coucher sur les talons de l'arrière-garde. Un examen approfondi n'était pas indispensable pour comprendre que le mauvais temps n'était pour rien dans ces dispositifs.

Bon sang ! Bourday est un visionnaire ! se dit Aurélien en sautant à terre.

Curieusement, l'intervention soudaine de l'événement tant redouté lui procurait une sorte de soulagement. La perspective de la rencontre le tonifiait et le pacifiait tout à la fois comme l'annonce d'une délivrance prochaine. L'attente insupportable, l'angoisse, l'alerte permanente, tout cela prenait fin d'un seul coup. Il recouvrait sa liberté, l'entière possession de ses moyens. Redevenu enfin lui-même, il pouvait affronter le danger sans ressentir l'aiguillon de la peur.

Il empoigna son sabre comme s'il devait à lui seul culbuter cette armée invisible. Près de lui, Bertrand chargeait calmement son fusil.

« Attention ! lui souffla Aurélien, ce sont les chariots qu'ils veulent. Ne faisons pas leur jeu s'ils cherchent à nous étourdir. »

Déjà des ombres surgissaient de partout et

encerclaient le détachement. Sur le côté gauche de la route, un ravin dévalait en pente raide jusqu'à la rivière. Sur la droite, une éminence de terrain couverte de broussailles dressait à la verticale une paroi haute d'au moins vingt pieds. De part et d'autre, des formes indistinctes grouillaient dans les fossés et, comme une fourmilière géante, se pressaient en vagues successives aux abords du convoi paralysé.

Aurélien s'accorda le temps d'étudier la tactique de ses agresseurs en s'efforçant d'en évaluer l'importance numérique. Ils accouraient de tous les côtés comme s'ils sortaient de terre. Dès le premier coup d'œil, le capitaine comprit qu'il s'agissait cette fois d'une vraie embuscade. Les chouans obéissaient à un plan d'attaque nettement élaboré. Ils n'étaient peut-être pas plus nombreux que les soldats eux-mêmes, mais ils avaient l'avantage du terrain et savaient tirer un remarquable profit de leurs positions. Leur arsenal de guerre se limitait à quelques armes à feu, mais ils portaient aussi des ustensiles étranges qu'on n'avait guère accoutumé de voir sur les champs de bataille traditionnels : des fléaux, des fourches, des faux emmanchées à l'envers et peut-être aussi des frondes, des couteaux, de vieux sabres. En d'autres circonstances, ce ridicule bric-à-brac aurait fait sourire. Aurélien, toutefois, n'en avait pas envie. S'il fallait se préparer à un sauvage corps à corps, ses hommes étaient épuisés. En outre, les brigands avaient si astucieusement réparti leurs forces qu'il était à peu près impossible d'échapper à leurs coups.

Une première fusillade éclata sur les hauteurs. Des soldats hurlèrent en roulant par terre. Doucement, la nuit se refermait sur le fracas des armes. Bientôt on allait se battre dans le noir.

Aurélien et Bertrand, au coude à coude, tentèrent d'organiser la défense. L'essentiel était de tenir les assaillants en respect aussi longtemps qu'il resterait la moindre cartouche à brûler. A cet égard, le contenu des deux chariots réservait aux soldats d'Alençon de providentielles ressources.

« Feu à volonté ! » cria le capitaine, confiant à cette démonstration de force le soin de prouver aux brigands que chez les républicains les munitions n'étaient pas comptées.

En face, la réplique ne se fit pas attendre et d'autres soldats s'effondrèrent.

Bertrand fondit comme l'éclair sur un noyau de fantassins composé de jeunes recrues terrorisées :

« A couvert ! leur commanda-t-il en les poussant contre les chariots, et baissez-vous, nom d'un chien, si vous tenez à vos oreilles ! »

Les rebelles ajustaient leurs tirs avec une précision diabolique, vidant leurs armes à bout portant sans se soucier des balles qui sifflaient autour d'eux.

« On leur a sûrement promis le paradis », grommela le lieutenant en rentrant la tête dans les épaules.

Cependant, une autre fusillade nourrie acheva de semer l'effroi parmi les chevaux que les cavaliers ne retenaient plus qu'à grand-peine. Rendues folles de peur, quelques bêtes s'échappèrent en ruant des quatre fers par-dessus les soldats à plat ventre dans la boue. Aurélien les vit foncer aveuglément vers le ravin en bousculant au passage une grappe de chouans tapis à flanc de coteau. Aussitôt, il dirigea ses fusils sur les embusqués qui se replièrent prudemment dans l'ombre d'un vieux moulin.

Pendant un bon moment, les combattants s'obstinèrent à croiser le feu sans discontinuer.

Au tir de défense des Bleus, les Blancs ripostaient par un harcèlement incessant en prenant de plus en plus de risques.

Tenir ! Tenir ! Il fallait tenir ! Aurélien serrait les dents sans illusion aucune. Cela ne durerait pas indéfiniment. Les chouans allaient passer à l'offensive, et déjà quelques-uns d'entre eux commençaient à déborder les positions républicaines en les contournant par l'arrière. Ils n'étaient plus qu'à quelques coudées du chariot de queue que la pétarade malhabile des jeunes conscrits rendait vulnérable. Des ordres proférés dans une langue étrangère les guidaient à coup sûr vers les points faibles de la défense tandis que le feu ininterrompu des fusils de chasse et des pétoires leur déblayait le chemin en forçant les soldats à ramper vers de dérisoires abris. D'une minute à l'autre, les armes blanches prendraient le relais, car de toute évidence il importait moins aux assaillants de décimer la troupe que de parvenir rapidement aux voitures. Leur puissance de feu ne valait pas celle des républicains, mais ils avaient bien retenu la magistrale leçon de celui qui les commandait et, contrairement aux petits fantassins, ces gens-là savaient surmonter leur peur.

Chapitre III

CHAUSSE-TRAPE

La maison d'arrêt de Ville-sur-Aulne

Pelotonnée au fond d'une hutte de branchages, sur un matelas de feuilles humides, Nolwen dormait profondément. Elle portait encore les vêtements d'homme prélevés du banc-coffre où Ivona entassait pêle-mêle les pantalons et les chemises de Yann et de Tugdual, et, sur sa tête, le vieux foulard dans lequel elle avait entortillé ses cheveux. Ses doigts recroquevillés et sales serraient convulsivement un vieux pistolet.

Dans la bataille de Pont-Coblant, quand un des gars de Spézet avait coulé à ses pieds, tué net par une balle républicaine, elle s'était précipitée sans réfléchir sur l'arme tombée des mains du moribond. Ensuite, cette arme ne l'avait plus quittée. Faute de balles pour la charger, elle s'en était servie comme elle avait pu, par le canon et par la crosse, aussi longtemps qu'il avait fallu « casser du Bleu » pour atteindre les chariots. Enfin, comme les autres, elle avait déguerpi à toutes jambes dès que Maunoir avait donné l'ordre de décrocher, et tandis que le baron se retirait le dernier, elle avait filé aussi vite que possible en direction de la forêt de Laz en emportant son précieux trophée. Depuis, elle dormait à poings fermés, le pistolet pressé contre elle.

Dans le camp de La Vraie-Croix, en plein cœur de la forêt de Laz, les hommes commentaient à voix couverte les événements de la nuit précédente. Huit de leurs compagnons avaient trouvé la mort au cours de cette nuit, et l'on débattait gravement de la manière la plus convenable de les enterrer chrétiennement sans éveiller l'attention. Déjà, Alan Labadan, le chapelain de Kermoguer, s'était engagé à assurer le service funèbre, mais il restait à définir où celui-ci aurait lieu. Présentement, les cadavres reposaient sous de méchantes couvertures, dans une clairière tout près du camp.

La journée tirait à sa fin et l'ombre s'immisçait progressivement dans les sous-bois. Des corbeaux lâchaient des croassements sinistres en tournoyant au-dessus des arbres comme pour ameuter les autres charognards de la forêt. A tout instant, les paysans craignaient l'apparition des loups que l'odeur de la mort n'allait pas manquer d'attirer. Il en viendrait peut-être une harde tout entière contre laquelle ils ne pourraient rien faire, et ils avaient honte en songeant à ce qu'il adviendrait des corps couchés dans la clairière.

Soudain, l'un des guetteurs perché dans un arbre émit un coup de sifflet strident. A la façon dont il agita le bras, tous comprirent qu'une visite amie s'annonçait. De fait, trois cavaliers surgirent bientôt au détour d'un sentier. Un soupir unanime les accueillit. Il s'agissait du baron, du Major et du chapelain.

« Nolwen ! Nolwen ! réveille-toi ! dit Ludovic en se glissant prestement dans la hutte, monsieur Kristen est là ! vite ! Sors d'ici ! »

Nolwen ouvrit péniblement les yeux :

« Qui est là, dis-tu ?

— Monsieur Kristen !

— Et c'est pour cela que tu me réveilles ?

— Voyons, Nolwen, nous allons enterrer nos frères ! »

Au mot de « frère », elle se dressa brusquement sur son séant :

« A propos de frère, je voudrais bien savoir quand on va s'occuper du mien ! »

Ludovic sourit dans la pénombre :

« Sacrée tête de mule, tu ne changeras jamais. Chaque chose en son temps, ma fille, maintenant nous avons les armes. »

Puis, posant sur elle un regard discrètement admiratif :

« Tu t'es bien battue, Nolwen, cette nuit, pour ça oui... »

Elle prit une expression maussade :

« Qu'est-ce que ça veut dire, se battre ? J'ai fait comme vous autres, voilà tout, et je n'ai pas la moindre idée de ce que cela a pu être. »

Ce disant, elle se leva sans hâte. D'un geste machinal, elle logea son pistolet vide dans la ceinture de flanelle qui lui ceignait les reins, et d'un revers de main envoya voler les feuilles mortes qui s'accrochaient à ses vêtements :

« Allons écouter ce qu'il a à nous dire, fit-elle en rampant hors de son abri, mais gare à lui s'il ne tient pas ses promesses ! »

Dehors, les chouans s'étaient rassemblés autour des trois visiteurs et prêtaient l'oreille aux explications d'Alan Labadan :

« Je me chargerai de faire savoir aux familles que leurs défunts ont été inhumés en bons chrétiens. Plus tard, lorsque les temps seront plus cléments, nous leur ferons de secondes funérailles dans les ossuaires de leurs paroisses. Pour l'instant, il importe de les accompagner dignement jusqu'à leur dernier séjour. »

Le prêtre se dirigea vers la clairière et s'arrêta devant les corps étendus sur le sol :

« Puisque nous sommes obligés de nous cacher pour pratiquer la religion de nos pères, déclara-t-il en s'inclinant devant eux, c'est donc ici que nous transporterons notre église, et Dieu nous approuvera. Jésus n'a-t-Il pas dit qu'Il serait présent partout où des gens se réuniraient au nom de Son Père ? Dieu est donc parmi nous, mes frères. Il ne nous abandonne pas. Souvenez-vous que Son amour est notre plus sûr soutien. »

D'une petite mallette dont il ne se séparait jamais, il sortit les objets du culte et une étole brodée qu'il baisa dévotement avant de la passer autour de son cou. Les chouans s'agenouillèrent.

Kristen de Kermoguer et Maunoir, côte à côte, avaient mis un genou à terre et baissaient la tête en signe de recueillement. Ils portaient tous deux leur épée sur la hanche afin de rendre aux disparus l'hommage des combattants.

En dépit des moyens rudimentaires dont disposait le prêtre, celui-ci fit de son mieux pour conférer à la cérémonie une solennité de circonstance. Il ne manqua pas une seule prière au répertoire des funérailles religieuses. Les participants communièrent d'un morceau de pain bénit, puis entonnèrent à mi-voix des cantiques en langue bretonne, seule forme d'adieux qui sût, en Bretagne, associer la peine à l'espérance.

A l'orée de la clairière, sous le dôme ombreux

d'une jeune futaie, les chouans avaient creusé une fosse profonde. Nul ne connaîtrait jamais l'endroit, sinon les témoins de ces obsèques insolites. C'était, en définitive, la solution qui répondait le mieux aux exigences de la clandestinité. Alan Labadan l'avait bien démontré dans son discours. Il fallait donc se résigner à procéder ainsi.

Un à un, les cadavres furent descendus au fond du vaste trou par ceux-là mêmes qui, coûte que coûte, les avaient ramenés sur leur dos au camp de La Vraie-Croix pour ne pas les abandonner aux mains des Bleus. Pour chacun de ces huit malheureux, on débita encore de ferventes prières, d'innombrables bénédictions, on murmura des adieux intimes tandis que Kristen et Maunoir leur présentaient les armes. Bouleversés, les rebelles laissaient éclater leur chagrin. D'aucuns essuyaient furtivement leurs larmes en songeant à l'ami perdu qu'ils auraient préféré confier à la terre de sa paroisse plutôt qu'à celle de cette fosse commune située en dehors de tout enclos sacré. Et puis, la ferveur des oraisons n'aurait su faire oublier que cette sépulture resterait à jamais sans croix.

Quand les dernières pelletées de terre achevèrent d'engloutir les dépouilles de leurs camarades, les gars s'écartèrent des abords du tertre avec un empressement maladroit. Une légende de la montagne défendait de trop pleurer les morts afin de ne pas alourdir le fardeau de leurs peines. Il fallait, par conséquent, laisser la paix retomber sur ces lieux ; ne point troubler le repos de ceux qui s'étaient mis en marche pour l'autre monde. Pourtant, le respect des lois de l'invisible faisait poindre dans le cœur des compagnons le germe cruel de l'incertitude. Malgré la présence du prêtre, l'abondance des prières, les vapeurs de l'encens, avait-on fait tout ce qui était prescrit pour apaiser les âmes ? Sauraient-elles se satisfaire de ce séjour improvisé dans une terre étrangère ? Ne les condamnait-on pas de la sorte à l'errance des *anaon*[1] ? Le rite du trépas ne transigeait pas avec les règles et, dans ce domaine, mieux valait en faire trop que pas assez. A défaut de quoi, la vengeance des morts poursuivait impitoyablement les négligents.

Kristen de Kermoguer les regardait déambuler par petits groupes, l'air désœuvré et la mine sombre. Dans le malaise silencieux où les plongeaient leurs tristes méditations, il percevait clairement ce qui les tourmentait. Breton lui-même, il avait été élevé dans cette culture particulière de la mort où aux préceptes de la religion catholique s'entremêlaient superstitions, légendes et vestiges d'un culte infiniment plus ancien. La peur engendrée par ces croyances venues du fond des âges participait de la foi au même titre que l'adoration des saints, et il ne serait pas venu à l'idée du gentilhomme de les traiter par le mépris, car ainsi vivait le peuple d'Armorique depuis le commencement des temps, avec ses paradoxes, ses terreurs secrètes et sa naïve loyauté. Les sentiments d'inquiétude et de trouble qui résultaient de ces instants extraordinaires poussaient instinctivement ses hommes vers lui et il sentait qu'ils avaient besoin de l'autorité rassurante de leur chef.

« Allons ! leur dit-il, vous vous êtes battus comme des lions et je suis fier de vous. »

Un frisson d'orgueil leur parcourut l'échine. Ils baissèrent le front avec modestie, mais leur cœur se mit à battre plus allégrement.

« Nos amis peuvent reposer en paix, enchaîna-t-il d'une voix vibrante, ils ont pris une

1. *Anaon* : âme des trépassés.

noble part à la victoire. »

Un silence plana au-dessus de l'auditoire, l'espace d'une pieuse pensée à la mémoire des occupants de la fosse, puis un homme dans l'assistance s'enhardit à poser une question :

« Où sont les armes à cette heure ?

— Dans une cache bien gardée. Les mariniers les ont acheminées en lieu sûr. Les Bleus ne les retrouveront pas de sitôt. »

Nolwen s'était mêlée aux autres et écoutait patiemment. Près d'elle, Ludovic retenait son souffle.

« Sans la complicité des mariniers, souligna encore Kristen, jamais nous n'aurions pu évacuer les caisses aussi vite. Il n'y avait d'autre issue que par la rivière. Par bonheur, elle était presque en crue. »

Des sourires éclorent ici et là. C'était bien la première fois qu'une crue s'avérait providentielle ! D'ordinaire, elle n'apportait que des calamités.

Émerveillés par cette manifestation éclatante de l'entremise divine, qui, à priori, ne leur avait pas sauté aux yeux, ils entreprirent de se congratuler vigoureusement à grand renfort de bourrades et de claques dans le dos :

« Sans les mariniers hein ! Ah ! Ils ont bien manœuvré, les mariniers ! Et la crue ? Quelle aubaine ! Les barques venaient au ras du chemin de halage !... »

Cependant, Nolwen attendait toujours qu'on eût épuisé le sujet. Pour sa part, elle n'y pensait déjà plus.

« Et maintenant, que faisons-nous ? » interrompit-elle avec sa diplomatie habituelle.

Les yeux du baron fouillèrent vivement les premiers rangs. Il n'avait pas encore repéré la fâcheuse et s'étonnait de la retrouver chez les locataires de La Vraie-Croix. Dès qu'il la vit, ses traits affichèrent une contrariété sans équivoque et leurs regards se rencontrèrent sans plaisir.

« Qu'est-ce à dire ? releva-t-il avec un rictus expressif.

— Vous vouliez des armes et vous les avez. Alors quand allez-vous prendre la prison ? Tous ici nous avons voté pour les deux projets.

— Il n'est pas nécessaire qu'on me rafraîchisse la mémoire pour savoir ce que j'ai promis ! »

Le ton était volontairement sec et désagréable. Nolwen devint écarlate :

« Je vous demande simplement : quand ?

— Lorsque je l'aurai décidé ! »

Maunoir émit un discret toussotement avant d'intervenir dans le débat :

« Nous attendons de connaître précisément l'affectation des nouveaux effectifs de Châteaulin avant d'agir. Il est important que nous sachions combien de soldats nous aurons en face.

— Et si nous arrivons trop tard ? »

Maunoir secoua la tête avec assurance :

« Il n'y a eu aucun mouvement dans la prison depuis l'internement de Tugdual. Il s'y trouve donc encore.

— Dieu vous entende », murmura-t-elle, les yeux baissés.

Maunoir la gratifia d'un regard compatissant. Il la trouvait à cet instant plus émouvante que jamais dans ses habits de paysan qui lui donnaient l'allure d'un jeune garçon et avec ce foulard noué à la matelote d'où s'échappaient des mèches rebelles. Il y avait quelque chose d'attendrissant dans cet étalage de bonne volonté un peu gauche dont Kristen ne semblait pas remarquer l'effort significatif. Elle s'était si bien acquittée de sa mission de messagère, avait déployé tant d'ardeur à Pont-Coblant qu'elle ne méritait pas ces paroles décevantes.

« Qu'allez-vous faire en attendant ? s'enquit le garde avec douceur.

— Rester ici. De toute façon ma mère ne s'attend pas à me voir réapparaître de sitôt. Si je dois revenir à la maison, ce sera avec Tugdual, sinon je n'y reviendrai jamais. Je suppose que vous alerterez en premier les hommes de La Vraie-Croix quand vous serez décidés. Je patienterai donc plus facilement en leur compagnie.

— En toute hypothèse, objecta immédiatement le baron, je n'ai nullement l'intention de vous associer à cette entreprise.

— Mais pourquoi ? s'insurgea-t-elle en rougissant de plus belle, je vous ai montré ce que je pouvais faire et je vous ai aidés comme je vous l'avais promis. Cette fois, il s'agit de mon frère !...

— Le meilleur service que vous puissiez nous rendre, Nolwen Kreïs, serait encore celui de vous taire ! »

*

* *

En dépit de l'attitude injustement hostile du baron, Nolwen n'avait pas fléchi dans sa décision de demeurer au camp de La Vraie-Croix aussi longtemps que nécessaire. Elle avait résolu contre vents et marées d'aller à Châteaulin délivrer son frère et se réservait par avance la joyeuse liberté d'envoyer le hobereau à tous les diables quand ce serait fini. L'humiliante rebuffade dont il avait récompensé la peine qu'elle s'était donnée ne resterait pas sans suite, elle se l'était juré, mais dans l'immédiat, elle avait encore un peu besoin de lui.

Lorsque, quatre jours après les funérailles

clandestines, Arzhel vint annoncer aux hommes de La Vraie-Croix que l'expédition sur la maison d'arrêt était prévue pour le lendemain, elle fit de son mieux pour accueillir la nouvelle avec calme et se mit aussitôt en quête de poudre et de balles pour charger le vieux pistolet qu'elle portait désormais en permanence sur elle. Faute de trouver au camp les munitions utiles, elle conserva son pistolet vide dans sa ceinture et n'en dit rien aux autres. Le lendemain, Maunoir arriva le premier à La Vraie-Croix, peu avant que le soleil eût amorcé son déclin au-dessus de la forêt de Laz. D'entrée de jeu, il entreprit d'exposer aux hommes le plan que monsieur Kristen et lui venaient de mettre au point pour entrer dans Châteaulin et prendre la prison.

Le moment favorable coïncidait avec le départ d'importants détachements affectés aux battues. Le matin même, la cité s'était vidée de la quasi-totalité des effectifs du cantonnement et l'équipement des soldats laissait présumer une absence de plusieurs jours. Quant à la garde nationale qui, elle aussi, collaborait aux recherches, elle multipliait actuellement ses patrouilles sur tout le territoire du district, de sorte qu'à cette heure Châteaulin se trouvait pratiquement sans défense. Enfin, selon certaines informations dont Maunoir ne cita pas la source, la prison ne bénéficiait que d'une protection réduite : un factionnaire à la guérite du pont, un autre à l'avant-poste du corps de garde et, à l'intérieur, le concierge ainsi que deux ou trois membres de la garde nationale. A priori, elle ne semblait pas renfermer un grand nombre de prisonniers, ce qui justifiait certainement la diminution notable des factions.

Pour conclure, Maunoir précisa encore que monsieur Kristen les rejoindrait tout à l'heure et qu'il prendrait part en personne à l'action.

Puis, il mentionna succinctement que certains recevraient un fusil républicain mais négligea de donner le nom des heureux bénéficiaires. Ensuite de quoi, il s'éloigna du camp pour se poster à l'entrée d'une allée forestière où il se mit à faire les cent pas.

Bien qu'il n'eût guère de raisons valables de s'inquiéter, le Fouesnantais se sentait anormalement nerveux. Plusieurs fois, déjà, il avait tiré sa montre de la poche de son gilet puis l'avait rangée d'un geste mécanique sans avoir vraiment noté l'heure qu'elle indiquait. Ce n'était pas tant la course des aiguilles qui le préoccupait que le murmure obsédant d'une petite voix intérieure dont il connaissait parfaitement la vocation prémonitoire. C'était cette même petite voix qui l'avait alerté, quelques années plus tôt, en Virginie, lorsque dans une sale embuscade tendue par les Anglais il avait récolté une blessure à la joue qui aurait pu lui emporter la tête. Depuis cette époque, il avait appris à l'écouter et elle ne l'avait jamais importuné en vain.

Aujourd'hui, il l'entendait encore réitérer ses mises en garde et prophétiser le malheur comme si quelque chose, dans cette expédition, allait mal tourner, et il avait beau marteler de ses bottes brunes le sol détrempé de l'allée forestière, la voix ne se taisait pas. Pour un peu, il en serait venu à souhaiter que l'affaire fût ajournée.

A maintes reprises, son regard avait effleuré la petite silhouette de Nolwen, campée à quelques pas de lui et, plus qu'aucun de ses compagnons, la jeune fille semblait suspendue au moindre de ses gestes. Tout son être traduisait la tension extrême avec laquelle elle guettait, elle aussi, le signal du départ. Une crosse de pistolet pointait hors de sa ceinture et elle cramponnait un lourd *penn baz*[1] comme pour

1. Ferte, gourdin.

concentrer ses forces sur le seul objet qu'elle pût serrer dans ses deux mains à défaut de fusil.

Il s'était prudemment abstenu de lui laisser entendre qu'elle serait du nombre et ne l'avait même pas associée aux préparatifs, mais de la voir si farouchement déterminée rendait presque insupportable l'idée de la décevoir encore. Depuis cinq jours elle ne vivait parmi les chouans que dans l'attente de ce moment et il suffisait de la regarder pour comprendre ce que cela représentait pour elle. Personne, pas même lui, Maunoir, n'aurait pu prévoir avec quel acharnement têtu elle se lancerait dans l'aventure.

Bientôt, les sentinelles apostées ici et là dans les fourrés annoncèrent l'arrivée du baron. Kristen de Kermoguer était exact au rendez-vous, cela signifiait qu'on s'en tenait à ce qui avait été prévu. Aussitôt, Maunoir choisit de passer sous silence ses sombres pressentiments.

Kristen était venu à pied et il se dirigea tout droit vers le garde forestier :

« Simon vient de me faire savoir que la voie est libre, lui dit-il à mi-voix. La garde nationale ne rentrera pas avant le milieu de la nuit, la colonne mobile marche sur Locronan et les soldats sont tous occupés à ratisser la région. Quant aux volontaires de Landévénnec qui étaient descendus à Châteaulin pour s'approvisionner, ils sont repartis ce matin. Nous pouvons nous mettre en route.

— Rien de changé pour la prison ?

— Rien. Depuis plus de trois semaines elle n'a connu aucun transfèrement. Tugdual est toujours enfermé dans la chambre criminelle. On ne s'est pas encore beaucoup soucié de lui, à ce qu'il paraît, puisque nous avons donné aux

Bleus de quoi se divertir.

— Combien d'hommes prendrez-vous ?

— Il n'est pas utile d'y aller en force. Ce n'est pas une forteresse, et puis, si nous sommes trop nombreux, nous risquons de nous faire remarquer.

— N'avions-nous pas prévu une douzaine ?

— Huit suffiront : quatre avec moi; quatre avec toi. Je te laisse le soin de me désigner les meilleurs. »

Une fois encore, le regard de Maunoir tomba fortuitement sur Nolwen. Elle n'était jamais à plus de dix coudées de lui, à l'affût de chaque mot, de chaque signe. Il la vit se tendre comme un arc, les deux mains crispées sur son bâton, la bouche entrouverte. Mais le baron avait suivi le mouvement des yeux de son lieutenant :

« Non, Maunoir ! Certainement pas elle. Elle est trop concernée. Je veux des gens de sang-froid.

— Elle ne s'est pas si mal comportée jusqu'à présent. Pourquoi lui interdire de se joindre à nous ? Tugdual sera sans doute heureux de la voir.

— Les sentiments n'ont pas leur place ici, Maunoir, et à mon avis ils perturbent singulièrement ton jugement.

— Allons, Kristen, suis-je homme à me tromper dans mes choix ? Si vous n'en voulez pas, je la prends, voilà tout. Je suis sûr que je ne le regretterai pas. »

Le baron laissa échapper un soupir d'agacement. Cette manie de prendre à tout propos le parti de Nolwen lui portait sur les nerfs, mais il devait bien admettre que Maunoir, d'ordinaire, ne s'entourait que de gens judicieusement triés dont il n'y avait jamais eu à se plaindre. Pour le recrutement, Kristen s'en remettait aveuglément à lui et, dans le cas présent, on imaginait mal que Maunoir, tout à coup, pût agir par caprice.

« Soit ! capitula Kermoguer sans entrain, enfonce-lui un chapeau sur la tête et dis-lui de me suivre en silence. Si, chemin faisant, elle a le malheur d'ouvrir la bouche, je la fais jeter dans un ravin ! »

Maunoir n'eut pas à se donner la peine de transmettre l'invitation à l'intéressée. En un clin d'œil, Nolwen s'était procuré un chapeau, s'en était couvert la tête jusqu'au nez et s'était rangée derrière Kristen. Pour elle, le compte à rebours venait de commencer.

Ils n'étaient donc que huit à avoir été sélectionnés pour descendre sur Châteaulin et, selon la répartition fixée par le baron, quatre d'entre eux formaient le groupe de Maunoir et les quatre autres – dont Nolwen – celui du hobereau. Les premiers portaient crânement sur leur épaule les fusils du convoi d'Alençon. Les seconds se contentaient d'un armement plus léger qu'ils dissimulaient soigneusement sous leurs vêtements. Seule de la troupe à trimbaler sous sa veste un pistolet vide, Nolwen faisait exactement comme s'il était chargé.

La première partie du trajet s'effectua à un rythme soutenu et, aussi longtemps qu'ils n'eurent qu'à emprunter les chemins familiers de la Montagne, les chouans marchèrent sans précaution particulière, sagement groupés derrière Maunoir et le baron qui leur ouvraient la voie. Cependant, dès qu'ils virent autour d'eux le paysage s'adoucir et se fondre aux vertes sinuosités du bocage, la bande se disloqua. Des petits champs clos griffés de frais labours annonçaient les terres riches de la vallée de l'Aulne. On approchait de Châteaulin.

Maunoir et ses hommes suivirent dès lors un itinéraire différent afin de gagner séparément le quartier de la prison. Le plan prévoyait la rejonction des deux groupes au niveau de l'avant-poste du corps de garde, à l'heure très précise de la relève. A Kristen et à ses compagnons revenait la délicate mission de traverser le bourg sans se faire repérer. Une fois parvenus à la guérite du factionnaire, ils devaient s'assurer que Maunoir et ses fusils les avaient bien rejoints avant de passer à l'action. Si tout se déroulait comme prévu, ils disposeraient ensuite de quelques secondes pour tromper la vigilance de la sentinelle.

Quand la petite ville fut enfin en vue, Kristen ordonna une halte afin de réitérer ses consignes : avant tout, passer inaperçus ; adopter l'allure de simples promeneurs ; s'abstenir de parler. Quelqu'un dans le bourg guettait leur arrivée et devait leur adresser un signal. Si le signal était mauvais, il fallait renoncer sur-le-champ et rebrousser chemin sans précipitation. Il souligna cette ultime recommandation d'un regard appuyé à l'adresse de Nolwen : renoncer, s'en aller avec calme et surtout, surtout, obéir sans protester. Elle battit des paupières mais ne répondit rien.

Ils se laissèrent glisser au bas de la colline par laquelle ils étaient venus et pénétrèrent dans la cité. Une animation de fin de journée peuplait encore les ruelles et les berges de villageois affairés. Au bord de la rivière, des hommes étendaient des filets, halaient leurs petites barques, empilaient des casiers vides. Des femmes encombrées de cabas, leurs marmots dans les jupes, se dépêchaient de rentrer pour le repas du soir. Des explosions de rires jaillissaient des maisons où l'on servait du vin.

Sans doute parce qu'ici le fanatisme patriotique était inexistant et la loi des Suspects quasi ignorée, le baron et ses acolytes n'eurent aucun mal à traverser le bourg. Ils enfilèrent tranquillement le chemin boueux qui longeait la rivière, rasèrent quelques masures grouillantes et enfumées et prirent résolument la direction de la maison d'arrêt. Au-dessus de leurs têtes, la masse sombre du château fort, lourdement campé sur sa motte castrale, brandissait ses murailles meurtries sur un fond de ciel incandescent.

Des mouettes décrivaient des arabesques blanches au-dessus du cours limoneux de l'Aulne où ballottaient des poissons morts et des franges d'écume rousse. Personne ne prêta attention aux cinq flâneurs venus prendre le frais le long de la rivière et que semblait écœurer la pollution de l'eau.

Kristen fut le seul à apercevoir le signal puisque lui seul en connaissait la nature et la provenance. Il n'en fit pas état mais entraîna son groupe vers l'avant-poste du corps de garde.

Dans la guérite, le factionnaire comptait les dernières minutes de son service en oubliant un peu les ennemis imaginaires contre lesquels il était censé défendre la cité. Il commençait à battre la semelle, anxieux de voir arriver la relève. La faim le tenaillait et il devenait urgent pour lui de satisfaire un besoin naturel à l'abri des regards. Depuis un moment, il avait cessé d'arpenter le périmètre de sa guérite et s'usait les yeux à scruter le chemin riverain où devait apparaître d'une seconde à l'autre le camarade chargé de le remplacer. Ce qui se passait aux alentours ne l'intéressait plus.

Parce qu'il s'était sensiblement écarté de son poste et que, obstinément tourné vers la berge, il négligeait de regarder ailleurs, le jeune homme ne vit pas les silhouettes furtives glisser le long de sa guérite puis se fondre dans l'ombre grise du mur qui formait l'angle de la rue. Il ne vit pas davantage les quatre autres créatures contourner la sinistre bâtisse par l'issue opposée et venir se plaquer contre ce même mur. Bref, il ne vit rien de ce qui aurait dû l'alerter et peut-être lui coûter la vie. En revanche, quand il aperçut enfin un uniforme de la garde nationale venir vers lui au pas de charge, il crut l'heure de la délivrance arrivée et, sans attendre que son camarade l'eût rejoint au corps de garde, s'élança au-devant de lui, le fusil à bout de bras, pour une relève si peu réglementaire qu'il en délaissa sa guérite et son poste.

Le baron saisit cet instant pour gagner d'un bond la porte de la prison. Moins d'une seconde après, Nolwen en avait fait de même sans le consulter. Ils se regardèrent, étonnés de la parfaite simultanéité de leurs réflexes dans cette action de pure improvisation. Kristen, néanmoins, réprima un juron. Il avait été convenu que lui seul devait tenter tout d'abord de forcer la porte. Cette opération, du reste, ne constituait pas un exploit car, ainsi que le constata Nolwen avec stupéfaction, il détenait sur lui un objet qui ressemblait fort à une clef. Comment se l'était-il procurée ? Elle eut à peine le temps de se le demander. La clef entra sans coup férir dans la serrure.

Tous les sens à l'affût, les muscles bandés, Nolwen se prépara à foncer droit devant elle jusqu'à la geôle de Tugdual. La serrure, d'un modèle ancien, ne comportait aucune fantaisie de sûreté. Le pêne coulissa dans la gâche avec un bruit de raclement. Les gonds gémirent. Kristen sauta vivement le seuil et fila comme une flèche vers l'escalier de pierre qu'on distinguait à peine dans le noir. C'était au premier étage qu'étaient regroupées les chambres criminelle et civile de la maison d'arrêt où l'on enfermait sans distinction prévenus et inculpés.

D'un élan assuré, il prit l'escalier d'assaut, un pistolet dans chaque main et Nolwen dans son sillage comme reliée à ses talons par un fil invisible.

Soudain, un cri rauque retentit au-dessus de lui. Quelque chose de bleu dansa devant ses yeux. Un soldat venait de surgir dans la pénombre, le fusil pointé, prêt à faire feu. Avant même que Kristen eût conscience du danger, une main plus rapide, d'un coup de crosse lancé à toute volée, expédia l'importun au royaume des songes.

« Quel poignet ! » ironisa le baron entre ses dents sans se retourner.

Mais au moment où il atteignait le palier, une violente bousculade brisa net son élan. D'autres soldats, alertés par le bruit, venaient de se ruer sur lui. Sous le choc, les armes du gentilhomme voltigèrent par terre et il se retrouva seul et désarmé au cœur d'une mêlée furieuse. De toute la force de ses poumons il hurla la retraite pour Maunoir et les autres en se débattant comme un fou. Ce qui lui tombait dessus ressemblait à un déluge de coups, mais il baissa la tête et la rage décupla sa puissance. Le corps cuirassé, il se mit à frapper avec une vigueur inouïe, une énergie forcenée, ouvrant à coups d'épaules le cercle de ses assaillants. Des clameurs et des mugissements fusaient à chaque charge tandis que des poignes maladroites piochaient ses vêtements et s'agrippaient à lui comme des pinces de crabes. Il succombait peu à peu, malgré tout, sous le nombre, mais tel un animal sauvage il défendait éperdument sa liberté plus que sa vie.

Il ne fallut pas moins de quatre vigoureux soldats taillés comme des garçons bouchers pour lui maîtriser bras et jambes après l'avoir sonné d'un grand coup sur la nuque. Les autres s'empressèrent de le ceinturer avant qu'il pût se dégager. Du sang lui coulait dans les yeux. La fièvre le ravageait. Il se cabra encore, frémissant de fureur impuissante, puis une douleur aiguë dans la région du crâne le ramena à la réalité et il se découvrit captif.

Alors, seulement, il se demanda où était passée Nolwen. La dernière fois qu'il l'avait vue, elle sautait par-dessus le soldat qu'elle venait d'assommer avec son pistolet et attaquait les degrés de pierre avec l'ardeur d'un jeune cabri. Ensuite, elle avait disparu dans la bagarre, comme happée par le tourbillon bleu, et il ne l'avait pas revue depuis. Machinalement, il la chercha des yeux dans le vague mouvement de houle qui agitait encore leur ridicule champ de bataille et finit par l'apercevoir, prisonnière d'un faisceau de bras. Les soldats qui l'entouraient attestaient par le désordre de leur tenue qu'ils ne l'avaient pas vaincue sans mal. A l'évidence, la petite paysanne n'acceptait pas la reddition et, tout en se démenant sauvagement, infligeait de fougueuses ruades aux jambes guêtrées de ses vainqueurs. Hargneux, ceux-ci l'abreuvaient d'injures et de brutalités. Tout à coup, une exclamation troua le vacarme des grognements :

« M... les gars ! Celui-ci c'est une fille ! Hé ! Regardez un peu ! C'est une fille que j'vous dis ! »

Le chapeau de Nolwen venait de voler par terre, libérant aussitôt la cascade fauve de ses cheveux.

« V'là t-y pas qu'y nous envoient des donzelles à c't'heure ! Y a donc pu' d'gars dans c'foutu pays ? »

La goguenardise des républicains dissimulait mal la gêne que leur inspirait une telle découverte. Se mettre à tant de monde pour dompter une pucelle, pas de quoi pavoiser ! Et pourtant, ils n'y étaient pas allés de main morte ! Leur vanité de mâles quelque peu chiffonnée, ils optèrent pour la paillardise, seul moyen pour eux de sauver la face à peu de frais :

« Crénom ! Un beau morceau que c'te brigande ! S'embêtent pas, les papistes ! Voyons un peu si c'est une vraie femelle et non un gars déguisé en fille. Nous, on doit tout vérifier, pas vrai ? Y sont tellement rusés, ces enragés d'royaux ! Faut voir... faut voir... »

Des rires gras encouragèrent l'auteur de la suggestion. La perspective de l'exploration les dédommageait d'ores et déjà de l'embarras que Nolwen leur avait causé. Les regards s'allumèrent et de mauvais sourires éclorent ici et là. Des mains enfiévrées s'emparèrent alors de la chemise de Tugdual et l'écartèrent brutalement. Des doigts s'insinuèrent sous l'étoffe, palpant, fourrageant, inventoriant à plaisir et, bien que le buste de Nolwen eût révélé d'emblée ce qu'il en était, ils voulurent pousser le souci de vérification aux investigations les plus indignes. Bientôt, la chemise malmenée sortit de la ceinture, le col s'échancra jusqu'aux épaules, une manche rompit.

Réduite à merci, pantelante et comme hors de son propre corps, Nolwen subissait sans réagir l'outrageant examen. Le sentiment amer de l'échec l'emportait sur celui de l'humiliation et il ne pouvait rien lui arriver de pire que de perdre Tugdual pour la seconde fois. A présent les soldats pouvaient bien s'amuser d'elle, flétrir de leurs sales pattes sa chair de paysanne, tout lui était indifférent parce qu'aucune souffrance n'était à la mesure de son désespoir.

Son regard détaché plongea dans les ténèbres du couloir comme pour se détourner du spectacle pitoyable qu'elle offrait à ses profanateurs. A demi dénudée, la fierté en lambeaux, elle attendait passivement la fin de leur ignoble jeu. Au même instant, la rude figure du baron lui apparut soudain, cernée d'un pâle halo de lumière provenant d'une lointaine fenêtre. Elle reconnut immédiatement les fortes mâchoires, le front incliné, l'épaisse toison brune de son singulier compagnon d'infortune, mais elle croisa surtout ses terrifiants yeux noirs. D'où vint que cette fois elle n'en eut pas peur comme à l'accoutumée ? Pourquoi se sentit-elle rassurée de les voir braqués sur elle avec cette expression inhabituelle d'indignation et de pitié qui tout à coup lui faisait chaud au cœur ? Ils semblaient si solidaires de sa détresse qu'elle s'y accrocha désespérément comme à une main tendue au bord d'un précipice.

Lorsque la voix du gentilhomme, vibrante de colère, claqua dans la moiteur glaciale des murs de la prison, ce fut comme si ces murs s'effondraient d'un seul coup, emportant dans leurs ruines toute la hideur de ces abominables instants :

« Arrêtez ! Vous n'avez pas le droit de la traiter ainsi ! »

Il n'en dit pas davantage. Nolwen ferma les yeux et sut qu'elle se souviendrait toujours de ce cri qui lui rendait sa dignité.

« Pas le droit ? ricana un des soldats, mais nous avons tous les droits ici, citoyen, parce que nous sommes la loi. Nous avons même celui de te clore le bec ! »

Le poing brandi devant Kristen, il illustra sa déclaration d'une grimace de dogue tandis que les autres s'acharnaient de plus belle sur Nolwen :

« Paillasse de royalistes ! T'auras ton baptême républicain. Pour nous t'es qu'du gibier de potence. On f'ra c'qu'on voudra d'toi, et tout d'suit' même ! »

De nouveau, elle supporta sans broncher les insultes et la violence. Ils lui empoignaient les cheveux, lui soufflaient leur haleine au visage, mais ils ne parvenaient pas à lui arracher une plainte. L'intervention de Kristen l'avait sauvée du désarroi et lui donnait maintenant la force de les mépriser.

Soudain, une autre voix, inconnue celle-là, s'éleva sèchement d'une pièce voisine :

« Il suffit, soldats ! »

Les fautifs interrompirent instantanément leur tohu-bohu et s'immobilisèrent autour de leurs prisonniers. L'homme qui venait de parler émergea lentement de l'obscurité. Le rai de lumière lunaire qui nimbait le visage de Kristen balaya également le sien. Il était mince et irrégulier, grêlé de petite vérole.

« Citoyen lieutenant, se hâta d'expliquer l'un des soldats, nous avons arrêté ces deux malfaiteurs qui tentaient de s'infiltrer dans la maison d'arrêt. »

L'officier ne répondit pas tout de suite et se borna à dévisager les deux captifs :

« Une chance pour vous, soldats, qu'ils n'aient été que deux... »

Puis, reportant sur ses hommes un regard sans indulgence :

« Jusqu'où seriez-vous allés si je ne vous avais rappelés à l'ordre ? La République serait-elle servie par des soudards ? Comptez sur moi pour en faire part au capitaine Métrier. Je ne crois pas devoir vous complimenter, messieurs, ni pour cette arrestation, ni pour ce que je viens de voir. Quant à toi, ajouta-t-il à l'adresse de Nolwen, ne crains rien, il ne te sera fait aucun mal si tu restes tranquille. Je me nomme Bertrand Aubry. Et toi, comment t'appelles-tu ? »

Nolwen se dispensa de répondre.

« Bien, nous verrons cela plus tard. Peut-être que ton compagnon, lui, comprend un peu le français. Quel est ton nom, citoyen ? »

Kristen se tut pareillement.

« Vous ne voulez rien dire ? C'est votre droit. Seulement vous êtes entre nos mains, alors est-il bien indiqué de jouer les fortes têtes ? Dans l'immédiat, je me vois dans l'obligation de vous mettre sous les verrous. Vous partagerez la même cellule. Ce n'est pas très convenable, j'en conviens, mais vous subirez l'inconfort de cette situation aussi longtemps que vous ne nous donnerez pas de bonnes raisons de vous relâcher. »

Sur un geste du lieutenant Aubry, les soldats entraînèrent leurs prisonniers dans une des geôles du fond, celle que l'on désignait sous le nom de « chambre criminelle ». Kristen et Nolwen y furent précipités sans ménagement et allèrent s'écraser contre un mur, mais leur plus grand désappointement fut encore de constater que la pièce était vide !

« Je ne puis vous promettre, déclara encore le lieutenant depuis le seuil de la porte, que vous passerez une nuit paisible. J'ai fait prévenir le capitaine Métrier qui tiendra sans doute à vous entendre au plus vite. Aussi, ne vous endormez pas. A vous revoir, citoyens. »

Tout en estampillant son salut d'un sourire narquois, Aubry ordonna de verrouiller la porte et désigna deux hommes pour la garder.

Abasourdis, les membres endoloris et la tête en feu, Kristen et Nolwen se regardèrent d'un air déconfit. Ils venaient d'échouer dans la cellule qu'ils se proposaient précisément de vider et, comble d'ironie, découvraient à cette occasion que cette maudite cellule ne contenait aucun détenu. De surcroît, l'endroit était lugubre à souhait, sombre et humide, et ne mesurait pas plus de quinze pieds de long sur un peu moins de large. Leur équipée s'achevait de façon grotesque, mais ils n'avaient pas envie de rire.

« Êtes-vous blessée ? s'enquit le baron sur un regard maussade

— Je ne crois pas. Mais vous, vous avez du sang sur votre paupière droite.

— Je suis entier, c'est le principal », fit-il en s'épongeant succinctement d'un revers de main.

Avisant l'état lamentable de ses vêtements, Nolwen en rassembla gauchement les morceaux afin de cacher ce qu'ils laissaient de trop visible. Le baron détourna la tête avec tact bien qu'ayant, tout comme les soldats, largement évalué le contenu de sa chemise.

La malheureuse n'était pas si mal faite, mais son exhibition l'avait scandalisé. Et puis, il n'avait pas l'esprit à cela.

D'une étroite fenêtre munie de trois barreaux filtraient les dernières lueurs du jour qui s'étiolait. La pièce baignait dans une pénombre bleutée où les yeux pouvaient tout juste appréhender les formes. Les murs exhalaient une fraîcheur humide qui empestait le moisi. Le plancher poussiéreux craquait à chaque pas. Sous son manteau de pierres nues, une cheminée bâillait, vide de ses cendres et le foyer refroidi depuis des lustres.

Kristen s'approcha de la lucarne et, prenant appui sur le rebord, colla son front sur les barreaux :

« Du diable si j'arrive à comprendre ce qui s'est passé !... » maugréa-t-il en frappant rageusement les barres de fer.

Nolwen qui s'était assise par terre leva les yeux vers lui :

« Que va-t-il nous arriver maintenant ?

— Je suppose qu'on va nous harceler de

questions, nous pousser aux aveux, nous faire passer en jugement ici ou ailleurs, nous expédier à la forteresse de Brest, que sais-je encore ? Cela pourra durer des mois ou se régler en une semaine. Dans tous les cas nous sommes dans de vilains draps.

— Maunoir pourra peut-être nous aider...

— En aura-t-il la possibilité ? A-t-il pu s'échapper ? Il m'a semblé entendre des coups de feu au-dehors tout à l'heure.

— Et Tugdual, pourquoi n'est-il pas ici ?

— Si seulement je le savais ! Mes renseignements certifiaient pourtant qu'il n'avait pas été transféré. Nous aurions dû théoriquement le retrouver dans cette geôle.

— Vos renseignements vous avaient-ils également prévenu de la présence de ces soldats qu'on disait occupés aux battues ? »

La question abrupte et sans détour de la jeune fille réveilla la vieille antipathie du baron :

« Me prenez-vous pour un idiot ? Aurais-je organisé cette expédition si j'avais pu me douter ?

— Je ne vous prends certes pas pour ce que vous dites, mais je vois que nous avons été joués. Votre homme dans le bourg a fait le bon signal, n'est-ce pas ? Alors pourquoi sommes-nous tombés dans ce piège ? »

Elle énonçait fort justement ce qui, dans cette affaire, chagrinait tant Kristen. Cela faisait un moment, déjà, qu'il y réfléchissait :

« Il y a deux hypothèses possibles, résuma-t-il en se rapprochant d'elle : ou bien nous avons tous été trahis ; ou bien il s'est produit quelque chose que mes informateurs ne pouvaient pas savoir. »

Elle haussa les épaules :

« Je croyais que vous aimiez tout vérifier par vous-même... Et maintenant, que proposez-vous ?

— Gagner du temps, jouer les imbéciles et embrouiller un peu ces coquins de Bleus. Ils ne doivent pas savoir qui nous sommes, sinon...

— Pour ma part ce sera facile de jouer les imbéciles. Je n'entends pas un traître mot de français.

— Ce n'est pas vrai. Et puis, on vous commettra un traducteur.

— Bof ! Je ne le comprendrai pas mieux. Les gens de la vallée ne parlent pas comme les montagnards. »

Un bruit de clef ferraillant dans la serrure les réduisit brusquement au silence. Nolwen sauta sur ses pieds et vint se ranger auprès du baron.

La porte s'ouvrit sur la personne d'un officier républicain flanqué du jeune lieutenant Aubry qui brandissait une torche devant lui. L'inconnu avait une belle prestance, des cheveux blonds et un visage agréable. Sur la veste de son uniforme d'officier de cavalerie scintillaient les épaulettes de capitaine.

« Tudieu ! Je ne voulais pas le croire, et pourtant c'est vrai », fit-il en examinant Nolwen dont les cheveux entièrement dénoués pendaient de tous les côtés en longues mèches cuivrées. « Les rebelles enrôlent de bien séduisants affidés et, sans vouloir absoudre nos soldats, je comprends un peu mieux leur excès d'enthousiasme. »

Nolwen ouvrit de grands yeux. Séduisants affidés, était-ce là une galanterie ? Cela signifiait-il que cet homme la trouvait jolie ? Elle n'avait pas l'habitude des compliments de ce genre.

« A en juger par ton air étonné, tu sembles comprendre le français, dis-moi », observa finement le capitaine. »

Elle se maudit intérieurement d'avoir sottement donné dans le panneau.

« Je me présente : capitaine Aurélien Métrier, récemment affecté au cantonnement de Ville-sur-Aulne. A qui ai-je l'honneur ? »

On ne savait, d'emblée, ce qu'il fallait penser des manières un peu trop courtoises de ce jeune officier. Son assurance tranquille, sa politesse irréprochable n'étaient peut-être pas exemptes d'un peu d'hypocrisie. Aucun des deux interpellés ne prit le risque de lui répondre.

« Bon ! nota flegmatiquement Aurélien, je sens que nous allons progresser très vite. Il faudra bien pourtant que vous m'expliquiez ce que vous êtes venus faire dans cet endroit si peu hospitalier. D'ordinaire, les gens qui s'y trouvent ne rêvent que d'en sortir. Vous, vous y êtes entrés de votre plein gré. Je présume que ce n'était pas sans de sérieuses raisons. Je vous entendrai donc séparément à ce sujet. »

Il scruta alternativement la frimousse de Nolwen et la mine figée du baron dans l'espoir d'y surprendre l'expression d'un trouble, d'une agitation inquiète, mais il n'y vit rien qui pût le renseigner.

« Je fais donner des ordres pour qu'on vous apporte de la paille et des couvertures, conclut-il sans insister. Ah ! J'allais oublier. Un de vos complices a été relevé mort auprès de la guérite du pont. La sentinelle l'a abattu tandis qu'il s'enfuyait. Il tenait dans ses mains un fusil dont le modèle ne m'est pas inconnu. J'espère que vous pourrez m'éclairer sur la provenance de cette arme. Que la nuit vous soit douce, citoyens... »

Là-dessus, il passa la porte qu'Aubry referma dans son dos et le pêne grinça aigrement dans les ferrures.

Un silence consterné retomba lourdement dans la pièce.

« Mon Dieu, murmura Nolwen, bouleversée, qui donc a été tué auprès de la guérite ? Il ne peut s'agir que d'un des hommes de Maunoir.

— Nous n'allons pas tarder à le savoir, gronda Kristen, les dents serrées. J'espère seulement que ce n'est pas Maunoir lui-même. Comme d'habitude, il se sera sans doute retiré le dernier. »

Cette sinistre éventualité acheva d'exacerber la colère de Nolwen. A bout de nerfs, elle laissa tout à coup exploser sa rancœur :

« Et tout cela pour rien ! Pour rien ! s'écria-t-elle en tapant du pied. Vous nous avez menés tout droit dans une chausse-trape ! Tout est votre faute !

— Du calme ! lui intima-t-il durement, et surveillez vos paroles, on peut nous écouter ! »

Trop emportée pour comprendre ce qu'il lui disait, elle s'en prit violemment à lui :

« Pourquoi n'avez-vous pas laissé Maunoir commander à votre place ? Avec lui, ce ne serait pas arrivé, parce que Maunoir, lui, c'est un vrai chef, il a déjà fait la guerre. Vous, vous ne savez rien et on vous berne comme on veut. Vous devriez à tout jamais renoncer à ce métier ! »

Il la regardait s'enflammer, se dresser devant lui comme un petit coq de combat et s'étonnait de mettre si peu de véhémence à la faire taire. Le regard qu'il posait sur elle était plus curieux que méchant et, pour la première fois, il s'attardait aux traits de son visage. Cette fille avait un fier tempérament et de l'audace à revendre.

Il n'avait pas oublié la manière dont elle avait tenu tête aux soldats. En outre, cette luxuriante chevelure couleur de feuilles mortes lui allait à ravir, ce qui ne gâtait rien. Mais comment diantre s'y prenait-elle pour ne mettre en valeur que le côté désagréable de sa personne ?

Un jour, je la giflerai, se dit-il avec un brin

d'agacement. *Cette écervelée a grand besoin d'être corrigée et, sur mon âme, j'aurai bien du plaisir à m'en charger.*

Après un geste de désinvolture signifiant approximativement : « Je me moque de ce que vous pensez de moi », il lui tourna le dos et s'en alla rejoindre la fenêtre.

A ce moment, le concierge vint leur apporter une brassée de paille fraîche qu'il jeta négligemment sur le plancher ainsi que deux couvertures et deux écuelles remplies d'une soupe claire. Son entrée inopinée eut pour effet immédiat de couper net le réquisitoire débridé de la jeune fille.

« Mangerez-vous ? lui demanda Kristen, légèrement railleur, quand le concierge les eut laissés.

— Je n'ai pas faim. Cette soupe républicaine me resterait au travers de la gorge. »

Elle jeta un œil morne sur la sommaire literie dont on venait de garnir leur cellule, puis se laissa tomber sur la paille :

« Que la nuit vous soit douce, citoyens... maronna-t-elle en singeant les manières du capitaine. Je le retiens, celui-là !

— Je suppose que c'est la première fois que vous dormez dans la paille en compagnie d'un homme. »

Elle releva la tête d'un air si vivement choqué qu'il renonça sur-le-champ à cette forme d'humour. Après avoir équitablement partagé leur mince litière, il alla s'installer à distance respectable d'elle.

Ils ne purent, ni l'un, ni l'autre, fermer l'œil de la nuit et au petit matin, lors même qu'une vague torpeur commençait à les engourdir, on vint les chercher pour un interrogatoire. Les poignets préalablement entravés de liens, ils furent conduits jusqu'à une petite pièce où trônait un bureau surchargé de paperasses. Une croisée à petits carreaux donnant sur la rue laissait chichement filtrer un jour blafard auquel suppléait l'éclairage jaunâtre d'une lampe à huile. Sur le sol mal nivelé, un dallage de grès rouge alignait laborieusement des losanges ébréchés. Les murs transpiraient sous leur badigeon de chaux délavé.

C'était dans ce local qu'on appelait pompeusement le greffe qu'avaient lieu les indispensables formalités d'écrou. Métrier s'y était installé sur une chaise, derrière le bureau, et arborait un air serein et presque souriant. La flamme de la lampe rehaussait son teint de blond en le fardant délicatement de rose, et ses yeux luisaient d'un bleu azuréen.

On poussa sans douceur les prisonniers devant lui. D'un geste, il congédia les gardes.

« Bien ! commença-t-il dès qu'ils furent seuls, nous allons reprendre depuis le commencement. J'espère que la nuit vous a porté conseil. Il me faut avant toute chose connaître vos nom, prénom, âge et qualité, ceci afin de les consigner dans ce registre. Vous le savez peut-être, c'est la règle. Honneur aux dames. Je t'écoute, citoyenne. Qui es-tu ? D'où viens-tu ? »

Nolwen feignit de ne pas comprendre.

« Je te demande ton nom, citoyenne ; quel est ton nom ? »

Nouveau silence. Métrier esquissa un rictus ironique.

« Es-tu ignorante à ce point de notre belle langue française ? Je n'en suis pas entièrement persuadé. N'importe. Nous allons donc procéder autrement. Garde ! »

Un des soldats qui avaient pris position derrière la porte entra.

« Qu'on fasse venir Thomas ! »

Moins d'une minute plus tard, le dénommé

Thomas fit son entrée. En le voyant paraître, Nolwen sentit son sang se glacer dans ses veines. Thomas Le Goff était une des figures les plus connues de la colonne mobile. Elle l'avait aperçu plusieurs fois à Kerambraz et dans les villages voisins, lors de tournées d'inspection effectuées dans le district. Sa parfaite connaissance de la montagne Noire en faisait un précieux auxiliaire pour les républicains. C'était un garçon du pays, l'un des tout premiers volontaires de la garde nationale locale et on lui prêtait une participation active dans la plupart des arrestations ayant eu lieu jusqu'à ce jour.

Thomas était ce qu'il est convenu d'appeler un « beau gars ». Séduisant de visage, la taille avantageuse, le sourire charmeur, il avait tout ce qu'il fallait pour plaire, et cependant il n'en était pas moins un sinistre individu. Sournois, sans scrupule, dévoré d'ambition, il ne reculait devant rien pour assurer sa carrière et servir ses propres intérêts sous un régime qui, précisément, favorisait la promotion des gens de son espèce.

Dès que Nolwen l'eut reconnu, elle comprit que les événements prenaient un tour fâcheux pour elle, car le garçon n'hésiterait pas à l'identifier formellement. En revanche, il lui parut fort improbable qu'il pût aussi identifier le baron, car il ne le connaissait sans doute pas davantage que la plupart des habitants de la vallée. Alors, elle accepta spontanément l'idée de faire seule les frais de cette confrontation. Ce n'était peut-être là qu'un dérisoire sursis, mais Kristen avait résolu de gagner du temps et pour les républicains, elle n'était que du menu fretin, tandis que lui...

« Thomas, dit Métrier, reconnais-tu ces visiteurs nocturnes ? »

Le jeune homme détailla soigneusement le

baron, puis Nolwen, avant de déclarer sans hésitation :

« Celle-là, c'est la fille Kreïs. Elle est de Kerambraz sur la commune de Saint-Thois. Son père est mort l'hiver dernier.

— Kreïs, dis-tu ? Et l'autre, le reconnais-tu aussi ?

— Je ne crois pas l'avoir jamais vu. Il n'est pas d'ici.

— Réfléchis bien. Son visage ne te dit rien ?

— Rien du tout. Si je l'avais rencontré, je ne l'aurais pas oublié.

— Et que peux-tu me dire d'autre au sujet de la fille ?

— Pas grand-chose. C'est une crève-la-faim de la Montagne comme il y en a tant d'autres.

— Mais encore ? Lui connaît-on des accointances avec les royalistes ? S'est-elle déjà compromise avec les séditieux ?

— Ces derniers temps, on l'a souvent vue avec Arzhel, l'homme dont je t'ai parlé, et puis son frère Tugdual a été arrêté au début de ce mois. On le soupçonnait de faire circuler des messages destinés à la contre-révolution.

— Ah ! Voilà une information importante ! A-t-on pu le confondre ?

— Je l'ignore. Cette affaire a été suivie par le citoyen Fougeyrou pendant que j'étais en tournée et je n'ai pas su ce qui en a résulté. Adresse-toi à lui, il te dira cela mieux que moi. »

Thomas répondait avec l'aisance que lui donnait le sentiment de son utilité. Pénétré de son importance, il semblait fort soucieux de paraître au courant de tout afin de se rendre indispensable au jeune officier fraîchement débarqué d'Alençon.

En entendant le nom de Tugdual, Nolwen n'avait pu s'empêcher de sursauter. Paradoxalement, elle déplorait maintenant que Thomas eût si peu de chose à raconter à ce sujet. Par ailleurs, elle trouvait étrange que le capitaine fût si mal informé. Si Tugdual était encore détenu en ces lieux, l'officier n'aurait-il pas dû le savoir et, partant, faire immédiatement le rapprochement entre le frère et la sœur ? Au lieu de quoi, il s'en remettait benoîtement au rapport incomplet du garde sans vouloir, apparemment, y revenir en profondeur. La piste semblait pour lui dénuée d'intérêt. En revanche, l'imposante personnalité du baron lui inspirait visiblement plus de curiosité. Sans cesse, son regard partait à la rencontre de celui du gentilhomme, comme la limaille est attirée par l'aimant. Le mutisme glacé de Kermoguer, son impassibilité hautaine, sa physionomie peu banale captivaient irrésistiblement l'attention du capitaine.

« Demande à la fille pourquoi ils ont tenté de pénétrer dans la prison hier soir », reprit Aurélien après un court silence.

Thomas se fit fort de traduire la question en y mettant tant d'inutile arrogance qu'il ne s'attira qu'un regard haineux.

« Réponds quand on te parle ! s'entêta-t-il en élevant la voix. Les bourriques de ton espèce, on sait comment les mater. Ton père a travaillé longtemps pour le baron de Kermoguer, je crois, et tu as encore une vieille mère qui n'est plus guère vaillante. Que dirais-tu si on la traînait devant le tribunal révolutionnaire pour avoir pactisé avec un aristo ? »

Les mâchoires de Nolwen tremblèrent légèrement. La menace était grossière, mais Thomas n'avait pas l'air de plaisanter.

« Le baron de Kermoguer ? interrompit soudain Métrier en s'accoudant au bureau, qui est-ce ? Que sais-tu de lui ? »

Ce disant, il avait rapidement tourné vers Kristen un regard oblique et incisif qui fit battre un peu plus vite le cœur de ce dernier.

« Oh ! celui-là ! s'esclaffa dédaigneusement Thomas, on ne le voit jamais. Il est, paraît-il, à peu près ruiné. Son père est mort en 89 et lui ne vaut guère mieux aux yeux du monde.

— Il n'a pas émigré ?

— L'émigration coûte cher.

— Où vit-il ?

— Dans son vieux château, en bordure de la forêt de Laz.

— Et à quoi ressemble-t-il ?

— Je n'en sais fichtre rien. Je ne l'ai jamais vu. »

Métrier resta songeur un bref instant. Les réponses de Thomas le laissaient sur sa faim par leur imprécision, néanmoins elles tendaient à composer de manière subjective un portrait vaguement familier. Où avait-il entendu cette description d'un hobereau farouche terré dans sa Montagne, véritable archétype de la vieille noblesse bretonne obstinément accrochée à ses privilèges et à sa terre ? Quelle mystérieuse intuition lui soufflait tout à coup de s'attacher à cette piste et de ne plus la lâcher ?

« Laisse-nous, Thomas, ordonna-t-il sèchement, je vais les entendre seul à présent. »

Surpris, le garde regimba :

« Mais, citoyen capitaine, tu ne parles pas le breton...

— C'est ma foi vrai, Thomas, mais cela ne m'a jamais empêché de faire mon métier. »

L'ironie mordante de la réplique convainquit Thomas de ne pas insister. Il se retira sans saluer en faisant claquer la porte derrière lui.

Aurélien quitta alors la chaise sur laquelle il était assis depuis le début de l'interrogatoire et fit nonchalamment le tour de son bureau :

« Parlons peu, mais parlons bien, fit-il en changeant de ton, je dois tirer au clair deux affaires récentes dans lesquelles vous me donnez de sérieux motifs de vous croire impliqués. La première concerne bien évidemment votre pénétration en ces lieux, par surprise et pour des mobiles qui échappent à ma compréhension. Soit dit en passant, si le lieutenant Aubry n'avait eu la bonne inspiration d'effectuer une visite d'inspection en compagnie de quelques soldats, je n'aurais pas manqué d'apprendre à mes dépens ce qui vous attirait ici. La seconde affaire, et la plus grave pour moi, est l'attaque du convoi d'armes que je conduisais depuis Alençon. Nous sommes tombés en embuscade à Pont-Coblant et, outre la perte d'une bonne partie de notre chargement, nous y avons eu six soldats tués. J'ignore encore si ces deux coups de main sont liés, s'ils procèdent d'une organisation commune, mais ce dont je suis sûr c'est que l'un de vos complices portait hier soir un fusil provenant de ce convoi. D'une manière ou d'une autre, il faudra que vous me fournissiez de solides explications. Pour ma part, je me fais fort de convaincre l'autorité judiciaire civile de vous déférer devant une juridiction militaire dont votre cas relève incontestablement. Comprenez-vous ce que cela signifie ? »

Il y eut un moment de désordre dans les pensées des prévenus. Bien que préparés à affronter les pires éventualités, l'exposé du capitaine surpassait leurs prévisions. Le fusil trouvé sur leur compagnon mort augmentait considérablement la gravité des charges.

Ils n'étaient plus seulement complices d'une tentative d'évasion mais coupables d'un dangereux fait de guerre. Restait, bien sûr, à le démontrer. Si cette malheureuse trouvaille les rendait plus étroitement suspects dans l'histoire du convoi, elle ne prouvait en rien leur participation à l'attaque de celui-ci. Une présomption de complicité ne constituait pas une preuve formelle de culpabilité. Hélas, la justice républicaine ne s'embarrassait pas de telles subtilités. En outre, il leur restait toujours à apprendre le nom du porteur de fusil dont la mort leur causait un si grand préjudice. Le secret qui entourait encore son identité aggravait leur désarroi.

Métrier s'était approché d'eux et les dévisageait à tour de rôle, avide de surprendre dans leurs yeux, sur leurs traits, une ombre de frayeur, un frémissement d'angoisse. Une fois sur deux, son regard s'arrêtait plus longuement sur Kristen, s'y appesantissait, avant de revenir se poser sur Nolwen. L'homme aux longs cheveux noirs l'intriguait de plus en plus. Tout indiquait que ce n'était ni un paysan, ni un aventurier. Il y avait trop de hauteur naturelle en lui. Mais que faisait-il en compagnie de cette paysanne ignare ?

« Il m'a été donné de lire, tout dernièrement, reprit Aurélien dans un déconcertant coq-à-l'âne, les différents rapports de mon estimable prédécesseur, le capitaine Lamarche, ainsi que quelques autres émanant de la garde nationale, de la gendarmerie, du comité de surveillance. Certains font état de règlements de compte et de persécutions exercés par des bandes armées qui sévissent dans la vallée de l'Aulne et les montagnes Noires. On a même dénombré, semble-t-il, des assassinats de prêtres assermentés et de bons patriotes. On prétend que les brigands agissent sur les ordres d'un homme de haute taille se déplaçant à cheval. Personne n'a encore pu apercevoir son visage qu'il dissimule soigneusement. Il est vêtu d'un grand manteau au col relevé. Nul ne sait d'où il vient ni qui il est, mais toutes les descriptions concordent rigoureusement. Toutes les fois qu'une exécution a eu lieu, l'homme en question était présent. »

Aurélien laissa flotter un silence indéchiffrable avant d'égrener mot à mot sous le nez de Kristen :

« Un homme de haute taille, se tenant très droit en selle et venant d'on ne sait où ; un étranger en quelque sorte... Tu ne veux toujours pas me dire ton nom, citoyen ? »

Kristen se redressa et, sans qu'un muscle de son visage trahît la moindre émotion, enfonça son regard noir dans celui de Métrier. Il savait que fort peu de gens étaient capables de soutenir longtemps l'impressionnante fixité de ce regard, surtout quand la couleur de ses yeux virait ainsi au noir de suie. C'était à la fois une arme redoutable et un puissant moyen de dissuasion. Or, il était temps que ce jeune capitaine fût confronté à ses propres limites en prenant l'exacte mesure de son adversaire. Son habileté en déduction ne faisait pas de lui le maître du jeu.

De fait, Aurélien eut soudain bien du mal à sauver les apparences et, en dépit de ses cinq pieds sept pouces, se sentit subitement rétrécir. Ses joues lui chauffèrent un peu et il s'épargna de justesse le ridicule d'un enluminement intempestif en baissant précipitamment le nez vers les losanges du pavé. Le sentiment fugace et humiliant de son infériorité l'irrita profondément.

« Capitaine, dit alors Kristen, volontiers condescendant, êtes-vous officier ou conteur ? Je croyais que dans votre métier l'action primait le verbe, or il me semble que vous parlez beaucoup. Comment s'étonner dans ces conditions que certains en profitent pour semer le désordre et la confusion dans votre district ? Depuis le début de cette séance, nous avons patiemment écouté chacune de vos histoires. Maintenant, dites-nous en quoi elles concernent notre interrogatoire. »

Aurélien, sidéré, faillit perdre son sang-froid :

« Ça par exemple ! s'exclama-t-il, voilà qui est plaisant ! Mais c'est justement la question que je vous pose ! Et croyez-moi, vous n'avez pas fini de m'entendre vous en raconter, des histoires, car je vais éplucher votre situation comme jamais. Ne le prends pas de si haut avec moi, citoyen. Le régime de la prison t'apprendra à en rabattre et ton séjour ici risque d'être long. »

Furibond, il se détourna de son interlocuteur et reporta son attention sur Nolwen qui n'avait pas encore ouvert la bouche :

« Écoute-moi bien, toi ! Ton sort est lié à celui de cet homme. Si tu n'as rien d'autre à te reprocher que ton incursion dans cette prison, tu pourras bénéficier de la clémence du tribunal. En revanche, si tu ne dis rien, tu subiras le même sort que lui. Je te conseille, par conséquent, de bien peser ta décision. Ne protège pas les vrais coupables. Il ne serait pas juste que tu paies à leur place. »

Nolwen, les yeux ronds, n'en finissait pas de s'étonner qu'Aurélien ne lui posât aucune question au sujet de son frère. Avait-il déjà oublié l'information de Thomas ? Pourquoi s'égarait-il dans ces récits bizarres n'ayant aucun rapport avec le messager des chouans ? Pourquoi, Seigneur ! n'avait-il pas plus de suite dans les idées ? S'il lui avait seulement demandé : « Est-ce ton frère que tu as voulu faire évader ? » elle aurait répondu « oui » franchement, parce que c'était pure vérité, sa vérité, et parce qu'il n'y avait rien d'autre pour elle que cette explication-là. A Pont-Coblant, même, elle n'avait été qu'une simple figurante, animée du seul et naïf désir d'aider les compagnons de son frère à se procurer des armes pour le libérer. Oh ! elle aurait sûrement su dire tout cela en français pourvu que le capitaine pût enfin lui apprendre ce qu'était devenu Tugdual Kreïs !

Mais, curieusement, le capitaine ne lui demandait rien de tel. Il ne s'intéressait qu'au baron, ne se souciait que de le charger, fût-ce en circonvenant sa jeune et fragile complice. Nolwen n'était pas dupe. Un aveu de sa part n'aurait rien changé dès lors que Tugdual n'était pas en cause.

Le silence restait donc sa meilleure parade. Alors elle se tut.

« A ta guise, conclut Métrier qui commençait à se lasser, mais j'y reviendrai aussi souvent que nécessaire. Nous nous reverrons encore, Nolwen Kreïs, tu peux m'en croire. »

Il appela nerveusement les gardes, et les prisonniers furent reconduits à leur cachot.

Les heures qui s'écoulèrent ensuite leur parurent une éternité. Recrus de fatigue, vaguement démoralisés, ils ne purent trouver aucun repos. Dehors, le ciel bas, lesté de gros nuages, avait absorbé le soleil. Privée de clarté et de chaleur, la chambre de détention sombrait dans une grisaille sinistre et la litière de paille s'était déjà imbibée d'humidité.

Depuis la fin de leur interrogatoire et leur retour en cage, ils ne s'étaient pas adressé un seul mot. Chacun restait dans son coin, muré dans son isolement volontaire et dans sa mauvaise humeur.

La pièce avait beau être assez large pour deux, elle leur semblait excessivement petite, bien trop petite pour y loger la gêne et l'animosité qui s'étaient installées entre eux. Ils n'avaient malheureusement rien de mieux à partager.

Peu avant midi, la porte s'ouvrit encore pour livrer passage aux deux gardes précédés du concierge :

« A la soupe là-dedans ! » crut spirituel de

claironner l'employé de la prison en brandissant deux gamelles qu'il déposa par terre.

Ils s'approchèrent avec méfiance des deux quarts de fer-blanc patinés de vieille graisse où figeait une pitance de nature indéfinissable. La fraîcheur plus que douteuse de cette préparation avait un avant-goût de peine de mort et ils ne purent se résoudre à y toucher. Écœuré, Kristen relégua son récipient près de la porte et se satisfit d'un morceau de pain rassis. Nolwen ne tarda pas à l'imiter.

« Même les chevaux on les nourrit mieux que ça ! » bougonna-t-elle en mastiquant une croûte pour laquelle ses dents avaient dû livrer bataille.

« C'est que les chevaux sont plus précieux que nous », maugréa le baron.

Encouragée par cette amorce de conversation, elle s'enhardit à poursuivre sur un ton faussement amusé :

« S'ils continuent à nous soigner de la sorte, ils feront bientôt l'économie de notre procès et le capitaine ne saura jamais ce que nous étions venus chercher ici. »

Kristen consentit à lui grimacer un sourire :

« Il ne le saura jamais, de toute façon, même si nous restons longtemps en vie. Nous ne devons à aucun prix lui céder sur quoi que ce soit.

— Je m'étonne toutefois qu'il n'ait pas encore deviné. Il n'est pourtant pas bête, cet homme-là. La vérité lui crève les yeux et il ne la voit pas. Étrange, non ? Vous êtes-vous déjà demandé pourquoi ? Quand Thomas Le Goff est intervenu, j'ai cru que tout était perdu, mais en fait il ne s'est rien passé de ce que je craignais.

— Ne vous réjouissez pas trop vite, la partie ne fait que commencer.

— Certes, mais je sens que quelque chose

nous échappe, que la réalité n'est pas ce qu'elle devrait être.

— Que voulez-vous dire ? »

Elle s'accorda l'audace de le regarder au fond des yeux avant de lui dévoiler ce qui, depuis un moment, lui trottait dans la tête :

« Et si Tugdual n'était plus ici ? Si on l'avait emmené ailleurs ?

— Impossible ! On m'a affirmé avant-hier encore qu'il n'y avait eu aucun transfèrement depuis plus de trois semaines.

— Oui. Et on vous avait dit aussi qu'il était enfermé dans cette cellule. Or, il n'y est pas.

— On l'aura peut-être changé de place. Peut-être est-il au secret dans le cachot.

— Tout de même. Si on l'avait jugé assez dangereux pour le mettre au cachot, le capitaine n'aurait-il pas dû le savoir ? Et pourtant il n'avait même pas entendu parler de Tugdual avant le témoignage de Thomas. Cela vous paraît-il normal ? Plus j'y réfléchis et plus je pense, moi, que Tugdual a été changé non pas de place mais de prison avant l'arrivée des soldats d'Alençon. »

Il déplaisait fortement à Kristen d'envisager que Nolwen pût avoir raison, et cependant, il devait bien admettre que son analyse ne manquait pas de bon sens. Alors, qui était à l'origine de tous ces faux renseignements ? Certainement pas ceux qu'il appelait ses « informateurs », car ces gens-là étaient trop montés contre les républicains pour faire le jeu de ces derniers. Dans ce cas, comment expliquer cette succession d'incohérences ? Que s'était-il passé vraiment ?

« Bon sang ! rugit Kristen se parlant à lui-même, nous devons trouver un moyen de sortir d'ici au plus vite. Il me tarde d'élucider un certain nombre de mystères. »

Nolwen acquiesça distraitement. Pour le moment, seul le sort de Tugdual accaparait toutes ses pensées.

En début d'après-midi, des gardes vinrent chercher Nolwen en précisant que le capitaine Métrier souhaitait la rencontrer seule. Elle se laissa ligoter les poignets et un des hommes lui prit le bras. Avant de passer le seuil, elle se retourna vers Kristen afin de quêter son éventuel soutien, mais elle le vit si désagréablement soucieux qu'elle eut envie de l'injurier. Visiblement, il ne la croyait pas capable d'affronter seule l'astucieux capitaine, pas plus que de résister à ses arguments fallacieux. Peut-être même la soupçonnait-il de vouloir tirer son épingle du jeu en sacrifiant son complice.

Ce n'était pas seulement une insulte à son intelligence mais aussi une insulte à son honnêteté. Elle en fut profondément blessée mais n'en laissa rien paraître.

On lui fit longer un couloir obscur où s'alignaient deux ou trois portes assez banales ne rappelant que de loin l'intérieur d'une prison. L'une d'elles était ouverte et laissait découvrir un petit réfectoire où des gardes étaient attablés devant des quarts de vin.

Leur conversation animée résonnait dans tout le bâtiment et, bien qu'ils s'exprimassent en langue française, Nolwen comprit qu'ils se racontaient leurs aventures galantes, réelles ou imaginaires, avec des filles du pays. Ils y mettaient une ardeur telle qu'ils en oubliaient toute discrétion, de sorte qu'aux quatre coins de la prison retentissaient des prénoms jetés à la cantonade, assortis de qualificatifs qui auraient fait mourir de honte les intéressées.

Les gardiens de Nolwen ralentirent le pas, alléchés par les récits de leurs camarades et envieux d'y prendre part. A la minute où ils dépassaient lentement la porte, l'un des occupants de la pièce, le seul qui fût debout, affirmait en riant que sa belle lui était dévouée corps et âme et que de plus, la sotte étant superstitieuse, elle l'obligeait à porter sur lui un mouchoir de cou qu'elle avait trempé dans on ne sait quelle fontaine afin de s'attacher la fidélité de son amant. Et là-dessus, d'exhiber fièrement un petit carré de batiste brodé de deux initiales et d'ajouter dans un grand éclat de rire que les coutumes de ce pays avaient du bon quand elles permettaient de faire l'amour tout en servant la République.

Nolwen eut le temps de reconnaître, en la personne du fanfaron indélicat, le détestable Thomas Le Goff. Quant au mouchoir brodé, elle fut instantanément convaincue de l'avoir déjà vu au cou d'une jeune fille de Kerambraz : Isabelle Jezequel.

Poussée par ses chiens de garde, elle passa son chemin en feignant d'ignorer la scène. Du fond de son bureau, Métrier la regardait venir vers lui. Comme à l'accoutumée, il renvoya les gardiens et se carra confortablement contre le dossier de sa chaise sans quitter Nolwen des yeux.

« As-tu réfléchi ? s'informa-t-il sur un ton conciliant. A présent que je connais ton nom il faut que tu m'en dises un peu plus si tu veux que nous nous entendions. Je ne suis pas ton ennemi, tu sais. Je veux t'aider au contraire. »

Il lui parlait sans mépris ni brusquerie mais avec une égalité de ton qui le rendait presque aimable. Un sourire naturel accompagnait chacune de ses phrases comme si l'aveu, avec lui, pouvait facilement devenir confidence.

« A qui obéis-tu ? Qui a préparé et commandé l'attaque de la prison ? Sont-ce les auteurs de l'embuscade de Pont-Coblant ? Que t'ont-ils promis en échange de ta complicité ? »

Debout devant lui, elle l'écoutait sans mot dire tandis que ses questions se succédaient, de plus en plus précises :

« Je sais que tu n'es pas une brigande, mais je n'arrive pas à comprendre pourquoi tu t'es compromise avec eux. Tu es sans doute bonne catholique mais pas fanatique au point de prendre les armes pour défendre ton curé. Du reste, il n'y a aucun prêtre en ce moment dans cette prison. Alors, qu'es-tu venue y faire ? »

Pourquoi s'écartait-il toujours du principal ? Pourquoi, mais pourquoi donc ne songeait-il jamais à Tugdual ? Ce n'était tout de même pas à elle de le mettre sur la voie !

« Tu es de la montagne Noire à ce qu'on m'a dit ? Une contrée où il ne fait pas bon s'aventurer, même de jour, car on y fait de fort mauvaises rencontres : contrebandiers, voleurs de grands chemins, sorciers et jeteurs de sorts, sans oublier les loups qui y font, paraît-il, de terribles ravages. On dit aussi que les secrets de la Montagne sont bien gardés. Fais-tu partie de ceux qui les gardent au mépris de leur propre vie ? »

Elle suivait pas à pas les étapes de son raisonnement en se demandant à chaque instant où il voulait en venir. D'observations en inductions, il alignait tranquillement ses diverses réflexions, faisait les demandes et les réponses, passait à autre chose, revenait sur un point de détail et, ce faisant, embrouillait tant et si bien Nolwen qu'elle s'était mise à redouter d'entendre d'une seconde à l'autre jaillir le nom de Kermoguer. Quoique gênée par sa connaissance limitée du français, elle sentait que la cible du capitaine n'était pas Nolwen Kreïs mais son énigmatique compagnon de cellule.

« A Pont-Coblant, poursuivit encore Métrier

sans transition apparente, il y a eu manifestement des connivences avec les mariniers, ce qui signifie que le coup a été préparé à l'avance. Pont-Coblant n'est pas réputé pour ses affinités royalistes, donc les assaillants venaient d'ailleurs, et ils étaient nombreux. Mais qui a su se rallier le soutien de ces gens ? Qui a pu les séduire, les circonvenir, voire les acheter ? Un chef chouan ? Un gentilhomme, peut-être ? En tout cas, il s'agit sans aucun doute de quelqu'un d'influent. Certains de mes soldats, parmi lesquels le lieutenant Aubry, ont remarqué la présence d'un individu assez grand dont le visage était en partie dissimulé sous un large chapeau. Quand les brigands se replièrent, il fut le dernier à quitter le terrain et on le vit s'enfuir sur un cheval qui l'attendait un peu plus loin. La description de cet homme m'intrigue, je l'avoue. Ne ressemble-t-il pas de façon troublante à celui qui partage ta cellule ? Et n'est-ce pas en quelque sorte le sosie presque parfait de celui dont parlent certains rapports relatifs à des exécutions sommaires ? Lui et toi vous avez été pris ensemble, mais vous n'êtes pas de la même race. En outre, vous ne vous aimez guère et cela se voit. Persistes-tu néanmoins à le protéger par ton silence ? »

Elle n'osait même plus ciller tant son cœur battait vite. Il lui semblait que Métrier tressait un filet autour d'elle et qu'un simple petit geste la précipiterait dans les mailles. Jusqu'à cet instant, elle n'avait pas eu l'impression de protéger Kristen de manière délibérée, sinon en se taisant, mais elle découvrait brutalement que l'attaque de la prison n'était qu'une péripétie comparée à ce que Métrier voulait imputer au baron. Du coup, le témoignage de Thomas Le Goff lui parut soudain négligeable parce que ce n'était pas le pire de ce qui pouvait encore arriver.

« Bien ! Bien ! conclut Métrier au bout d'un moment sans que Nolwen ait une seule fois fait entendre le son de sa voix, j'ai été ravi de bavarder avec toi, mais l'heure tourne et je dois te renvoyer en cellule. Avant de nous séparer, aurais-tu par hasard une requête à formuler ? Oui, je me doute que si je te débarrassais de ton compagnon tu n'en serais pas fâchée, mais c'est hélas impossible. Nous manquons de place dans l'autre chambre. Il te faudra donc le supporter. Cela dit, y aurait-il quelque chose d'autre que je puisse améliorer ? »

Quelque chose à améliorer ? Avait-il conscience de l'humour involontaire de cette question ou bien était-ce encore un de ses pièges ? En d'autres circonstances, elle n'aurait pas hésité à lui énumérer la nourriture infecte, la paille pourrie, la fosse immonde où trois fois par jour on les menait en procession sous les quolibets obscènes des gardiens, mais, par bonheur, elle sut se contenir, comprenant que si elle se trahissait maintenant, elle ne pourrait plus jamais prétendre ignorer le français.

Métrier guettait sa réaction, une lueur amusée au fond des yeux, puis, ouvrant la porte, il appela les factionnaires.

En réintégrant sa cellule, Nolwen trouva le baron anormalement excité et presque impatient de la revoir, ce qui la surprit beaucoup. Quand les gardes eurent verrouillé la porte, il se rapprocha vivement d'elle :

« J'ai peut-être du nouveau ! lui souffla-t-il à voix basse.

— Moi aussi ! » répondit-elle de même.

Par prudence ils n'employaient que le breton et se parlaient très bas.

« Quoi ? Qu'avez-vous appris ? s'inquiéta Kristen aussitôt.

— Je crois savoir qui nous trahit à

Kerambraz. J'ai entendu Thomas Le Goff se vanter d'avoir une bonne amie très dévouée qui, en gage de son amour, lui a fait présent d'un petit mouchoir de cou brodé à ses initiales. Ce mouchoir, je l'ai vu. Il appartient à Isabelle Jezequel.

— Comment pouvez-vous l'affirmer ?

— Les initiales étaient I.J. et j'ai surtout parfaitement reconnu le mouchoir de Belig.

— Et qui est cette Isabelle Jezequel ?

— Elle demeure près de chez moi. Ses parents s'appelaient Lon Jezequel et Mona Trépabu. Ils avaient une petite ferme et le père travaillait de temps en temps à l'empierrement des routes. Ils sont morts tous les deux lors d'une épidémie de typhus. La fille est restée seule. Elle n'a ni frère ni sœur.

— A quoi ressemble-t-elle ?

— C'est une assez jolie fille d'après ce qu'en disent les garçons qui lui tournent autour, pas très grande, blonde avec des yeux bleus. Elle danse bien. Aux fêtes, on la remarquait beaucoup. Mais le travail de la ferme ne lui convient pas si bien. Elle réclame souvent de l'aide. Il y a un ou deux mois, elle a vendu sa vache à un fermier de Saint-Goazec. Je crois qu'elle court après l'argent.

— Ainsi, ce serait l'argent ?

— L'argent peut-être, mais pas seulement. Elle doit s'être entichée de ce Thomas. Le mouchoir en est la preuve. Elle espère sans doute se faire épouser. Thomas est un beau parti. Il n'a pas dû se donner beaucoup de mal pour la séduire et lui faire faire ses quatre volontés. Pauvre Belig ! Si elle savait comment il parle d'elle !

— Qu'est-ce qui vous prouve qu'il y a eu trahison ? Le mouchoir est une preuve d'amour, pas de traîtrise.

— Thomas a dit que les coutumes de ce pays avaient du bon quand elles permettaient de faire l'amour tout en servant la République. Il me semble que c'est clair.

— A quelles coutumes faisait-il allusion ?

— Avant d'offrir son mouchoir à Thomas, Belig est allée le tremper dans une fontaine sacrée. Quand une fille de chez nous fait cela, c'est pour elle un engagement de foi, une promesse de fidélité absolue. Il ne faut pas en rire et Thomas a tort de s'en moquer. Il sera puni. »

Kristen sourit. Le mal, somme toute, n'était pas si grand : une fille trop crédule et un jeune vaurien, cela ne faisait jamais que deux traîtres minables dont il n'aurait aucun scrupule à se débarrasser. On était loin de la vaste conspiration dont il avait cru ses activités menacées. Une fois dehors, il mettrait lui-même un terme aux délations de Kerambraz, et Kermoguer serait à l'abri pour quelque temps encore.

« Bon ! dit-il avec une satisfaction évidente, nous y voyons un peu plus clair.

— Ah oui ? Eh bien nous ne sommes pas les seuls. »

Elle se mit alors en devoir de leur rapporter mot pour mot son entrevue avec Métrier et ce qu'elle avait retenu des conclusions du capitaine :

« Il est persuadé que vous êtes l'auteur de l'embuscade de Pont-Coblant. Vous avez été repéré par le lieutenant Aubry à cause de votre grande taille et, avant de nous envoyer devant nos juges, le capitaine fera en sorte de vous charger de bien des choses.

— Il ne me tient pas encore ! Figurez-vous que moi aussi je réfléchis vite. J'ai bien examiné cette cheminée et je puis vous certifier que nous nous évaderons par là !

— Que dites-vous ?

— L'ancien concierge de cette prison, un dénommé Simon, a été sanctionné voici plusieurs mois pour l'évasion de deux prisonniers par cette même cheminée. L'affaire fit grand bruit, on révoqua le concierge et des travaux d'urgence furent commandés, mais comme vous pouvez le constater, la cheminée n'est toujours pas condamnée.

— D'où tenez-vous cela ?

— De Simon lui-même, pardi !

— C'est lui, votre informateur ? C'est par lui que vous avez eu la clef ?

— Qu'importe ! Étudiez plutôt ce conduit. N'est-il pas assez large pour nous ?

— Et comment comptez-vous l'escalader ?

— Je vous le montrerai.

— Et où aboutit ce conduit ?

— Sur le toit bien sûr !

— Et comment descendrons-nous du toit ?

— Par les arêtes du mur.

— Avez-vous vu sa hauteur ?

— D'autres ont réussi et nous réussirons aussi. J'ai tant de fois détaillé ce bâtiment que je le connais sous tous ses angles. Nous en sortirons, Nolwen, je vous le jure.

— Et les sentinelles ? Que faites-vous des sentinelles ?

— J'en fais mon affaire.

— Dieu vous entende. Pour moi, c'est de la folie. Si vous partiez seul, vous auriez plus de chances. »

Kristen fronça les sourcils. Le regard dont il poignarda Nolwen aurait fait tressaillir un mort :

« Ridicule ! cingla-t-il, nous avons été capturés ensemble et nous nous évaderons ensemble. Je ne vous laisserai pas derrière moi.

— Vous n'êtes pas très sûr de mon silence, n'est-ce pas ? Vous avez peur que je parle dès que vous serez parti.

— Je ne m'abaisserai pas à répondre à une remarque aussi mesquine. Vous ne comprenez décidément rien à rien ! »

Mécontent, il lui tourna le dos et alla s'asseoir loin d'elle avec l'intention manifeste de ne plus lui adresser la parole avant l'heure du coucher.

Peu avant six heures on leur servit leur repas du soir : du saumon bouilli dans l'eau claire, sans sel ni aromates. Ce menu représentait une économie appréciable pour l'administration pénitentiaire du district, puisque, en toute certitude, le poisson provenait de la rivière. Ils en déduisirent aussitôt que le saumon de l'Aulne ferait souvent partie de leur pitance quotidienne. Ils n'y touchèrent guère, et comme il ne leur restait pas une miette de pain, ils jeûnèrent.

Quand le concierge vint reprendre les récipients, il stigmatisa d'une remarque acerbe le « gaspillage éhonté » et les « mauvaises têtes » qui boudaient la nourriture. Puis il les fit conduire aux « commodités » de la maison. Bien que cette formalité ne fût plus une nouveauté pour eux, ils ne parvenaient pas à s'y habituer et songeaient pareillement que, si elle devait se renouveler ainsi chaque jour, ils finiraient par se rendre malades à force de l'accomplir à contrecœur.

Enfin, on les laissa en paix pour la nuit, et cela bien trop tôt pour qu'ils eussent sommeil.

Pour meubler une parcelle de leur temps, ils procédèrent méthodiquement au partage de leur brassée de paille, en firent deux litières bien distinctes, prirent chacun une couverture et s'installèrent, sans hâte, aux deux bouts de la pièce.

Le baron s'était assis sur sa couverture, jambes repliées, les bras croisés autour de ses genoux. Il ne bougeait pas plus qu'une statue de marbre et Nolwen l'entendait à peine respirer. Au bout d'un moment, n'y tenant plus, elle lui demanda s'il dormait.

« Non, répondit-il dans un chuchotement, j'écoute les bruits de la maison. Je veux apprendre parfaitement l'emploi du temps de la journée. Cela pourra nous être utile. Avez-vous noté qu'il n'y a aucun mouvement dans la pièce voisine, celle que l'on appelle la chambre civile ? La porte n'a pas été ouverte une seule fois aujourd'hui. On dirait que cette chambre est vide.

— Pourtant, le capitaine prétend qu'il manque de place pour nous loger séparément.

— Exact. Il a donc menti.

— Dans quel but ?

— Facile à deviner. Il veut diviser pour mieux régner, c'est-à-dire exploiter nos mauvais rapports pour nous dresser l'un contre l'autre.

— C'est bien possible. Je m'en suis rendu compte puisqu'il a essayé avec moi.

— Et alors ?

— Et alors quoi ? Il n'est pas plus habile que moi à ce jeu et je n'ai jamais laissé quiconque choisir pour moi mes sujets de discorde. Il y a loin, voyez-vous, de la mésentente à la trahison. Et puis, je veux retrouver Tugdual et j'ai besoin de vous. »

Là-dessus, elle se tut, soulagée d'avoir levé toute ambiguïté à ce propos. Quoi que le baron de Kermoguer pût penser d'elle, elle n'était pas assez stupide pour se laisser ferrer par un officier républicain. D'ailleurs, elle se méfiait comme de la peste de ceux qui prétendaient ne vouloir que son bien.

Le silence qui suivit parut alors les rapprocher et pour la première fois instaurer entre eux une complicité de fait. Ils étaient ensemble par la force des choses, eux qu'hier encore tout séparait, et cette extraordinaire conjuration du sort les rendait solidaires l'un de l'autre presque naturellement, comme deux galériens enchaînés au même banc et condamnés à ramer de concert pour s'épargner le fouet.

Kristen qui avait apprécié la franchise un peu rude de cette déclaration n'estima pas utile de lui donner une suite. Il se contenta d'admettre à part lui que Nolwen ne manquait ni de courage ni de lucidité et que, pour une fille de sa condition, elle ne manquait pas non plus de fierté.

Soudain, un bruit de pas dans le couloir le fit sauter de sa couverture et courir à la porte :

« C'est l'heure ! dit-il, l'œil collé aux planches de bois. Notez bien : il est huit heures. A huit heures, les gardes ont une relève, ce qui signifie que ce ne sont pas les mêmes qui nous surveillent jour et nuit. J'en vois quatre, cinq, six... six ? Pas plus ? C'est bien ce que je pensais. Il n'y a pas grand monde dans cette prison, et nous sommes sûrement les plus intéressants. Tiens ! En voilà un qui approche. Il vient faire son inspection. Couchez-vous et faites semblant de dormir. »

D'un bond il regagna sa litière et s'y étendit, la couverture remontée jusqu'au menton.

Le soldat ouvrit la porte et promena une lanterne dans la geôle. Comme tout lui parut en ordre, il ne crut pas nécessaire de prolonger sa ronde et il se retira aussi vite qu'il était venu.

Aussitôt, Kristen se redressa :

« Avez-vous remarqué ? fit-il observer tout bas à Nolwen, il ne vient même pas vérifier les litières. On pourrait lui donner des bottes de paille à garder, il ne ferait pas la différence. Le laisser-aller qui règne dans cette prison est admirable.

— Vous avez fait un trou dans la porte ?

— Seulement élargi une fente.

— Vous n'avez pas perdu votre temps !

— Il faut bien que je m'occupe quand vous n'êtes pas là... »

Elle se surprit à sourire dans le noir, secrètement flattée d'une plaisanterie qui pour une fois se voulait aimable. Y avait-il, comme l'affirmait Arzhel, un fond d'humanité chez ce solitaire aux nerfs d'acier trempé ? Il pouvait sans effort séduire ou rebuter selon ses heures, si bien que, devant lui, l'interlocuteur était comme un chien inquiet qui se demande si la main du maître va le battre ou le caresser.

A la faveur de cet épisode, elle le sentit tout à coup très calme et presque apaisé, comme s'il s'accordait enfin le droit de prendre un peu de repos. Visiblement, le projet de leur évasion avait fait naître en lui une invincible espérance et il semblait puiser dans chaque menu détail une raison supplémentaire d'y croire. Il s'était allongé sur sa jonchée de paille et rêvassait, les yeux grands ouverts rivés sur le plafond. Le sommeil ne l'engourdissait pas encore. Il paraissait sans défense, abordable et tranquille.

Au risque de perturber le climat de concorde qui adoucissait temporairement leur cohabitation, elle résolut de revenir sur un sujet plus scabreux dont le contenu, jusque-là négligé, commençait à lui peser sur le cœur : les exécutions sommaires. Par deux fois, Métrier y avait fait allusion et, si le jeune capitaine ne manquait certes pas d'imagination, elle ne parvenait pas à se convaincre qu'en l'occurrence il avait menti. D'après lui, chacune de ces exécutions avait donné lieu à une mise en scène où figurait en bonne place un personnage au signalement troublant. Était-ce, comme il l'insinuait, le baron de Kermoguer ? Pouvait-elle raisonnablement supposer que l'homme qui avait « embauché » Tugdual et dont elle partageait la captivité fût l'ordonnateur de ces assassinats sordides ? Il lui fallait impérativement connaître la vérité de la bouche même de l'intéressé pour juger en son âme et conscience de ce qu'elle devait en penser.

Mettant à profit ces précieux instants de détente, elle rampa jusqu'à lui et s'assit, jambes croisées, à hauteur de ses épaules. Il tourna la tête, surpris de cette familiarité soudaine :

« Que voulez-vous ?

— Parler.

— Et de quoi donc ?

— De vous ! »

Il se redressa d'un coup de reins et s'assit sur son séant :

« Je vous écoute...

— Je voudrais que vous me disiez ce qu'il y a de vrai au sujet de l'homme au grand manteau. Cet homme, c'est vous, n'est-ce pas ? Vous portiez ce manteau l'autre soir à Pont-Coblant. C'est vous qui faites fusiller des prêtres et des patriotes ? »

Il s'abstint de répondre tout de suite, ne sachant par où commencer. La question le prenait au dépourvu :

« Je me doutais que nous en viendrions à parler de cela, fit-il en manière de préambule, je le redoutais mais je m'y préparais... »

Une seconde pause l'aida à rassembler ses idées. Après un soupir un peu lourd, il poursuivit d'une voix sourde :

« Je vous dois une explication sincère, je crois, alors oui, je suis bien cet homme-là, mais les républicains ont une fâcheuse tendance à exagérer nos prétendus méfaits pour servir leur propagande. En fait, je n'ai personnellement ordonné que deux exécutions parmi lesquelles nul prêtre jureur. Deux gredins sont morts sur mon ordre, il est vrai, l'un à Kerbolé et l'autre au Quinquis et, ce jour-là je pense avoir fait œuvre utile en débarrassant l'humanité de ce qu'elle peut produire de plus abject. Quant aux autres règlements de compte dont Métrier m'attribue la paternité, je les désavoue car je n'y étais pas. Si tel n'était pas le cas, je vous l'avouerais pareillement. Je ne suis pas un assassin et je n'agis pas ainsi par plaisir mais par nécessité. »

Il s'interrompit encore, le temps d'une respiration, avant de conclure d'un ton âpre :

« La guerre est une chose sale et je reconnais que ces exécutions n'ont rien de très glorieux, mais le vrai courage c'est aussi accepter de se salir les mains en faisant ce que l'on croit juste. »

Sur cette conclusion définitive, coulée dans le bronze des intérêts supérieurs, il parvint à chasser la tentation de se justifier. Il n'aimait pas raviver ces sinistres souvenirs, mais il n'éprouvait aucun remords. Cela faisait partie de sa croisade et il n'en reniait rien.

Nolwen n'eut pas le cœur d'en exiger davantage. Ce qu'elle venait d'entendre lui suffisait pour comprendre à quelle terrible logique répondait le meurtre légitimé par la guerre. Sa morale de chrétienne n'était pas encore prête à l'absoudre. Au surplus, l'idée que Tugdual ait pu la faire sienne, fût-ce par simple consentement, la révulsait. L'enfant aux cheveux couleur de paille avait-il définitivement perdu son innocence en cautionnant cette version barbare de la justice des hommes ?

Elle repartit vers sa litière comme elle était venue sans proférer un mot. Une indicible tristesse s'était insinuée en elle. Elle se sentait perdue, plongée dans les ténèbres d'un monde impitoyable, loin de ses attaches et oubliée de Dieu.

« Nolwen... l'appela soudain Kristen d'un ton plus doux que de coutume, ne me faites pas regretter de vous avoir parlé de la sorte et demandez-vous plutôt comment nous aurons à traiter, demain, le cas d'Isabelle Jezequel. »

Un froissement discret indiqua au gentilhomme qu'elle s'était glissée sous sa couverture et que le débat, pour elle, s'arrêtait là. Vaguement confus, mal à l'aise à son tour, il demeura attentif, malgré lui, aux mouvements provenant du matelas de paille où elle s'était étendue. Elle était la première personne à lui communiquer ce trouble désagréable proche de la mauvaise conscience et il ne comprenait pas pourquoi l'émotion qu'il percevait chez elle trouvait un tel écho chez lui.

Le sommeil l'ayant fui, il conserva la même position durant un long moment sans songer à en changer. A quelques pas de lui, Nolwen s'agitait nerveusement sur sa couche. Il voyait la couverture tanguer sur son corps devenu soudain plus petit et plus frêle. Neuf heures sonnèrent dans la ville et pour tous les deux la nuit menaçait d'être longue.

Après un temps d'hésitation, il s'enhardit à lui demander ce qui n'allait pas. Elle répondit brièvement :

« J'ai froid ! »

D'un élan spontané il se leva et, sans réfléchir une seconde, poussa sa paille auprès de sa voisine, traîna sa couverture et s'étendit de tout son long à côté de Nolwen :

« Venez ! dit-il en se serrant contre elle, ensemble nous nous tiendrons chaud. A la guerre comme à la guerre, n'est-ce pas ? »

Méfiante, elle lui présenta son dos et ramena sur elle les haillons de sa chemise tandis qu'il lui offrait libéralement la moitié de sa couverture. Respectueux de sa pudeur, il se tourna à son tour sur le côté et ils sombrèrent bientôt dans un profond sommeil en oubliant l'incongruité de leur situation.

Kristen fut le premier à s'éveiller. Par la fenêtre de la chambre criminelle montait le tintamarre habituel de la vie citadine. Dehors, des hommes s'interpellaient à grands cris, dirigeaient en braillant des manœuvres d'accostage, chargeaient des cargaisons pesantes. On distinguait nettement le grondement sourd des ardoises glissant au fond des cales, le craquement des carènes, le halètement des rames.

Dans cette surabondance de bruits les plus variés, Kristen reconnut la traditionnelle journée du marché de Châteaulin. Au vacarme ordinaire de la ville s'ajoutait celui des paysans et des camelots venus dresser leurs tréteaux et répandre leurs marchandises sur les berges de l'Aulne dans une pittoresque cacophonie de beuglements tragiques, de hennissements rétifs, de piaillements et d'apostrophes triviales. Les allées riveraines bourdonnaient du roulement des charrettes et des fardiers. Quelque part, des enfants jouaient à se poursuivre en semant dans les airs leurs rires aigrelets. Des femmes babillaient gaiement.

Vaguant entre rêve et réalité, Kristen promena un regard incrédule autour de lui. Les murs tristes de la cellule, les barreaux de la fenêtre, la gueule noire de la cheminée le firent durement redescendre sur terre. Il frissonna. Contre son flanc, une tiédeur étrangère attira son attention. Nolwen dormait encore, recroquevillée sur elle-même, la tête sur l'épaule de Kristen. Ses cheveux épars lui voilaient le visage. Sa respiration était paisible et régulière, presque inaudible.

L'espace d'une seconde, il fut tenté d'écarter les mèches de sa chevelure pour surprendre l'expression que le sommeil avait peinte sur ses traits. Une inexplicable curiosité le poussait subitement à découvrir cette jeune fille qu'il connaissait si peu et que le hasard lui avait donnée pour compagne de misère. Elle l'avait tour à tour irrité, intrigué, exaspéré, mais ce matin elle l'émouvait en se révélant à lui dans cette attitude d'abandon confiant si proche encore de l'enfance. Était-elle jolie ? Il n'aurait su répondre à cette question parce qu'elle ne ressemblait en rien aux femmes qu'il avait rencontrées jusqu'ici et près desquelles il aimait à se réveiller parfois, dans un lit de passage, mais il savait déjà qu'il la respectait infiniment plus qu'aucune de toutes ces femmes.

Un piétinement dans le couloir, le cliquetis des armes et des trousseaux de clefs l'engagèrent à ôter promptement la main qu'il étendait sur elle. Le changement de garde s'annonçait et, d'une minute à l'autre, la porte allait s'ouvrir sur de nouveaux visages précédés du concierge et de ses quarts de soupe. D'un bond, Kristen s'arracha de sa couche et s'empressa de repousser paille et couverture à la place qu'elles occupaient précédemment. Puis, il attendit.

Celui qu'en lui-même il avait déjà surnommé le « blaireau » s'appelait en réalité Yon Goascoz et faisait fonction de concierge et de gardien à la maison d'arrêt. A l'évidence, il réunissait toutes les qualités requises pour cette honorable charge et il donnait à lui seul une idée assez édifiante des piètres exigences d'un tel recrutement.

Yon Goascoz était petit et rond, juché sur des jambes ridiculement courtes qu'il cachait dans une carmagnole, comme pour les soustraire aux moqueries. Le reste de son « uniforme » patriotique se composait d'une blouse crasseuse, serrée à la taille par un ceinturon de cuir, d'une paire de sabots et d'un bonnet de laine pointu, étiré comme une chaussette et terminé par un pompon d'une élégance insolite. Il ne souriait jamais, sauf lorsqu'il avait un peu bu, mais quand sa face simiesque se fendait d'une grimace hilare qui découvrait à l'infini des gencives noires et sinistrées, on en venait immédiatement à regretter qu'il ne gardât pas les lèvres closes.

Il sentait affreusement mauvais, car sa loge, judicieusement située près de la fosse d'aisance, pâtissait à longueur de temps des émanations de son voisinage. Il ne sortait jamais de la prison dont il occupait le rez-de-chaussée, et l'imprégnation de ces odeurs, jointe au manque d'hygiène personnelle, à l'absence d'aération, aux relents de graillon des popotes quotidiennes, expliquaient largement sa singulière puanteur ; d'où le sobriquet flatteur décerné par le baron.

Six heures venaient de sonner lorsque le personnage en question fit sa première apparition de la journée. Le bruit qu'il produisit en déverrouillant la porte tira brusquement Nolwen de son sommeil. Elle se dressa d'un bond sur ses jambes et dévisagea le concierge d'un air hébété avant de glisser vers le baron un coup d'œil incertain.

Yon déposa sur le sol deux gamelles de ferblanc dans lesquelles clapotait une soupe d'orge, puis il ressortit prestement.

Ils mangèrent du bout des lèvres, l'estomac révolté, la gorge étranglée de dégoût. La soupe refusait de se soumettre à leur déglutition. Ils durent renoncer.

Aucun des deux ne fit allusion aux confidences de la veille, pas plus qu'à la nuit passée côte à côte sous les mêmes couvertures. Le jour nouveau qui commençait restituait à chacun sa place d'origine. Il n'y avait plus trace de leur fugace rapprochement. Déjà, ils se demandaient ce que leur réservait cette seconde journée d'emprisonnement.

Contrairement à ce qu'ils préjugeaient, on les laissa seuls jusqu'à midi. Métrier ne se montra ni de loin ni de près, de sorte que Kristen mit à profit cette trêve inespérée pour parfaire son exploration de la cheminée pendant que Nolwen faisait le guet près de la porte. Lorsqu'il revint de son ascension, couvert de poussière et de toiles d'araignées, il arborait un sourire triomphant :

« Je savais bien que c'était possible ! annonça-t-il en se brossant du plat de la main, il y a là-dedans des pierres qui font saillie et qui peuvent servir de points d'appui. Venez que je vous montre. Il faudra vous entraîner à grimper. Dieu merci, vous portez des vêtements d'homme ! »

D'abord sceptique, Nolwen consentit à suivre Kristen dans l'âtre et à passer sa tête sous le manteau. Dès qu'elle eut repéré les pierres saillantes, elle fut à son tour convaincue :

« On dirait qu'elles ont été disposées pour former une sorte d'escalier.

— C'est probablement vrai. Cette maison appartenait jadis à des particuliers. On devait utiliser ces pierres pour aller déloger les nids. Ainsi que vous le savez, les hirondelles ont pour habitude de nicher dans les pans de murs, notamment dans les cheminées où elles gênent l'évacuation de la fumée.

— Astucieuse précaution ! Mais comment parviendrai-je à me hisser jusqu'à la première pierre, elle est trop haute pour moi !

— Je vous porterai, parbleu ! Vous passerez devant, ce n'est pas bien compliqué. Une fois là-haut, je vous guiderai.

— Pensez-vous que nous avons une chance ?

— Partir ou demeurer, nous devons choisir, mais si notre destin est de finir un jour sous les balles républicaines, autant que ce soit en nous évadant.

— Vous avez raison. »

Il l'observa un instant du coin de l'œil, anxieux d'évaluer la force de sa détermination. Il reconnut l'air résolu qu'elle avait montré chez Maunoir, puis au camp de La vraie Croix. Ce n'était pas chez elle une feinte apparence. Elle était incapable de se composer une attitude qui ne fût le reflet fidèle de ses intentions. Et aujourd'hui, en dépit de tout, Kristen se sentait prêt à lui faire confiance.

« L'heure est trop avancée pour que nous fassions une tentative maintenant, dit-il en regardant vers la porte. Nos hôtes ne vont plus tarder à nous porter notre déjeuner. Nous verrons cela plus tard. »

Elle hocha la tête en signe d'approbation et ne posa plus de question.

Aux premières heures de l'après-midi, ils eurent la surprise de voir paraître le capitaine Métrier, seul et sans arme, comme pour une visite de courtoisie. Son humeur semblait excellente et son sourire étincelait d'une grâce désarmante.

« Comment allez-vous depuis hier ? s'enquit-il avec une sollicitude presque familière, la nuit a-t-elle été bonne ? »

Sans se laisser rebuter par la réception glaciale des deux occupants de la chambre criminelle, il enchaîna tout de go :

« J'ai grand plaisir à vous annoncer que je suis officiellement chargé de votre affaire. Hé oui ! les civils me donnent carte blanche, considérant à juste titre que les faits qui vous sont reprochés relèvent de la compétence militaire.

Pour être franc, cela me convient à merveille, car il est bien dans mes intentions de démontrer que l'attaque de la maison d'arrêt et celle de mon convoi sont étroitement liées. Comme vous ne daignez pas répondre à mes questions, il me faut donc utiliser d'autres moyens d'investigations. Aussi ai-je réclamé et obtenu l'autorisation de consulter tous les documents relatifs aux troubles divers enregistrés dans le district depuis plus d'un an. Lecture fastidieuse ! mais pas inutile. C'est ainsi que j'ai appris que le ci-devant baron Kristen, David, Élie de Kermoguer, fils de Brann et de Adélaïde, Marie, Tiphaine Le Lan de Kerhuiban, dernier chef de nom et d'armes, vivait sous Robespierre le plus paisiblement du monde dans son château de la montagne Noire. Bizarrement, ce ci-devant qui n'a pas émigré ne fait l'objet d'aucune surveillance et, tout aussi curieusement, il s'entoure d'une discrétion telle qu'on en viendrait à se demander s'il existe vraiment. Tout le monde prétend le connaître, mais personne ne peut (ou ne veut) le décrire. Les rares témoins à l'avoir vu passer sur son cheval à robe brune parlent de sa haute taille et de ses cheveux noirs. Le personnage, je ne vous le cache pas, me laisse assez rêveur. Même ses domestiques ont le surprenant talent de passer inaperçus. Lorsque j'ai voulu m'informer des raisons pour lesquelles aucune patrouille ne poussait jamais jusqu'à la baronnie, on m'a répondu que le château était quasi inaccessible et que nul ne savait exactement par quel chemin on s'y rendait. En fait, tout cela m'inspire la réflexion suivante : protégé par sa situation autant que par son isolement extrême, Kermoguer jouit actuellement d'une tranquillité sans pareille, tranquillité que bon nombre d'intrigants royalistes pourraient bien lui envier. Ignorent-ils eux aussi l'existence de cet endroit que l'on dirait conçu pour le complot et le mystère ? L'ont-ils au contraire découvert et exploité à leurs fins ? Et que fait le jeune baron quand il ne court pas la Montagne à cheval ? »

Métrier interrompit momentanément son long monologue pour mieux en étudier les effets sur la physionomie de ses auditeurs. Guidé par un instinct très sûr, il flairait la présence d'un gibier de choix en la personne de cet inconnu aux cheveux longs et noirs que tout lui désignait comme un aristocrate. Le baron de Kermoguer et cet étrange personnage se ressemblaient trop pour que Métrier ne fût pas séduit par l'idée de n'en faire qu'un seul et même individu. C'était d'ailleurs dans le secret espoir de voir confirmer cette hypothèse qu'il s'était plongé dans le fatras des documents mis à sa disposition par le directoire administratif de Ville-sur-Aulne. La plupart d'entre eux, à son grand désappointement, ne révélaient rien d'important. Ils se résumaient à de simples faits divers, à des témoignages fantaisistes ou à des procès-verbaux d'interrogatoire abscons. Mais sa persévérance avait fini par le mener à une liasse de feuillets méthodiquement numérotés, couverts d'une écriture fine et aérée, dont chaque ligne contenait une indication précieuse. Lamarche, souvent, était passé par là avec sa manie du détail, son culte de la chose écrite. Au fil des mois, le vieil officier s'était appliqué à consigner tout ce qu'il avait constaté ou entendu, scrupuleusement, régulièrement, sans jamais dépasser toutefois le cadre de la relation circonstanciée. Il n'en tirait aucune conclusion, concrète ou supposée, mais son travail avait permis à Aurélien de se forger une intime conviction. Maintenant, il se promettait de faire danser les deux brigands.

En face de lui, Kristen faisait un gros effort sur lui-même pour conserver son impassibilité. Le baron n'avait pas manqué de remarquer qu'à chaque allusion, le regard bleu du jeune officier se plantait dans le sien avec une sorte d'effronterie nouvelle. Métrier s'était ressaisi, refusait désormais de baisser pavillon et affichait ostensiblement sa fermeté retrouvée comme un défi lancé à l'adversaire tout autant qu'à lui-même. Dans l'immédiat, il n'escomptait ni protestation, ni démenti, pas même l'ébauche d'un dialogue. Il était venu semer le malaise et la perplexité ; jouer ingénument avec les nerfs des deux détenus, jusqu'à ce que l'un des deux, enfin, perde son sang-froid. En l'occurrence, la fille lui semblait désignée d'avance, car il savait déjà comment la faire fléchir :

« Ton frère, Tugdual Kreïs, lui assena-t-il sans ménagement, a bien séjourné ici au début de ce mois. J'en ai retrouvé la trace dans le registre d'écrou. Tu comptais probablement le faire évader, n'est-ce pas ? Si tel était ton projet, je suis au regret de t'annoncer que Tugdual Kreïs a été transféré à la prison d'Auray voici quinze jours. »

Pour un peu, il aurait battu des mains tant il était fier de sa trouvaille. A présent, il dominait incontestablement la partie et n'attendait plus que la reddition de la brigande. Mais ce qu'il lut soudain sur le visage de Nolwen mit un terme brutal à sa jubilation. La vision déchirante d'un drame qu'il n'avait pas deviné l'atteignit de plein fouet lorsque Nolwen, hagarde, se jeta sur lui avec un râle d'animal blessé.

« Pourquoi Auray ? hurla-t-elle, en le secouant de toutes ses forces, qu'a-t-il fait, Seigneur ? Qu'a-t-il fait ? Rendez-moi mon frère ! »

Elle était trop accablée, trop anéantie pour garder la force de se taire. Le coup qu'on lui portait brisait en mille éclats son énergie et ses résolutions. Tant pis pour le français, cette langue de malheur qu'elle se maudissait de comprendre et qui la trahissait ! Tant pis pour la prudence ! Tugdual à Auray ! Mais où était-ce, Auray ?

Incapable de réagir, Aurélien se laissait malmener. A travers le gros drap de sa veste, il sentait les petites mains lui meurtrir la peau tandis que sa conscience lui décochait sournoisement quelques piquants reproches. Envolés, sa superbe et l'orgueil du devoir accompli. Il n'était plus qu'un être humain confronté à la douleur de l'autre et qui se souvenait de ses propres souffrances.

Certes, il avait fait du bon travail. Dès l'instant où il avait appris par Thomas que le frère de Nolwen Kreïs avait été arrêté peu de temps auparavant, il avait immédiatement saisi l'avantage qu'il pouvait tirer de cette information. Très vite, l'aventure de la jeune fille n'avait plus eu de secret pour lui. Il s'agissait, somme toute, d'une banale affaire de tentative d'évasion qui avait mal tourné. Mais Nolwen ne l'intéressait pas. C'était son compagnon qu'il cherchait à confondre par tous les moyens. Quelles puissantes raisons cet homme avait-il de s'associer à cette singulière entreprise ? Et en supposant qu'il en fût l'instigateur (on imaginait mal l'inverse), ne pouvait-on, à juste titre, le soupçonner de se livrer à des activités autrement plus relevées ?

Si les rapports de Lamarche ne proposaient aucune esquisse de conclusion, ils laissaient pour le moins transparaître les symptômes d'une résistance larvée, de moins en moins passive. Nul doute que des foyers de rébellion couvaient çà et là, et que quelqu'un, dans l'ombre, structurait, organisait ces sursauts de sédition dans le dessein probable de leur donner une nouvelle impulsion. Et Aurélien s'était alors souvenu des confidences de Meunier, bien plus précises à cet égard que les narrations timorées de Lamarche : « A en juger par l'aspect concerté de leurs actions, leur cohésion, leur nombre croissant, on dirait qu'ils se sont donné une direction ; peut-être un chef... »

Comme il était tentant, dès lors, pour Aurélien, d'envisager la capture de ce chef présumé ! Et comme il était exaltant, en outre, d'imaginer qu'il pût s'agir de ce prisonnier ! S'il paraissait, d'emblée, impossible d'obtenir de lui la moindre concession, la cuirasse de cet homme avait certainement son défaut et, en l'espèce, le défaut s'appelait Nolwen Kreïs.

A présent, il la contemplait, interdit, désarçonné, presque honteux du mal qu'il venait de lui faire, tandis qu'elle maltraitait son uniforme en débitant des mots incohérents. Il avait toujours eu horreur des tragédies. Maladroitement, il appela du regard le baron à son aide, car il se sentait impuissant à calmer la jeune fille.

Kristen, lui, avait accusé le coup sans ciller. Nolwen s'effondrait, et Kermoguer, furieux, faisait silencieusement le compte de ses déboires. Depuis le commencement, la sœur du messager était son porte-guigne. Chaque réplique, chaque geste échappés à cette nature impulsive déclenchaient invariablement des catastrophes. Il pressentait qu'un jour ou l'autre il serait compromis par elle.

Maintenant, il la regardait, sans indulgence, saccager leurs espoirs et ruiner leurs efforts par l'étalage consternant de sa détresse.

« Petit capitaine... » éructa-t-il méchamment, la lèvre retroussée, l'œil mauvais.

D'une poigne impatiente, il tira Nolwen en arrière pour dégager l'officier et s'étonna alors de la sentir s'adosser à lui sans réticence aucune. La créature rétive et impétueuse, d'ordinaire plus encline à la révolte qu'à l'abattement, opérait une retraite inattendue contre le torse rassurant du baron.

« Du calme... lui conseilla-t-il d'une voix radoucie, contenez-vous, Nolwen, de grâce. »

Nolwen redressa le menton, pâle, les yeux secs, l'air halluciné :

« Dites-moi au moins pourquoi vous l'avez envoyé si loin et ce qui l'attend là-bas. »

Son français rugueux rappelait ses origines montagnardes. Elle mettait une application touchante à l'articuler correctement.

« Je te promets de me renseigner au mieux, mais les documents que j'ai consultés sont très évasifs sur ce point. »

Cette promesse, c'était déjà beaucoup plus qu'Aurélien ne pouvait accorder. Rien ne l'y obligeait sérieusement, rien, sinon peut-être la pitié.

Embarrassé par le déluge d'émotion qu'il venait de susciter, il jugea préférable de s'en tenir là pour aujourd'hui. Sans même prendre congé, il fit demi-tour sur lui-même et se prépara à sortir. Au moment où il ouvrait la porte, sa botte heurta un objet métallique qui s'en alla rouler bruyamment contre le chambranle. Aurélien baissa les yeux et vit les deux gamelles que les prisonniers, selon leur habitude, avaient déposées pleines, à cet endroit, en manière de protestation.

« Qu'est-ce que cela ? demanda-t-il en ramassant celle qu'il avait touchée du pied.

— Notre repas de midi », répondit laconiquement Kristen.

Aurélien examina de plus près le contenu du récipient et fit une grimace :

« N'avez-vous eu que ceci aujourd'hui ?

— Non pas ! Nous avons eu aussi de l'eau avec un peu d'orge.

— C'est une honte ! s'écria d'un seul coup l'officier indigné, comme si ces deux gamelles lui servaient d'exutoire, je m'en vais dire deux mots à ce coquin de concierge ! »

Et là-dessus, il sortit en claquant la porte.

Le silence qui suivit son départ fracassant retomba comme une chape de plomb entre les murs de la geôle. Kristen avait repoussé Nolwen loin de lui et ils se tenaient maintenant à distance l'un de l'autre, immobiles, la tête basse et les lèvres scellées d'un mutisme rancunier. Refusant d'admettre leurs torts réciproques, ils s'en rejetaient mutuellement le blâme, par réflexe autant que par principe. D'un geste las, Nolwen passa la main dans ses cheveux défaits et les renvoya en arrière, exposant dans la lumière blafarde son visage décomposé. Deux cernes bistres s'étaient creusés sous ses paupières rougies. Elle respirait par saccades, comme un poisson hors de l'eau que l'air suffoque à petits coups. Vaincue par le découragement, elle laissa ses bras retomber le long de son corps et s'adossa au mur en soupirant.

C'est alors que Kristen, tel un oiseau de proie géant, fondit sur elle sans crier gare et la plaqua contre les pierres dans l'ombre démesurée de sa grande silhouette. Il était si près d'elle qu'elle sentait la chaleur de son corps la pénétrer jusqu'aux os et son souffle lui balayer le visage. Lorsque ses deux puissantes mains l'agrippèrent par les avant-bras, elle n'eut pas un geste pour se défendre. Subjuguée, elle se laissa tirer, pousser, traîner jusque dans l'âtre de la cheminée où il l'obligea à entrer :

— A vous d'essayer ! ordonna-t-il sèchement, il n'y a pas de temps à perdre ! Nous partirons cette nuit ! »

Joignant le geste à la parole, il l'enleva de terre à bout de bras et la hissa dans le conduit :

« A votre main droite ! »

Elle trouva la première pierre qui devait lui permettre de poser la pointe de son pied, y prit appui, s'étira pour atteindre la suivante, glissa contre les parois encrassées de suie. Dès qu'il eut l'assurance qu'elle pouvait se passer de lui, Kristen se mit en faction devant la porte et attendit.

L'exploration de Nolwen dura plusieurs minutes, temps que le baron s'efforça d'estimer au plus juste avant de le décréter trop long. Elle devait s'entraîner à grimper plus vite et donc recommencer aussi souvent que nécessaire jusqu'à la nuit tombée afin d'être parfaitement familiarisée avec cet exercice. Ce fut du reste l'unique remarque qu'il lui fit quand elle réintégra les lieux après avoir sauté, au jugé, dans l'âtre. A peine eut-elle repris son souffle qu'il l'invita à repartir.

Elle effectua ainsi trois essais successifs, sans rechigner, sans montrer sa fatigue. Au terme du troisième, elle faillit tomber d'épuisement. Kristen, qui avait prévu cette défaillance, s'était précautionneusement porté à l'embouchure du conduit, sachant d'avance qu'elle ne l'appellerait pas à son aide. Quand elle glissa hors du trou, résignée à la chute, il la reçut dans ses bras et la déposa doucement sur le sol :

« Reposez-vous », lui dit-il simplement.

Elle alla s'étendre sur sa paillasse. Il s'écoula environ une heure durant laquelle ils ne se parlèrent pas. Kristen réfléchissait, organisait mentalement leur évasion comme si elle se déroulait devant ses yeux. Elle, malgré l'envie qui la démangeait de le presser de questions, respectait son silence. Elle commençait à s'habituer à lui ; savait qu'elle ne devait pas le brusquer mais faire précisément ce qu'il attendait d'elle. Aussi, de son propre chef, prit-elle l'initiative de renouveler l'ascension du conduit de cheminée dès qu'elle s'en sentit la force. Il l'aida à se hisser à l'intérieur, toujours sans mot dire, mais la laissa se débrouiller seule ensuite. Elle accomplit un parcours parfait. Pour autant, il ne lui fit aucun compliment ; ne lui montra même pas sa satisfaction ; se contenta de noter que cette partie de l'expédition était désormais au point.

En attendant l'heure du dernier repas de la journée, ils s'absorbèrent, pour tuer le temps, dans des travaux de nettoyage, ce qui relevait moins d'un souci de propreté que d'un besoin de distraction. Ils passèrent de longues minutes à retaper leurs litières, à plier leurs couvertures après les avoir secouées, à rassembler les brins de paille qui s'étaient dispersés un peu partout sur le plancher. Dehors, le marché vivait ses derniers instants. On devinait au grondement continu des charrettes que les berges de la rivière se vidaient graduellement. Les camelots pliaient bagage, les paysans rentraient chez eux, la pratique se raréfiait et les cabarets faisaient le plein. Dans le centre du bourg, des portes sans cesse ouvertes et refermées laissaient filtrer des bruissements de joyeuses assemblées pendant que les femmes rameutaient leur marmaille à grands cris. Des chevaux piaffaient, las d'attendre ou énervés par les enfants qui leur tournaient autour. Dans le lointain, le roulement cadencé d'une marche militaire menée tambour battant remettait en mémoire la présence massive des soldats, ce que l'aimable et familier chahut du marché avait temporairement fait oublier.

Si pour les deux captifs « dehors » signifiait « liberté », ils devaient néanmoins se rendre à l'évidence : « dehors », il y avait aussi des soldats, des gardes nationaux, des gendarmes et des tas de gens qui ne leur voulaient pas que du bien. Une fois évadés, ils ne deviendraient que les fragiles otages d'une liberté extrêmement précaire. Nul doute que Métrier les poursuivrait sans relâche, à Kerambraz, à Kermoguer et plus loin encore s'il le fallait. Ils devaient d'ores et déjà se préparer à n'être bientôt plus que des fugitifs perpétuellement traqués, et cette pensée mettait un frein à leur exaltation.

A six heures sonnantes de relevée, Yon leur servit à dîner. Fait extraordinaire, les quarts de fer-blanc dégageaient comme une agréable odeur de ragoût. Quant il les eut déposés sur le rebord de l'âtre, il tourna vers les prisonniers sa trogne malgracieuse couverte de poils raides :

« J'espère, persifla-t-il, les poings sur les hanches, que leurs seigneuries seront contentes de ce que je leur ai préparé, puisqu'il paraît qu'elles se sont plaintes dernièrement de ma cuisine. J'aimerais toutefois leur demander ce qu'elles sont venues faire ici si la pension ne leur plaît pas. Il n'est prescrit nulle part dans les récents décrets de la Convention que l'on doive nourrir les brigands aussi bien que les honnêtes gens. C'est une chance pour vous que le capitaine Métrier ait tant à cœur votre précieuse santé. Pour ma part, je considère que voilà du bon argent gâché à l'heure où les restrictions frappent si cruellement nos soldats ! »

Il pivota lentement sur ses talons, drapé dans une dignité de magistrat et la lèvre retroussée d'un venimeux dédain.

« Sois mille fois remercié, citoyen concierge ! riposta Kristen, railleur, oui, mille fois remercié pour tant de grâce et de bonté. Tu es la providence de cette prison. Mais, dis-moi, as-tu choyé de même les autres détenus ? »

Le « blaireau » eut un sursaut ulcéré :

« F'rait beau voir çà ! » Mais il n'en dit pas plus, si bien que le baron en fut pour ses frais.

Lorsque Yon eut refermé la porte, Kristen s'empressa de faire part de ses certitudes à Nolwen :

« Je suis presque sûr qu'il n'y a personne à côté. Aujourd'hui encore, la porte n'a pas été déverrouillée une seule fois. »

Irritée par l'impertinence du concierge, elle laissa jaillir sa mauvaise humeur :

« A quoi bon vous préoccuper de ce qui se passe à côté, puisque nous savons maintenant que Tugdual n'est plus ici ! Que nous importe que la chambre civile soit vide ou pleine à craquer ? »

Elle torturait nerveusement un brin de paille qui lui était tombé sous la main et ne songeait même pas à manger.

« Je préfère, quant à moi, qu'elle soit vide figurez-vous. Je ne tiens pas à ce qu'un imbécile donne l'alerte cette nuit en nous entendant escalader le conduit. Vous n'imaginez pas comme la captivité peut transformer les gens, surtout lorsqu'ils ont peur. Quand un prisonnier s'évade, en général, les autres en subissent les conséquences. Voilà comment on encourage la dénonciation. C'est pourquoi je vous répète qu'il vaut mieux pour nous que l'autre chambre soit vide. »

Mais Nolwen, qui n'avait pas digéré l'annonce du transfert de Tugdual, loin de vouloir entendre raison, s'obstinait au contraire dans sa mauvaise foi :

« De toute façon, je vois bien que si Tugdual avait été notre voisin, vous seriez parti quand même en le laissant derrière vous. »

Kristen la considéra avec stupeur :

« Qui vous donne le droit d'affirmer une telle chose ? Où voulez-vous en venir avec vos suppositions idiotes ?

— Osez seulement prétendre le contraire ! En vérité, vous vous moquez pas mal de mon frère. Vous ne songez qu'à vous. »

Le poing du baron s'abattit sur le mur :

« Allez-vous cesser à la fin ? Croyez-vous que le moment soit bien choisi pour engager cette polémique ridicule ? Vous qui aimez tant quereller, dites-moi ce que vous faites d'utile pour votre frère en ce moment ? En quoi vous montrez-vous plus efficace et plus préoccupée de son sort que moi ? »

Prise à son propre piège, Nolwen ne sut que répondre. Elle baissa la tête et se rencogna dans l'angle du mur d'où elle avait cru bon de lancer son attaque.

« Si vous avez de l'énergie à revendre, conseilla Kristen d'une voix cinglante, gardez-la pour tout à l'heure, vous en aurez besoin. Pour le moment, mangez ! C'est le mieux que vous ayez à faire, et pour l'amour du ciel taisez-vous ! »

Là-dessus, il s'empara d'une des gamelles et la lui tendit sans cérémonie. Elle comprit que l'obéissance était sa seule ressource.

Lorsque Yon vint ramasser le couvert, il trouva les quarts vides et les deux brigands anormalement sages.

Pour la sœur du messager et pour le seigneur de Kermoguer il restait deux heures à tuer ; deux heures interminables et lourdes d'anxiété. Ils n'avaient plus rien à se dire, osaient à peine se regarder. Distants l'un de l'autre de toute la largeur de la pièce, ils méditaient séparément comme si un mur de verre s'était dressé entre eux, les empêchant de se rejoindre. Si près de recouvrer leur liberté, ils n'étaient déjà plus ensemble.

Subitement, le couloir résonna d'un vacarme

anormal. Des piétinements de bottes, le bruit d'une bousculade, des cris, des jurons firent bondir d'un même élan les deux candidats à la fuite. Ils se collèrent contre la porte, l'oreille tendue, le souffle retenu. Derrière, des hommes se débattaient. Quelqu'un hurlait. Il y eut un mouvement de lutte, des coups sourds contre la cloison. Pour finir, la porte de la chambre civile s'ouvrit à grand fracas et un corps chuta lourdement sur le plancher en lâchant une plainte.

Apparemment, les Bleus venaient de procéder à une nouvelle incarcération et leur victime n'y mettait pas du sien. Une fois bouclé à double tour, l'inconnu se mit à marteler furieusement la porte, à l'ébranler à coups d'épaule tout en déversant des torrents d'invectives. Les gardes l'injuriaient, lui promettaient le couteau national. On se massait devant la cellule en délibérant à voix haute des moyens à employer pour réduire le forcené. Kristen ne put percer à jour l'identité du nouvel arrivant, mais déjà son cerveau travaillait à exploiter l'incident.

L'irruption tonitruante du prisonnier et de ses gardes avait jeté la confusion dans la maison d'arrêt. Tout le monde s'affairait à résoudre les difficultés posées par l'internement d'un énergumène aussi tapageur. Des avis fusaient de tous bords, préconisant qui, l'application des fers, qui, le bâillon ou le garrot. Et pendant ce temps, nul ne se souciait des occupants du cachot voisin.

Très vite, Kristen comprit qu'une opportunité s'offrait peut-être là de s'élancer dans la cheminée en profitant du désordre. Grâce au tohubohu, personne n'entendrait rien, et il était peu probable qu'on vienne les inspecter tant que l'individu d'à côté ferait diversion. La tentative était hasardeuse mais réclamait une décision rapide. Chaque minute écoulée réduisait le potentiel de chances. Il fallait trancher.

A la seconde même où il s'apprêtait à opter pour l'échappée, Nolwen, brusquement, lui saisit la main :

« Non Kristen ! Pas maintenant ! »

C'était la première fois qu'elle se permettait de l'appeler par son prénom, mais il n'y fit guère attention. Ébahi, il resta suspendu à ses lèvres comme dans l'attente d'un oracle. Nolwen lui semblait inspirée. Sa main serrait les doigts de Kristen et cette étreinte dégageait un pouvoir impressionnant.

« Pourquoi ? souffla-t-il en cherchant à lire dans ses yeux.

— Parce que nous allons avoir de la visite. Le capitaine va venir. Il ne pourra pas s'en empêcher. Sitôt qu'il sera informé de cette arrestation, il se précipitera ici, tant pour voir l'autre que pour nous revoir nous.

— Qu'il aille au diable ! »

Il se retint d'ajouter : « Et vous aussi, allez au diable avec vos prédictions de bonne femme ! », car si forte que fût sa contrariété, il inclinait à la croire. N'avait-elle pas perçu intuitivement les intentions du baron avant même qu'il ne lui en eût fait part ?

A peine venait-il de réaliser l'étonnante faculté de prémonition de Nolwen qu'il entendit celle-ci s'écrier :

« Le voilà ! N'avais-je pas raison ? »

Le tintamarre du couloir décrut instantanément et seuls persistèrent les braillements intempestifs du détenu.

Des bribes de conciliabules percèrent indistinctement l'épaisseur des murs. Une porte s'ouvrit et se referma en douceur. Un bref silence s'installa. Enfin, le réfractaire cessa de s'égosiller et les deux rebelles reconnurent la voix de Métrier :

« Je l'entendrai plus longuement demain, disait-il, pour l'instant donnez-lui de l'eau et laissez-le tranquille. Il est plus terrorisé que dangereux. Après quelques heures de repos, il sera plus calme. »

Ensuite de quoi, se désintéressant de l'homme pour lequel on l'avait fait appeler, il poursuivit d'un ton neutre :

« Puisque ces messieurs du directoire administratif ont l'intention d'inspecter la maison d'arrêt en vue de la prochaine tournée du représentant du peuple Jean Bon Saint-André, je vais me faire un plaisir de les devancer. Bien que cela ne soit pas de mon ressort, je tiens à m'assurer par moi-même que tout est en ordre. J'ignore s'il est toujours d'actualité d'inclure la population pénitentiaire dans les rôles des réquisitions, mais ici, on ne trouvera guère de quoi gonfler l'armée d'Italie. Allons ! Ouvrez-moi toujours ce cachot. Il est le seul à valoir le détour. »

Yon agita son trousseau de clefs. Les deux complices s'entreregardèrent. Le pressentiment de Nolwen se révélait exact. Ils l'avaient échappé belle !

Aurélien et son ami Bertrand entrèrent. Un rapide coup d'œil dans la pièce les renseigna sur la bonne composition des locataires de la chambre criminelle.

« Ah çà ! s'étonna Métrier, auriez-vous fait le ménage ?

— Et vous, capitaine, auriez-vous fait le vôtre ? » répliqua Kristen du tac au tac.

Aurélien sourit :

« Inutile de vous demander si vous avez entendu du bruit. Qui n'aurait entendu les protestations véhémentes du citoyen auquel nous venons de donner asile ? Mais, j'y pense, vous le connaissez peut-être. Il s'agit du meunier de

Briec ; un homme fort habile à moudre le grain mais qui ne fait pas seulement de la farine. Il n'a pas voulu se montrer docile. A l'en croire, nous nous complaisons à n'arrêter que des innocents. Pourtant, crie-t-on si fort quand on n'a rien à se reprocher ?

— C'est que les serviteurs de la République ont parfois l'oreille un peu dure et que le bon droit doit hurler pour se faire entendre.

— Toujours aussi caustique, citoyen. Vois-tu néanmoins de quel meunier je veux parler ?

— Pas précisément. Je ne fréquente guère les meuniers, n'ayant pas de grain à moudre.

— De grain, soit, mais s'agit-il toujours de moudre du grain ?

— Ça, capitaine, c'est à lui qu'il faut le demander. S'il veut moudre autre chose, c'est son affaire, pas la mienne.

— Nous verrons bien ce qu'il résultera de son interrogatoire. »

L'assurance nonchalante d'Aurélien déroutait Kermoguer et faisait sourdre en lui une inquiétude obscure. Sous son aspect juvénile et ses manières policées, l'homme n'était pas inoffensif. Il représentait au contraire un danger plus pernicieux encore que la hargne aboyeuse des sans-culottes fanatiques, car à l'inverse de ceux-ci il n'inspirait d'emblée ni méfiance ni terreur. On se laissait prendre facilement au miel de son humour et de son urbanité, dont il connaissait manifestement le pouvoir de séduction. Avec lui, les règles dérivaient sans cesse de leur cours ordinaire.

Tandis qu'ils se mesuraient l'un à l'autre du coin de l'œil, un garde vint informer Aurélien que le citoyen L'Haridon, maire de Ville-sur-Aulne, ainsi que les citoyens Le Bouédec, Blondin et Lageat, respectivement président et administrateurs du directoire du district, venaient de se présenter au greffe et demandaient à visiter la prison. Métrier, aussitôt, ordonna qu'on les conduisît à lui. Il les accueillit à la porte de la chambre criminelle, et, après les salutations d'usage, leur fit faire sans tarder le tour du propriétaire.

Pour ces petits notables de province, plus habiles à gérer leur négoce que les affaires d'un district, la venue d'un personnage tel que Jean Bon Saint-André était nécessairement source de grands tracas.

Le député conventionnel, membre éminent du Comité de salut public, jouissait en effet d'une réputation redoutable, fondée pour une bonne part sur la manière dont il avait réprimé les mutineries des équipages de Brest, obtenu leur soumission et rétabli la peine de mort dans le nouveau Code pénal de la marine. Doté d'une intransigeance inflexible, il poussait jusqu'au fanatisme les notions de discipline, de rigueur et de hiérarchie. Afin de renforcer l'efficacité des contrôles et de l'organisation dont il avait la charge, il exploitait la vigilance du comité de surveillance de Landerneau, créé de fraîche date et placé sous son autorité, lequel comité lui fournissait régulièrement des listes interminables de suspects, de déserteurs, d'émigrés, épiait pour son compte la vie privée des citoyens et lui signalait la moindre entorse présumée au respect des lois républicaines. C'est assez dire à quelles sinistres chasses on assistait alors sous l'influence de cet homme. En outre, chacun savait que Jean Bon Saint-André venait de mettre en place une juridiction d'exception à Brest, dont la désignation déjà tristement célèbre de « tribunal révolutionnaire », à l'instar de celui de Paris, glaçait de stupeur et d'effroi ceux qui en connaissaient l'épouvantable fonctionnement. Les exécutions capitales prononcées par ce tribunal en quelques semaines se comptaient déjà par dizaines.

Les visiteurs manifestèrent l'urgent désir d'être instruits de tout jusqu'au plus petit détail, et aucun d'eux ne jugea saugrenu de s'adresser à Aurélien pour cela. Le jeune remplaçant du capitaine Lamarche avait déjà grandement contribué à simplifier les relations entre les autorités civiles et militaires en prêtant une assistance aimable aux opérations ponctuelles pour lesquelles on avait requis son soutien. Au surplus, il se présentait comme l'homme de la situation en opposant à l'affolement de ses visiteurs une fermeté de bon aloi.

Sautant allégrement sur l'occasion qui lui était offerte, Métrier s'empressa d'attirer leur attention sur l'état de la prison, qui, selon lui, ne comportait aucune garantie suffisante de sécurité :

« Il y eut en son temps, leur rappela-t-il, un devis de travaux dressé par le citoyen Jean-Urbain Motreff, à la requête de l'ancien concierge Simon. Il ne me semble pas que ces travaux aient jamais été réalisés et je le déplore vivement bien que n'étant pas personnellement responsable des affaires de cette prison. Voyez-vous, citoyens, quelque motif sérieux de surseoir davantage à la mise en œuvre de ces aménagements ? On pourrait nous reprocher par la suite d'y avoir manqué, si d'aventure il se produisait un incident. »

Son observation plongea les quatre hommes dans l'embarras.

« C'est toujours pareil, releva le maire en maugréant, on en demande de plus en plus aux municipalités, mais les finances ne suivent pas. Notre budget n'est pas extensible et il en supporte déjà trop. Nous sommes donc obligés de courir au plus pressé, et cela au détriment du reste.

« N'y aurait-il pas un moyen de faire exécuter le plus gros au moindre coût en le confiant à des volontaires ?

— Tâche d'en trouver si tu le peux ! Entre les corvées d'empierrement des routes, de charrois, d'étêtage et de transports divers pour le compte de l'armée, les "volontaires" comme tu les appelles ne savent plus où donner de la tête. Bien heureux ceux qui peuvent encore s'occuper de leur ferme !

— C'est donc ce que nous répondrons au représentant, coupa Métrier, espérons cependant qu'il n'en voudra rien connaître... »

Il lui en coûtait d'avoir à s'incliner devant les objections du maire, mais il les savait fondées et, en lisant les injonctions faites aux municipalités, il lui arrivait parfois de douter de la lucidité des dirigeants de ce pays.

Le représentant arrivait, nanti des pleins pouvoirs et accompagné du citoyen Brüe, agent de la 13e division militaire du Finistère, et ensemble, ils allaient examiner à la loupe les affaires du district, juger, trancher, sommer...

Visiblement, corps administratifs et corps municipaux confondus appréhendaient la visite du conventionnel. Faisait-on tout ce qu'il fallait, à Ville-sur-Aulne, pour le maintien de l'ordre constitutionnel, la sûreté de l'État et l'obéissance aux lois ? Ne risquait-on pas de s'entendre taxer de laxisme ou de négligence ? (Deux mots qui pouvaient entraîner les pires conséquences dans un rapport d'inspection.)

Sensible aux raisons des magistrats de Ville-sur-Aulne, Métrier mesurait conjointement l'ampleur de leur désarroi. Ils étaient tout simplement malades de peur à la seule pensée d'encourir le blâme du conventionnel en mission.

« Rassurez-vous, crut-il pouvoir leur confier,

cela ne va pas mieux ailleurs, et je le tiens de bonne source. Néanmoins, nous ne sommes pas aussi démunis que nous en avons l'air. J'ai mon idée là-dessus. »

A force d'expérience et d'observation, Métrier avait compris une chose essentielle : ne jamais évoquer les difficultés ; ne parler que des remèdes. Les temps n'étaient guère enclins à tolérer les empêchements. C'était de solutions que se voulaient avides les cerbères de la Révolution ; de toutes sortes de solutions susceptibles de leur épargner la peine de les inventer eux-mêmes. Et sur ce terrain-là, le Normand ne manquait pas de ressource.

« Nous disposons de plusieurs jours encore, n'est-ce pas ? avança-t-il avec aplomb. Dans ce cas, j'ai résolu de vous aider. Ainsi que vous le savez, les battues sont terminées et les effectifs du cantonnement sont de nouveau au complet. Je me propose de les affecter exclusivement aux réquisitions à partir de maintenant. Je ne vous promets pas des résultats éclatants, au moins donnerons-nous l'impression de mettre beaucoup d'ardeur à poursuivre l'exécution des lois.

L'entretien se tenait dans le couloir, à quelques coudées de la chambre criminelle dont la porte était restée entrebâillée, et aucun des membres de la délégation n'avait encore songé à se renseigner sur les prisonniers. De toute évidence, la prison ne faisait pas partie de leurs priorités du moment. En revanche, ils ne cachaient ni la satisfaction ni le soulagement que leur procurait cette rencontre avec Métrier. Grâce à ses judicieux conseils, ils envisageaient désormais d'un cœur plus serein l'arrivée prochaine du *missus dominicus* de Robespierre.

Kristen et Nolwen, quant à eux, commençaient à s'impatienter. Le temps filait trop vite. Tout à l'heure, il serait trop tard pour risquer l'échappée. Or, la nature des débats auxquels ils assistaient malgré eux leur donnait une furieuse envie de se retrouver dehors. Et plus ils sentaient leur projet d'évasion compromis, moins ils se faisaient à l'idée de le remettre au lendemain. Une journée de plus dans cette prison serait une journée de trop.

Cependant, Métrier n'en finissait plus de dispenser ses encouragements, de proposer et d'écouter alternativement les péroraisons des magistrats. Jamais à court d'imagination, jamais las de répéter dix fois les mêmes choses, il se pliait de bonne grâce à chacune de leurs requêtes sans oser leur faire remarquer qu'elles dépassaient, pour la plupart, ses modestes attributions. Toutefois, si absorbé qu'il fût par les questions dont on l'assaillait, il n'avait pu détourner une seule fois ses pensées des occupants de la cellule voisine qu'une simple porte ouverte séparait du petit comité. Sans les voir, il percevait intuitivement la nervosité grandissante de l'inconnu aux yeux noirs, l'extrême fébrilité de sa jeune compagne, et il ne pouvait empêcher son attention de revenir sans cesse vers ce couple insolite.

Un moment plus tôt, en pénétrant dans leur geôle, Aurélien avait cru y ressentir une tension inhabituelle, comme si son intervention soudaine avait dérangé quelques secrets apartés. Une sorte d'onde imperceptible avait circulé entre l'homme et la fille avant de se perdre dans la moiteur des murs et ils s'étaient hâtivement composé l'un et l'autre une apparence aussi neutre que possible. A première vue pourtant, la chambre criminelle ne présentait rien d'anormal hormis cet air de propreté qu'on ne lui voyait pas tous les jours. Mais il régnait à l'intérieur de la petite pièce une atmosphère étrangement lourde, comme celle qui préfigure les orages d'été, et Métrier n'était pas parvenu à chasser l'impression qu'il en avait gardée.

« Reposez-vous sur moi, citoyens, abrégea-t-il soudain, répondant à une ultime recommandation de ses solliciteurs, je me charge d'en référer au procureur syndic pour ce qui est de la liste des émigrés ainsi que de la vente aux enchères de leurs biens. C'est Guillaume Marc'hadour du Port-Launay qui est traditionnellement requis pour faire la montrée. Il saura bien me fournir son dernier inventaire. Au fond, qu'est-ce qui intéresse le plus nos dirigeants, sinon l'argent que nous faisons entrer dans les caisses de l'État ? Croyez-moi, c'est le nerf de la guerre, et aussi longtemps que nous soignerons ce nerf-là, on nous laissera tranquilles. Le reste n'est que poudre aux yeux. »

Tout à coup, l'un des membres du directoire s'avisa de l'oubli dans lequel on avait relégué jusqu'alors les détenus de la prison. Apercevant le cachot dont la porte entrebâillée lui dissimulait les prisonniers, il voulut savoir ce qu'il contenait.

« Du gibier pour la commission militaire, lâcha succinctement Aurélien, peu désireux d'apporter trop de précisions. C'est la raison pour laquelle nous les tenons à l'écart des autres prisonniers de droit commun. N'en faites aucun cas. Ils ne traîneront pas longtemps ici.

— Commission militaire ? Hum ! Crois-tu ? Avec le tribunal révolutionnaire, les choses vont encore plus vite. »

A cette pensée, le Normand éprouva une vive frustration. La poursuite d'un châtiment exemplaire l'intéressait beaucoup moins que la recherche de la vérité. Une condamnation trop rapide des deux captifs le priverait brutalement du seul moyen dont il disposait actuellement pour démontrer l'existence d'une organisation royaliste dans le district. Exécuter ces témoins revenait à faire disparaître les preuves vivantes de la subversion, sans résoudre pour autant les problèmes posés par cette dernière. En outre, il lui répugnait d'abandonner aux sans-culottes celui qu'il dénommait déjà le « chef royaliste de la Montagne » dont la capture providentielle ne cessait de le réjouir. La chance l'avait si admirablement servi sur ce point qu'il ne pouvait en faire cadeau aux instances civiles. Cet homme était « son » prisonnier. De ce fait, il appartenait aux militaires et c'était aux militaires de le juger.

Tandis que, rassérénés, ses visiteurs prenaient congé de lui, Métrier revint à reculons vers la chambre criminelle sans marquer de précipitation. Les dernières civilités échangées de loin en loin, il réintégra aussitôt la petite cellule où Kristen et Nolwen contenaient à grand-peine les palpitations effrénées de leur cœur. Qu'avait-il négligé de voir ? Qu'est-ce qui se tramait ici avant son arrivée ? Il promenait machinalement ses yeux du sol au plafond, testait de son talon la moindre parcelle de plancher, y compris jusque sous les litières, sondait les murs...

Bertrand, qui le regardait faire sans cacher son étonnement, finit par exprimer sa perplexité :

« Crois-tu de la sorte avoir gain de cause pour tes travaux, avança-t-il à tout hasard, fais-tu le point de tout ce qu'il faut réparer ici ? Tu en as pour un moment, mon vieux. Je n'ai jamais vu de prison plus délabrée. »

Aurélien sourit bizarrement sans interrompre son inspection :

« Peut-être devrions-nous engager nos deux pensionnaires ici présents à pétitionner en faveur de meilleures conditions d'hébergement. C'est leur droit après tout. »

Kristen se raidit imperceptiblement. L'ironie de la formule ne lui avait pas échappé.

« Pétitionner ? se récria Bertrand pour qui l'humour de son ami était un vrai rébus, depuis quand les repris de justice disposent-ils du droit de pétitionner ?

— Depuis que nous sommes en république, mon cher... »

Il allait d'un mur à l'autre, tournait sur lui-même, scrutait les joints des pierres, vérifiait la solidité des barreaux et des verrous. De temps en temps, son regard rencontrait celui de Kermoguer ; un regard plus noir et plus indéchiffrable que jamais.

« Comptes-tu réellement dormir ici ? » protesta encore Bertrand, agacé par ce manège dont il ne saisissait pas le sens.

« Qui sait si je ne le devrais pas en effet ? murmura Aurélien d'un air pensif. Mais qu'importe après tout, je ne suis pas gardien de prison. »

Il marcha vers la porte comme à regret, se retourna une dernière fois vers les deux détenus qui l'observaient intensément, balança une seconde avant de se retirer, puis, tout à coup, s'immobilisa devant la cheminée. Sur le mur du foyer, des coulées de suie fraîche dessinaient une sorte de toile d'araignée. L'œil d'Aurélien enregistra discrètement cette anomalie sans paraître y attacher trop d'importance. Était-ce cela, l'indice qu'il cherchait ? Mais que signifiait-il ?

A défaut de certitude, il jugea plus indiqué de ne pas éveiller la méfiance des deux rebelles. Demain, il serait toujours temps d'y revenir voir de plus près.

Quand il fut enfin parti, Kristen et Nolwen poussèrent un même et profond soupir. Jamais ils n'avaient senti la peur mouiller à ce point leurs vêtements. Ce blondinet de capitaine était décidément le diable en personne !

« Tudieu ! gronda sourdement Kermoguer en se laissant tomber sur sa litière, ce sera lui ou moi !... »

Les dents serrées, il faisait saillir les os de ses mâchoires en une série de contractions nerveuses qui lui donnaient un air sinistre.

« Qu'a-t-il deviné à votre avis ? fit Nolwen en s'approchant de lui.

— Je ne sais pas, mais il a l'esprit vif, le bougre.

— Pourquoi a-t-il regardé ainsi la cheminée ?

— C'est bien ce qui m'inquiète. Je me demande s'il ne médite pas de la faire obstruer. En retrouvant le devis de Motreff, peut-être a-t-il aussi appris les deux évasions. Les événements nous talonnent, Nolwen. Que vous souffle votre instinct à présent ? »

La question s'accompagnait d'une inflexion bougonne, presque agressive, comme s'il lui était pénible de s'en remettre à la prescience de la sauvageonne.

A cet instant précis, dix heures sonnèrent dans le bourg. Ils se consultèrent du regard avec la même amertume. Le temps les avait devancés.

« Êtes-vous prête ? demanda encore Kristen, cette fois sur un ton plus grave.

— Je le suis ! répondit-elle fermement. »

Il parut réfléchir encore une seconde :

« Demain, il sera trop tard, n'est-ce pas ?

— Je crains bien que oui. Même si le capitaine est très occupé, il n'oubliera pas cette cheminée. Demain, nous verrons débarquer ici les ouvriers, les maçons. J'en prends le pari.

— C'est aussi ce que je pense. De plus, l'arrestation du meunier de Briec n'est pas faite pour arranger les choses.

— Pourquoi cela ?

— Parce qu'il est des nôtres et que je ne gagerais pas ma vie sur son silence. »

Nolwen resta bouche bée. Le meunier de Briec ? Un chouan ! Était-ce donc une épidémie que cette Chouannerie?

Sans lui laisser le temps de digérer sa surprise, il la poussa rudement vers la cheminée. Comme il se préparait à la saisir à pleins bras pour la hisser dans le conduit, elle l'agrippa par les revers de sa veste :

« Chacun pour soi ! lui dit-elle en le forçant à la regarder dans les yeux. Quoi qu'il arrive, jurez-moi de ne pas revenir sur vos pas pour me sauver. J'en ferai de même pour vous. Il faut que l'un de nous au moins s'en sorte. Mais si c'est moi qui suis tuée, donnez-moi votre parole d'honneur de ne pas abandonner Tugdual. Votre parole, baron de Kermoguer ! »

Elle semblait transfigurée, illuminée d'une flamme intérieure qui la rendait presque belle. L'énergie qui se dégageait d'elle donnait à son regard une force extraordinaire. Il la dévisagea un instant, subjugué par son rayonnement, galvanisé par son courage.

« Vous avez ma parole, Nolwen, dit-il, la gorge étreinte, mais je vous fais la promesse que nous nous sauverons tous les deux ! »

Sur ces mots, il la souleva d'un seul élan et sentit qu'elle s'arrachait à ses bras pour s'envoler dans le goulot de la cheminée. Il lui laissa quelques secondes d'avance, après quoi, bras et jambes écartés, il s'éleva à son tour dans le conduit de maçonnerie. Devant lui, Nolwen assurait ses prises avec une efficacité qui en disait long sur sa mémoire visuelle. Elle progressait rapidement, aussi leste et agile qu'un chat. Elle était la souplesse quand il était la force. Sa petite corpulence se mouvait avec aisance dans le boyau de pierre qui allait en se rétrécissant vers le haut. Lui, devait jouer des épaules en sentant l'étreinte froide du grès se resserrer autour de son buste à mesure qu'il émergeait en surface.

Parvenue la première sur le toit, Nolwen se tapit derrière le conduit extérieur de la cheminée et attendit, comme convenu, la sortie du baron. De l'endroit où elle se trouvait, elle dominait la rivière. A plusieurs toises en contrebas, entre le pont et la prison, un factionnaire faisait les cent pas devant sa guérite. Elle voyait le canon de son fusil à baïonnette luire sous la clarté de la lune. Au-dessous d'elle, deux autres factionnaires qu'elle ne pouvait apercevoir montaient la garde devant la porte de la maison d'arrêt et, plus loin encore, sur la rive gauche de l'Aulne, à l'autre extrémité du pont, il y en avait un quatrième qu'elle distinguait à peine.

D'un seul coup d'œil circulaire, elle embrassait tout un quartier du bourg avec ses maisons de taille irrégulière, accolées les unes aux autres, ses toits dissymétriques, ses jardinets enclos de murailles basses. Les ruelles désertes baignaient dans une obscurité épaisse et silencieuse. Lisse et majestueuse, dans son écrin de nuit, l'Aulne déroulait son ruban de moire où s'accrochaient des reflets lunaires.

Nolwen s'inquiéta de la suite réservée à l'aventure. Comment le baron escomptait-il descendre de ce promontoire et de quel côté pensait-il les faire échapper sans rencontrer les sentinelles ? Vue de si haut, la chose semblait impossible, et de surcroît la jeune fille commençait à éprouver les effets du vertige. Sous ses pieds, la toiture d'ardoise du bâtiment s'annonçait dangereusement glissante. Au premier faux pas, c'était le plongeon ou l'alerte générale, avec, dans les deux cas, une sérieuse chance d'aboutir au cimetière voisin. A vrai dire, la perspective de finir ses jours d'une manière aussi peu banale n'aurait pas été pour lui déplaire si Tugdual n'avait pas été l'enjeu de cette course folle. Elle redoutait moins la mort qu'un nouvel échec. Jusqu'à présent, elle avait accumulé trop de déboires et trop de déceptions pour ne pas aller jusqu'au bout de ses possibilités. Il lui fallait réussir coûte que coûte et tout entreprendre ensuite pour rejoindre son frère, fût-ce au fin fond de l'ancien royaume de France.

Une main invisible lui tapota le bras. Kristen venait de sauter auprès d'elle. D'un geste, il lui indiqua qu'il prenait la tête de l'expédition. Elle le suivit sans montrer son appréhension. Il se laissa glisser sur la pente du toit jusqu'en bordure de la gouttière et lui fit signe de le suivre :

« Il nous faut tout d'abord passer sur la maison voisine, lui expliqua-t-il quand elle l'eut rejoint, ensuite, nous descendrons doucement par le pignon. Je vous montrerai. »

Sans attendre ses questions, il s'élança d'un bond sur la toiture de la maison mitoyenne et se mit à l'escalader. Puis il invita Nolwen à faire de même.

Elle l'imita sans trembler, bien qu'habitée d'une indicible angoisse. D'une main de fer, il la tira jusqu'à lui.

Quand ils furent réunis sur l'arête du toit, dans l'ombre protectrice de la prison, Kristen dévoila la seconde étape de son plan :

« C'est par les pierres d'angle du pignon que nous descendrons. Ensuite, nous nous coulerons dans l'eau et nous nous laisserons dériver jusqu'au pont, hors de portée des gardes. A mon sens, il n'y a pas d'autre moyen de déjouer leur vigilance. Quand nous serons assez loin d'eux, nous filerons à travers bois. »

Nolwen se pencha au-dessus du vide et réprima un frisson :

« Et si l'une de ces pierres se détachait ?

— Pourquoi le ferait-elle précisément ce soir ? »

Elle frissonna de plus belle :

« Je ne sais pas nager... »

La main de Kristen pressa la sienne avec autorité :

« A tout de suite ! »

Elle le vit descendre prudemment la couverture d'ardoise, s'aplatir sur le rebord, puis engager ses jambes bottées dans l'abîme en se cramponnant à la lisière du toit, avant de disparaître graduellement dans le noir comme on entre dans l'eau. Oubliant sa terreur, elle avança la tête au-dessus de lui et, les yeux écarquillés, étudia attentivement sa technique. Kristen descendait pierre après pierre régulièrement, sans geste inutile, déplaçant alternativement tantôt le pied, tantôt la main, à la recherche des points d'appui les plus sûrs. Agrippé à la paroi de toute la force de ses muscles, il défiait les lois de la pesanteur et son corps semblait suspendu dans le vide.

Quand il fut parvenu à mi-hauteur du mur, Nolwen se résigna à tenter la descente après avoir recommandé son âme à Dieu en esquissant plusieurs signes de croix. L'image fugace de sa mère lui traversa l'esprit, aussitôt supplantée par celle de Tugdual dont la tignasse couleur de paille souleva en elle une lame d'émotion. Rien que pour revoir ce visage tant aimé, elle serait allée jusqu'en enfer ! Appliquée à copier au mieux les audaces acrobatiques du baron, elle avança prudemment les jambes, localisa du bout du pied la première faille, éprouva la fiabilité du moellon puis s'étira le long de la muraille. Très vite, elle comprit d'elle-même le procédé. Les pierres d'angle, non jointoyées, offraient à intervalles réguliers de solides encoches où les doigts trouvaient de providentiels supports. L'ensemble de l'exercice ne requérait, somme toute, qu'un peu d'adresse et d'équilibre si on avait la sagesse de ne pas regarder en bas. Au surplus, il semblait quasi impossible d'être aperçu des sentinelles. Seuls, la chute malencontreuse d'un morceau de roche, un geste maladroit ou un cri intempestif pouvaient désigner les fugitifs à l'attention des gardes. En dehors de quoi, la complicité de l'ombre et l'orientation du mur les rendaient invisibles des divers postes de guet.

Méthodiquement, Nolwen poursuivit sa descente de la même manière qu'elle s'était entraînée à l'ascension de la cheminée. Son corps de paysanne rompu aux travaux pénibles, à la marche et à l'endurance, se pliait sans difficulté aux efforts de cette autre performance. Oubliant son vertige et ses doutes, elle commençait à flairer un parfum de liberté qui lui faisait pousser des ailes dans le dos.

Tout à coup, son pied racla le sol et elle reconnut le familier contact des broussailles autour de ses chevilles. Le cœur battant, elle s'accorda un bref répit tout en cherchant le baron des yeux. Mais il n'était pas là à l'attendre comme elle l'avait espéré. Se souvenait-il seulement qu'elle ne savait pas nager ? Vaguement dépitée, elle se demanda ce qu'elle devait faire. Il s'était borné à lui dire « nous nous coulerons dans l'eau », et de toute évidence c'était le seul moyen de contourner les factionnaires. En conséquence, il ne lui restait qu'à obéir.

A quelques pouces au-dessous d'elle, la surface lisse de l'Aulne s'écartelait sur les rondins de bois plantés le long des berges. Son niveau élevé la mettait presque à portée de main. Il suffisait de s'y enfoncer et de ne plus penser à rien. Peut-être après tout que l'eau portait les corps au lieu de les engloutir, ainsi que le prétendaient ceux qui aimaient s'y ébattre.

Déterminée à venir à bout de l'épreuve, elle entra résolument dans le bain glacé et se laissa happer par la masse liquide en se tenant d'une main à un anneau d'amarrage. Le froid la saisit. Elle suffoqua et son sang se figea dans son corps. Le menton relevé, le cou tendu, elle subit l'effrayante absorption sans comprendre ce qui lui arrivait. Perdue dans cette rivière qui pour elle était un océan, elle entendit tinter les dernières minutes de sa vie.

Soudain, elle se sentit soulevée par le col de sa chemise, tirée, emportée comme si elle ne pesait plus rien.

« C'est admirable d'avoir confiance à ce point ! » ricana une voix dans le noir, tout près d'elle.

Elle ferma les yeux, soulagée. Elle n'était plus seule. Kristen ne l'avait pas abandonnée.

« Ne vous crispez pas, lui recommanda-t-il, laissez-vous aller sans peur, je vous tiens. »

Et comme elle s'étendait de tout son long contre lui, il l'attira sous son bras et se mit à nager en la maintenant à la surface.

Pendant tout le temps que dura leur traversée, elle fut incapable de fournir le moindre effort d'orientation. Engourdie par le froid, abreuvée d'eau sale jusqu'à l'écœurement, elle se laissa dériver au côté de Kristen comme un corps mort. Elle n'avait plus ni bras, ni jambes et à peine un cerveau qui lui ordonnait encore de résister. Au bout de plusieurs minutes, elle perdit même la notion du temps et crut qu'elle flottait ainsi depuis des heures et des heures, peut-être même depuis toujours. Elle sourit béatement à quelque vision extatique et sa bouche se remplit d'écume et de vase.

Une ombre apparut tout à coup au-dessus de sa tête ; une ombre massive et allongée qui ballottait bizarrement dans un halo de détritus. La force invisible qui la poussait à la rive cessa brusquement de la soutenir. Devant elle, un visage émergea de l'obscurité, coiffé d'une touffe d'algues noires :

« Ça va ? » fit l'étrange apparition.

Elle ne répondit pas, mais découvrant qu'elle était debout et qu'on l'avait lâchée, elle coula à pic.

Kristen n'eut que le temps de la rattraper par un bras et de la tirer hors de l'eau. A demi inconsciente, elle s'abandonna à l'emprise fangeuse qui l'entraînait vers le fond, tandis que de toutes ses forces Kristen l'empêchait de sombrer.

« Reprenez-vous ! » lui dit-il en la serrant contre lui.

Mais rien ne pouvait plus l'atteindre. Elle abdiquait, s'en allait doucement. Alors, à bout de ressources, il la gifla à deux reprises, en se souvenant de la correction qu'il s'était promis de lui administrer un jour sans savoir que ce jour viendrait si vite et que ce serait pour lui sauver la vie.

« Au nom du ciel, Nolwen ! »

Elle ouvrit les yeux, hallucinée.

« Cramponnez-vous bien à ceci ! »

Il lui plaqua les deux mains sur le plat-bord d'une barque et, pendant qu'elle s'y accrochait comme elle pouvait, il se hissa à l'intérieur de la petite embarcation. Ensuite de quoi, il hala le corps pétrifié de la jeune fille et le fit rouler dans le fond.

Ivre de fatigue, les membres durs comme du bois, le baron demeura un instant étendu sur le dos, le souffle court et la tête vide. Dieu ! qu'il lui tardait d'être à Kermoguer ! D'écouter Meldreg lui raconter son éternelle battue aux sangliers ; Clervie lui parler de ses casseroles et Maunoir le défier aux échecs. Comme il lui tardait aussi de retrouver sous ses doigts le contact soyeux des crins de son cheval, le fier et fidèle Falco de noble race anglaise, qui savait si bien faire chanter le vent aux oreilles de son maître !

Un gémissement plaintif le rappela à la réalité. Petit à petit, Nolwen revenait à elle en grelottant comme un jeune chien après l'averse.

« Comment vous sentez-vous ? s'inquiéta-t-il en rampant vers elle.

— Où sommes-nous ?

— Dans une barque.

— Pourquoi dans une barque ?

— Parce que je n'ai pas trouvé mieux ! »

Elle se releva péniblement :

« Allons-nous rester longtemps dans cette barque ?

— A vrai dire, plus vite nous quitterons les lieux et mieux cela vaudra pour nous.

— Dans ce cas, qu'attendons-nous ? Partons tout de suite ! »

Elle semblait n'avoir gardé aucun souvenir de sa défaillance et les hésitations de Kristen l'étonnaient. Elle ne parvenait pas à s'expliquer pourquoi ils perdaient l'un et l'autre un temps précieux dans cette méchante barque où elle n'avait même pas souvenance d'être montée.

« Êtes-vous certaine d'être assez vaillante ? Vous avez bien failli vous noyer !

— Apparemment, je ne suis pas morte, alors je peux marcher ! »

Elle s'était déjà mise debout et cherchait à enjamber Kristen. Ses vêtements alourdis d'eau sale et de vase lui collaient au corps, mais elle ne paraissait pas s'en apercevoir. Tels qu'ils étaient, ils ne la gênaient pas, parce qu'elle ne les sentait pas plus que le froid, la fatigue et toutes ses autres souffrances physiques.

« Attendez un peu ! intervint Kristen qui jugeait cette excitation suspecte, m'avez-vous bien compris ? Vous avez failli vous noyer, vous dis-je ! Vous noyer ! Ce n'est pas une plaisanterie. Alors calmez-vous. Pour l'amour du ciel, soyez plus modérée dans tout ce que vous faites ! Et pour commencer, veuillez vous mettre à couvert. Nous sommes assez éloignés du pont, mais ce n'est pas une raison pour narguer les sentinelles ou attirer l'attention d'un passant. Je ne vous ai pas sortie de l'eau pour vous laisser retourner en prison. »

Elle pivota sur ses talons et lui fit face avec une expression de somnambule :

« Vous me conterez cela plus tard. De grâce, partons vite, et je vous obéirai. »

Il l'écarta de son passage, traversa le pont en deux enjambées et sauta sur la rive. Puis il enfila le chemin de halage d'un pas rapide sans se retourner.

Ils marchèrent l'un derrière l'autre jusqu'à la première boucle de l'Aulne en rasant les talus qui bordaient la rivière. A leur droite, la route de Quimper, ravagée par les récents charrois et le passage incessant des convois militaires, invitait à prendre rapidement les chemins de traverse pour éviter sa fréquentation trop dense. Depuis le commencement des années de terreur, on y croisait du monde à toute heure du jour et de la nuit.

A la sortie du méandre, Kristen obliqua vers les collines boisées qui, depuis des siècles, faisaient le renom de cette riante contrée. En pénétrant dans la vallée de l'Aulne, on entrait dans un royaume de rondeurs et de sinuosités, de courbes douces et de verdure ; une région immuable et pourtant chaque fois différente par ses couleurs et par ses formes, ses jeux d'ombres et de lumière, l'humeur changeante de sa rivière. La sécheresse n'y avait jamais droit de cité. Ses terres étaient fertiles et ses bois variés. On l'appelait le « pays des collines bleues ».

D'un pas alerte, le baron se fraya un chemin à travers les halliers que les buissons d'ajoncs habillaient de jaune vif comme aux plus beaux jours de l'été. L'or éclatant de leurs fleurs profuses irradiait au clair de lune d'une phosphorescence magique. Du velours des mousses crépissant les coteaux montaient des parfums de terre mouillée et de bruyère.

Plus ils s'éloignaient de la route et plus le sol prenait de la raideur à mesure qu'ils abordaient les contreforts de la montagne Noire. A l'orée d'un bois de conifères qu'ils venaient tout juste de traverser, Kristen s'arrêta de marcher et balaya du regard la campagne environnante :

« Briec est là-bas, dit-il à Nolwen en étendant le bras. Nous allons appuyer vers la gauche pour rejoindre Gouézec. La route est encore longue. Nous en avons bien pour une heure et demie de marche. »

Sa remarque s'accompagnait d'une inflexion de voix qui lui donnait la tournure d'une question.

« Pour moi, tout va bien », affirma Nolwen en reprenant haleine.

Il l'entendait respirer par saccades et mesurait à sa propre fatigue l'état d'épuisement de la jeune fille.

« Rentrerez-vous avec moi à Kermoguer ?

— Non, j'irai à Kerambraz. Il est temps que je retrouve ma mère.

— Et que ferez-vous ensuite ? Y avez-vous songé ? Dès que notre fuite sera découverte, les Bleus se précipiteront chez vous.

— Je me cacherai quelque temps à La Vraie-Croix... »

Il laissa planer un silence destiné à prolonger les bienfaits réparateurs de ce court répit. Et ce faisant, il se surprit à réfléchir au sort de sa compagne. Pour la première fois, il prit conscience des sombres perspectives que l'avenir lui réservait. Il n'y aurait plus de paix ni de tranquillité pour elle tant que les républicains gouverneraient ce pays. Dès ce soir, elle entrait dans le monde des proscrits, des fuyards, des clandestins. Elle perdait d'un seul coup sa liberté et son identité ; se condamnait à vivre sans visage et sans nom.

« Vous êtes seule juge de vos choix, admit-il d'un ton conciliant. D'ailleurs, je ne peux guère vous promettre plus de sécurité à Kermoguer. Ce petit capitaine ne me lâchera pas comme ça. Il mettra tout en œuvre pour me coincer.

— Avant qu'il ne réussisse à monter au château...

— On ne peut jurer de rien. »

Elle respirait maintenant un peu moins bruyamment et s'activait à ébrancher un bâton avant de se remettre en marche. Il chercha à la hâte une parole aimable afin de stimuler son ardeur :

« Vous êtes très courageuse, Nolwen. J'avoue que votre opiniâtreté me confond, après m'avoir tant irrité... »

Il n'alla pas au-delà de ces quelques mots pour lesquels il s'était déjà surpassé. Avec Ludovic, Pierre-Yves ou Guillaume, les jeunes recrues de Maunoir, les formules chaleureuses lui seraient venues plus facilement, mais avec la fille de l'essarteur, décidément, l'inspiration lui manquait.

Elle avait fini d'émonder son bâton et s'appuyait négligemment dessus, le visage levé vers

Kristen. La lune éclaboussait ses traits d'une pâleur spectrale et ses yeux grands ouverts luisaient comme des fragments d'étoile. L'espace d'une vision, le gentilhomme revit le combat acharné qu'ils venaient de livrer ensemble contre la mort. Il revit le masque blême qu'elle portait à sa sortie de l'eau, le voile glauque qui lui rétrécissait les paupières comme pour les sceller à jamais. Rétrospectivement, l'image de son corps emporté par les flots boueux de l'Aulne, drossé vers quelque digue lointaine ou rejeté sur un banc de sable lui fut à cette minute douloureusement insupportable. L'horreur d'une telle fin l'eût fait douter de Dieu. Cette petite bonne femme était décidément trop vive, trop forte, trop brave pour mériter un sort aussi indigne d'elle, et son regard si beau n'était pas fait pour contempler la mort au printemps de sa vie. Puis, soudain, il tressaillit, stupéfié du cheminement étrange de ses pensées. Comment diable en était-il venu à se représenter Nolwen morte puisqu'elle était en vie ? Et puis, qu'y avait-il de si extraordinaire dans ses yeux qui pût lui inspirer cette émotion insolite ? Il ne leur avait accordé jusqu'ici qu'une attention distraite, et voilà qu'à présent il se souvenait parfaitement de leur forme et de leur couleur ! Avait-il tout à fait recouvré l'esprit ? Ou bien était-ce déjà le tribut à payer pour une vie sauvée dont il serait comptable jusqu'à son dernier jour ?

« Comment saviez-vous que je vous suivrais ? lui demanda-t-elle tout à trac en le tirant par surprise de sa méditation rêveuse.

— Je ne le savais pas ; je l'espérais simplement.

— A cause de votre promesse ?

— A cause de ma promesse et parce que je n'aurais pu me résoudre à vous laisser derrière moi.

— J'aurais pu tomber dix fois dans la cheminée, sur le toit, le long du mur...

— Pour quelqu'un qui, comme vous, est capable de monter à Kermoguer par le chemin de Maunoir, rien n'est impossible.

— Et la rivière ? Que faites-vous de la rivière ? Je n'ai de toute ma vie traversé de rivière autrement que sur un pont ou sur un gué.

— Ne l'avais-je pas prévu ? N'étais-je point ponctuel à vous attendre pour vous apprendre à nager ?

— Oui-da ! Et ensuite ? Qu'est-il advenu ?

— N'en parlons plus, Nolwen, puisque nous sommes ensemble. Reprenons notre marche à présent. Le temps nous est encore compté. »

Ils se remirent en route, toujours l'un derrière l'autre. Kristen allait devant et Nolwen s'évertuait à calquer son pas sur le sien en dépit du poids de ses vêtements trempés. Pour éviter les chemins, ils choisissaient de préférence les espaces de landes vierges, les bosquets et les boqueteaux qui les dissimulaient au regard de la lune. Sous leurs pieds, le sol prenait progressivement une consistance rocheuse et âpre aux talons. Peu à peu les lichens minces supplantaient le molleton des terres chaudes. Droit devant eux, la montagne Noire faisait barrage entre le ciel et l'horizon. Dans le silence de la nuit, ils entendirent la lourde cavalcade d'une harde de sangliers.

Tout au long de leur équipée, ils s'efforcèrent de maintenir une allure assez vive, tant pour presser le mouvement que pour lutter contre le froid. De douloureux élancements leur lacéraient le corps, leur broyaient la poitrine et comprimaient leur souffle. Puis, au terme de cette marche infernale qui dura presque deux heures, ils aboutirent enfin au carrefour qui devait les séparer. Pour Nolwen, il restait environ une demi-lieue à parcourir. Pour le baron, il en restait le double.

Ils s'arrêtèrent à la croisée de leurs chemins respectifs et restèrent un instant face à face sans parler. A cet endroit prenait fin leur brève histoire commune. Demain était un autre jour ; le commencement d'une autre parcelle de vie pour chacun d'eux. Rien ne laissait croire qu'ils se reverraient.

« Je vous souhaite bonne chance, Nolwen, dit enfin Kristen. Dieu fasse que vous n'ayez pas d'ennuis. Je ne sais si l'aventure vous tente de rester parmi nous, mais quelles que soient vos décisions prochaines, j'aimerais en être informé. Vous nous avez trop bien connus pour ne point engager notre cause à travers chacun de vos actes. Songez-y.

— J'ai des décisions à prendre, en effet, mais dans l'immédiat il est encore trop tôt pour en parler. Je verrai certainement Maunoir au camp de La Vraie-Croix. Par lui je vous ferai savoir. »

Il accepta sans sourciller cette déclaration d'indépendance. Il était peu probable que Nolwen eût envie de prolonger leurs relations. Les péripéties qu'ils venaient de traverser ensemble n'avaient que momentanément endormi leur vieil antagonisme. Leur retour à l'air libre le rétablissait.

Il lui fit un petit signe de tête et s'éclipsa derrière un talus. Elle partit de son côté sans lui dire au revoir ni merci.

Chapitre IV

ROC'H-AR-PLEN

La fête de Pâques

Plusieurs jours s'écoulèrent durant lesquels Kermoguer vécut dans l'angoisse d'une perquisition. Pour plus de sûreté, des hommes se relayèrent nuit et jour dans les fourrés environnants afin de veiller à la tranquillité des lieux, et dans les communes circonvoisines les déplacements de la colonne mobile furent épiés avec une attention accrue. Il avait été convenu qu'en cas d'alerte Kristen descendrait se réfugier dans la salle souterraine du manoir, mais il savait que ce subterfuge n'était qu'un pis-aller et que cela ne suffirait pas à décourager Métrier si le capitaine s'était mis en tête de faire le siège de Kermoguer. Par chance, les pluies diluviennes qui noyaient la campagne depuis le début du mois d'avril ne favorisaient guère le déploiement des battues dans la Montagne, car rien n'était plus malaisé que de braver ses chemins introuvables, ses bourbiers et ses déserts hostiles dans des conditions climatiques aussi détestables. Or, le mauvais temps semblait vouloir durer jusqu'aux prochaines marées et garantir par là même aux reclus de Kermoguer ainsi qu'aux hors-la-loi du pays une immunité temporaire contre la chasse républicaine.

Admirablement servi par ce printemps grincheux dont les déluges rageurs le retranchaient du monde, le baron put se croire un instant à l'abri d'une visite inopportune et reprit peu à peu son existence de châtelain en compagnie de Maunoir, sorti heureusement indemne de l'aventure. Le garde, en effet, avait échappé de justesse aux balles des sentinelles mais n'avait pu éviter, hélas, que l'un de ses gars fût tué en s'enfuyant. Le mort étant célibataire, sans famille de surcroît, personne n'était venu le réclamer au maire, de sorte que son cadavre avait fini à la fosse commune du cimetière de Notre-Dame sans livrer d'autre renseignement qu'un certificat de baptême déniché dans ses hardes. Pour l'heure, les Bleus ne savaient toujours pas d'où provenait son fusil.

Grâce aux rapports réguliers de leurs informateurs, Kristen et Maunoir acquirent bientôt la certitude que le danger s'éloignait et qu'aucune de leurs sombres prévisions ne semblait se vérifier. Les Bleus, claustrés dans leur cantonnement, n'osaient plus mettre le nez dehors et aucun bruit inquiétant n'avait filtré de Châteaulin depuis l'évasion des deux prisonniers. Une trêve inespérée, presque miraculeuse tant elle conjuguait de facteurs imprévus, paraissait donc tourner à leur avantage, et cependant Kristen refusait de savourer cette paix provisoire. Le souvenir du mouchoir entrevu par Nolwen persistait à gâter son plaisir d'être libre. Si le transfert de Tugdual n'avait pas encore trouvé d'explication logique, son arrestation, en revanche, était désormais associée à deux noms : Isabelle Jezequel et Thomas Le Goff. Mettre ces deux-là hors d'état de nuire constituait à présent pour le hobereau une mission prioritaire.

Nolwen, pendant ce temps, se morfondait au camp de La Vraie Croix où elle avait trouvé asile après son évasion. Sans nouvelles récentes de son frère, perdue au milieu de ces hommes qui, à l'exception de Ludovic, Pierre-Yves et Guillaume, la traitaient avec quelque distance, elle ne savait plus à quel saint adresser ses prières pour qu'un événement quelconque vînt mettre un terme à son insupportable attente. Cramponnée au mince espoir de voir s'organiser sous peu une expédition sur Auray, elle guettait éperdument le moindre signe susceptible de confirmer l'amorce d'un tel projet, mais la vacuité des jours qui s'enchaînaient les uns aux autres la désolait. Ce temps trop fluide, trop mal employé, obérait gravement les chances de Tugdual et elle commençait à douter des raisons qui la retenaient ici, prisonnière de ses illusions.

Quand elle avait revu sa mère, pourtant, lors de son bref retour à Kerambraz, elle avait cru encore possible de promettre à la pauvre femme la libération prochaine de Tugdual avec l'aide des chouans. Mais que n'aurait-elle promis, alors, pour atténuer le choc de leurs retrouvailles sans joie où l'absence du garçon avait creusé d'emblée un gouffre d'incompréhension et de désespérance ! Il ne lui avait pas fallu longtemps, du reste, pour constater que le récit de sa périlleuse évasion ne suscitait chez Ivona aucune sorte d'émotion dès lors que Tugdual, lui, n'était pas revenu. Incapable de survivre à la disparition de son fils, Ivona visiblement se fermait à tout ce qui n'était pas lui, s'enfonçait dans la douleur comme on prend congé de la vie. Alors, les larmes au bord des yeux, Nolwen s'était entendue lui conseiller presque distraitement :

« Vendez la vache et allez prier votre frère de Landeleau de vous faire l'hospitalité jusqu'à ce que je revienne. Il y a trop de danger pour vous à demeurer seule ici. Votre famille vous aidera. »

Puis, ayant revêtu ce que le banc-coffre contenait de meilleure chemise, elle s'était mise en route pour la forêt de Laz sans se retourner ni sur sa maison, ni sur son village afin de trancher sans regret les liens qui l'attachaient si fort à cet endroit en n'emportant aucun souvenir dans son bagage d'orpheline.

Cette nuit-là, pour la première fois, elle avait compris qu'elle était seule au monde.

Cela faisait maintenant plus d'une semaine qu'elle se consumait dans l'incertitude et l'attente, meublant péniblement ses journées d'occupations futiles, se pliant vaille que vaille aux rigueurs de la vie au camp, ruminant sans relâche. Il lui semblait qu'à nouveau personne ne songeait plus à Tugdual, qu'on l'avait oublié comme les morts de la fosse : modeste et pâle tribut à la funeste « cause » des partisans du roi. Quant au baron de Kermoguer, hier encore si solidaire dans l'épreuve, avait-il lui aussi oublié sa compagne de cellule et surtout le jeune messager qu'il avait pourtant juré de ne pas abandonner ? N'avait-elle pas trop présumé de ses intentions en faisant aveuglément crédit aux serments échangés lors de leur évasion ? De jour en jour, son silence inexplicable ressemblait à un reniement.

Un après-midi, alors qu'à la faveur d'une accalmie elle ramassait du bois mort dans un coin reculé du camp, elle aperçut Maunoir qui s'en venait seul au loin et son cœur, aussitôt, se mit à battre la chamade. Elle n'avait pas revu le garde depuis l'attaque de la maison d'arrêt mais s'était sincèrement réjouie d'apprendre qu'il avait pu regagner Kermoguer sain et sauf. Le chouan abattu près de la guérite s'appelait en réalité Pensec et elle connaissait trop peu ce locataire discret de La Vraie Croix pour déplorer sa perte en lieu de place de Maunoir. Dès qu'elle vit déboucher de l'allée forestière l'homme de confiance du baron, elle fut saisie d'un vertige d'espoir. Depuis leur première rencontre à Kerambraz, sa mémoire conservait de Maunoir l'image d'un allié fidèle de Tugdual.

Il interpella au hasard les quatre ou cinq désœuvrés qui traînassaient sans but aux abords du camp et leur posa une question à laquelle ils répondirent en levant tous le bras dans la direction où Nolwen, à l'affût, observait intensément la scène. En quelques enjambées, Maunoir fut bientôt devant elle et, après l'avoir saluée d'un bref hochement de tête, prit un air de gravité soudaine :

« Nolwen, attaqua-t-il sans circonlocution, c'est à vous principalement que je destine la présente démarche. Il est important que nous parlions. Êtes-vous disposée à m'accorder un entretien ? »

Une boule d'épines au creux de l'estomac, elle se figea, blême et glacée, tandis que sa provision de rameaux lui échappait des bras. Le sourire effacé du garde, sa mine solennelle ne laissaient rien présager de bon. Maunoir perçut son affreuse appréhension et chercha à adoucir la rudesse de son préambule :

« Pardonnez ma brusquerie, je ne voulais pas vous affoler. Ce que je vais vous annoncer n'est pas dramatique, mais ce n'est pas non plus franchement encourageant. Nous savons de source sûre que votre frère se trouve effectivement à Auray, qu'il est vivant et qu'il n'a pas encore été jugé. Malheureusement, la prison d'Auray n'est pas un endroit facile à investir, car les Bleus, là-bas, tiennent la ville sous haute surveillance et il n'est pas commode de s'en approcher. Monsieur Kristen tente en ce moment de joindre certains chefs morbihannais afin d'obtenir leur concours, mais nous serions toutefois bien mal inspirés de vous certifier que nous pourrons faire évader Tugdual.

— Je comprends », dit-elle en baissant le front.

Il la garda sous son regard un court instant, gêné de n'avoir rien de plus réconfortant à lui proposer.

« Bien entendu, crut-il loyal de souligner, vous êtes libre, Nolwen. Personne ne vous impose de rester parmi nous dès lors que nous ne sommes plus en mesure de vous aider comme vous l'espériez. »

Elle releva vivement la tête et ses yeux se plantèrent dans ceux de Maunoir comme deux dards :

« Bien sûr ! persifla-t-elle d'un ton acerbe, je suis libre ! Il suffit de regarder où je vis pour comprendre combien je le suis ! Bannie de ma paroisse, fugitive et proscrite, sans famille, sans amis, sans papiers, peut-on rêver mieux ? Et demain, grâce à la merveilleuse liberté dont je dispose, je partirai pour le Morbihan délivrer mon frère seule et de mes deux mains nues ! »

Maunoir l'interrompit d'un geste :

« Vous m'avez mal compris. Notre soutien vous est acquis quoi qu'il advienne...

— Oh ! je sais à présent de quoi est fait ce soutien-là ! Je vous ai pourtant bien écouté, et voilà où cela me mène ! Je n'ai jamais été plus seule. Dans ces conditions, je préfère me passer de vous ! »

L'amertume lui inspirait des mots injustement brutaux qui lui faisaient plus mal qu'ils ne blessaient Maunoir. Des larmes retenues dans un effort de dignité furieuse scintillaient au fond de ses yeux d'ambre. Maunoir encaissa l'algarade sans broncher, la conscience tuméfiée mais le cœur fraternel.

« Vous n'êtes pas aussi seule que vous pouvez le penser, rectifia-t-il doucement en posant ses mains sur les épaules de la jeune fille. Parmi les hommes qui sont ici, j'en connais peu qui méritent autant que vous le droit de faire partie des nôtres. Croyez-moi, Nolwen, nous tenons à vous. »

Elle tressaillit et son regard arrondi de surprise se troubla légèrement.

« Cependant, reprit Maunoir sans se laisser distraire, nous savons que votre présence chez nous ne se justifie que par le malheur de votre frère, c'est pourquoi il nous est impossible d'exiger de vous un engagement formel. »

Alertée par la conclusion suspecte de cet éloge, elle fut immédiatement sur ses gardes :

« Un engagement ? Quelle sorte d'engagement pourriez-vous exiger de moi ? »

Ce terme à lui seul la hérissait. N'était-ce pas au nom d'un « engagement » que Tugdual croupissait en prison ?

Il recula d'un pas comme on calcule son élan avant de s'avancer sur une corde raide :

« Laissez-moi vous expliquer », dit-il.

Il commença par lui livrer la plus stupéfiante des nouvelles qu'il tenait en réserve : le départ de Métrier. Requis par l'état-major général de faire route promptement sur la région de Vannes, Aurélien Métrier avait quitté Châteaulin trois jours auparavant à la tête d'un bataillon de deux cents hommes composé pour moitié des soldats d'Alençon. Le cantonnement aux trois quarts dépeuplé n'abritait plus qu'une mince réserve d'effectifs, ce qui constituait une raison suffisante pour suspendre les battues et renoncer, de ce fait, à poursuivre les évadés. A défaut de troupes pour quadriller la région, les républicains devaient limiter leur action à de modestes opérations de police dans les communes de la vallée où ils ne risquaient pas de mettre la main sur ceux qui leur avaient faussé compagnie. Voilà pourquoi on ne croisait plus guère d'habits bleus sur les chemins de la Montagne, rendus impraticables, de surcroît, par l'offensive du mauvais temps.

En outre, enchaîna Maunoir résolument optimiste, tout permettait de supposer que la double évasion de la maison d'arrêt avait bénéficié d'une discrétion frileuse de la part des autorités civiles lors du passage de Jean Bon Saint-André, car dans les parages de la municipalité on observait à ce sujet la règle d'or du silence. Par conséquent, si l'affaire n'avait pas été ébruitée en son temps, il était peu probable qu'elle le fût par la suite tant il y avait lieu de redouter le zèle impitoyable du comité de surveillance dont les oreilles traînaient partout. Autrement dit, il n'était plus utile de se cacher, mais il devenait possible d'exploiter au contraire cette opportunité en offrant à la Chouannerie l'occasion de se distinguer. Un projet, justement, venait de voir le jour, à l'initiative d'Arzhel et de quelques autres, projet hautement estimable mais d'une envergure telle que pour le réaliser on allait devoir recruter du monde...

L'allusion contenue dans cette phrase inachevée grinça désagréablement aux oreilles de Nolwen. Elle se ferma d'un seul coup, révoltée par avance à l'idée qu'on pût vouloir l'embrigader en abusant de sa naïveté. Son frère payait déjà trop cher cette coupable imprudence et elle n'avait aucune envie de l'imiter.

« Ce projet ne m'intéresse pas ! coupa-t-elle sèchement. J'ai déjà le mien et vous savez lequel. »

Patient comme à son ordinaire, Maunoir poursuivit comme s'il n'avait pas entendu :

« Il s'agit, cette fois, de la fête de Pâques. Cette année encore, l'intolérance républicaine nous interdit de célébrer la résurrection du Christ selon la tradition chrétienne. Or, bon nombre de paroissiens entendent passer outre et organiser une grande célébration à laquelle pourront s'associer tous les fidèles de la foi. L'endroit est déjà trouvé : ce sera Roc'h-ar-Plen, et Alan Labadan, le chapelain de Kermoguer qui vit ici à La Vraie Croix, dira l'office. Imaginez l'énorme procession de pèlerins que cette fête va drainer à travers la montagne. L'organisation d'une telle transhumance réclame des mesures de sécurité multiples qu'il serait criminel de laisser à la seule charge des participants. Donc, nous les protégerons ainsi qu'Arzhel, leur porte-parole, nous en a priés pour eux. Et je crois, en effet, que c'est notre devoir. Mais pour assumer pleinement notre rôle, nous aurons à constituer une véritable escorte en rassemblant le plus grand nombre possible de volontaires. Accepteriez-vous d'en être ? »

La surprise lui souda les lèvres. Volontaire ? Maunoir lui demandait de se joindre aux volontaires ? Elle qui ne savait même pas charger un pistolet et encore moins utiliser un fusil ! Grand Dieu ! Fallait-il en rire ou en pleurer ?

« Est-ce une plaisanterie ? parvint-elle à articuler en levant sur Maunoir un regard ahuri.

— Ai-je l'air de plaisanter ? Le sujet, pourtant, ne s'y prête pas. Si nous n'aidons pas ces gens, ils se rendront à Roc'h-ar-Plen par leurs propres moyens et nous serons responsables de ce qui peut leur arriver.

— Parlons-en, justement, de ce qui peut leur arriver. Si j'ai bien compris, il reste la colonne mobile et quelques soldats encore. Que ferons-nous si les Bleus nous surprennent ?

— Si les Bleus nous surprennent, c'est qu'il y aura eu trahison. Retenez bien cela, Nolwen, la trahison sera scellée et nous pourrons alors en réduire les auteurs. Vous et moi, nous les connaissons déjà, n'est-ce pas ? »

Elle porta machinalement la main à son front. La tête lui tournait un peu. Maunoir, comme toujours, l'étourdissait de paroles sans lui laisser le temps de réfléchir. Qu'y avait-il là-dessous qu'elle ne saisissait pas ?

« Enfin ! mais pourquoi moi ? regimba-t-elle dans un sursaut de lucidité.

— Monsieur Kristen m'a raconté votre évasion. Je sais maintenant ce qu'on peut attendre de vous. Vous avez fait vos preuves d'éclatante façon et vous êtes assurément une recrue prometteuse. En clair, nous avons besoin de gens comme vous. »

Déterminée à ne pas lui céder, elle objecta encore, plus faiblement :

« Je ne suis pas un chouan. Je ne sais pas me battre. Et puis, ma mère est à Kerambraz et Belig...

— J'allais y venir. Votre mère n'est plus à Kerambraz mais en lieu sûr à Landeleau chez votre oncle Nicolas. C'est bien là que vous lui aviez conseillé de se rendre, n'est-il pas vrai ?

— Comment le savez-vous ?

— Arzhel s'est chargé d'elle après votre départ. Nous avons aussi pour principe de protéger tous les membres de notre "famille". »

Elle ferma les yeux une seconde, abasourdie par cette information qui la frappait en plein cœur. Comment Arzhel avait-il su ? Comment avait-il fait ? N'importe, Ivona était à Landeleau et rien ni personne ne pouvait plus la menacer puisque les chouans veillaient sur elle comme ils allaient veiller bientôt sur les paroissiens de

Pâques. Ainsi l'organisation royaliste ne se contentait pas de faire la guerre pour un obscur idéal politique. Elle était capable de mettre sa surprenante efficacité au service des plus humbles et de tous ceux qui un jour ou l'autre l'avaient appelée à leur secours. C'était donc cela, aussi, la Chouannerie ? Des hommes qui se dévouaient dans l'ombre pour d'autres hommes qui ne leur étaient rien, des combattants anonymes prêts au sacrifice suprême pour leur pays et pour leur foi ? Elle avait ri de leur accoutrement, s'était moquée de leurs grimaces guerrières, mais en l'espace d'un petit mois neuf d'entre eux déjà étaient morts au nom de la parole donnée et d'une certaine idée de la liberté.

Une petite bulle de chaleur vint alors crever au fond de sa poitrine et quelque chose qui ressemblait à de la gratitude se répandit en elle comme un courant d'eau tiède. Sa mère hors d'atteinte et demain, peut-être, son frère délivré par les Morbihannais, n'était-il pas temps de participer à l'œuvre commune dans un souci de réciprocité ?

« Et... et que souhaitez-vous que je fasse précisément pour cette fête de Pâques ? demanda-t-elle après s'être éclairci la voix.

— Je reviendrai vous voir dans deux ou trois jours afin de vous l'expliquer, mais cela devra rester strictement entre nous. Vous saurez pourquoi plus tard et vous comprendrez tout.

— Tout ? N'est-ce pas là me surestimer ?

— Je ne crois pas, non. »

Elle vit dans le sourire satisfait du Major flotter un brin de malice qui la laissa rêveuse. Était-il content de sa recrue ou simplement content de lui ?

Ils étaient encore plus nombreux que prévu, les pèlerins de Pâques qui se pressaient en files indiennes jusqu'au lieu du rassemblement. Vêtus pour la plupart de leurs meilleurs effets, le bâton à la main et le chapelet dans l'autre, ils recréaient d'emblée l'ambiance des grands pardons qui animaient jadis les hauts lieux de la région. La joie intense et lumineuse qui se lisait dans leurs regards témoignait éloquemment de leur ardeur spirituelle et du désarroi dans lequel leurs âmes, sevrées de religion, avaient sombré peu à peu.

Postée à l'entrée de la métairie noble de La Roche, propriété d'une lointaine parente du baron de Kermoguer, Nolwen les regardait venir au rythme lent d'une procession, dans le bourdonnement sourd des prières marmonnées, et elle sentait croître ses appréhensions en constatant la présence d'innombrables enfants. Les parents les avaient traînés avec eux, malgré le danger, et d'aucuns, déjà exténués, commençaient à pleurnicher en s'agrippant aux jupes de leurs mères. De jeunes femmes avaient amené leurs nourrissons, minuscules momies couvertes de bandelettes, qu'elles abritaient tant bien que mal dans les plis de leur cape. Et tout ce petit monde faisait un beau tapage qui laissait peu de chances de passer inaperçus.

Auprès de Nolwen se tenaient Pierre-Yves, Ludovic, Guillaume ainsi qu'une douzaine de jeunes gens qui, tous, étaient armés. La jeune fille, elle, ne portait aucune arme à l'exception d'un gros bâton ferré avec lequel elle jouait distraitement. Obéissant scrupuleusement aux ordres d'Arzhel, ils surveillaient le vaste troupeau des fidèles qu'ils se préparaient à conduire à Roc'h-ar-Plen, et devant l'ampleur inattendue de leur mission, éprouvaient une inquiétude grandissante. Le flot incessant des paroissiens venant par vagues successives des villages les plus reculés leur procurait, en effet, les plus vives alarmes. Aux gens qui, en arrivant, s'informaient du déroulement de la cérémonie, ils répondaient laconiquement :

« Elle est prévue pour sept heures. Oui, nous y serons à temps. Nous aurons à marcher un peu. »

Les vieillards baissaient la tête, honteux de se voir si faibles. Les hommes juchaient les jeunes enfants sur leurs épaules. Les femmes n'osaient pas avouer leur peur. Parfois se produisaient de surprenantes retrouvailles :

« Comment ? Toi ici, Grégoire ? Tu es donc parmi les chouans, toi aussi ? »

En général, l'incident plongeait l'intéressé dans l'embarras. Tous ceux qui, ce soir-là, portaient un fusil, se désignaient ostensiblement à l'attention de leurs voisins et se mettaient, par conséquent, à la merci d'une dénonciation. Même au milieu des gens dont ils avaient la garde, ils n'étaient jamais en sécurité.

Cependant, Nolwen scrutait inlassablement le lacet de la route où d'autres pèlerins continuaient d'affluer. Les abords de la métairie ressemblaient à un champ de foire et le puits était pris d'assaut pour étancher les gosiers desséchés autant que pour faire taire les gémissements des ventres qui s'étaient vu imposer le jeûne.

« Il va être temps ! lui fit remarquer Ludovic nerveusement, nous ne pouvons pas les attendre indéfiniment. Tant pis pour les retardataires !

— Ce ne sont pas les ordres, Ludovic ; nous devons encore attendre.

— Je me demande ce qui se passera si nous nous faisons écharper en chemin. As-tu vu tous ces marmots ?

— Il faudra les regrouper au centre du cortège et placer un cordon d'hommes de chaque côté.

— Quelle autorité ! glousse le garçon, ne dirait-on pas un général qui distribue ses commandements ?

— Pas besoin d'être général pour comprendre ça ! » rétorqua-t-elle sans humour.

Pendant ce temps, les autres compagnons trompaient leur attente comme ils le pouvaient. Trop tendus pour chercher à lier conversation, ils se contentaient d'observer à distance les petits groupes qui s'étaient formés, tout en vérifiant leur arme pour la dixième fois, histoire de se rassurer.

Leur jeune bravoure s'effrayait un peu d'avoir tant de monde à protéger.

A son tour, Guillaume s'approcha de Nolwen :

« Toujours rien ?

— Non, mais cela ne saurait tarder. »

A peine venait-elle de prononcer ces mots que trois cavaliers débouchèrent d'un méandre de la route, à moins de trois cents toises de la métairie.

« Voilà Arzhel ! s'écria Guillaume avec soulagement, mais qui sont les deux autres ? »

Les yeux myopes du jeune homme l'empêchaient d'y voir clairement au-delà d'une certaine distance.

« Le baron et Maunoir, énonça tranquillement Nolwen, et le troisième n'est pas Arzhel. »

Ludovic, Pierre-Yves et Guillaume la dévisagèrent avec un vif étonnement

« N'était-il pas convenu que c'était Arzhel qui devait venir nous chercher ?

— Si fait, mais il y a eu changement.

— Si tu le savais, pourquoi ne nous as-tu rien dit ? »

Nolwen se trouva dispensée de répondre par

l'arrivée des trois cavaliers. Entre le baron de Kermoguer et celui qu'ils appelaient le Major, ils reconnurent alors Yoakim, le chef du bourg de Saint-Thois.

Kristen laissa tomber son regard noir sur la petite troupe :

« Tout est en ordre ? » s'informa-t-il d'un ton rogue.

Il s'adressait aux uns et aux autres indifféremment, et à personne en particulier. C'était la première fois qu'il revoyait Nolwen depuis leur évasion, mais il ne lui portait guère plus d'attention qu'aux garçons qui l'entouraient.

« Il y a presse, comme vous pouvez le constater, s'empressa de répondre Ludovic d'une voix mal assurée, et aussi une nuée d'enfants. N'est-ce pas trop risqué à votre avis ?

— S'il n'y avait aucun risque, notre présence ici serait inutile. »

Ce disant, Kristen examinait attentivement les rangées de fidèles massés le long des grosses dépendances de la ferme tout en s'efforçant d'évaluer le nombre des bambins. Il y en avait de tous les âges, parfois dix et davantage issus d'une même famille, et le baron ne pouvait s'empêcher de juger effarant le fait que la misère fût si féconde. Bien peu de ces enfants, visiblement, mangeaient à leur faim. Des familles entières croupissaient dans l'indigence et la mendicité. Plus tard, la tuberculose, les épidémies et la malnutrition endémique se chargeraient de décimer le fragile troupeau sans que quiconque y trouvât à redire. Les choses allaient ainsi depuis si longtemps ! Et sans doute fallait-il faire beaucoup d'enfants chez les pauvres pour conserver la chance d'en sauver quelques-uns.

Prenant appui sur ses étriers, Kristen se souleva légèrement de sa selle et tourna la tête vers la route. Elle était maintenant déserte.

« Nous allons nous mettre en marche, annonça-t-il aux membres de l'escorte. Tâchez de les faire se ranger. Qu'ils restent tous bien groupés, les enfants au milieu, les hommes de chaque côté, et surtout pas de traînards. »

Ludovic décocha un coup de coude espiègle à Nolwen et son geste attira le regard du baron vers la jeune fille :

« Où est votre arme ? » lui demanda-t-il sèchement.

Elle lui montra son bâton. Lors des préparatifs au camp de La Vraie Croix, on n'avait pas estimé nécessaire de lui confier une arme à feu. Le sexe faible n'était pas censé savoir se servir de ces inventions d'homme.

« Qu'on lui donne une arme ! » exigea le baron sur-le-champ, s'adressant à Yoakim.

Celui-ci parut embarrassé. C'est qu'il n'y en avait guère de reste, et seuls les plus aguerris en avaient touché une. Intimidé par le baron, le chef de Saint-Thois hésitait à formuler ses objections.

« Débrouille-toi, il faut qu'elle soit armée comme les autres ! » trancha péremptoirement Kristen.

Là-dessus, il fit faire demi-tour à son cheval sans attendre l'exécution de son ordre.

A la fois confuse et irritée, Nolwen le regarda s'éloigner sur le bord de la route. Pas un signe, pas un seul mot aimable rappelant leur aventure récente n'était venu adoucir l'austère raideur de cet homme. Rien de ce que le hasard leur avait fait partager n'avait laissé d'empreinte sur sa froide personne. En vérité, il se moquait éperdument qu'elle fût armée ou pas.

Dépitée, elle allait renoncer à se procurer une arme quand la voix de Maunoir la fit sursauter :

« Nolwen ! »

Le garde forestier lui souriait de cette façon indéchiffrable qui était la sienne : mélange de bienveillance et d'ironie, de gentillesse et de moquerie.

« Tenez, lui dit-il en tirant un pistolet d'une de ses fontes, j'en ai deux autres sur moi. Prenez garde, il est chargé. Vous pourrez le conserver, je vous en fais cadeau. »

Elle le remercia d'un sobre hochement de tête et s'empara de l'arme d'une main ferme. Pendant ce temps, les pèlerins s'agglutinaient mollement autour du baron tandis que Pierre-Yves, Guillaume et les autres les invitaient à respecter un semblant d'alignement en répétant à l'infini les mêmes consignes. Les vieillards quémandaient un soutien charitable auprès des jeunes hommes. Les femmes poussaient leur marmaille devant elles. Des bébés pleuraient.

Soudain, la pluie qui jusqu'alors s'était annoncée par de gros nuages cendreux, abattit d'un seul coup son manteau de grisaille sur toute la campagne. Des myriades de fines gouttelettes scintillantes comme de la poussière d'argent enveloppèrent bientôt la procession. Le chemin disparut, noyé dans une brume opaque. Le jour expira en quelques minutes et la lune, prise de vitesse, tarda à se montrer.

Le défilé se mit en branle, vaille que vaille, derrière Kermoguer et son garde qui ouvraient la marche tête nue, sans cape ni manteau. A la fin du cortège suivait Yoakim, mal à l'aise sur l'étalon prêté par le baron. Nolwen et ses compagnons, répartis de chaque côté, allaient à pied le long des fossés bourbeux et des talus embroussaillés. Un silence lourd s'était installé dans les rangs.

A un quart de lieue de La Roche, d'autres chouans vinrent se joindre au groupe après avoir surgi sans bruit des fourrés. Plusieurs rejonctions étaient ainsi prévues tout au long du parcours de manière à grossir progressivement l'escorte. Les nouveaux venus prirent place dans les rangs sans un mot, le fusil dans les bras, le chapeau enfoncé sur la tête.

Ils étaient à présent une quarantaine à encadrer les participants à la messe de Pâques, lesquels, bien que se sachant sous bonne garde, n'en rechignaient pas moins à exprimer leur satisfaction. Tous ces hommes en armes, n'étaient-ils pas des hors-la-loi ? Que faisaient-ils sous les ordres de ce ci-devant aux cheveux noirs qu'on disait être le baron de Kermoguer en personne ? Ni les uns ni les autres n'avaient bonne réputation et tous étaient plus ou moins recherchés. N'était-ce pas narguer les autorités que d'accepter leur compagnie ?

Conscients de ne pas jouir d'une affection unanime, les chouans accomplissaient leur mission sans zèle superflu. Attentifs et discrets, ils marchaient en silence, les yeux braqués sur les bosquets environnants. Le chemin liquéfié par la pluie sinuait interminablement entre des coteaux abrupts où bondissaient çà et là de minuscules cascades. Étranglé entre les talus et les souches, encombré de broussailles et de ronces, il imposait aux marcheurs d'épuisantes contorsions qui brisaient à tout moment le rythme de leurs pas.

Bientôt, la forêt de Laz s'annonça par une abondance de grands arbres majestueux et drus dressés comme une muraille entre la terre et l'horizon. La route rétrécit pour épouser peu à peu le tracé incertain d'une allée forestière. Il fit soudain plus sombre.

Opulente et riche de futaies somptueuses et de bois aux essences variées, la forêt de Laz était surtout réputée pour ses animaux sauvages, ses brigands, ses créatures fabuleuses. D'innombrables légendes couraient à son sujet, amplifiées par des siècles de terreurs ancestrales et de superstitions obscures. Tous les hôtes traditionnels des forêts bretonnes s'amusaient, disait-on, à y multiplier les pièges à chrétiens, et les anciens connaissaient par cœur ces histoires de lutins facétieux, de dame blanche et de loup-garou qu'ils tenaient eux-mêmes de leurs grands-pères et qu'ils truffaient à loisir de détails effrayants. A les en croire, le seul fait de traverser une forêt après le coucher du soleil relevait assurément de la plus folle témérité et, dans bien des cas, ils n'avaient pas tort. Celle de Laz, entre autres, passait à juste titre pour un véritable coupe-gorge et l'on y rencontrait sans doute moins de lutins et d'*anaon* que d'assassins, de voleurs et de loups qui tous trouvaient d'appréciables retraites dans les énormes rochers dont elle était farcie.

L'allure nettement moins vaillante, le défilé s'engagea dans l'allée détrempée, derrière les deux cavaliers de tête qui lui ouvraient la marche au milieu des troncs noirs. La peur qui dévastait les ventres enrobait le cortège d'un silence funèbre. Dans les rangs, les enfants assommés de fatigue avaient cessé de geindre et les bébés s'étaient endormis dans les bras de leur mère.

Quelques instants plus tard, tandis que la procession abordait un important carrefour signalé par une croix de bois, un homme sortit de l'ombre et s'avança au-devant des marcheurs. Le prénom d'Arzhel rebondit de bouche en bouche au cœur de la cohue. Kristen et Maunoir poussèrent leur cheval vers lui et un bref conciliabule s'instaura entre les trois hommes. La rencontre, à première vue, n'avait rien de fortuit et la conversation ne dura pas plus d'une minute. Puis, les deux cavaliers revinrent sur leurs pas, sous l'œil intrigué et inquiet des témoins des premiers rangs. L'environnement lugubre des hautes futaies, la nuit, la pluie, le sentiment oppressant d'une menace invisible donnaient au plus modeste incident un air de grave étrangeté.

Sur un geste de Kermoguer, on fit cercle autour de son cheval :

« C'est ici que nous nous séparons, annonça-t-il aux fidèles. La messe n'aura pas lieu à Roc'h-ar-Plen mais dans la chapelle désaffectée qui se trouve au sud-ouest de la forêt. Arzhel vous y conduira avec une partie de ses hommes qui vous attendent en chemin. Alan Labadan est déjà là-bas. Quant à nous, nous nous rendrons comme convenu à Roc'h-ar-Plen. »

Les paroissiens s'entreregardèrent d'un air médusé.

« La chose était prévue, s'empressa de préciser Kristen pour anticiper la volée de questions qu'il sentait prête à fuser. Il va de soi que nous ne pouvions laisser se dérouler cette messe sans prendre certaines précautions. Et ainsi que nous le supposions, les Bleus ont été prévenus. Tranquillisez-vous néanmoins, vous n'êtes pas en danger et ne le serez à aucun moment si vous vous en remettez à nous. Pendant que vous assisterez à l'office, nous irons à Roc'h-ar-Plen afin de ne pas décevoir ces pataauds de républicains. Je n'ai besoin que de quelques volontaires sachant correctement se battre. »

L'un après l'autre, tous les hommes de La Vraie Croix vinrent spontanément se ranger à côté du baron.

« Non, rectifia Kristen, quinze d'entre vous suffiront. Les autres doivent rester avec Arzhel afin de rejoindre le gros de la bande qui vous attend à un mille de là. »

A regret, quelques garçons s'écartèrent du peloton des volontaires après avoir vainement espéré être devancés par d'autres. Un moment indécise, Nolwen choisit en dernier lieu de compléter l'équipe d'Arzhel.

« Pas vous ! objecta aussitôt le baron, je préfère que vous soyez des nôtres. Téo vous remplacera. »

Prudente, elle obéit sans marquer trop de précipitation. Était-ce là un honneur ou un désaveu ? Elle n'aurait pu jurer de rien, car l'ordre était trop sec pour ressembler à un traitement de faveur. Mais, par ailleurs, pourquoi Kristen de Kermoguer avait-il si gravement humilié Téo, en l'évinçant sans ménagement de la garde prétorienne, quand le vieux sanglier montrait à l'évidence son grand désir d'en faire partie ? Les mobiles du baron justifiaient-ils un tel affront ?

Sans être parfaitement instruite des dessous de l'opération, elle avait obtenu de Maunoir le détail des modifications successives et nécessaires qui devaient émailler le déroulement de la cérémonie nocturne. Aussi avait-elle assisté aux différents changements sans partager les étonnements de ses compagnons. Toutefois, elle ignorait tout de ce qui se préparait maintenant, car en aucune façon Maunoir ne lui avait laissé entendre qu'il faudrait aller chercher les coups à Roc'h-ar-Plen. La seule chose dont elle se souvenait clairement était cette phrase du Major : « Si nous sommes attaqués, la trahison sera scellée et nous aurons alors à en réduire les auteurs. » Mais fallait-il pour autant courir à Roc'h-ar-Plen pour démasquer Isabelle Jézéquel et ses complices ? Sur ce point, les explications lui manquaient autant qu'aux autres.

Arzhel prit la tête du cortège et la foule lui

emboîta docilement le pas. La présence des Bleus quelque part dans les parages poussait les fidèles à ne pas lanterner. Et puis, ne venait-on pas de leur parler d'une chapelle, de l'autre côté de la forêt ? Cette perspective à elle seule les rendait accommodants. Kristen les regarda quitter progressivement les lieux et demeura immobile aussi longtemps qu'il put distinguer les silhouettes ondulantes des derniers marcheurs. Il se sentait terriblement responsable de ces gens et savait qu'en ayant fait le choix depuis le commencement de les réunir à la chapelle plutôt qu'à Roc'h-ar-Plen il avait pris une sage décision, même s'il les avait bernés. La publicité faite autour du lieu présumé de leur rassemblement servait en vérité d'autres objectifs que seuls Arzhel, Maunoir et lui connaissaient. Il était donc indispensable que les pèlerins fussent tous convaincus de se rendre à Roc'h-ar-Plen. A présent, restait à exécuter l'autre partie du plan, c'est-à-dire empêcher que les Bleus, flairant le stratagème, ne se missent à battre la forêt en grand. Avec une telle colonie d'enfants, le risque de donner l'éveil n'était pas totalement négligeable. Par conséquent, l'embuscade républicaine les attendait à Roc'h-ar-Plen, c'était donc à Roc'h-ar-Plen qu'il fallait aller. Mais au lieu d'emprunter le chemin par lequel les paroissiens auraient dû théoriquement converger, on allait s'en approcher par un sentier de traverse et aussi discrètement que possible.

Sous la conduite de leurs chefs, les chouans s'enfoncèrent silencieusement dans les sous-bois où régnait un clair-obscur poisseux peuplé d'ombres fantomatiques, de scintillements, de frôlements suspects. La terre gorgée d'eau empâtait leurs semelles et la masse exubérante des broussailles, que les chevaux écartaient devant eux, leur infligeait au passage de grandes gifles mouillées. Le layon par lequel on les emmenait « casser du Bleu » ne paraissait exister que dans l'imagination de monsieur Kristen tant il se confondait avec la piste d'un gibier minuscule, se ramifiant à perte de vue dans l'insondable profondeur des fourrés. Empêtrés dans les ronces, griffés, trempés, jouant des coudes et des épaules, ils s'échinaient à en suivre le circuit fantaisiste en se retenant à tout instant de pester.

Nolwen, elle, ne quittait pas des yeux la haute forme noire qui chevauchait devant et se mouvait avec une incroyable aisance entre les branches basses et les buissons d'épines. Le hasard, une fois de plus, la plaçait dans l'ombre du baron et il lui semblait revivre certaines situations récentes où cette ombre la guidait déjà. En fin de compte, elle ne regrettait pas de se retrouver là, parmi ceux qu'il avait réunis sous son commandement pour battre les Bleus sur leur propre terrain. La finalité de l'entreprise lui importait moins que le fait d'assouvir sa soif d'en découdre. Avec Kristen de Kermoguer elle avait fait l'apprentissage rapide de la vélocité et de l'audace dans des actions spectaculaires, et curieusement il y avait comme de l'excitation dans l'ardeur impatiente qui lui montait des reins.

L'approche se poursuivit sur près d'une demi-lieue, épuisante, fastidieuse, puis le baron leva la main et tous s'arrêtèrent derrière lui comme un seul homme. Avant de descendre de selle, il posa expressivement son doigt sur ses lèvres en se tournant vers ses gars. En face, par-delà la frange échevelée d'un ultime rideau d'arbres, l'ombre de Roc'h-ar-Plen se profilait à la lisière d'une clairière toute proche.

Maunoir et lui mirent pied à terre à l'abri

d'un bosquet de jeunes frênes et rangèrent leurs chevaux à l'écart du passage. D'un même mouvement, ils tirèrent deux pistolets de leurs fontes qu'ils glissèrent dans leur ceinture, plaquèrent leur sabre contre leur cuisse et s'avancèrent à couvert afin d'examiner l'endroit. Le sanctuaire de roches initialement choisi pour la cérémonie de Pâques ressemblait à un gigantesque amas de blocs gréseux, déchiquetés par l'érosion et évoquant de loin en loin un temple primitif ou un antique poste de guet. Sa protubérance massive, visible de très loin, servait de point de repère aux habitants de la région. On lui attribuait toutes sortes de vocations étranges que l'imagination populaire, éternellement avide de terrifiants secrets, puisait dans la mémoire d'un passé légendaire. En vérité, nul ne savait exactement de quelles archaïques et lointaines pratiques Roc'h-ar-Plen avait été jadis le théâtre de pierre, sinon que depuis des lustres on y faisait de fort mauvaises rencontres. Il planait sur le site un relent de mystère, une odeur de soufre et de sang qui distillaient l'angoisse comme un charme maudit. Les hommes se signèrent en hâte, saisis de terreur superstitieuse, tandis que Kristen et Maunoir se concertaient à voix basse.

Arzhel avait vu les soldats investir Roc'h-ar-Plen et prendre position alentour en se cachant dans les fourrés et les roches. Il les avait regardés tendre la souricière destinée aux villageois. Cependant, en raison de l'obscurité, il n'avait pu les dénombrer, et en cela, son rapport au baron laissait subsister une inconnue de taille. Combien de diables bleus composaient le détachement d'en face et comment s'étaient-ils déployés sur le site ? Tout permettait de croire que, bien renseignés par leurs informateurs, ils s'étaient mobilisés en nombre suffisant pour écraser la garde chouannique et juguler toute tentative de résistance. Il était donc d'ores et déjà certain que les forces républicaines en présence dominaient celles des royalistes, mais cette probabilité faisait aussi partie des prévisions du baron. Pour amener Belig à dévoiler son double jeu, il avait bien fallu lâcher quelques confidences. Par les bons soins d'Arzhel, elle seule avait été informée de l'heure exacte du rassemblement et de l'itinéraire emprunté à travers la forêt. Elle seule savait que les renforts de l'escorte interviendraient successivement en différents endroits et qu'ils ne se réuniraient qu'une fois parvenus à destination. Et comme de juste, les Bleus s'étaient bien gardés de les intercepter en cours de route. Optant pour une pêche plus fructueuse, ils avaient décidé de prendre en un seul et même coup de filet : contrevenants, réfractaires et séditieux réunis.

L'ingénieuse machination d'Arzhel, si hasardeuse qu'elle fût, venait donc de lever définitivement le doute sur la culpabilité de Belig, mais en dehors de Kristen, Maunoir et du chef de Kerambraz, personne ne soupçonnait encore ce que dissimulait la stratégie de Roc'h-ar-Plen. Nolwen elle-même, dont le témoignage avait tout déclenché, était à cent lieues d'imaginer le dramatique épilogue que l'histoire du petit mouchoir allait bientôt connaître.

Un remuement soudain agita les broussailles à moins de cinquante pas du bosquet où Kristen et Maunoir étaient embusqués. Un homme émergea des hautes herbes avec précaution, la tête et les épaules dressées, le reste du corps enfoui dans un roncier. Il balaya les buissons d'un regard circulaire en s'attardant un instant sur la portion du sentier qui menait droit à Roc'h-ar-Plen, puis replongea presque aussitôt dans les fourrés sans se douter le moins du monde que deux paires d'yeux aux aguets venaient de l'identifier sur-le-champ : Thomas Le Goff ! Kristen et Maunoir échangèrent un regard entendu. Le coup était doublement signé, mais cette fois Isabelle Jezequel avait commis une trahison de trop.

Yoakim s'était prudemment approché des deux observateurs, et pour ne pas être en reste Nolwen en avait fait autant sans se demander si sa place l'appelait nécessairement près d'eux. Elle aussi avait reconnu Thomas. Quand Kristen se retourna pour distribuer ses instructions, il tomba nez à nez avec la fille de l'essarteur. Leurs yeux se croisèrent dans la semi-pénombre comme ils l'avaient fait si souvent dans la grisaille de leur cellule, aux moments les plus intenses de leur captivité.

« Je vais aller y voir de plus près », chuchota Nolwen comme s'il s'agissait d'une simple excursion.

Il abattit sa grande main sur le poignet de la jeune fille et l'attira brutalement à lui :

« Ne bougez pas d'ici ! » feula-t-il en retenant sa voix, le visage penché sur elle.

Elle essuya la rebuffade sans ciller :

« Je sais me rendre invisible, vous le savez bien. »

Il accentua la pression de ses doigts :

« Non vous dis-je !

— Messire ! rétorqua-t-elle avec un brin d'impertinence, je risque moins sur la terre ferme que dans la rivière où vous m'avez repêchée. Laissez-moi faire, cette fois je sais comment m'y prendre. »

Se dégageant d'un geste sec de la poigne de Kristen, elle s'aplatit dans l'herbe et se mit à ramper.

Les quinze chouans qui composaient la bande de volontaires attendaient un peu plus loin, tapis dans les taillis, plaqués contre les troncs. Aucun mouvement, aucun signe de leur chef ne pouvait leur échapper tant ils espéraient et appelaient de tous leurs vœux le moment de se jeter à corps perdu dans l'action.

Pressés d'exorciser leur peur viscérale, pétrifiés à l'idée de transgresser les frontières invisibles du royaume infernal, ils tempéraient tant bien que mal leur impatience inquiète en marmottant de vagues prières. Le moindre soupir, le moindre bruissement les faisaient se raidir comme des mannequins de bois. Ils entendaient l'Ankou ricaner dans leur dos et faire siffler sa faux tout près de leurs oreilles, des légions d'*anaon* mener leur terrifiant sabbat en se moquant de leurs signes de croix, et il leur tardait de rompre le sinistre enchantement dans le déchaînement des combats temporels où même la promesse de rencontrer la mort leur semblait plus rassurante.

Kristen leur fit comprendre de se tenir prêts. D'un geste large, il leur désigna la position présumée du cordon républicain. Des armes cliquetèrent discrètement dans son dos. Soudain, un rayon de lune perça la masse grumeleuse des nuages et darda son faisceau blême sur le temple de pierre. Quelques plumets apparurent alors entre les blocs de grès, semblables à des fleurs de rocaille poussées là par hasard. Ébouriffés et frémissants sous la caresse rugueuse du vent, ils se mouvaient en furtifs glissements à la surface des roches. L'indiscrétion de l'astre les fit rentrer sous terre instantanément, mais Kristen eut le temps d'en compter une dizaine, ce qui n'était qu'un échantillon des effectifs dissimulés ailleurs. Beaucoup d'autres soldats devaient, à cette heure, cerner Roc'h-ar-Plen de part et d'autre de la clairière. Par conséquent, même portée par surprise, une attaque lancée en terrain découvert risquait de déclencher une riposte immédiate suivie d'un encerclement aussi rapide qu'imparable. L'incertitude qui planait encore sur l'importance numérique de l'ennemi prenait à cet instant une dimension tragique.

Un froissement d'herbe tout près de lui mit le baron en alerte. La main sur le sabre, il scruta les ténèbres et vit bientôt glisser vers lui une forme allongée et souple, précédée d'un affreux chiffon posé sur une tête. En deux mouvements de reptation, Nolwen le rejoignit :

« Ils ne sont pas plus de trente, lui souffla-t-elle en se redressant, une dizaine de gardes nationaux, là, devant, et une vingtaine de soldats répartis à gauche et à droite. J'ai bien regardé partout. Il n'y a personne d'autre. Le gros des troupes est parti dans le Morbihan, souvenez-vous. Ceux-là doivent représenter ce qui reste. »

Il hocha la tête et se borna à demander :

« Comment les avez-vous contournés ?

— Je vais vous guider. »

Quand les gardes nationaux enchâssés dans l'éboulis de roches entendirent les premiers coups de feu, ils crurent tout d'abord que la procession venait d'être accrochée par les leurs avant d'avoir atteint la clairière. Très vite, cependant, il leur sembla que la fusillade provenait d'un autre côté et qu'elle éclatait de manière désordonnée tandis que le sentier, lui, demeurait obstinément désert. En outre, ce qui se passait plus loin ne leur apportait aucun écho qui pût ressembler à celui d'une débandade. Ni cris perçants, ni hurlements, ni mouvements d'épouvante n'attestaient pour l'instant de la moindre déroute. En revanche, des armes étrangères claquaient de tous côtés, plus agressives et plus fortes que celles des soldats qu'on entendait à peine répliquer. Là-bas, dans l'épaisseur des bois qui ceignaient Roc'h-ar-Plen, des hommes s'affrontaient sauvagement au fusil et à l'arme blanche. Le son mat des coups, les râles et les rugissements, le tintement métallique des lames entrechoquées illustraient la féroce âpreté de la rencontre.

Hésitants, les membres de la garde sortirent un à un de leurs caches et cherchèrent à se faire une idée de la situation. Ici, on faisait chanter la poudre, là on lardait au couteau et au sabre. De partout à présent montait le même tumulte. Des tourbillons humains jaillissaient des taillis, lacérant les jeunes branches, dévastant les broussailles, faisant gicler des mottes de terre et de mousse. Le pulvérin striait l'obscurité de ses crachats incandescents. Des ombres bondissantes s'élançaient à travers la clairière, se poursuivaient, s'empoignaient farouchement. Et la lune là-haut semblait rire de tout sur sa couette de nuages mobiles qu'elle s'amusait à rassembler ou à disperser au gré de sa fantaisie, pour le plaisir de brouiller le ciel de cette étrange arène.

Que faire ? s'interrogeaient éperdument les gardes, sur quel bord se porter pour renforcer la défense ? Ils n'avaient qu'une expérience très relative des combats, manquaient singulièrement d'initiative. La plupart n'avaient jamais croisé le feu, et leur engagement volontaire s'était jusqu'à ce jour limité aux patrouilles et autres opérations de routine sans réel danger. Déconcertés par la soudaineté d'une attaque qu'ils n'attendaient pas, ils s'avéraient incapables d'accomplir le pas décisif. Comble de malchance, Thomas Le Goff qui, ce jour-là, commandait le détachement de la garde, s'était inexplicablement volatilisé.

La pluie s'était remise à tomber sur Roc'h-ar-Plen, et la lune, trop changeante, ne permettait pas de distinguer clairement les choses. Encombrés d'eux-mêmes et profondément perplexes quant aux décisions à prendre, les gardes balançaient interminablement entre la nécessité de courir à gauche et celle de foncer à droite. Plantés devant les énormes blocs de grès qui leur avaient servi de miradors, ils assistaient, bouche bée, au choc de la rencontre sans parvenir à se déterminer ni cesser de se demander où avait bien pu passer Thomas. Ce faisant, ils étaient loin de se douter que leur indécision rétablissait d'un seul coup l'équilibre des forces et qu'il y avait désormais, grâce à eux, égalité du nombre entre les deux camps. Cela, même Kristen de Kermoguer n'aurait su l'imaginer.

C'est à peine si d'ailleurs le hobereau avait pris conscience du renversement de la situation. Il s'était attendu à une secousse plus rude et s'y était préparé en conséquence. Les informations rapportées par Nolwen lui avaient permis d'entrevoir une opportunité. Moins nombreux que prévu, les Bleus pouvaient être battus. Et à mesure qu'il sentait l'obstacle vaciller, cette conjecture chez lui devenait certitude.

L'attaque éclair avait désorganisé la défense républicaine. Repliés dans les sous-bois environnants, les soldats perdaient pied, s'affolaient. Partout où ils cherchaient à se regrouper surgissaient des assaillants déchaînés qui faisaient voler en éclats leurs piètres retranchements et les forçaient à reculer encore. Dispersés, pourchassés, acculés dans les taillis, contre les rochers, dans les ronces inextricables où ils s'empêtraient lamentablement, ils ne savaient plus où donner de la tête. De temps à autre, le crépitement d'une fusillade ponctuait un essai de riposte avorté. Un sergent braillait à tue-tête des ordres de manœuvre sans suite. Des corps roulaient dans le noir.

Bien emmenés par Maunoir d'une part, qui avait pris le commandement de la moitié des rebelles, et par Kristen d'autre part, qui dirigeait l'autre moitié, les chouans s'étaient portés simultanément sur les deux ailes du dispositif républicain. Fondant sur les soldats sans méfiance, ils avaient rapidement semé le désordre et la confusion dans le camp adverse en mettant en pièces leurs positions. Grâce aux indications de Nolwen, l'approche avait pu s'effectuer discrètement sans déclencher d'alarme prématurée, de telle sorte que, rapidement, les rouages du piège tendu aux paroissiens s'étaient refermés sur leurs auteurs. Une fois encore, précision et rapidité d'exécution avaient produit l'effet escompté. Peu préoccupé de comptabiliser ses victimes, Kristen s'était jeté à corps perdu dans l'essaim républicain avec une seule idée en tête : les exterminer. A travers eux, c'était ses échecs et ses revers, l'humiliation de sa capture et de sa soumission à Métrier ; c'était toute la traîtrise et la lâcheté du monde qu'il voulait solder d'un seul coup. Il aurait remué ciel et terre pour mettre enfin la main sur Thomas Le Goff et lui faire payer cela au centuple. A défaut de le dénicher dans le roncier où il l'avait aperçu peu de temps auparavant, il assouvissait sa rage sur tous ceux qui lui passaient à portée de main, et tout en infligeant de formidables coups de boutoir au barrage d'uniformes bleus qui s'évertuait à l'arrêter, il exhortait ses hommes à se surpasser.

Soudain, la voix de Maunoir lui parvint, à demi étouffée par le concert des cris et des jurons qui fusaient de tout bord. Le Fouesnantais rencontrait des difficultés. Il réclamait de l'aide. Jetant quelques consignes à

Yoakim, Kristen vola d'une traite jusqu'à l'endroit où le garde forestier défendait de son mieux une parcelle de terrain sévèrement menacée. Le feu nourri d'une fusillade souhaita la bienvenue au baron de Kermoguer. Il se mit à couvert et rejoignit Maunoir qui rechargeait son arme. En face, une poignée de vétérans bien décidés à résister s'étaient retranchés dans l'anfractuosité d'un énorme rocher et balayaient de leurs tirs incessants tout l'espace qui les séparait de leurs assaillants. Leur position les rendait presque inexpugnables et déjà Maunoir déplorait quelques blessés parmi ses compagnons tandis que lui-même se cramponnait l'épaule pour comprimer le sillon rouge laissé par une balle.

« Laisse tes hommes en retrait. Inutile de les exposer davantage, conseilla le baron en examinant le rocher. Occupons-nous des autres avant d'en finir avec ceux-là.

— Je n'ai presque plus de munitions. »

Sans barguigner, Kristen déversa dans les mains de Maunoir tout ce qui lui restait de balles et de poudre :

« Je me débrouille aussi bien avec ça », dit-il en montrant son sabre.

Dès le premier coup d'œil, il avait compris que son lieutenant n'était plus en état de ferrailler.

Dans la redoute improvisée, les fusils s'étaient tus provisoirement, sans doute par souci, là aussi, d'économie. Kristen tendit l'oreille. On ne tirait plus nulle part, mais la bataille se poursuivait en maints endroits. Au loin, des fuyards détalaient à toutes jambes en jetant derrière eux fusils et cartouchières. L'un des gars de Maunoir épaula, tira et manqua la cible. Ils redoublèrent de vitesse et disparurent dans la nuit.

Sur ces entrefaites, Yoakim, le visage barbouillé et le souffle court, vint à son tour rejoindre Maunoir et le baron. Les Bleus avaient capitulé de l'autre côté de Roc'h-ar-Plen, et, selon lui, ceux qui pouvaient encore courir s'égaillaient en ce moment dans toutes les directions. On se battait encore un peu contre des gardes nationaux, mais la partie était enlevée. Les blancs avaient vaincu.

Subitement, une nouvelle salve embrasa le rocher, projetant d'un seul coup Yoakim à terre :

« Gast ! siffla-t-il entre ses dents, ici on crache fort ! »

A peine tentait-il de se redresser que d'autres coups, plus denses, plus vigoureux, résonnèrent à l'autre bout de la clairière. Leur claquement syncopé mit aussitôt les rebelles sur le qui-vive. Ce tir trop régulier faisait penser à l'armée. Puis, tout à coup, sous leurs yeux stupéfaits, un peloton de soldats fit irruption à la lisière du bois, dans un halo de fumée. Baïonnette au canon et en rangs serrés, les fuyards revenaient à la charge. Sous l'énergique impulsion de leur sergent, ils s'étaient ressaisis, rassemblés et se préparaient maintenant à un assaut furieux. Quand les vapeurs de poudre se dissipèrent, ils étaient déjà au milieu de la clairière, alignés en formation de combat et chargeant comme un seul homme. Dès qu'ils virent leurs camarades, ceux du rocher bondirent au-devant d'eux avec des hurlements de joie. La troupe gagna de nouveaux renforts. Ils étaient à présent une quinzaine face au noyau de partisans réunis autour de Kristen.

D'un geste, celui-ci ordonna à ses hommes de se mettre à l'abri. Les balles sifflaient à leurs oreilles avec une régularité mécanique. Les Bleus avançaient comme à l'exercice, arrosant leur territoire d'une pluie de projectiles mortels.

Tragiquement démunis, mal protégés par une végétation trop maigre, les royalistes faisaient le dos rond. Ils n'avaient presque plus de munitions. Pierre-Yves et Guillaume réunissaient fébrilement leurs dernières cartouches en maîtrisant à grand-peine les tremblements de leurs mains. Les autres effectuaient un morne inventaire de leurs réserves.

Il y avait eu trop de gaspillage autour de ce rocher de malheur et personne n'avait envisagé de soutenir un siège.

Kristen se pencha vers Maunoir :

« Nous n'avons pas le choix, je crois. Il va falloir foncer.

— Que proposez-vous ?

— Toi et deux ou trois de nos meilleurs tireurs vous assurerez nos arrières tandis que nous culbuterons cette parade infernale.

— Et comment vous y prendrez-vous ?

— De la seule façon que je connaisse. »

La lune, décidément folâtre, inondait la clairière d'une clarté discontinue, versatile et fantasque comme les figures d'un kaléidoscope. Kristen observa un moment ses mouvements imprévisibles. Aux jeunes gens qui se trouvaient près de lui, il fit passer le mot d'ordre suivant :

« Rapprochez-vous, formez une ligne. Les tireurs, couchez-vous ! N'utilisez que les fusils à deux coups. Les autres, préparez-vous à me suivre ! »

Guillaume, Pierre-Yves et deux autres de leurs camarades obtempérèrent sans mot dire. Aplatis de tout leur long dans l'herbe rase du sous-bois, ils s'alignèrent en éventail sous le feu républicain. Au milieu d'eux, Maunoir guettait le moment propice de commander le tir. D'en face lui parvenaient distinctement les ordres réitérés du sergent rythmant les salves :

« Déchirez la cartouche ! Chargez le bassinet !

Cartouche dans le canon ! Bourrez ! Épaulez ! Pointez ! Tirez ! »

Et les fusils vomissaient bruyamment leur charge meurtrière, la poudre enveloppait l'espace dans un brouillard âcre, les soldats s'intercalaient méthodiquement en avançant d'un pas pour ne pas interrompre le cours de leur fusillade. Ils progressaient debout, sans temps mort, sans broncher, comme s'ils n'avaient plus rien à redouter. Ils étaient maintenant à moins de vingt toises de leurs adversaires, lesquels, le nez au ras du sol et les épaules rentrées, les regardaient marcher sur eux telle une force invincible.

Appuyé contre un arbre, à peine dissimulé, Kristen comptait mentalement les secondes qui s'écoulaient entre chacune des manœuvres des fantassins. Il commençait à connaître leurs mouvements par cœur et pouvait décomposer sans peine le moindre de leurs gestes. Quand le moment lui parut favorable, ses doigts se raffermirent sur la poignée de son sabre, et d'un seul coup, il s'élança au-devant des soldats.

A la seconde même, Maunoir ouvrit le feu. Les tirs se croisèrent dans une pétarade assourdissante. La clairière s'embruma. Les balles ricochèrent en chuintant sur la terre molle. Ses partisans sur les talons, Kristen fondit sur le peloton, l'ouvrit à coups de sabre, bouscula le premier rang qui venait de décharger. Une mêlée confuse disloqua la formation. Pris de vitesse, les soldats tentèrent en vain de bourrer leurs fusils tandis que leurs camarades hésitaient à tirer au sein du maelström. Le sergent lâcha un chapelet de jurons tonitruants et, baïonnette en avant, hurla le corps à corps. Maunoir et ses hommes ripostèrent de loin, fauchant quelques uniformes bleus. Puis, jugeant leur soutien plus utile au cœur de la bagarre, ils quittèrent leur poste pour aller épauler leurs compagnons. Bientôt, hors-la-loi et soldats ne formèrent plus qu'un nœud grouillant d'ombres désarticulées. Corps contre corps, fer contre fer, ils s'affrontèrent avec la même impétuosité hargneuse, la même ardeur pugnace. Les Bleus détenaient encore l'avantage du nombre. Débordés peu à peu par la masse républicaine, les royalistes se laissaient enfermer. Déjà, Maunoir avait mis un genou à terre, épuisé par sa blessure. Près de lui, Kristen s'efforçait de dévier les coups qui pouvaient l'atteindre. Yoakim et Pierre-Yves, couverts de sang, commençaient à fléchir. L'issue de la bataille devenait plus incertaine de minute en minute. Solidaires et déterminés, les soldats attaquaient violemment, résistaient, imposaient graduellement leur domination.

Puis, brusquement, à l'instant fatidique où tout semblait devoir basculer en faveur des républicains, il se produisit un événement inattendu qui dérouta le sergent et ses hommes. Pris à revers par une bande d'agresseurs survoltés, ils durent opérer une rapide volte-face pour parer l'assaut. Ce faisant, ils relâchèrent les mâchoires de leur étau, perdirent leur cohésion et laissèrent à la poussée royaliste le soin de précipiter le démantèlement de leur formation. Les nouveaux venus se ruèrent sur eux avec une telle fureur que les plus jeunes d'entre les soldats voulurent battre en retraite incontinent, tandis que le sergent s'époumonait en vain. Moins impressionnables, les vétérans s'entêtèrent, cherchèrent la parade, mais, gênés par les maladresses des recrues, ils se firent désarmer, repousser, renverser tant par la véhémence de leurs adversaires que par les reculades de leurs cadets. En désespoir de cause, le peloton s'éparpilla, amputé déjà d'une partie de ses éléments. Une dernière fois le sergent cria de serrer les rangs sans obtenir le moindre résultat. Le dernier carré tint encore un petit moment avant de céder à son tour sous les coups forcenés des rebelles. Harcelés de partout, les soldats se débandèrent en grand désarroi, laissant derrière eux un sol jonché des débris de leur armement et plusieurs de leurs camarades sérieusement amochés.

Dès qu'il eut la certitude de tenir la victoire, Kristen consentit enfin à baisser les armes et à reprendre haleine. L'affaire avait été chaude, et n'eût été le secours providentiel de cette poignée de francs-tireurs, elle aurait pu fort mal tourner.

Lentement, comme la mer remonte au rivage après l'éclipse du jusant, la conscience lui revenait par petites vagues. Il chercha Maunoir des yeux. Dans les petits groupes épars et hébétés qui, maintenant, déambulaient d'un bord à l'autre de Roc'h-ar-Plen, il distingua des visages familiers : ceux des habitués de Kermoguer et du camp de La Vraie Croix. Tous ces hommes avaient durement combattu et leurs traits conservaient les stigmates de leurs souffrances comme gravés à l'eau-forte. Certains manquaient à l'appel comme c'était, hélas, l'habitude après chaque échauffourée. Parmi les survivants, un vieux foulard fripé et sale formait une tache insolite au milieu des chevelures hirsutes et des chapeaux cabossés. Malgré l'obscurité, Kristen le repéra immédiatement. Nolwen venait de découvrir Maunoir et s'affairait auprès du Major, elle se débarrassa d'un sabre qu'elle tenait encore à la main et qu'elle jeta dans l'herbe. La vision de cette lame voltigeant sur le sol procura au baron un indicible étonnement. Il ne se rappelait pas avoir jamais surpris Nolwen à manier un sabre et ne soupçonnait même pas qu'elle fût capable de s'en servir. Lorsque, en s'approchant d'elle, il aperçut aussi un large couteau inséré dans les tours de sa ceinture, tout près du pistolet de Maunoir, l'étonnement de Kristen fit place à un curieux pressentiment. D'où tenait-elle cet arsenal et quel usage en avait-elle fait pendant la bataille ? Elle n'était pas à ses côtés lors de l'affrontement final, mais alors où était-elle ? Pouvait-on raisonnablement supposer qu'elle eût pris part à la contre-attaque ?

Elle leva les yeux, reconnut Kermoguer mais ne dit pas un mot. Ses lèvres esquissèrent un vague sourire. Sidéré, il la dévisagea comme s'il la voyait pour la première fois.

« Votre ami s'en remettra, fit-elle d'un ton neutre, la balle lui a labouré l'épaule sans s'y loger. »

Agenouillé par terre, Maunoir grimaçait de douleur mais se pliait sans gémir à l'examen sommaire qu'elle lui faisait subir. En découvrant Kristen debout près de lui, il lui fit un petit signe rassurant que le baron vit à peine. Songeur, le gentilhomme ne pouvait détacher son regard de Nolwen.

« Belle diversion... » marmonna-t-il, tant à l'adresse de la jeune paysanne qu'à celle de son lieutenant.

Elle se contenta de soutenir son regard et sourit encore avec une expression de satisfaction équivoque. Elle semblait se délecter de la stupeur du baron et apprécier infiniment l'espèce d'incrédulité qu'elle lisait dans ses yeux.

« Il faut savoir parfois forcer les événements », dit-elle simplement.

Et sur ces mots, elle lui tourna le dos pour s'occuper de Maunoir.

Plus tard, les chouans abandonnèrent la place en emportant leurs blessés et leurs morts. Ivres de fatigue, noirs de poudre et de sang, ils n'aspiraient qu'à regagner au plus vite l'asile humide et froid de leurs terriers. S'enfoncer sous la terre, s'étendre sur une litière de feuilles mortes et dormir sans discontinuer des jours et des nuits durant, telles étaient pour l'instant les seules perspectives qui leur donnaient encore de l'énergie. Ils avaient un si grand besoin de repos et d'oubli que la hâte les poussait en désordre sur le chemin du retour, pressés les uns contre les autres, les yeux et la gorge en feu. Le baron marchait au milieu d'eux sans préséance.

Pour sortir de Roc'h-ar-Plen, ils empruntèrent le même trajet que celui par lequel ils étaient venus. Les chevaux attendaient près du bosquet de jeunes frênes, mais avant de les rejoindre, il restait à traverser l'épais roncier qui barrait l'accès à la clairière. Quand Kristen s'arrêta dans le buisson tentaculaire, personne ou presque ne le remarqua. Quand il se baissa pour inspecter les broussailles, on ne le vit pas davantage soulever du bout du pied une masse inerte contre laquelle il venait de trébucher. Un cadavre émergea d'entre les ronces. Il portait l'uniforme de la garde nationale. L'homme était difficilement identifiable, car il reposait sur le ventre, la face enfouie dans le sol, le corps emprisonné dans les herbes inextricables. Lorsque Kristen voulut le retourner, il constata qu'une flaque de sang s'étalait autour de lui et que son visage tout entier baignait dans ce marécage. Sous le masque écarlate, les traits de Thomas Le Goff se révélèrent peu à peu, figés dans une ultime grimace de souffrance et d'étonnement mêlés. En basculant vers l'arrière, le menton dévoila une plaie béante à la base du cou. Tranchée net sur le cordon d'une grosse veine, la gorge s'ouvrait comme une bouche hideuse encore baveuse de sang frais.

Cette découverte frappa Kristen de stupeur. Thomas n'avait pu recevoir cette blessure au combat. Elle était trop caractéristique d'un coup porté en traître par-derrière. Du reste, le garde n'avait pas quitté sa place. Il était tombé exactement à l'emplacement de son poste de guet, ce qui démontrait bien qu'il n'avait pas participé à l'accrochage.

Un sentiment de malaise envahit le chef chouan. Une seule personne, à sa connaissance, avait eu la possibilité d'éliminer aussi promptement Thomas avant même que ce dernier ait eu le temps de deviner l'assaut qui se préparait : Nolwen. Elle seule s'était écartée du groupe pour effectuer une reconnaissance du site. Quand elle avait proposé ensuite de guider ses compagnons sans expliquer pourquoi ni comment elle négligeait délibérément le piège du roncier où se terrait l'ami de Belig, elle avait de bonnes raisons d'afficher tant d'assurance.

Par ses soins, ledit roncier était devenu inoffensif.

Kristen ne sut définir quels sentiments ambigus lui inspirait une telle déduction. Neutraliser une sentinelle pour prévenir un cri d'alarme pouvait à juste titre s'apparenter à un geste héroïque, mais l'idée que ce geste pût venir de Nolwen le choquait profondément. En s'instaurant l'éclaireur des rebelles royalistes, elle avait froidement exercé sa vengeance sans accorder à Thomas la grâce d'être jugé. Certes, celui-ci n'eût sans doute pas coupé au peloton s'il avait été pris vivant et il n'y avait pas lieu de déplorer sa mort, mais, en l'espèce, Nolwen n'avait respecté ni l'esprit, ni la forme de la justice chouanne. Avait-elle prémédité son acte ou avait-elle obéi à une simple impulsion ? Dans l'un ou l'autre cas, le résultat suscitait plus de perplexité que d'admiration. Ne disait-on pas de certains chiens que l'odeur du sang les rendait fous après qu'ils avaient tué pour la première fois ?

Bien résolu à faire toute la lumière sur les circonstances exactes de la mort de Thomas, Kristen se promit d'interroger Nolwen plus tard. A personne, pas même à Maunoir, il ne souffla mot de ce qu'il avait trouvé dans les ronces.

L'affaire de la messe clandestine de Pâques, et surtout de l'accrochage entre Blancs et Bleus dans les rochers de Roc'h-ar-Plen connut un certain retentissement. La colonne mobile et la garde nationale multiplièrent les patrouilles et les contrôles. La gendarmerie dépêcha ses cinq hommes montés sur les routes. On arrêta des suspects, on entendit des témoins, on visita les bourgs et les hameaux qui, d'ordinaire, ne faisaient l'objet d'aucune surveillance particulière, enfin on mit tout en branle pour recueillir la liste des fauteurs de trouble sans parvenir au moindre résultat. Dans les villages de la vallée de l'Aulne, les habitants, qui ignoraient tout de l'histoire, parlaient d'autant plus aisément qu'ils n'avaient rien à dire. Quant à ceux de la Montagne, leurs témoignages parcimonieux et circonspects ne firent guère progresser les recherches. Ils n'avaient pas pris part à la bataille de Roc'h-ar-Plen et ce qu'ils en avaient appris par la suite ne les regardait pas. En aucun cas ils ne souhaitaient y être mêlés.

Les battues durèrent plusieurs jours, puis, de guerre lasse, se raréfièrent peu à peu. Le bataillon de Métrier n'ayant pas encore regagné ses quartiers, les effectifs du cantonnement, amputés de deux cents hommes, se heurtèrent rapidement à l'ampleur de la tâche. La colonne mobile elle-même, bien que renforcée d'éléments extraits de la garde nationale, fit également chou blanc. Les distances trop longues, des villages trop dispersés, une population montagnarde plus prompte à se claquemurer qu'à voler au secours des chasseurs de prêtres rendirent le travail proprement impossible. Les représentants de la force, pourtant déterminés, furent bientôt contraints de s'avouer bredouilles.

Selon une habitude désormais bien réglée, les chouans se firent invisibles pendant la durée des opérations. Ils se contentèrent de vivre cachés durant le jour pour ne sortir de leurs terriers que la nuit venue. Ils s'abstinrent également d'allumer des feux, se nourrirent frugalement, renoncèrent à toute distraction aussi longtemps que les guetteurs leur signalèrent la présence de républicains dans les parages de la forêt de Laz. Depuis l'échauffourée de Roc'h-ar-Plen, la forêt faisait quotidiennement l'objet de visites méthodiques, et le site lui-même, longtemps négligé en raison de son isolement, n'était plus ignoré des circuits d'inspection. Dans les caches de La Vraie Croix, à l'opposé de Roc'h-ar-Plen, les hommes priaient en silence pour que la curiosité des Bleus s'en tînt uniquement au vieux repaire des brigands et des fées. Ils savaient leur camp indécelable aux yeux d'un étranger à la forêt, mais ils ne pouvaient s'empêcher de craindre les conséquences d'un examen plus perspicace. Tous les Bleus n'auraient peut-être pas la naïveté de voir dans le sol bosselé par les loges souterraines le résultat d'un étrange accident géologique.

Malgré la tension qui régnait dans le camp pendant la journée, Nolwen se refusait à mener l'existence de « ver de terre » à laquelle ses compagnons étaient momentanément réduits. Condamnée, comme les autres, à partager son abri, elle saisissait toutes les occasions de sortir au grand air afin d'échapper à la promiscuité. Elle avait besoin de réfléchir seule, loin des taquineries de Ludovic, des monologues de Guillaume et en toute liberté. L'attaque de Pont-

Coblant, celle de la maison d'arrêt, et en dernier lieu la bataille de Roc'h-ar-Plen représentaient tout ce qu'elle avait dû faire pour tenir sa promesse, mais Tugdual, lui, n'y avait rien gagné. Cela faisait maintenant plus d'un mois que le garçon avait été emprisonné, puis transféré à Auray sans qu'on eût augmenté d'un pouce ses chances de libération. Certes, l'aide supposée des Morbihannais pouvait à tout moment modifier la situation, mais si cette lointaine et hasardeuse probabilité offrait encore une mince garantie, Nolwen, pragmatique, se gardait bien d'y croire aveuglément. Elle avait toujours appris à ne compter que sur elle-même. Après avoir, un temps, espéré que les chouans délivreraient son frère, elle finissait par se dire qu'il valait mieux qu'elle s'en occupât seule. Compte tenu des maigres informations dont elle disposait, elle n'avait encore aucune idée de ce qu'elle allait entreprendre, mais ce qu'elle savait, en revanche, c'était qu'attendre au camp ne lui servait à rien.

Quand sa résolution fut prise, elle sut qu'aucun argument ne l'en ferait démordre et, sans bruit, sans battage, elle se prépara tranquillement au départ. Seul Ludovic fut mis dans la confidence et manifesta aussitôt la volonté de la suivre, proposition qu'elle repoussa gentiment mais fermement.

Après un au-revoir discret au camp et à ses occupants, elle prit d'emblée le chemin de Kermoguer. Aucune obligation morale ne la forçait à informer le baron d'une démarche qui ne regardait plus qu'elle, mais elle ne pouvait se résoudre à quitter le pays sans avoir revu Kristen une dernière fois. Prudente, elle s'interdisait néanmoins d'imaginer l'entrevue. D'ailleurs, elle n'en attendait rien de particulier, sinon peut-être un mot d'encouragement assorti de judicieux conseils. A moins qu'elle eût le courage de lui parler de Thomas Le Goff, ce souvenir désagréable dont elle aurait aimé soulager sa conscience. Oh ! certes non, elle n'avait pas prémédité d'envoyer le garde rejoindre ses ancêtres ! Si elle avait emprunté ce grand couteau à Yoakim, c'était juste pour s'ouvrir un passage dans les ronces. Et puis, elle s'était tout à coup retrouvée derrière. Il lui tournait le dos pour surveiller le sentier, mais elle était déjà trop près pour s'esquiver sans lui donner éveil. A un moment, il avait tourné la tête et, en un éclair, elle avait compris ce qu'elle devait faire pour éviter le pire. Son geste avait été alors plus rapide que la pensée qui l'avait conçu. Thomas était mort sans un cri. Elle n'avait pas aimé le silence de sa mort ni le bruit de papier froissé que son corps avait fait en glissant dans les herbes. Bien sûr, il avait eu son dû, et plus tôt que prévu encore, mais elle n'était pas très fière, pourtant, d'avoir accompli seule cette vilaine besogne.

Oui, si elle en avait le courage, elle saurait expliquer cela au baron, avec ses mots à elle, et peut-être l'aiderait-il à chasser ses remords, pour peu qu'il veuille bien la recevoir et l'écouter...

Malgré la menace des patrouilleurs opiniâtres qui s'attardaient encore dans les hameaux de la Montagne, elle marchait à grands pas vers la chênaie de Kermoguer en choisissant à loisir ses chemins favoris. Légère et presque heureuse de retrouver sous ses pieds la rugueuse fermeté de ses vieux monts, elle s'élançait allégrement à l'assaut des coteaux arides, sautait à pieds joints par-dessus les ruisseaux, enjambait les muretins de pierre qui ici et là cloisonnaient timidement les champs. L'air vif lui fustigeait la peau comme des baisers d'embruns. Le cœur animé d'une étincelle de gaieté qui réveillait soudain sa jeunesse insouciante, elle retombait dans les plaisirs de ses vagabondages d'antan comme au temps où elle courait les landes telle une jeune chevrette. Dieu ! qu'elle se sentait bien dans cette campagne fruste lardée de rochers bleus, tendue de rousseurs mauves, dans l'or éblouissant des ajoncs, le blanc virginal de l'aubépine, dans les effluves iodés d'un vent de côte infatigable et primesautier qui lui mettait les joues en feu ! Jamais elle n'avait tant aimé ce qu'elle se disposait à perdre, et seule l'idée de revenir un jour l'empêchait d'en avoir trop de peine.

Elle arriva bientôt en vue de l'enceinte de chênes rouvres que le printemps balbutiant enguirlandait d'un feuillage vert tendre. Le toit pointu de la tour, chapeauté d'ardoises veinées de rouille, flottait comme une île conique à la surface d'un lagon végétal. D'un rayon de soleil tiède ruisselait une coulée de miel qui nappait les vieilles pierres d'une diagonale dorée. Dans la quiète solitude de son antre boisé, Kermoguer ressemblait à quelque bon géant somnolent et pacifique.

En abordant le fief de la baronnie par le fond de la chênaie, Nolwen ne distinguait que l'arrière du château. C'était la première fois qu'elle le découvrait en plein jour. La sévère et imposante demeure lui parut soudain plus avenante et beaucoup moins hostile que lors de ses deux précédentes visites. Son isolement extrême, l'épaisseur rassurante de ses murs, la robuste armature de ses fenêtres donnaient un sentiment de protection inébranlable, une impression de noble et puissante hospitalité. On l'imaginait sans peine, s'érigeant autrefois en asile ou forteresse pour les réfugiés de tout poil que la dureté des temps transformait en mendiants ou réprouvés. Et puis, la mémoire intemporelle des lieux semblait garder dans ses lourdes murailles le souvenir chatoyant de ses fêtes, de ses chasses, de ses retentissants apprêts de guerre, mais aussi de ses drames et de ses bonheurs.

Nolwen, sous le charme, ne pouvait détacher ses yeux du manoir baronnial dont l'austère séduction la fascinait. Il n'était pas en bon état, mais il lui plaisait ainsi, avec ses lézardes et ses moisissures, sa toiture avachie et ses pierres effritées qui le rendaient presque émouvant dans sa volonté de paraître encore indestructible. Témoin fatigué de sa propre histoire, il y avait dans les blessures de son déclin comme un reflet de son dernier seigneur, Kristen de Kermoguer, personnage hiératique et orgueilleux pour qui le mot « faillir » n'existait pas, mais qui, tout comme lui, ne pouvait éternellement se garder des atteintes des hommes et du temps.

Un hennissement strident la tira brusquement de sa contemplation. Quelque part, de l'autre côté du château, des chevaux piaffaient et sabotaient le sol. Elle ne les voyait pas, mais elle entendait distinctement le crissement de leurs fers sur les graviers de l'allée. Dans un réflexe de circonspection qui lui était devenu naturel depuis peu, elle se plaqua contre le mur et contourna prudemment l'angle de la façade. Là, elle tomba en arrêt devant deux magnifiques montures rangées côte à côte devant un buisson de millepertuis et qui, d'un naseau dédaigneux, reniflaient de temps en temps les boutons entrouverts. Dès le premier coup d'œil, Nolwen les décréta étrangères au château. Ces chevaux trop bichonnés et leur luxueux harnachement ne venaient pas des écuries de Kermoguer, elle en aurait mis sa main à couper. Et tandis qu'elle les détaillait avec curiosité, elle faillit éclater de rire en avisant leurs queues savamment tressées qui leur faisaient un drôle de petit chignon sur le haut de la croupe.

Mais son amusement fut de courte durée. L'élégance de ces deux équidés annonçait assurément des visiteurs de qualité, des invités, des amis peut-être du baron de Kermoguer. Pouvait-on choisir plus mauvais moment pour frapper à la porte de celui-ci ! Baste ! elle n'avait plus qu'à rebrousser chemin et laisser tout ce beau monde tranquille. Pour ces gens à l'évidence plus riches de loisirs que de peine, perdre du temps avec une paysanne relevait de l'hérésie.

Contrariée, elle renonça sur-le-champ à faire un pas de plus et serait probablement repartie comme elle était venue si un palefrenier qui apportait de l'eau aux chevaux ne l'avait aperçue et hélée :

« Oh là ! Que cherchez-vous ? »

Il s'était avancé au-devant d'elle et l'inspectait de pied en cap avec la hardiesse d'un jeune coq. C'était un très jeune homme de petite taille, avec des membres courts et maigres. Une tignasse brune et bouclée coiffait son visage rond, criblé de taches de rousseur, et deux fossettes poupines creusaient ses joues de jouvenceau. Il ébaucha un sourire aimable :

« Vous seriez-vous perdue ?

— Non, j'étais venue pour rencontrer monsieur Kristen, exposa Nolwen, embarrassée, mais je vois qu'il reçoit.

— Bof ! fit le garçon avec désinvolture, rien ne vous empêche de tenter votre chance. Adressez-vous donc à Meldreg ou à Clervie. Vous verrez bien ce qu'ils vous répondront. »

D'une main, il lui désignait l'entrée du manoir. Elle le remercia d'un vague mouvement du menton et suivit son conseil.

L'énorme porte bardée de fer, avec son heurtoir à tête de faucon, était restée entrebâillée et il s'en échappait un bruit confus de tintements de casseroles et de piétinements qui laissait deviner une fébrilité domestique inhabituelle. Nolwen passa le seuil et se retrouva bientôt au centre du large vestibule où s'élevait l'escalier monumental qui menait aux étages. Elle reconnut sous ses pieds le dallage boiteux et sentit la fraîcheur saisissante du granit lui tomber sur les épaules. Dans la pièce du fond, qu'elle supposait toujours être la cuisine, un couple se querellait à mi-voix. Les intonations véhémentes de la femme couvraient les borborygmes de l'homme et tous deux parlaient en même temps. Le tintamarre d'une batterie de cuisine rythmait les éclats de la chamaillerie. Quand les auteurs de cet étrange concert jaillirent soudainement dans le couloir, ils ne prêtèrent aucune attention à l'inconnue qui les regardait. Tout en trottinant côte à côte sur le sol inégal, ils ne cessaient de s'asticoter et de se jeter des reproches à la tête comme deux vieux époux acariâtres. L'homme aussi bien que la femme accusaient sans équivoque un âge respectable, ce qui créait un étonnant contraste avec leur virulence puérile. Nolwen s'écarta pour les laisser passer. Ils la virent enfin. Interrompant alors leurs échanges de gracieusetés, ils s'enquirent poliment des raisons de sa visite. L'intrusion de la jeune fille n'avait manifestement rien d'incongru pour eux et semblait, au contraire, faire partie des usages coutumiers. Tout à coup, l'homme reconnut Nolwen et ses yeux s'arrondirent. L'image d'un tisonnier volant lui revint en mémoire.

Jamais il n'avait vu son maître aussi encoléré que le jour où cette jeune gueuse était venue l'insulter chez lui. Elle avait beau, aujourd'hui, s'être vêtue comme un garçon, elle ne trompait personne.

Méfiant, Meldreg abandonna aussitôt sa politesse de commande :

« Que voulez-vous ? » s'enquit-il avec rudesse.

Des cheveux blancs et raides pendaient le long de son visage buriné. Il portait les mêmes vêtements : *bragou braz*, gilet, plastron, guêtres et sabots de bois, chapeau de feutre noir orné d'une boucle et de deux guides. Nolwen le reconnut aussi et perdit contenance :

« Je voulais voir monsieur Kristen...

— Il ne pourra pas vous recevoir ! Il a des invités !

— Voyons, Meldreg ! s'interposa sa compagne, est-ce une façon de répondre ? Qui vous dit que monsieur Kristen ne voudra pas recevoir cette jeune personne ? »

Visiblement, l'occasion de contredire une fois de plus le bonhomme était trop belle pour que la servante la laissât passer.

« N'écoutez pas ce vieux bougon et dites-moi plutôt ce qui vous amène. Invités ou pas, c'est au maître de décider. D'ailleurs, comme il ne s'attendait pas à leur visite, il n'en est pas particulièrement enchanté. Aussi, s'impose-t-on chez les gens sans s'annoncer d'abord ? »

Nolwen, déconcertée, s'interrogea sur le sens qu'elle devait donner à cette critique :

« Je n'ai pas pu prévenir... » s'excusa-t-elle à tout hasard.

Mais Clervie n'écoutait pas. Prenant Nolwen à témoin, elle lui fit part sans ambages de son opinion :

« Cette demoiselle Blanche de Kervella est bien mal élevée. La voilà qui débarque sans tambour ni trompette et qui nous met la maison sens dessus dessous. Agit-on de la sorte quand on a de l'éducation ? Et son benêt de père qui ne sait rien lui refuser ne vaut guère mieux. Ah ! je me demande ce que cela nous réserve pour l'avenir, puisqu'il paraît qu'il y aura mariage. Mais à voir sa tête, je sais bien, moi, que mon Kristen n'apprécie pas ces enfantillages et que pour l'heure il en est fort contrarié. »

Elle s'exprimait avec une franchise déroutante mais agréable. Sa bonhomie naturelle n'offrait pas de prise à l'animosité. Elle parlait selon son cœur, et son cœur, ce jour-là, se froissait des audaces d'une péronnelle qu'elle n'aimait pas.

Nolwen sentait peu à peu fondre sa réserve. La servante lui était sympathique. Elle avait remarqué que la bonne nourrice arborait la coiffe de Gourin. Sa physionomie replète respirait la joie de vivre et la bonté. Un teint frais, des lèvres charnues et des yeux bleu turquoise rappelaient la jolie jeune fille qu'elle avait été autrefois, et ses paroles dénotaient l'étroite intimité qui la liait au jeune baron.

« Qu'avez-vous à raconter tout ceci ! interrompit Meldreg avec humeur, ne saurez-vous donc jamais commander à votre langue ?

— Taisez-vous vous-même, vieux hibou, je sais encore ce que j'ai à faire quant à ma langue, elle est mieux dressée que la vôtre qui ne peut aligner deux phrases sans s'y reprendre à trois fois !

— Cela vous sied bien de jouer les malignes, mais attendez de voir ce que monsieur Kristen dira de vos étourderies. Je vous prédis un beau sermon lorsqu'il verra à qui vous ouvrez grand sa porte !

— Nous allons le vérifier maintenant, car je vais de ce pas lui annoncer la demoiselle. A propos, mon petit, vous ne m'avez toujours pas dit votre nom.

— Je suis Nolwen Kreïs, de Kerambraz.

— Et qu'avez-vous de si urgent à lui dire ?

— Simplement que je m'en vais à Auray.

— Fort bien ! Je monte !

— Votre sottise vous perdra, Clervie ! grinça Meldreg avec un sourire en coin, vous ignorez à qui vous avez affaire... »

Les sourcils de la nourrice se froncèrent. Elle fit face au vieil homme et posa avec autorité un doigt sur son plastron :

« Écoutez-moi bien, Meldreg. J'ignore en effet qui est cette jeune fille habillée en garçon qui prétend s'appeler Nolwen Kreïs, mais les deux onces de jugeote que vous répugnez obstinément à m'accorder me font voir autre chose en elle qu'une créature ni chair ni poisson. Dites-moi plutôt, en dehors de vous et de moi, qui d'autre appelle notre maître "monsieur Kristen", hormis ceux qui ont choisi de le suivre ? Ne voyez-vous pas, au contraire, que celle-ci nous vient tout droit d'un endroit que je ne dois pas nommer ? N'êtes-vous point capable de reconnaître les nôtres ? »

Meldreg se renfrogna, puis considéra Nolwen avec un peu plus d'indulgence :

« Est-ce important ? s'informa-t-il du bout des lèvres.

— Il me l'avait demandé... »

Comme si cette affaire, désormais, ne regardait plus qu'elle, Clervie trancha péremptoirement :

« Attendez-moi un instant, je vais le prévenir. »

Soudain, Nolwen se mit à trembler. De l'étage supérieur lui parvenait le son d'une voix d'homme, grave et bien timbrée, qu'elle aurait pu distinguer d'entre mille autres voix.

« Inutile ! » s'écria-t-elle en retenant Clervie qui se dirigeait déjà vers l'escalier.

La nourrice tourna vers elle un regard ébahi :

« Mais... il faut pourtant bien...

— Cela peut attendre, ne le dérangez pas. Je pars à la recherche de mon frère. Il n'y a rien de plus à dire. »

Elle avait toutes les peines du monde à dompter l'agitation nerveuse qui lui tordait les mains et, sous sa peau brûlante, son sang s'était glacé. La voix se rapprochait, appelant tour à tour Clervie et Meldreg, réclamant impérieusement quelque vague service. Un bruit mat de talons de bottes résonna sur le dallage du palier. D'une seconde à l'autre, Kristen allait apparaître en haut de l'escalier.

Affolée, Nolwen pivota sur elle-même et s'élança en courant vers la porte béante sans demander son reste. Les deux domestiques, médusés, la virent s'envoler vers la chênaie et disparaître en un clin d'œil.

« Eh bien ! tonna Kristen depuis le palier, qu'avez-vous à lanterner quand je m'égosille à vous appeler. Ne m'entendiez-vous pas ?

— Quelqu'un était ici il n'y a pas une minute, qui demandait à vous parler, répondit Clervie en levant le nez vers lui.

— Qui donc ?

— Une jeune fille du nom de Nolwen Kreïs, de Kerambraz, et qui portait des braies comme un gars.

— Que voulait-elle ?

— Vous dire qu'elle s'en va rejoindre son frère à Auray, ou quelque chose comme ça. »

Kristen fit un pas en avant :

« Pourquoi ne pas m'en avoir avisé ? observa-t-il sur un ton de reproche.

— J'allais le faire, mais elle ne m'en a pas laissé le temps. Elle s'est sauvée comme si le diable était à ses trousses.

— Sauvée ?

— Aussi vrai que vous me voyez là.

Demandez à Meldreg.

— Elle n'a rien dit d'autre ?

— Rien, sinon qu'elle tenait à ce que vous en fussiez informé. »

Kristen renonça à questionner plus longuement les témoins de la scène. Le front plissé, il demeura un long moment pensif :

« Auray... Auray... » répéta-t-il plusieurs fois dans un murmure, comme s'il se parlait à lui-même.

LIV'ÉDITIONS

ROMAN

LIV'POCHE

La Reine sauvage
de Yann Brékilien 320 p. - 54 F

En pleine occupation romaine, vers l'an 50, la reine celte Boudicca lève une armée considérable contre l'envahisseur. Étonnante « Vercingétorix » féminine, elle tentera, avec l'aide d'Ikos, jeune chevalier, de chasser l'oppresseur et de mettre à l'abri le Chaudron sacré, symbole mystique de la Bretagne. Sur une trame historique et un rythme fougueux, Yann Brékilien fait revivre ce monde celtique avec ses rites et ses traditions, ses valeurs et ses richesses. Il y mêle précision, réalisme, légende et rêve.

La Marion du Faouët
d'Yvonne Chauffin 224 p. - 39 F

Née en 1717 au Faouët, pendue à Quimper en 1755 sous le règne de Louis XV, Marie-Louise Tromel alias Marion du Faouët a réellement existé. Elle appartient à la lignée historique et légendaire des bandits de grand chemin, tels Mandrin ou Cartouche, qui ont volé pour survivre tout en défiant l'autorité. Belle, intelligente et ambitieuse, la jeune Marion s'est juré de sortir de la misère ; elle aussi veut manger à sa faim et boire à sa soif. Elle deviendra donc le chef puissant et redouté d'une bande de brigands qui régnera plus de quinze ans en accomplissant des exploits de toute sorte. Mais surtout, elle deviendra la figure emblématique du peuple des campagnes, le symbole de la révolte, du courage et de l'audace.

Les Geais de Moroval
de Philippe Mouazan 192 p. - 49 F

Dans la Bretagne du XVe siècle, Thibault rencontre Hermeline. Il est garde du duc François II au château de Nantes, elle sert la gouvernante de la future duchesse Anne. La fillette est l'objet de bien des convoitises qui, au-delà de sa personne, visent l'antique et florissant pays armoricain. Philippe Mouazan, en amoureux inconditionnel de la Bretagne, sait recréer par son style l'ambiance médiévale qui sied à ce roman historique, qui connaîtra son dénouement à la fatale bataille de Saint-Aubin-du-Cormier.

Kêr au chien bleu
de Gisèle Le Rouzic 224 p. - 59 F

Kêr, journalière attachée à la terre nourricière et à son bout d'étang, observe avec méfiance les bouleversements du siècle dans le pays d'Hennebont : prolétarisation de la paysannerie et montée en puissance de la classe ouvrière métallurgiste, émancipation des femmes sur fond de guerre de 14, abandon des valeurs terriennes au profit d'une culture qu'elle juge plus superficielle.

Le Rendez-vous de la Korrigane
de Gabriel Vinet 192 p. - 49 F

Le cadavre d'un homme égorgé dérivant au fil de l'eau, des tatouages nazis, un curieux légionnaire amateur de femmes, de littérature et de textes sacrés, un îlot mystérieux qui ne figure sur aucune carte, quels ingrédients hétéroclites pour une cuisine peu ordinaire !...
L'inspecteur Thobie de la PJ de Vannes mène l'enquête à sa façon. Que s'est-il passé sur l'île Korrigane, perdue au large de Belle-Île ? Les mouettes et les goélands, seuls habitants du lieu, lui donneront-ils la clé de l'énigme ?

La Maison au bord de la falaise
de Gabriel Vinet 128 p. - 49 F

Qui a dénoncé les trois résistants de Kergarec, torturés par les nazis un matin fatidique d'octobre 1944 ? Un jeune journaliste, ancien commando des Forces françaises libres, finira par l'apprendre de bien curieuse manière dix années plus tard. La maison au bord de la falaise est plus habitée qu'il ne l'aurait cru, et les esprits des morts veillent à ne pas laisser le crime impuni.

Les Noyés de l'Arz
de Gabriel Vinet 224 p. - 59 F

Au fil de l'Arz, on trouve de vieux moulins, des demeures ancestrales, du granit, des souterrains, des grottes et... des cadavres.
Fatalement, on y croise aussi l'inspecteur Thobie de la PJ de Vannes, reniflant les pistes comme un cocker ! L'envoûtante Eurasienne héritière des Kérily aurait-elle des choses à se reprocher ? Elle semble en tout cas apprécier les louis d'or et les pierres précieuses... Quel tragique secret renferme la chambre au trésor du manoir de la Pierre-Levée ? C'est la fatalité qui viendra à bout de l'énigme : il ne faut pas jouer avec les explosifs !...

Le Crime de Kergroise

de Robert Le Ruyet 256 p. - 59 F

On découvre le corps d'une adolescente entre deux piles de planches sur un quai de Lorient. Crime passionnel, sexuel, crapuleux ?
Le coupable est sur le point d'être démasqué, quand un clochard, héros de l'Indochine, est assassiné à son tour. De mystérieux *grignous* entrent alors dans la danse et entendent bien rendre leur propre justice. Roman noir plus que "polar", *Le Crime de Kergroise* nous fait explorer les bas-fonds du port et les méandres de la psychologie criminelle dans une atmosphère glauque à la Simenon.

Nazaire

de Michaël Gueudret 192 p. - 49 F

Curieuse histoire, en vérité, que celle de Martin Grande, « affabulateur, mythomane zélé pour de nobles causes, espion pour de moins nobles planètes ou simplement escroc »... Il ne laisse, en tout cas, pas indifférent, ce brillant dilettante, amateur d'échecs – surtout à la reine, et de préférence en porte-jarretelles...
A-t-il organisé le cambriolage de la Caisse d'épargne, abattu Enzo le truand, travaille-t-il pour les services secrets de l'ex-Allemagne de l'Est ?... C'est ce qu'aimerait savoir l'inspecteur Berry qui semble bien le connaître.

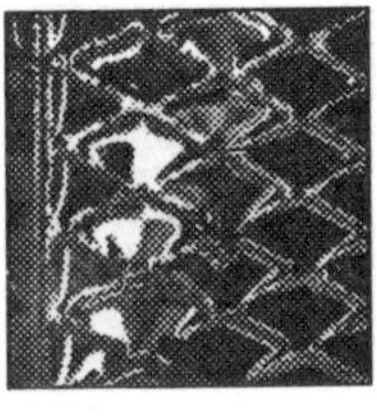

Le Pêcheur de l'île aux Pies
de Gabriel Vinet 224 p. - 59 F

André Viviant met en émoi la population de Galixt-sur-Aff. C'est qu'il consomme des épouses à haute fréquence, le paisible retraité, pêcheur à la ligne à ses heures !... Il aurait, à ce qu'on dit, un laboratoire secret au sous-sol de sa maison... Pour quelles diaboliques expériences ?

La Femme rousse du dolmen
de Gabriel Vinet 224 p. - 59 F

S'arrange pas, le Thobie ! On connaissait ses méthodes assez personnelles d'investigation, mais, dans cette enquête, le Vannetais passe les bornes de l'originalité.
Au programme : *L'Inspecteur au couvent*, horticulture, hérisson grillé, cadavre de femme nue sur dolmen, divagations culinaires, muscadet, considérations plus ou moins philosophiques, gastronomie et autres gâteries. Délire garanti.

Morvarc'h, cheval de mer
d'André Le Ruyet 224 p. - 59 F

Philippe, un jeune Parisien bien tranquille, tombe en panne de voiture près du Roc'h Trevezel. Il y fait la connaissance d'un bien étrange berger aveugle qui lui fixe rendez-vous avec l'enfant triste sur un îlot perdu de l'Océan.

Sirène de caniveau
de Pascal Millet 160 p. - 49 F

Sur une plage bretonne, un peintre naguère connu cherche l'inspiration. Une jeune femme repêchée dans l'Océan et un vendeur de Jaguar vont faire irruption dans sa vie. Mais personne n'est vraiment ce qu'il paraît, et les nouveaux venus l'entraîneront dans une course effrénée parsemée de cadavres.

Un été bigouden
d'Anne-Marie Castelain 256 p. - 59 F

Michèle s'ennuie sur une plage du Pays bigouden et ressasse ses échecs affectifs. À quarante ans, l'avenir ne lui apparaît pas sous les couleurs les plus riantes. Un robuste et amical vieillard viendra la sortir de sa morosité, et une rencontre providentielle fera basculer sa vie.

Le Sorcier de Vannes
de Gabriel Vinet 224 p. - 59 F

Après d'autres, la femme et la secrétaire d'un patron vannetais ont disparu. On soupçonne un rebouteux malgache plus ou moins sorcier qui exerce ses sulfureux talents à Vannes et Malestroit.
Aurions-nous affaire à un « guérisseur » anthropophage ?

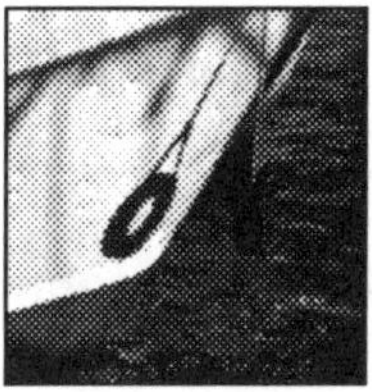

Un festival meurtrier
de Gabriel Vinet — 256 p. - 59 F

Pour un festival, c'est un festival... d'assassinats en tous genres : au fusil à lunette, au revolver de dame, par pendaison, empoisonnement. Dans l'atmosphère échevelée du Festival interceltique, les truands s'en donnent à cœur joie : la police a bien d'autres chats à fouetter !... Le pauvre Thobie, commissaire intérimaire à Lorient, ne sait plus où donner de la tête.

Le Mystère de l'ambre jaune
de Christian Denis — 160 p. - 49 F

Sébastien, professeur et critique d'art, vit tranquillement à Nantes entre son neveu Pierre, son amie Annette et le sharpeï goinfre et ivrogne de celle-ci. Amateur de bonne chère, de jolies femmes et de contrepèteries, il entre par hasard en possession d'un tableau de provenance douteuse.
Sébastien et Pierre recherchent jusqu'à Prague l'origine de l'œuvre d'art.
Mais la belle Lithuanienne Katarina et son frère Vitas, exceptionnel coureur de fonds, sont-ils exempts de tout reproche ? Quel rôle joue la notairesse, veuve joyeuse quoique folle de la messe ?
L'officier de police Renaudin parviendra-t-il à tirer l'affaire au clair avant les esthètes ?

À paraître

Les Batteurs de landes T.1
La Fille de l'essarteur
de Thérèse Séné — 384 p. - 69 F

Les Batteurs de landes T.2
Trahisons
de Thérèse Séné — 256 p. - 59 F

Du Raisiné dans le vignoble
de Christian Denis — 160 p. - 49 F

Reproduit et achevé d'imprimer en juin 2000
dans les ateliers de Normandie Roto Impression s.a.
61250 Lonrai
N° d'impression : 001366
Dépôt légal : juin 2000